KB156612

帝王燕

제왕연 10

ⓒ지에모 2021

초판1쇄 인쇄	2021년 1월 26일
초판1쇄 발행	2021년 2월 9일
지은이	지에모芥沫
옮긴이	이소정
펴낸이	박대일
편집	이문영 · 박지해 · 임유리 · 신지연 · 이지영
마케팅	임유미 · 손태석
일러스트	흑요석
디자인	박현주
교정	김미영
펴낸곳	파란미디어
출판등록	2004년 9월 14일 제313-2004-00214호
주소	03992 서울시 마포구 동교로23길 14 국제빌딩 6층
전화	02.3141.5589 영업부 070.4616.2012 편집부
팩스	02.6499.5589
전자우편	paranbook@gmail.com
카페	http://cafe.naver.com/paranmedia
인스타그램	@paranmedia
ISBN	978-89-6371-872-9(04820)
	978-89-6371-821-7(전21권)

제
왕
연

10

帝王燕

지에모芥沫 지음 — 이소정 옮김

파란

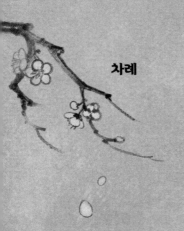

차례

비연이 원하는 것

백리명천은 이간계를 사용하고 나서 기분이 상당히 좋아졌다.

그가 돌아오자 하인이 명단을 하나 가져왔다. 이번 설족 동포대회에 참석하는 귀빈 명단이었다. 백리명천은 명단에서 승 회장, 상관 부인의 이름을 발견했지만 마음에 두지는 않았다.

흑사병이 지나간 후 비연은 바로 천염국 어린 황제의 이름으로 동포대회를 개최하기로 하고 귀빈들을 두루 초청했다. 백리명천은 몹시 기꺼운 마음이 들었다.

며칠 전 대황숙이 그에게 납치당했다는 소문을 비연이 퍼뜨린 것을 알고도 백리명천은 화를 내지 않고 받아들였다. 그는 대황숙을 납치했고, 확실히 천염국을 칠 마음이 있었다. 그러나 비연이 먼저 선수를 쳤다. 앞으로 고민한들 아무 의미 없는 일이었다. 그는 고민하지 않고 북강에서 기다리기로 했다.

이 판세에서 동포대회가 어떤 영향을 끼칠지 백리명천은 도무지 짐작할 수 없었다. 그는 사흘 후 대황숙, 혹은 소 숙부가 이 의혹을 해결해 주리라 기대하고 있었다.

사흘이 눈 깜빡할 새 지나갔다. 예상외로 소 숙부와 대황숙은 아무도 먼저 입을 열려 하지 않았다.

백리명천이 방자한 미소를 머금은 채 감옥 안으로 들어갔다. 그에게서는 여전히 나른하고도 사악해 보이는 매력이 넘치고 있었다.

"다들 대단하군! 보아하니 제비를 뽑을 수밖에 없겠어."

소 숙부와 대황숙이 다시 한번 동시에 고개를 들었다. 그들의 얼굴은 봉두난발한 머리에 가려져 있었지만 눈빛만은 가려지지 않았다. 그들이 다시 깊은 눈빛으로 서로를 바라보았다.

백리명천이 그들의 반응을 눈에 담고 나른하게 자리에 앉아 손가락을 튕겼다. 하인이 작은 대나무 쟁반을 가져왔는데, 그 위에는 똑같이 생긴 종이쪽지가 둘 있었다. 종이쪽지에는 각각 '소'와 '군'이라는 글자가 적혀 있었다.

백리명천이 가볍게 손을 흔드는가 싶더니 탁자 위로 암기 하나가 날아가 박혔다. 의심할 바 없이 이 암기가 바로 그가 오늘 상대의 목숨을 취할 흉기였다. 백리명천은 입술을 핥으며 흥미롭다는 듯 말했다.

"일단 누군가 뽑아 이 암기를 그에게 줘야겠지. 남은 사람은…… 함께 천천히 이야기를 나눠 보자고."

그가 막 손을 움직이려 했을 때 대황숙이 외쳤다.

"잠깐!"

백리명천이 눈썹을 치켜세우며 웃었다.

소 숙부의 눈빛에 경멸이 가득 어렸다. 백리명천이 결맹을 제안했을 때 그도 입을 열고 싶었다. 그러나 그가 사흘 동안 참은 이유는 바로 대황숙을 시험하기 위해서였다! 호란설지에서 대황숙과 연합한 것은 어쩔 수 없어서였다. 이 기회에 대황숙의 진면목을 보고 싶었던 것이다. 지금 보니 대황숙은 축운궁에서

써서는 안 될 인물이었다!

대황숙은 물론 소 숙부의 눈빛을 알아챘으나 그대로 무시해 버렸다. 그는 그저 호란설지에서 도망치기 위해 소 숙부와 연합했을 뿐이었다. 그게 아니라면 그가 들어 보지도 못한 축운궁에 굴복할 리 없지 않은가?

사흘 동안 그는 타협할지 말지를 고민하지 않았다. 그가 고민한 것은, 자신에게 과연 백리명천의 흥미를 돋울 패가 있느냐 하는 것이었다. 지금 상황으로 보면 그는 열세에 처해 있었다.

대황숙이 말했다.

"백리명천, 축운궁이 네게 줄 수 있는 것은 본존도 줄 수 있다. 하지만 본존이 줄 수 있는 것은 축운궁이 절대로 주지 못한다! 저자를 죽여! 본존이 너에게 놀라운 정보를 알려 줄 테니!"

이 말에 백리명천의 기분이 더욱 좋아졌다.

"놀라운 정보? 좋아, 매우 기대가 되는걸."

백리명천이 웃으며 탁자 위의 암기를 들었다. 그리고 나른하고도 우아한 자세로 소 숙부를 겨냥했다. 이때 소 숙부가 큰 소리로 웃기 시작했다.

"백리명천, 저 물에 빠진 개를 믿다니 정말 생각 밖이군!"

대황숙이 바로 소 숙부에게 분노한 눈빛을 보냈다. 속으로는 불안해하면서.

백리명천은 조급할 것 없다는 듯 눈을 가늘게 뜨고 웃으며 말했다.

"하하, 본 황자는 잘 짖는 개를 좋아하거든. 짖지 않는 개는 좋아하지 않아.”

이 말은 두 사람 모두를 욕하는 것이나 마찬가지였다.

소 숙부가 분노했다.

“너!”

그러나 대황숙이 재빨리 말했다.

“백리명천, 이리 와 보게. 본존이 자네에게만 할 말이 있어!”

백리명천은 더욱더 즐거운 마음이 되었다. 이간계가 성공한 것이다! 그는 여전히 나른하고 우아하게 몸을 일으켜 대황숙에게 다가갔다.

소 숙부가 노한 눈으로 그들을 바라보면서도 입을 열지는 않았다.

백리명천이 귀를 가까이 가져다 대자 대황숙이 속삭였다.

“소 숙부를 죽이기만 하면 본존이 한 달 내로 자네를 천염국의 통치자로 만들어 주겠네!”

“쯧쯧!”

백리명천은 감동한 듯한 표정을 지었지만 실제로는 조소하고 있었다.

“일족을 대표하는 자가 일족을 팔고, 나라를 팔고…… 과연 다르군! 지금 천염의 판세는 알고 있나? 당신네 어린 황제가 이미 북강으로 오고 있는 건 아는지 궁금하군!”

대황숙이 경악했다.

“뭐라고?”

백리명천이 큰 소리로 웃었다.

"이봐, 늙은이. 본 황자도 비연을 얕잡아 본 적이 있긴 하지만 말이야. 본 황자가 진심으로 권하는데, 그 계집을 얕보면 안 된다고. 아니면 당신은 죽어서도 눈을 감지 못하게 될걸? 천염국? 천염국은 이미 비연의 것이라고!"

대황숙은 영리한 사람이었기에 이 말만으로도 현재의 판세를 알아차릴 수 있었다. 그는 당황하지 않고 나지막하게 말했다.

"본존이 가진 물건 하나면 비연을 끌어들일 수 있을 거라 보증하지. 천염국이 비연의 것이라면, 비연을 얻는 자가 천염국을 얻게 되겠지."

백리명천은 무척 기뻤으나 그런 기색을 드러내지 않고 그저 미소만 지었다.

"무슨 물건이기에?"

대황숙이 여전히 속삭이듯 말했다.

"비연에게 슬쩍 언질만 주면 돼. 군구신이 열한 살 전에 쓰던 검을 갖고 있다고."

백리명천은 순식간에 뭔가 이상하다는 것을 깨닫고 물었다.

"대체 어찌 된 일이지, 그건?"

대황숙이 진지하게 말했다.

"군구신 최대의 비밀이지. 소 숙부를 죽인다면 본존이 말해 주겠다."

백리명천은 문득 자신이 이 대황숙을 얕잡아 보았다는 걸 인지했다. 그는 생각에 빠진 듯 고개를 끄덕이며 원래의 자리로 돌아가 앉았다.

소 숙부는 그들이 방금 무슨 이야기를 했는지 제대로 듣지 못했지만 백리명천의 표정을 보자 다급해졌다.

그가 외쳤다.

"백리명천, 여기도 좀 와 봐!"

백리명천은 그렇게 아무렇게나 불려 다니는 사람이 아니었지만, 지금은 기분이 아주 좋은 상태였다.

백리명천이 그에게 다가가 물었다.

"어찌 된 거지? 생각을 끝냈나? 너도 나에게 봉황력이 대체 뭔지 알려 줄 마음이 든 모양이지?"

'너도'라는 말 한 마디 때문에 소 숙부는 대황숙과 백리명천이 무슨 이야기를 나누었는지 알 수 없게 되어 버렸다. 그러나 소 숙부는 망설이지 않고 말했다.

"우리 축운궁이 인어족을 찾아다닌 지 오래되었는데…… 싸우지 않으면 서로 이해하지 못한다더니. 우리 축운궁과 결맹을 맺으면 이 늙은이가 너희 옥인어 일족이 무엇 때문에 바다에 들어가면 안 되는지 알려 주겠다."

백리명천이 비할 데 없이 놀라 차가운 숨을 들이켰다!

소 숙부가 다시 말했다.

"군 씨, 저 녀석은 죽음을 무서워하지. 신용이라고는 없는 족장이다. 저자를 죽이라고 억지로 권하지는 않겠다. 지금 당장 나를 풀어 줄 필요도 없어. 나에게는 신물이 하나 있는데, 열흘 후 이것을 가지고 보명고성 서쪽 거리의 약재상에 가져가 보여 주면 된다. 약재상의 주인이 축운궁의 능 호법을 만나게 해 줄 거야. 그는 궁주를 대신해 전권을 행사할 수 있어. 결맹을 맺을지 아닐지도 능 호법과 이야기를 나눈 다음 다시 결정해도 무방하다!"

백리명천의 눈가에 희미하게 복잡한 빛이 스쳐 갔다. 곧 소 숙부의 몸에서 신물을 찾아낸 그는 대황숙과 소 숙부를 각기 다른 곳에 가둬 놓게 했다.

감옥을 나온 백리명천은 자리에 앉아 소 숙부의 신물을 손으로 굴리며 고민하기 시작했다. 모든 것이 그가 예상했던 것보다 훨씬 복잡했다. 군구신과 비연에게는 분명 사람들이 모르는 비밀이 있다! 그리고 축운궁은 대체 어떤 세력이기에 그들 인어족 최대의 금기까지 알고 있는 걸까? 그들 인어족 내에도 조상들이 무엇 때문에 바다에 들어가서는 안 된다는 규칙을 만들었는지 아는 이가 없는데 말이다.

백리명천은 고민에 고민을 거듭하다가 웃기 시작했다.

"재미있어! 보아하니, 본 황자가 북강에 온 게 헛수고는 아닌 모양이야!"

백리명천은 그렇게 기다리기 시작했다. 그리고 호란설지에서는 비연이 바쁘게 일하고 있었다. 당정이 몇 번이나 찾아왔지만 비연은 일부러 피하며 빨리 떠나라고만 권고했다.

그러나 이게 웬일일까. 당정은 뜻밖에도 장로회를 찾아가, 무엇 때문에 동포대회에 신농곡을 초청하지 않았는지 물었다. 장로회는 당정에게 미움을 사기 싫어 바로 초청장을 하나 더 추가했다. 당정은 그렇게 광명정대한 이유로 머물게 되었다.

이제 비연을 찾지 못하면 자기 마음대로 여기저기 돌아다녔다. 그녀가 종종 보명고성에 가더라도 그녀를 의심하는 사람은 아무도 없었다.

동포대회가 가까워졌다. 비연이 징발한 인마도 이미 도착했고, 동포대회까지는 사흘이 남아 있었다. 천염국의 어린 황제도 비밀리에 보명고성에 도착했다.

비연이 진묵과 함께 황제를 맞이하러 가려 했을 때, 오랫동안 보지 못했던 고운원이 당정과 함께 다가오는 것이 보였다…….

비연의 패

당정과 고운원은 서로 알지 못하는 사이였지만 우연히 만나 함께 오게 되었다.

고운원은 계속 '운 태의'라는 신분으로 호란설지에 남아 있었다. 당정도 그를 그저 보통 태의로만 여겼다.

두 사람이 동시에 비연 앞에 멈춰 섰다. 고운원이 침착하게 두 손 모아 읍하고, 당정은 바로 비연의 손을 잡고 기쁜 듯 말했다.

"겨우 만났네. 며칠이나 보지 못했잖아! 어디 가려던 참이야?"

"공무 때문에 외부에 좀 다녀와야 해요."

비연이 잠시 머뭇거리다가 속삭이듯 말했다.

"언니, 기왕 남아 있을 거면 시위들과 함께 다녀요. 아무 데나 가지 말고⋯⋯. 특히 환해빙원 쪽으로는 절대 가지 말아요. 동포대회가 끝나면 내가⋯⋯ 내가 이야기해 줄 테니까."

당정이 속으로 놀랐다. 자신이 몰래 환해빙원에 다녀온 사실을 비연이 알고 있었기 때문이다. 보아하니 몽족설역의 방어망이 그녀가 상상한 것보다 더 삼엄한 모양이었다.

"네가 그것 말고도 뭔가 숨기고 있다는 걸 안다고!"

그녀가 비연을 노려보는 척하다가 곧 참지 못하겠다는 듯 웃음을 터뜨렸다.

"됐다, 됐어. 공무라니 함부로 말하긴 어렵겠지. 정왕 전하께서 안 계시니 네가 바보같이 자신을 너무 힘들게 할까 봐, 그게 걱정이야."

비연은 그저 웃기만 했다. 당정이 그 자리를 떠나려다가, 참지 못하고 다시 고개를 돌려 물었다.

"연아, 만약에 말이야, 그러니까 만약. 만약에 정왕 전하께서 나오시지 못하면 너는……."

소 부인은 결계술에 조예가 깊었다. 죽음의 결계를 제외하면 그녀가 열지 못하는 결계는 없다고 봐야 했다. 당정은 군구신이 나오지 못할 것을 걱정하는 게 아니었다. 그녀가 근심하는 것은 군구신이 정말 고남신이라면 비연을 어떻게 해야 할지 하는 것이었다.

군구신이 정말로 고남신이라면, 그가 기억을 잃은 것이건 대진제국을 배반한 것이건, 그들은 비밀리에 그를 데리고 돌아갈 작정이었다.

당정은 사실 설족의 땅에 도착한 첫날 이 문제를 물어볼 생각이었다. 그러나 지금까지 차마 묻지 못하고 있다가 결국은 참지 못하고 묻고 말았다.

비연이 여전히 미소 지으며 대답했다.

"그럼 그를 평생 기다릴 거예요. 평생 아무 데도 가지 않고."

당정은 그런 비연을 욕하듯 놀리고 싶었지만 아무리 해도 웃음이 나오지 않았다. 그녀가 몸을 돌리며 손을 휘휘 내저었다.

"어서 다녀와!"

그때 가만히 곁에 있던 고운원이 머리를 저으며 탄식했다.

"어찌 저런 불길한 소리를 할 수 있는지! 그래서는 아니 되는 것을, 아니 되는 것을!"

비연이 고운원을 살펴본 다음 물었다.

"고 의원, 최근 무슨 일을 하고 있었어요? 고 의원이 돌아간 줄 알았어요."

사실 비연은 사람을 시켜 살피고 있어 고운원이 아직 떠나지 않았다는 사실을 알고 있었다. 그 누구도 북강의 판세를 어지럽히는 건 용납할 수 없었다!

고운원이 답했다.

"최근 몸이 편치 않아 긴 여행은 힘들 것 같습니다. 아무래도 해를 넘기고 가야 할 것 같습니다."

비연은 깜짝 놀랐다.

"무슨 일이죠? 어디가 불편한가요?"

고운원이 진지하게 말했다.

"지난번 환해빙원에서 충격을 받고 길을 잃고 헤매다 보니 몸에 한기가 들었습니다. 심한 것은 아니지만, 천천히 요양해야 할 것 같습니다."

비연이 반신반의하면서도 더 묻지 않고 진묵과 먼저 떠났다. 고운원은 멀어져 가는 그녀의 뒷모습을 바라보며 점차 그 잘생긴 얼굴에 피로한 기색을 드러냈다. 그는 분명 허약해진 상태였다.

비연과 진묵은 보명고성에 들어가 일부러 성안을 몇 바퀴 돈

다음, 비밀 통로를 통해 장군부로 들어갔다. 이미 망중과 하소만이 비밀리에 택을 장군부로 안내한 다음이었다.

비연이 문가에 들어서는 순간, 택이 문을 등지고 서 있는 것이 보였다. 뒷짐을 진 채 북강 지도를 바라보는 모습은……. 겨우 두세 달 보지 않았을 뿐인데 꽤 많이 자란 것 같았다. 키는 작았지만 꼿꼿하게 등을 펴고 선 모습이며, 장중한 의상에서 자못 일국의 군주다운 품격이 엿보였다.

비연을 제일 먼저 발견한 것은 하소만이었다.

"왕비마마!"

택이 바로 고개를 돌렸다. 그는 잠시 멈칫하는가 싶더니 곧 와앙, 울음을 터뜨렸다.

"형수!"

일국의 군주다운 품격은 금세 사라지고 말았다. 여전히 어린 아이처럼 비연에게 달려와 품에 안겼다.

"형수, 우리 언제 황형을 볼 수 있어?"

아이, 그래, 결국은 아이였다. 이제 하소만도 함께 흐느끼기 시작했다. 망중이 소매를 잡아당기자 겨우 눈물을 그친 하소만은 힘차게 눈을 문질렀다.

비연은 택에게 대답하지 않고 울게 내버려 두었다. 다 울었다 싶었을 때쯤 비연이 그의 눈물을 닦아 주며 말했다.

"택아, 황형을 구하는 일은 형수에게 맡겨 두렴. 걱정할 필요 없어. 이번 동포대회는 초대에 응한 손님들이 아주 적긴 하지만, 그래도 안팎으로 적들이 우리를 지켜보고 있을 거야. 설족 중에도 세작이나 모반의 뜻을 품은 무리가 있을 수 있고. 기억해야 한다. 네 황형은 결코 우리를 버리고 갈 수 없는 사람이야. 자, 형수가 있고 정 장군도 있으니까, 동포대회에서 누가 너에게 나쁜 짓을 하더라도 걱정할 필요 없어. 가르침이 필요한 자가 보이면 우리가 가르침을 내려 주고, 벌을 주어야 할 자가 보이면 우리가 벌을 주고, 또 죽어 마땅한 자가 보이면 죽이면 그만이거든."

택이 고개를 끄덕였다.

"나, 알겠어."

비연이 머리를 흔들었다.

"아, 아니야. 스스로를 짐이라고 칭해야지. 다시 한번 말해 봐, 크게!"

택이 코를 들이마신 다음 소리쳤다.

"짐이 알았노라!"

비연이 몸을 일으켜 하소만과 망중을 바라보았다. 하소만의 눈이 붉어진 것을 보고 비연이 냉랭하게 말했다.

"뭘 울고 있어? 하소만, 오늘부터 황상의 안위는 네게 맡긴다. 다른 사람은 아무도 신경 쓸 필요 없어. 네가 경계해야 할 대상은 백리명천이다. 고수를 몇 명 뽑아서 비밀스레 황상을 호위하도록 해."

비연이 택을 북강으로 불러온 것은 바로 하소만이라는 패가 손에 있기 때문이었다.

하소만은 사흘 먼저 도착해 북강 전체의 물길을 파악해 두었다. 상 장군도 비밀리에 조사를 진행해 주었다.

하소만이 마지막 눈물을 닦고 망중과 손을 모아 읍하며 말했다.

"명을 받들겠습니다!"

그때 마침 상 장군이 와서 진지하게 보고했다.

"왕비마마, 제가 보명고성에서 암암리에 살펴보았습니다만, 지금까지 백리명천 일행의 흔적을 찾지 못했습니다. 혹시 공개적으로 찾아봐야 할까요?"

"모든 것을 계획대로 하도록. 괜히 풀을 쳐서 뱀을 놀라게 할 필요 없다."

비연의 말에 상 장군이 다시 물었다.

"그렇다면 황상께서는 언제 호란설지로 떠나시는지요?"

비연이 오늘 이곳에 온 것도 바로 이 문제 때문이었다. 그녀는 상 장군과 의논해 양동작전을 쓰기로 결정했다. 비연은 상 장군과 함께 성대한 의장을 준비하기로 하고, 택을 사칭할 사람도 찾아 동포대회 하루 전날 오후에 호란설지로 들어가기로 했다. 택은 망중과 하소만의 호위를 받아 동포대회 당일 호란설지로 갈 예정이었다.

이날 밤, 비연은 아주 늦게야 호란설지로 돌아갔다. 그리고 돌아오자마자 바로 비밀리에 백새빙천으로 향한 모든 방어선과 매복을 직접 조사했다. 그녀가 다룰 수 있는 병력 대부분이 모두 이 지역에서 매복 중이었다!

승 회장 일행은 분명 이 동포대회가 비연의 도전이라는 것을 알면서도, 그녀의 예상대로 초청에 응했다. 백리명천과 축운궁 등도 분명 이 기회를 놓치지 않으려 할 것이다. 그들은 그녀가 어린 황제의 호위에 집중할 거라 예측할 테니 그녀는 그들의 허를 찌를 작정이었다!

이날 밤, 상관 부인과 한가보 소 부인이 비밀리에 보명고성에 도착했다. 상관 부인은 부상을 입은 승 회장을 보자 마음이 아파 견딜 수가 없었다. 그녀가 승 회장의 손을 잡고 한마디 하자마자, 소 부인이 퉁명스럽게 재촉했다.

"부부간의 애정을 나누시려면 돌아가서 다시 나누시고 중요한 일부터 하지요!"

소 부인은 30대 중반으로 보이는 외모로, 키는 크지 않지만 얼굴은 예쁘장했다. 다만 머리카락만은 온통 하얗게 세어 있었다. 그녀의 못마땅한 표정은 엄숙해 보이는 것을 넘어 심지어 각박해 보이는 인상까지 풍겼다. 마치 영원히 웃지 않는 사람인 것처럼…….

반 시진만 끌어 줘

상관 부인도 결코 만만한 사람이 아니었다. 운한각과 관련한 일을 앞에 두고 있는 것이 아니라면 분명 소 부인과 죽어라 싸웠을 것이다. 그녀는 차가운 눈으로 소 부인을 노려보며 승 회장을 놓으려 하지 않았다.

소 부인 역시 고운 눈으로 상관 부인을 보지 않았다. 그녀가 방 안으로 들어가며 말했다.

"승 회장, 방에 들어가서 이야기하지!"

승 회장은 복면을 쓰고 있지 않았지만 그 냉정하고 엄숙한 표정은 소 부인에게 지지 않았다. 그는 방 안으로 따라 들어가려다가 상관 부인이 따라오지 않는 것을 발견했다. 승 회장은 고개를 돌리지 않고 손을 뒤로 뻗었다.

상관 부인이 냉큼 손을 잡자 승 회장은 깍지를 끼려 했다. 그러나 상관 부인이 먼저 승 회장의 손을 잡아끌더니 제 허리를 감게 만들었다. 승 회장은 여전히 엄숙한 표정을 지은 채 걷고 있었지만 부인이 하는 대로 내버려 두었다. 사정을 모르는 사람이 보면 승 회장이 그녀를 끌어안은 채 걷고 있다고 생각할 듯했다.

백리명천이 도망친 후 승 회장은 과감하게 거처를 바꿨다. 지금 잠복한 곳은 외진 골목에 숨어 있어, 예전에 있던 곳보다 훨씬 은폐되었다.

방 안에 들어가니 소 부인이 이미 자리를 잡고 앉아 스스로 차를 따라 마시고 있었다. 승 회장도 자리에 앉은 후, 인사말 같은 것도 없이 바로 군구신의 상황이며 북강의 판세를 설명했다. 그가 말하는 동안 하인이 당정의 밀서를 하나 가져왔는데, 승 회장은 밀서를 한번 본 후 바로 하인에게 태워 버리라고 지시했다.

그가 말했다.

"비연이 오늘 시위와 둘이서만 보명고성에 왔다는군. 분명 천염국 어린 황제가 도착한 거겠지. 그리고 환해빙원의 방어가 우리 상상보다 훨씬 삼엄한 모양이야. 수행 인원을 좀 더 늘리는 게 나을 것 같아."

소 부인이 진지하게 말했다.

"죽음의 결계가 아닌 이상 나는 대부분의 결계를 바로 열 자신이 있어. 아무리 길게 잡아도 반 시진이면 충분해. 어찌 되었건, 당신들은 나에게 반 시진만 끌어 주면 되는 거야."

그들의 첫 번째 목표는 군구신을 구출한 후 데려가는 것이었고, 두 번째는 요 이모를 납치하는 것, 세 번째는 기회를 보아 계속 매복하여 봉황력을 찾는 것이었다. 그러나 당정이 요 이모가 갇혀 있는 곳을 찾지 못한 데다, 어디서도 봉황허영을 보았다는 사냥꾼들을 찾지 못했기 때문에 이번 동포대회의 유일한 목표는 군구신이 되었다.

승 회장은 자신의 신분이 드러났다는 것을 알고 있었고, 비연의 초청이 도전이며 함정이라는 것을 알고 있었다. 그러나 그는 왔다. 그의 목표는 소 부인을 위해 시간을 끌어 주는 것이었다.

그와 상관 부인이 동포대회에 참가한 것은 바로 사건을 만들어 비연의 병력을 유인하기 위해서였다. 비연은 자신의 안위 외에 천염국의 어린 황제도 고려해야 할 테니, 대부분의 병력을 환해빙원에 배치할 수는 없었을 것이다.

승 회장은 결계술에 대해 잘 알지 못했다.

"죽음의 결계 외에 당신이 열지 못하는 결계가 또 뭐가 있지?"

"없다고 봐야지. 시간을 최대한으로 잡은 것뿐이야."

소부인이 대답한 다음 다시 덧붙였다.

"설사 열 수 없다 해도, 최소한 그 허실을 탐색해 봐야 하니까."

승 회장이 고개를 끄덕이더니 다시 말했다.

"분명 백리명천도 뭔가 행동을 할 거야. 그 녀석, 이미 통제 불가능한 상태야."

승 회장은 고 영감의 서신을 이미 만진국으로 보냈다. 꽤 날짜가 지났으니 분명 백리명천의 손에 들어갔을 것이다. 백리명천이 고 영감을 여전히 사부라 생각한다면 분명 스스로 그들을 찾아왔을 것이다. 그러나 지금까지도 백리명천 쪽에서는 아무런 기척도 없었다.

백리명천이 천염국을 칠 생각으로 이번 기회에 문제를 일으킨다면 아무 상관이 없었다. 그들이 바라는 것은 군구신이지 천염국이 아니니까. 그가 걱정하는 것은 바로 백리명천이 축운궁과 손을 잡는 것이었다.

소 부인이 불쾌한 얼굴로 말했다.

"고 영감도 참, 외부인을 왜 끌어들여서! 귀찮은 일만 더해 주고!"

승 회장이 설명했다.

"그때 상황으로는 고 영감도 어쩔 수 없었을 거야. 상황이 이렇게 될 줄 누가 알았겠어. 아무튼 그때가 되면 기회를 보아 행동하면 되겠지."

세 사람은 오랜 시간에 걸쳐 모든 계획을 타당하게 안배했다. 그러고 나니 깊은 밤이었다. 상관 부인이 몸을 일으키다가 안타까운 듯이 한마디 했다.

"정왕이 정말로 고남신이라면, 고씨 가문 그 아이는…… 참 불쌍하게 됐어."

자리를 떠나려던 소 부인이 이 말을 듣더니 고개를 홱 돌리고 냉랭하게 말했다.

"불쌍? 하하, 본 부인이 한가해지면 그 애를 한번 제대로 만나 봐야겠어. 우리 어린 주인님의 약혼자를 가로챘으니, 그 대가를 치러야지."

소 부인은 대진국 황후 한운석이 가장 신임하던 시녀로, 본명은 소소옥이었다. 20년 전 한진의 제자가 된 후 현공대륙으로 와서 이름을 소옥교로 바꿨다.

20년 전, 종주 한진은 한운석에게 랑종 종주의 지위를 계승하게 하고, 랑종의 금역인 설랑묘에서 시묘하며 랑종의 비술인 결계술을 배우게 하려 했다. 한운석은 거절했고, 한진은 한운석과 한향이 10년 후 빙해에서 결투를 벌이도록 명령했다. 결투에서 이긴 사람이 선택권을 갖는 것이 규칙이었다.

소 부인은 의심을 피하기 위해 일부러 자신이 한운석의 시녀라는 사실을 숨겼고, 그에 따라 이름도 바꿨다. '옥교'라는 이름으로 바꾼 것은 과거 자신의 목숨을 구해 준 은인인 '백옥교 아가씨'를 기념하기 위해서였다.

소 부인이 말하는 어린 주인은 바로 그들이 계속 찾고 있는 대진국의 공주였다. 대진국 공주와 태부의 아들 고남신은 정식으로 약혼하지는 않았지만 구두로 혼약을 맺었다.

상관 부인이 소 부인의 말을 듣고 바로 불쾌한 기색을 드러내며, 가볍게 코웃음을 쳤다.

"군구신이 정말 고남신이라 해도, 그가 아내를 맞은 사실을 바꿀 수는 없어! 진양성 사람들이 전부 다 보았단 말이야. 군구신이 직접 아내를 안고 문턱을 넘는 것을! 어릴 때 구두로 약속한 혼사는 원래 별것 아닌데, 하물며 기억까지 잃은 상태라면……. 부부의 인연을 억지로 떼어 놓으면 하늘에서 벼락을 내리실걸!"

소 부인이 몸을 돌리더니 상관 부인에게 물었다.

"팔이 언제부터 밖으로 굽기 시작한 거지? 그때 너와 당정이 마음대로 그렇게 많은 예물을 보낸 것도 아직 제대로 이야기하지 않았거늘! 진양성 사람들 전부가 보았다 한들 그게 뭐가 문제지? 운공대륙 사람이라면 누구나 우리 연 공주님이 고남신이 아니면 시집가지 않겠다고 한 걸 안다고! 말해 두겠는데, 그가 정말 고남신이라면 그가 기억을 잃었건 아니건 상관없어. 그가 우리 어린 주인께 약속했던 모든 말을 내가 전부 다 지키게 만들 거라고! 우리 어린 주인께서 그자가 필요 없다고 하신다면 또 모를까, 아니라면 그가 아내를 취했다 해도 버리게 만들면 그만이지!"

상관 부인도 화가 나서 물었다.

"영원히 그분을 찾지 못하면……. 그를 영원히 기다리게 할 수는 없는 거 아니야?"

소 부인이 상대하지 않고 방에서 나가 버렸다. 상관 부인이 쫓아 나가려 하자 승 회장이 막아섰다.

"지금이 어느 때인데 그런 자질구레한 이야기를 하고 있어야겠어?"

"자질구레한 이야기?"

상관 부인이 미간을 찌푸리며 승 회장을 바라보았다. 그들은 원래 고씨 가문을 주시하고 있었고, 군구신과 적이 될까 봐 걱정하고 있었다. 그런데 이게 웬일인가. 고씨 가문에는 아무 실마리가 없고, 오히려 군구신이 가장 의심이 가는 목표가 되었다. 그리고 비연의 성격은……. 비연이 군구신을 잃으면 무슨 일을 벌일지는 하늘만이 알 것이다.

상관 부인이 불쾌한 목소리로 말했다.

"영승, 제발 이치대로 좀 따져 봐. 어린아이가 했던 말을 어떻게 진짜로 만들 생각이야? 그때 대진 공주는 겨우 일고여덟 살이었고, 고남신은 열 살도 되지 않았을 때야. 그런 애들이 무슨 네가 아니면 시집을 안 가네 하는 마음을 안다고!"

승 회장도 본래 이야기할 생각은 없었지만, 왜인지 모르게 입을 열고 말았다.

"이 일은 당신 생각처럼 그렇게 단순하지 않아."

상관 부인은 뭔가 이상하다는 생각이 들었다.

"당신, 말해 봐. 어째서 단순하지 않다는 거야?"

사사로운 마음

승 회장이 설명했다.

"그 아이는 다른 아이들과는 달라. 그가 연 공주를 아내로 맞이하지 않는다고 해도 연 공주를 평생 지켜야 할 운명이야. 이건 고씨 가문의 사명이야. 당시 고 태부가 그를 양자로 맞아 영술을 가르친 이유기도 하고."

상관 부인이 미간을 더욱더 세게 찌푸렸다.

"나는 정말 당신들이 사람을 잘못 찾은 거라면 좋겠어! 흑삼림에서도 영술을 발견했다며? 그쪽은 진전이 없는 거야? 어쩌면 당신들이 정말 사람을 잘못 찾았을지도 몰라!"

승 회장이 그녀를 흘깃 보더니 대답하지 않고 몸을 돌렸다. 상관 부인이 서둘러 따라가 앞을 가로막았다. 그녀는 발끝을 세워 승 회장의 얼굴을 잡고 진지하게 살펴보았다. 그녀의 눈에는 안타까운 빛이 가득했다.

"승, 당신 너무 말랐어!"

승 회장이 그녀를 떼어 내며 불쾌한 듯 말했다.

"체통을 좀 지키지."

상관 부인은 물론 자신들이 정원에 있다는 것을 알고 있었지만 아무렇지도 않은 모양이었다. 여전히 그를 잡은 채 노한 소리로 말했다.

"움직이지 마! 좀 제대로 보게!"

승 회장은 기분이 좋지 않은 듯했지만 결국은 눈을 감고 그녀가 하고 싶은 대로 내버려 두었다. 분명 불쾌해하면서도 그대로 내버려 두는 것, 이것은 사랑이었다. 그의 불쾌한 표정을 보면서도 마음이 만족스러워지는 것, 이것 역시 진짜 사랑이었다. 성격이 맞지 않는 이 부부는 이렇게 10여 년을 함께 보냈다.

시위들이 보고 있다는 것을 알면서도 제 남편을 꼼꼼히 뜯어본 상관 부인이 마침내 승 회장의 손을 잡고 걸음을 옮겼다. 그녀가 나지막하게 물었다.

"영승, 솔직하게 말해 줘. 소씨 저 여자 말이야, 한진 종주를 좋아하는 거야?"

승 회장이 냉랭하게 말했다.

"쓸데없는 소리!"

상관 부인이 이 일에 관심을 보이는 건 이번이 처음이 아니었다. 이 일에 대해 물어보기 시작하면 그녀의 말은 도무지 끝날 기미를 보이지 않았다. 침상에 올라가서도 계속 캐물었다. 결국 귀찮아진 승 회장이 그녀의 입을 막아 버리는 수밖에 없었다. 물론 입맞춤으로 말이다.

언제부터인지, 방 밖에 눈꽃이 흩날리고 있었다. 밤이 깊어갈수록 눈송이가 더욱 커지는 것이 아무래도 눈보라가 휘몰아칠 것 같았다. 그리고 바로 이 순간, 백리명천은 서쪽 거리 약재상 주인과 함께 눈보라를 맞으며 골목 깊숙이 들어서고 있었다.

백리명천은 열흘을 기다린 다음 소 숙부의 신물을 가지고 서쪽 거리 약재상을 찾았다. 그리고 오늘 그는 약재상 주인을 따라 축운궁의 능 호법에게로 가고 있었다.

약재상 주인은 백리명천을 데리고 골목 안으로 들어가더니, 쇠락한 집 문 앞에 멈춰 섰다. 그리고 백리명천에게 등불을 건네더니 직접 들어가라고 손짓했다.

이곳은 분명 능 호법의 거점이 아니라 그저 얼굴을 마주할 수 있는 곳임이 분명했다. 예전 같았다면, 상대가 이렇게 성의를 보이지 않으면 백리명천은 포기해 버렸을 것이다. 그러나 이번만은 그도 인내심을 발휘했다.

그는 등불을 받아 들고 성큼성큼 걸어 들어갔다. 곧 검은 가면을 쓴 백의 남자가 보였다. 검은 가면에 흰 옷, 아마도 이것이 축운궁의 표식인 모양이었다.

남자는 호리호리하고 키가 컸다. 팔짱을 낀 채 허리를 세우고 정원에 서 있었는데, 등에 장검을 한 자루 지고 있었다. 얼굴 전체를 가리는 가면을 쓰고 있긴 했지만 백리명천이 보기에 상당히 젊어 보였다.

백리명천은 놀라지 않았다. 현공대륙에는 숨어 있는 용이며 호랑이가 많으니까. 젊은 능력자도 아주 많은 곳이 바로 현공대륙이었다.

그러나 그와 눈이 마주치자 백리명천은 그만 놀라고 말았다. 수많은 사람을 겪어 본 백리명천도 이런 눈빛은 본 적이 없었다. 능 호법의 눈은 유난히도 평온했다. 마치 고여 있는 물처럼, 죽음과도 같은 고요함이 감돌고 있었다. 그 어떤 일이라도 능 호법이라는 물에서는 파문을 일으킬 수 없을 듯했다.

백리명천은 놀라는 와중에도 입매가 올라가고 있었다. 이런 눈빛의 사람은 무척이나 냉정하여 상대하기 어렵지만 동시에 명령을 잘 받든다. 백리명천은 그를 경계하는 동시에 욕심내기 시작했다. 그는 이런 사람이 좋았다. 축운궁 궁주에게서 빼앗아 오고 싶은 사람이었다.

백리명천이 등불을 곁에 있는 나뭇가지에 건 다음, 팔짱을 끼고 나무 줄기에 기대섰다. 그는 여전히 나른한 자세로 제멋대로 웃으며 말했다.

"듣자 하니, 축운궁 궁주 대신 전권을 행사하실 수 있다고?"

능 호법은 백리명천의 질문에는 대답하지 않고 바로 본론으로 들어갔다.

"사흘 후 동포대회를 틈타, 저를 따라 설족에 잠입하시면 됩니다. 두 사람을 구한 다음 고비연을 납치할 겁니다. 일이 끝난 후 제가 모시고 축운궁주님을 뵈러 갈 것입니다."

백리명천은 다시 놀랐다. 능 호법의 목소리가 겨우 열예닐곱 살 정도로밖에 들리지 않았던 것이다. 아무래도 그의 생각보다 훨씬 젊은 모양이었다.

백리명천이 자못 흥미롭다는 듯 물었다.

"어떻게 축운궁에 들어가게 된 거지? 성이 정말로 능씨인가? 흔한 성이 아닌데. 설마 흑삼림 능씨 가문의 후손은 아니겠지?"

능 호법은 여전히 백리명천의 질문에는 대답하지 않았다.

"열까지 세겠습니다. 대답하십시오."

능 호법이 정말로 수를 세기 시작했다. 그러나 그가 다섯을 세기도 전에 백리명천이 말을 끊었다.

"보아하니, 당신네 궁주를 대신해 전권까지는 행사하지 못하는 모양이군. 돌아가 한번 제대로 물어봐. 축운궁이 원하는 게 본 황자의 충성인지, 아니면 본 황자와 연맹을 맺는 것인지! 본 황자의 충성을 원한다면 꿈에서 어서 깨어나는 게 좋겠지. 만약 본 황자와 연맹을 맺고 싶다면, 봉황력을 찾아 뭘 하려는지부터 본 황자에게 말해 주지? 아니라면, 본 황자는 언제라도 인질을 전부 비연에게 넘겨 버리겠다!"

능 호법이 대답했다.

"상고 시대 3대 신력으로는 봉황력, 서정력, 건명력이 있지요. 이 3대 신력을 손에 넣으면 영생을 얻을 수 있고, 모든 것을 주재할 수 있습니다. 축운궁주께서는 영생만을 바라시니, 현공대륙과 운공대륙이 모두 당신에게 귀속될 것입니다."

백리명천은 경악했다. 그는 빙해에 숨겨진 영생의 힘에 대해서는 들어 본 적 있었지만 서정력과 건명력은 처음 듣는 말이었다. 사실 봉황력이 무엇인지 알게 된 것도 얼마 전의 일이었다.

그가 물었다.

"이 일이 빙해와 관련이 있나?"

능 호법이 대답했다.

"빙해, 백새빙천, 흑삼림, 모두 관계가 있습니다. 당신네 인어족과도 관계가 있지요."

백리명천도 그렇게 확신했다.

그는 만진국에서 겨우 한 번 싸움을 벌였을 뿐인데 어째서 세상 사람들 모두 그가 야심만만하다고 생각하는 걸까? 그는 사실 그렇게 큰 야심이 없었다. 다만 그에게는 호기심과…… 사사로운 마음이 있었다.

비연이 축운궁의 수중에 떨어지는 걸 바라지 않았다. 그녀에게 무슨 일이라도 벌어지면 그가 어떻게 빚을 청산한단 말인가?

그는 잠시 그들에게 승낙하는 척하고, 비연을 데려온 다음 내줄지 아닐지는 그의 마음대로 하면 그만인 것이다.

백리명천이 여전히 흥미진진한 표정으로 말했다.

"그렇게 대단한 일을 본 황자가 하마터면 놓칠 뻔했군!"

능 호법이 물었다.

"승낙하시겠습니까?"

백리명천이 웃으며 말했다.

"본 황자가 축운궁주님을 뵐 날이 기다려지는군. 일단 먼저 말해 줄 수 있겠나? 축운궁주님이 남자인지 여자인지?"

능 호법이 대답하지 않고 다시 말했다.

"사흘 후, 여기에서 기다리겠습니다. 함께 호란설지로 가시지요."

백리명천이 고개를 끄덕이다 홀연히 다가가 속삭였다.

"그 세작도 당신이 안배한 건가? 군구신이 갇혔다는 소문을 낸 것도 그자 맞지? 그자가 대체 누구지?"

능 호법이 여전히 대답하지 않고, 다시 뵙겠다는 말만 한 후 몸을 돌렸다.

백리명천은 능 호법이 사라진 곳을 바라보다가 싱긋 웃으며 중얼거렸다.

　"기다려라. 언젠가는 네 입에서 꼭 답을 듣고 말 테니!"

　백리명천이 거처로 돌아왔을 때는 날이 밝은 후였다. 그는 기분이 꽤 괜찮은 상태였다.

　밀린 잠을 자려 했을 때 하인이 서신을 하나 가져왔다. 서신을 본 그의 얼굴이 웃고 있던 표정 그대로 굳어 버렸다. 그것은 고 영감의 서신으로, 이번이 벌써 두 번째였다.

　백리명천은 장장 한 시진을 망설이다가 서신을 펼쳐 보았다. 그 안에는 하늘도 무서워하지 않는 그가 참지 못하고 몸서리를 칠 만한 내용이 적혀 있었다. 그러나 그는 지난번처럼 직접 서신을 다시 봉한 다음 말했다.

　"도로 돌려보내라. 나를 찾지 못했다고 하면서."

　그는 잠시 망설이다가 소 숙부와 대황숙을 다른 곳으로 옮겨 가두라고 명령했다. 그 자신도 그곳으로 옮겨 가 사흘을 기다릴 생각이었다.

　사흘이 금세 지나갔다⋯⋯.

빙어연, 홍문연

매해 입동이 지나면, 몽족설역의 가장 거대한 호수인 목다호는 수면의 얼음이 두꺼워져 빙호로 변하곤 했다. 설족의 동포대회는 바로 이 호수에서 거행되었다.

오늘이 동포대회가 시작되는 첫날이었다. 하늘이 도운 것인지, 눈이 온 후의 하늘이 아주 맑았다. 목다호에 색색의 깃발이 빽빽하게 꽂힌 채 바람에 나부끼고 있었다. 그 모습이 눈으로 뒤덮인 설원에서 유달리 강렬하게 아름다워 보였다.

전날 장로회의 안배로 목다호에는 여러 막사가 배치되어 있었다. 가장 큰 막사가 중앙에, 주변으로 작은 막사들이 있었다.

동포대회 첫날 새벽에는 어부들이 천지와 조상을 위해 성대한 제사를 지내게 되어 있었다. 그다음 그 우두머리가 호수를 깨고 첫 번째 고기를 낚아 올리면서 동포대회가 정식으로 시작된다. 그러나 오늘은 제사 후 바로 낚시를 시작하지 않고, 일단 귀빈들을 초청하여 빙어연을 거행하기로 되어 있었다. 덕분에 현재 빙호 위 크고 작은 막사 안에서 모두 빙어연을 준비 중이었다.

비연이 어린 황제의 명의로 손님들을 초청한 후, 전날부터 귀빈들이 잇달아 도착했다. 귀빈들의 수는 많지 않았고, 모두 본인보다는 대리인을 보냈다. 아직 설족의 흑사병을 꺼리고 있었던 것이다. 소 부인도 자신을 대신할 사람을 보냈는데, 당연히 한우아가 아니라 첫째 양녀인 한형아였다.

귀빈들은 설족 제사에는 참가하지 않게 되어 있어, 제사가 끝난 후에 한 명 한 명 입장하기 시작했다.

귀빈들이 모두 자리에 앉았다. 택 역시 빙호 중앙의 큰 막사 안에 앉아 있었다. 오늘 그는 검은 용포를 입고 머리에는 옥관을 쓰고 있었는데, 무척이나 단정하고 장중해 보였다. 택은 상석에 앉아 모두의 절을 받았다. 유난히도 허리를 꼿꼿하게 세우고 앉아 있는 그의 작은 얼굴에는 별다른 표정이 드러나지 않아 자못 엄숙해 보였다.

택을 아는 사람들은 그 모습을 보고 마음이 아팠다. 하지만 이해하지 못하는 사람들은 얼마간 꺼리는 기색을 보이며, 그를 아이로만 생각하지 못하게 되었다.

망중과 하소만이 택의 좌우 양쪽에서 시중을 들고 있었다. 택의 오른쪽 첫 번째 자리는 비어 있었는데, 바로 비연의 자리였다. 그다음에는 설족의 다섯 장로와 다른 요인들 자리였고, 고운원이 가장 끝자리였다.

택의 왼쪽 두 자리도 비어 있었는데, 바로 승 회장과 상관 부인을 위해 준비된 자리였다. 두 사람 다음으로는 당정을 비롯한 다른 귀빈들이 앉게 되어 있었다.

비연이 초청장을 보낸 후 며칠 지나지 않아 상관 부인이 답신을 보내 승 회장과 함께 오겠다고 했으나, 지금까지도 나타나지 않고 있었다.

비연이 막사 문 앞에 서서 기다리고 있었다. 그녀는 오늘 유달리 단장에 신경 써서, 보랏빛 옷을 입고 머리는 높이 틀어 올리고 있었다. 덕분에 고귀한 가운데 차가운 기질이 드러나고 있었다.

그녀는 조용히 기다리고 있었다. 봉황력 때문이라도 승 회장, 그들은 반드시 올 것이다. 과연 얼마 지나지 않아 승 회장과 상관 부인이 도착했다. 그들은 시위 몇 명과 함께 썰매에서 내려, 시종의 안내로 빙호로 들어왔다. 비연이 바람막이를 걸치고 바로 맞으러 나갔다.

승 회장은 검은 옷에 안대를 하고 있었는데 차갑고 엄숙해 보였다. 상관 부인은 한껏 우아하게 차려입고 있었다. 서로 마음을 드러낼 수 없는 상황이었으나 비연은 그래도 웃었다. 아주 예쁘게. 그녀는 공손하게 읍하며 말했다.

"승 회장님, 상관 부인, 오랜만에 뵙습니다. 무척이나 그리웠답니다!"

승 회장은 고개만 끄덕였고 상관 부인은 미소 지었다. 상관 부인도 사실 즐거운 심정은 아니었지만 그래도 일부러 애정 어린 목소리로 묻기도 했다.

"얘야, 정왕이 갇혔다는 소문이 설마 사실이니?"

비연이 놀리듯 물었다.

"누군가가 봉황허영을 보았다는 소문도 떠돈다는데, 그건 사실일까요?"

상관 부인은 이런 방식의 대화를 좋아하지 않았다. 그녀는 웃으며, 대답하지도 다시 묻지도 않았다.

비연이 다시 농담처럼 말했다.

"두 분, 목다호의 빙어는 현공대륙에서 가장 맛있답니다. 막사 안 사람들이 모두 굶주린 채 기다리고 있어요. 바로 두 분을요! 어서 들어가시지요."

몇 걸음 가지 않아 비연이 상관 부인의 손을 잡아끌고 속삭였다.

"상관 부인, 소 부인이 병을 핑계로 오지 않은 것이…… 설마 삼소저의 혼사 문제 때문에 저에게 원한을 품거나 해서 그런 건 아니겠지요?"

상관 부인이 농담처럼 건넸다.

"아마 그래서일걸?"

비연이 다시 말했다.

"상관 부인, 기왕 먼 길을 오셨으니 며칠 머물다 가세요. 동포대회가 끝나면 제가 모시고 빙원에 가서, 진짜 눈과 얼음을 보여 드릴게요. 어때요?"

상관 부인이 무척 즐거운 듯 말했다.

"네가 남지 못하게 하더라도, 본 부인은 억지로라도 남을 참이었다! 빙원은 꼭 한 번은 가 봐야 하는 곳이잖아. 어쩌면 거기서 소문 속의 봉황허영을 볼 수 있을지도 모르지!"

비연이 일부러 승 회장을 바라보며 말했다.

"승 회장님도 부인과 함께하실 예정인가요?"

승 회장은 그저 '응.'이라고만 대답했다. 그의 신경은 온통 주변의 작은 막사로 쏠려 있었다. 그는 이 작은 막사들이 손님들을 대접하기 위한 곳인지, 아니면 시위들을 숨기기 위한 곳인지 구분할 수 없었다.

소 부인은 전날 밤 당정이 안배한 길을 따라 설족에 잠입했다. 아마 지금쯤은 백새빙천에 도착했을 것이다. 아니, 이미 행동을 개시했는지도 모른다.

그들은 이곳에서 언제라도 손을 쓸 생각이었다. 성동격서의 방식으로 소 부인에게 시간을 끌어 주기로 했던 것이다.

승 회장과 상관 부인이 막사 안으로 들어가자 설족 장로는 물론이고 귀빈들도 몸을 일으켜 읍하며 인사를 건넸다. 승 회장은 비록 활발하게 활동하지는 않았지만 명성이 높았고, 적지 않은 이들이 그를 현공대륙 남경의 주인이라고 생각하고 있었다.

승 회장 부부는 택 앞에서 대례를 행하지 않고 그저 손을 모아 읍하며 예를 행했다. 그 모습을 본 이들 중 대다수가 택이 난감해하는 걸 보게 되겠구나 하며 기다렸다. 이 막사 안 수많은 이들이 승 회장을 감히 제대로 쳐다보지도 못하고 있는데, 하물며 어린아이 하나야 말해 무엇하겠는가?

그러나 승 회장이 택에게 인사말을 건네자 택은 상황에 맞게 대답했다. 겁을 먹은 것 같지도 않았고, 자못 제왕의 풍모도 엿보였다. 이 모습을 본 귀빈들은 물론이고 설족 족장들까지도 놀라며 택을 다시 보았다. 지금까지 그들 모두 이 어린 황제가 그저 허수아비에 지나지 않는다고 생각했던 것이다.

승 회장이 택을 찬찬히 살펴보았다. 문득 어린 나이에 등극했던 대진국의 그 황제가 떠올라 감개무량한 기분이 들었다. 그러나 그는 곧 그 마음을 감추고 부인과 함께 자리에 앉았다.

당정은 상관 부인을 향해 고개를 숙여 보였을 뿐 승 회장과는 아예 알은척도 하지 않았다.

주인과 손님들이 모두 도착한 셈이니 택이 연회의 시작을 선포했다. 곧 설족 미인들이 들어와 산해진미를 늘어놓았다.

승 회장은 여색을 즐기지 않는 사람이었지만 지금은 이 미인들을 유심히 보고 있었다. 그들 모두 무예를 익힌 사람들이라는 걸 알아챘기 때문이다. 이것은…… 홍문연[1]이 아닌가! 그러나 승 회장은 또한, 이렇게 많은 귀빈과 천염국 황제 앞에서 비연이 감히 손을 쓰지 못할 거라는 걸 알고 있었다.

명색이 빙어연인데, 산해진미가 모두 상에 올라오도록 생선은 그림자도 보이지 않았다. 당정이 궁금하다는 듯 대장로를 바라보며 물었다.

"이 연회의 이름을 무엇 때문에 빙어연이라 지으셨나요?"

대장로가 대답하기 전에 상관 부인이 놀리듯 말했다.

"이 빙호 아래가 온통 물고기니…… 설마 빙호 위에서 연회를 한다고 빙어연인 것은 아니겠죠?"

역시 대장로가 대답하기 전에 택이 입을 열었다.

"승 회장, 그대 생각은 어떤가?"

비연은 의외라 생각했다. 택이 겁을 내지 않을 뿐 아니라 이

―――――――――――

1 초청객을 해치려는 목적으로 차린 연회. 유방과 항우의 고사에서 유래.

렇게 스스로 말을 걸다니.

손님들 역시 놀란 것 같았다. 원래 기회를 보아 택을 난처하게 해 볼까 하던 사람들도 이 모습을 보고는 경거망동하지 않아야겠다고 생각할 정도였다.

비연은 곧 택이 얼마나 영리한지 알아차렸다. 택은 승 회장의 위엄을 빌려 다른 이들을 압도시키면서, 귀찮아질 수 있는 일들을 사전에 차단하고 있었다. 비연은 무척 기꺼운 동시에 군구신이 오늘 이 자리에 있었다면 얼마나 기뻐했을까 생각했다.

승 회장이 답했다.

"설마, 바로 이 자리에서 낚시를 하는 것입니까?"

"하하, 승 회장이 과연 총명하군."

택이 웃으며 오장로에게 손짓했다. 오장로가 명을 내리자 이번 동포대회를 책임지는 우두머리 어부가 들어왔다.

어부는 키가 크고 우람한 체격의 사내였다. 손에는 커다란 칼을 들고 있었는데, 칼날이 그 무엇과도 비교할 수 없이 예리했다. 담이 작은 사람이라면 감히 쳐다보기도 무서울 정도였다.

상관 부인과 당정이 눈빛을 교환했지만, 승 회장은 여전히 담담했다……

물고기가 걸려들었다

어부가 커다란 칼을 들고 들어와 택에게 대례를 행했다.

이 어부가 뿜어내는 살기가 너무 무거웠기 때문에 모두 조금 쯤은 불안한 마음을 느꼈다. 동시에 어부가 칼을 들고 온 이유를 알 수 없어 당황하고 있었다. 얼음을 깨기 위해서라면 뾰족한 창이 제격이지, 칼이 무슨 쓸모가 있단 말인가!

이때 비연이 나서서 설명하기 시작했다. 원래 빙어연의 '빙어'는 빙호 속 물고기를 먹는다는 의미보다 빙호 안의 물고기를 감상한다는 의미가 더 컸다. 그리고 그 감상하는 방식이 제법 현묘했다.

비연이 고개를 끄덕이자 어부가 뒤로 물러나더니 무릎을 꿇었다. 그리고 두 손으로 칼을 잡고 예리한 칼날로 바닥의 얼음을 깎아 내기 시작했다. 비연이 자세히는 설명하지 않았기 때문에 모두 답답한 마음으로 열심히 보고 있었다.

어부의 동작은 노련하고 재빨랐는데, 한 번 또 한 번 칼을 움직이는 손길이 제법 박자를 타고 있었다. 그와 동시에 막사 중앙의 빙면이 깎여 나가며 커다란 원형으로 움푹 파였다. 그곳의 얼음층이 점점 더 얇아지며 얼음 아래의 물을 볼 수 있었다.

어부가 칼을 거두더니 작은 비수로 바꾸었다. 이제 그는 얼음을 깎아 내지 않고 칼날로 긁어냈다. 그렇게 얼음이 점점 더 얇아져 마지막에는 종잇장 같아졌다. 얼음 아래 노니는 물고기들이 뚜렷하게 보였다. 이게 바로 빙어를 감상하는 방법이었다. 이렇게 얇은 얼음을 사이에 두고 물고기를 감상하니 나름의 특별한 맛이 있었다.

상관 부인이 웃으며 외쳤다.

"재미있네, 재미있어!"

당정 역시 웃으며 말했다.

"오늘 견식을 넓혔어요! 얼음 아래에서 노니는 물고기라니, 처음 봐요!"

그녀들은 웃으면서도 계속 한옆에 서 있는 어부를 경계했다. 그의 칼에서 흘러나오는 살기가 너무 무거웠던 것이다.

승 회장은 어부를 경계할 뿐 아니라 계속 주변 전체를 유심히 살피고 있었다. 그는 남몰래 시간을 계산하며, 백새빙천에 있을 소 부인의 상황도 가늠해 보았다. 비연이 어떻게 손을 쓸지는 알 수 없었지만, 비연보다 먼저 선수를 쳐야 한다는 것은 알고 있었다.

술이 몇 순배 돌았다. 빙어 감상도 어느 정도 했으니 이제는 낚을 시간이었다.

사실은 낚을 필요도 없었다. 저 얇은 얼음층을 가볍게 깨트리기만 하면 얼음 아래 물고기들이 앞다투어 수면으로 튀어 올라 얼음 위로 떨어질 테니까. 이런 방식으로 물고기를 낚는 것을 북강에서는 '갈고리잡이'라고 불렀다.

비연이 직접 정교한 쇠망치를 하나 들어 황상에게 건네며 말했다.

"황상, 이분들이 먼 곳에서 오신 이유는 목다호의 빙어를 맛보기 위함이 아니겠어요? 너무 오래 기다리게 하면 안 될 것 같습니다."

택이 미소 지으며 몸을 일으켜 망치를 받아 들었다. 그는 막사 중심 그 얇아진 얼음층 가까이 걸어가 아래를 한번 본 후 망치로 내려치려 했다.

모두가 기대하며 지켜보는 가운데, 그가 갑자기 동작을 멈추더니 망치를 하나 더 가져오라고 명령했다. 그리고 새로 가져온 망치를 승 회장에게 내밀었다.

"승 회장."

택의 목소리는 여전히 어린아이의 그것이었지만 말투는 무척이나 담담했다. 잔잔하게 미소 짓는 여린 얼굴에서는 심지어 장엄한 느낌마저 흐르고 있었다.

택은 별다른 말 없이 그저 승 회장을 불렀을 뿐이었는데, 승 회장 입장에서는 거절하고 싶어도 어떻게 거절해야 할지 알 수 없었다. 그 자리에 있던 모두가 다시 한번 자신들이 이 어린 황제를 얕잡아 보았음을 깨닫게 되었다. 비연도 속으로, 과연 군구신이 자신 있게 내놓은 인물답다고 생각했다.

그리고 바로 이때, 모두 막사 중앙에 신경 쓰느라 하소만과 망중이 사라졌다는 것을 눈치채지 못했다.

어부가 칼을 든 채 택의 등 뒤에 서 있었다. 승 회장도 망설임 없이 바로 몸을 일으켜 걸어갔다. 하소만이 인어라는 사실을 승 회장이 알 리 만무했다. 승 회장은 그저 어린 황제가 곁에 있는 한 비연이 어떤 술수도 부릴 수 없을 거라 생각했다.

그러나 그가 막사 중앙으로 걸어가자 비연이 상관 부인 뒤 시위들에게 눈짓을 보냈다! 오늘 비연의 목표는 승 회장이 아니라 상관 부인이었다! 그녀는 상관 부인을 잡아 승 회장을 압박해, 승 회장으로 하여금 소 부인을 핍박하게 하는 동시에, 기회를 보아 상관 부인에게 빙해에 관련하여 탐색을 좀 해 볼 작정이었다!

비연은 당연히 사람들이 보는 앞에서 상관 부인을 협박할 수 없으니, '자객'의 명의를 빌려 볼 작정이었다.

택과 승 회장이 함께 망치를 들어 올렸다. 모두가 지켜보는 가운데, 거대한 막사 안이 마치 소리 없는 세계처럼 조용해졌다.

승 회장이 아무리 신중하다 해도 하소만이 이미 빙호 속에서 기다리고 있고, 어린 황제가 언제라도 도망칠 수 있다고는 생각할 수 없었다.

쿵!

승 회장과 택이 동시에 망치를 내려쳤고, 비연이 명령을 내리려는 찰나였다. 갑자기 시위 하나가 달려 들어오더니 외쳤다.

"불입니다! 모든 양식 창고에 불이 났습니다!"

뭐라고?

비연과 승 회장 모두 이렇게 중요한 때에 이런 일이 벌어질 거라고는 생각지 못했다. 그들은 곧바로 의심을 품었다. 비연은 승 회장이 저지른 일이라 의심했고, 승 회장은 백리명천과 축운궁이 행동을 시작했다고 의심했다!

승 회장이 준비했던 일도 백리명천의 이 행동과 별 차이가 없었다. 그 역시 설족을 공황 상태에 밀어 넣고, 장로회가 병력을 징발하게 만들 작정이었다. 그런데 백리명천이 선수를 칠 줄이야.

흑사병 이후로 물자가 부족한 상황이었기에 설족의 양식 창고는 설족의 명맥과 관련된 문제였다! 장로들과 설족 요인들이 모두 달려 나갔다. 비연도 더 시간을 끌지 않고 바로 결정을 내려 손을 쓰라고 명령했다.

장로들이 달려 나가는 가운데, 사람들에게 반응할 겨를조차 주지 않고 복면 자객들이 난입해 들어왔다. 위기의 순간, 승 회장의 첫 반응은 바로 자신의 부인을 바라보는 것이었다. 거의 동시에 상관 부인 등 뒤에 잠복해 있던 진묵이 검을 뽑았다.

"정아, 조심해!"

승 회장이 즉시 자객을 향해 침을 날려 상관 부인에게 반격할 기회를 줌과 동시에 자신 역시 바로 몸을 돌려 택을 습격하려 했다. 그러나 거대한 몸집의 어부가 택 앞을 막아섰다. 승 회장은 바로 그에게 암기를 날렸고, 어부는 몸을 피했다. 그러나 그와 동시에 택이 빙호 속으로 뛰어들어 순식간에 사라져 버렸다. 어부의 임무는 승 회장을 공격하는 게 아니라 택을 엄호하는 것뿐이었다.

난입해 들어왔던 흑의 자객들이 승 회장을 포위하고 공격하기 시작했다. 승 회장이 데려온 시위들도 막사 안으로 달려 들어와 한바탕 전투가 시작되었다.

이 모든 일이 한순간에 발생했다. 어찌나 모든 일이 휙휙 지나가는지 사람들이 제대로 반응하지도 못할 정도였다. 상관 부인과 당정은 이미 진묵 일행과 한데 뭉쳐 싸우고 있었고, 한형아도 도우러 왔다. 당정은 끝까지 사정을 모르는 척 상관 부인과 함께 싸우며 비연에게 소리쳤다.

"연아, 자객이야! 어서 시위를 불러와! 어서!"

비연은 당정의 신분을 알지 못했기에 거짓으로 소리쳤다.

"여봐라! 어서!"

그러나 아무도 달려오지 않았다. 비연의 수하들이며 설족의 궁수들은 모두 백새빙천에 매복 중이었으니 당연히 들어오지 않았다. 설족의 시위들은 장로회를 따라 불을 끄러 달려간 참이었다. 그러니 막사 밖에는 사람이 없는 상태나 마찬가지라 이곳의 방어 체계는 무척 약해진 상태였다.

손님들이 모두 경악하여 앞다투어 도망치려 하면서 일대 소동이 벌어졌다. 혼란스러운 가운데 망중이 들어와 나지막하게 보고했다.

"왕비마마, 방금 들어온 정보입니다. 누군가가 백새빙천에 난입했습니다. 어느 세력의 인물인지는 알 수 없으나, 제가 살아 있는 채로 체포했습니다."

비연은 가짜 소문을 퍼뜨리면서, 봉황력이 숨겨진 곳이나 요이모와 계강란이 갇혀 있는 곳에 대해서도 거짓 정보를 살포했다. 그녀는 승 회장이 군구신 때문에 왔다는 것도, 승 회장과 백리명천이 이미 제 갈 길을 가기로 했다는 것도 알지 못했다. 그리고 백새빙천에 난입한 사람은 백리명천이 아니라 축운궁 사람이리라 생각했다.

물고기가 걸려든 셈이었다. 그녀는 가능한 한 빨리 그곳으로 가야 했다…….

당정이 세작이다

승 회장은 내상이 치유되지 않은 상태라, 암기를 사용해 자객들과 응전할 수밖에 없었다.

상관 부인, 당정, 그리고 한가보의 대소저 한형아는 모두 진묵의 적수가 아니었다. 그러나 세 사람이 연합하고, 상관 부인이 암기까지 사용하니 쉽게 승부가 나지 않았다.

승 회장 일행이 상승세를 타고 있는 걸 본 비연이 결정을 내렸다. 그녀는 전투를 피하기로 하고, 망중의 호위를 받으며 옆으로 빠져나갔다.

사실 이 흑의 자객들은 정말로 승 회장 일행을 암살하려는 것은 아니었다. 그저 시간을 끌고, 다른 손님들을 도망가게 하는 것이 목적이었다.

지금 손님들은 거의 다 도망친 상태였고, 그녀가 주변에 매복시킨 궁수들도 곧 들어올 예정이었다. 승 회장 일행은 암기를 지니고 있었기에, 궁수들로 포위해 공격하지 않으면 짧은 시간 안에 그들을 잡을 수 없었다.

"당정을 다치게 하지 말고, 꼭 전해 줘. 내가 나중에 다 설명한다고."

비연이 시위에게 당부하며 밖으로 달려 나갔다. 그러나 문앞에 도착한 순간 눈에 들어온 광경에 그만 아연해지고 말았다.

서른 명이 넘는 궁수들과 시위들 여러 명이 전부 살해당해 있었다. 검은 가면을 쓰고 흰 옷을 입은 호리호리한 남자가 시신들 사이에 서 있었는데, 한 손에는 장검을 들고 다른 한 손은 등 뒤로 보내고 있었다.

축운궁의 능 호법이었다. 분명했다. 이 시신들은 전부 그에 의해 도륙당한 참이었다. 그의 손에 들린 장검에서는 아직도 피가 흐르고 있었다.

비연뿐 아니라 망중마저도 차가운 숨을 들이마셨다. 그들은 능 호법이 여럿을 죽인 것에 놀란 것이 아니라 이렇게 짧은 시간 안에 소리 없이 죽였다는 사실에 경악하는 중이었다.

시신들 중에는 궁수만 서른이 넘었다. 몰래 기습했다 한들 어떻게 이렇게 빠르게, 소리 없이 이들 모두를 죽일 수 있었을까! 대체 어떻게 한 거지?

비연은 곧 가면 아래 죽음처럼 고요한 그의 눈에 시선을 맞췄다. 그녀도 불안해지기 시작했다.

망중이 더 이상 생각할 겨를 없이 비연을 제 몸 뒤로 잡아끌었다. 그리고 속삭였다.

"왕비마마, 이자는 상대하기 쉽지 않습니다. 돌아가셔서 진묵의 호위를 받으며 먼저 물러나십시오."

아무리 주도면밀하게 계획했다 하더라도 의외의 일을 피할 수는 없는 법이다. 그 누구도 이런 고수가 나타나 여지라고는 남기지 않고 모두를 죽여 버리리라고는 생각지 못했다!

망중은 승 회장 일행을 납치하는 것을 실패한다 해도 일단 왕비의 안전부터 확보해야 한다는 사실을 알고 있었다. 이 흰 옷에 검은 가면을 쓴 녀석은 무공이 지극히 높았다. 그는 이 난리에도 백새빙천으로 봉황력을 찾으러 가거나 인질을 구하러 가지 않고 이곳으로 왔다. 의심할 바 없이 저자의 목표는 왕비였다!

그러나 비연은 물러날 수 없었다. 양쪽에서 협공당할 생각은 전혀 없었다. 그녀가 의식을 움직이자 소매 속에 숨어 있던 대설이 바로 뛰어내리더니 진정한 모습을 드러냈다.

비연은 대설과 직접적으로 교류는 불가능했지만 계약 이후로 마음이 서로 통하게 되었다. 그녀가 마음속으로 생각하는 모든 것을 대설은 느낄 수 있었다.

대설이 무릎을 꿇자 비연이 바로 그의 등에 올라탄 후 망중에게 속삭였다.

"저자를 백새빙천으로 유인하겠어. 어서 오장로를 찾아, 바로 병사들을 이끌고 오라고 해. 승 회장 부부 두 사람을 여기에 붙들어 놔야 해. 양식이 얼마나 불타건 내가 그만큼을 보충해 주겠다고 말해!"

망중이 걱정스럽게 말했다.

"왕비마마, 모험하시면 안 됩니다."

비연이 냉랭하게 말했다.

"이미 모험은 시작되었어! 어서 가라! 명령이다!"

망중은 부득이하게 떠날 수밖에 없었다.

능 호법은 망중은 아예 안중에도 없는 듯했다. 심지어 대설이 갑자기 거대한 늑대로 변했을 때도 전혀 반응을 보이지 않았다. 그는 처음부터 끝까지 비연만을 보고 있었다.

비연이 한 손으로 대설의 목을 잡고, 다른 한 손으로는 활을 겨누며 살며시 미소 지었다.

"능 호법?"

요 이모와 소 숙부와 같은 인물들이 인질로 전락했다. 축운궁에서 다시 파견한 인물은 지위건 무공이건 그들 두 사람보다 위여야 했다. 비연은 눈앞의 사람이 바로 계강란과 요 이모가 이야기한 능 호법이라고 거의 확신할 수 있었다.

비연은 능 호법이 왔다는 사실에는 전혀 놀라지 않았다. 그녀가 놀란 것은 그의 무공이 이 정도로 높다는 것이었다! 그녀는 도저히 이해할 수 없었다. 방금 그렇게 짧은 시간 안에 어떻게 그렇게 많은 사람을 죽인 걸까?

그녀가 다시 물었다.

"축운궁의 궁주도 설마 능씨는 아니겠지?"

계강란에게서 축운궁이 흑삼림에 있다는 말을 들은 후, 비연은 흑삼림과 관련한 정보들을 수집했다. 능씨 가문은 과거 흑삼림의 지배자였다!

능 호법은 대답하지 않고 빠르게 비연을 덮쳐 왔다. 비연은 활을 쏘면서 대설에게 백새빙천 방향으로 도망치라고 명령했다.

그녀는 비록 이미 모험을 하고 있었지만 여전히 방어적으로 행동해야 했다! 대설도 아직 불안정한 상황이었다. 무엇보다도 대설이 능 호법을 상대할 수 있는지도 확신할 수 없었다. 현재로써는 도망이 그녀에게 있어 가장 좋은 보험이나 마찬가지였다.

능 호법을 백새빙천으로 끌어들일 수만 있다면 그녀는 제대로 몸을 뺄 수 있을 것이다. 그녀의 가장 큰 패들이 전부 다 백새빙천에 있으니까!

대설이 빠른 속도로 달리기 시작했다. 능 호법이 뒤를 따라붙었다. 대설이 과연 얼마나 버텨 줄지, 비연은 자신이 없었다. 아무리 봐도 상황이 결코 낙관적이지 않았다.

그리고 오장로를 찾아간 망중은 좋지 못한 소식을 듣게 되었다. 설족의 양식 창고에 방화가 일어났을 뿐 아니라, 정체를 알 수 없는 사냥꾼 무리가 환해빙원으로 잠입하며 백우웅을 죽였다는 이야기였다. 시위들이 백우웅 시체 다섯을 발견했다.

이 말을 들은 망중은 무슨 일이 벌어진 건지 알 수 있었다! 양식 창고에 불을 지른 일, 그리고 백우웅을 죽인 일은 모두 축운궁과 승 회장이 저지른 짓이 분명했다. 그들의 병력을 분산시키기 위해, 특히 설족의 궁수대를 견제하기 위해 말이다. 지금 상황으로 보면, 백새빙천에서 무슨 일이 벌어지건, 왕비마마라도 이들을 바로 지원 보낼 방법은 없을 것 같았다.

망중이 속으로 중얼거렸다.

'왕비마마께서 미리 경계하고 계셔서 다행이야. 아니었다면 백새빙천이 위험했을 테니!'

오장로는 백새빙천에 매복한 궁수들을 소환하지 않을 수는 있었으나, 더 많은 병력을 지원할 방법도 없었다. 망중 역시 오장로에게 더 이야기하지 않고 바로 목다호의 막사로 돌아갔다.

그러나 그가 막사로 돌아왔을 때 눈에 들어온 것은 바닥에 쓰러진 시신들과 벽에 기대어 있는 진묵이었다. 진묵의 배에는 암기가 하나 꽂혀 있었는데, 이미 숨이 끊어진 것처럼 보였다.

망중이 경악하여 빠르게 달려갔다.

"진묵!"

진묵이 천천히 눈을 떴다. 죽은 척하여 겨우 목숨을 건졌지만, 이미 기력이 다한 상태였다. 그의 목소리는 아주 약해져 있었다.

"당, 당정은…… 세작이야!"

말을 마친 진묵은 정신을 잃었다. 그는 당정이 승 회장과 같은 암기를 지니고 있으리라고는 생각지 못했었다. 그런 이유가 아니라면 그가 어찌 암기에 맞았겠는가?

그가 더욱 생각하지 못한 것은, 상관 부인이 한형아의 몸을 방패로 사용하여 자객의 습격이며 암기들을 막아 낸 것이었다. 그렇지 않았다면 그렇게 많은 자객이 승 회장을 포위했는데, 그리 단숨에 모두 살해당했을 리 없었다.

망중은 경악하는 와중에도 초조해지기 시작했다. 당정이 세작이라면 왕비마마가 너무나 위험하다!

망중은 수하에게 어서 진묵을 의원에게 옮기라 명령한 후, 자신은 바로 백새빙천으로 향했다. 목다호에서 백새빙천까지는 먼 거리가 아니었다.

이 순간, 승 회장과 상관 부인, 그리고 당정은 이미 백새빙천에 도착해 있었다. 몰래 백우응을 잡은 사냥꾼 무리는 승 회장이 안배한 이들이었다. 그들은 비연이 백새빙천에 수하들을 얼마 배치하지 않았을 거라 여기고 있었다. 당정은 가능한 한 빨리 지원을 가야 했기에 결국 신분을 드러내고 말았다.

그들은 자신들이 휴대한 암기에 소 부인이 데려온 시위들이라면, 소 부인이 반 시진 정도는 방해받지 않게 해 줄 수 있으리라 믿었다. 그러나 그들이 백새빙천 몽족 지하 궁전 입구에 도착했을 때 눈에 들어온 것은 뜻밖에도 바닥 가득한 시신들이었다.

설족의 궁수들도 있었고 천염국 황족의 시위들도 있었다. 바닥의 핏자국이 아직 마르지 않은 것으로 보아 이 살육이 일어난 건 얼마 안 된 것 같았다.

대체 어찌 된 일일까?

지하 궁전에서 다시 모이다

당정과 상관 부인은 어안이 벙벙했다.

승 회장이 시신 몇 구의 상처를 세심하게 살펴본 후 조용히, 경악하며 말했다.

"모두 같은 검에 목을 꿰뚫렸어."

상관 부인이 놀라 소리를 질렀다.

"막사에서처럼 모두 한 사람에게 죽었다는 이야기야?"

승 회장은 그보다는 다른 일에 관심을 두고 있었다. 그가 다급하게 말했다.

"어서 들어가야 해! 소 부인에게 무슨 일이라도 벌어지지 않도록!"

이곳의 시위들이 막사 쪽보다 많았다. 분명했다. 비연은 천염국의 어린 황제를 내세워 그들을 미혹시키고, 이곳에 천라지망을 펼쳐 놓은 것이다.

승 회장은 이곳에 비교적 익숙한 편이었다. 그가 거대한 동굴 안으로 들어가자 상관 부인과 당정도 재빨리 따라 들어갔다. 그러나 얼마 되지 않아 그들은 다시 살해당한 한 무리의 시신들을 보게 되었다. 시신들 모두 검은 복면을 쓰고 있었는데, 바로 소 부인이 데려온 시위들이었다.

승 회장과 상관 부인이 그들의 시신을 살핀 후, 이들 대부분이 기습을 받거나 화살에 맞아 죽었다는 것을 깨달았다. 이들은 동굴 밖 시위들이 죽기 전에 죽은 것이 분명했다. 바로 비연의 매복에 걸려서!

지하 궁전의 입구는 이 거대한 동굴 깊은 곳에 있었다. 그들은 안으로 들어가는 내내 피살된 시위들을 상당수 볼 수 있었다.

점점 더 깊이 들어갈수록 세 사람은 촉각을 곤두세웠다. 동시에 마음이 점점 더 무거워지고 있었다. 소 부인 일행이 매복을 만난 것이 너무나 분명해 보였기 때문이다.

게다가 소 부인 일행이 매복을 만난 후 누군가가 승 회장 일행보다 먼저 난입해 들어온 것이 분명했다. 그 누군가는 비연의 방어선을 꿰뚫고 지금 지하 궁전 안에 있었다. 지하 궁전 안에 매복이 더 있을지, 비연이 지하 궁전 안에 있을지는 그들로서도 알 수 없는 문제였다.

상관 부인은 10년 동안 소 부인과 좋은 안색으로 대화하거나 밥 한 끼 먹은 적이 없었지만, 이 순간만은 근심에 가득 차 중얼거렸다.

"옥아에게 아무 일 없겠지?"

"없을 거예요! 절대로!"

당정이 지하 궁전 입구에서 뛰어내리려 했을 때, 승 회장이 막아섰다.

"너는 바로 돌아가거라!"

당정은 단 한 번도 이 외숙의 명령을 어긴 적 없었지만 이번만은 그녀도 진지했다.

"가지 않겠어요!"

상관 부인이 승 회장을 거들기 시작했다.

"당정, 시간이 없다. 어서 가거라. 지금 어떤 상황인지도 알 수 없는데, 너에게 무슨 일이라도 생긴다면 네 부모에게 할 말이 없다!"

당정이 반박하려 했을 때 승 회장이 날카롭게 외쳤다.

"어서 떠나라! 돌아가서 소식을 기다리고, 운한각과 연락을 유지하도록! 이것은 명령이다!"

운한각의 요인들은 모두 친지 관계였지만, 운한각에는 그 누구도 위반할 수 없는 엄격한 규칙과 제도가 있었다. 당정은 눈가를 붉히면서도 더 이상 말하지 않고, 재빨리 제 손목의 칠살소골침을 풀어 상관 부인에게 건넨 후 자리를 떠났다.

승 회장이 이렇게 한 것은 옳은 일이었다. 어쨌든 상황을 알지 못하는 이상 그들은 비장의 패를 남겨 두어야 했다. 비연에게 깊은 신임을 받고 있는 당정이야말로 그들의 으뜸 패였다. 안타깝게도 그들 세 사람은 진묵이 죽은 척했다는 사실을 몰랐던 것이다.

당정이 떠나자 승 회장이 상관 부인에게 칠살소골침을 장착해 주었다. 그리고 바로 그녀와 함께 동굴 깊은 곳으로 뛰어내렸다.

그들이 채 바닥에 착지하기도 전에 피비린내가 훅 끼쳐 왔다. 그리고 그들이 바닥에 닿았을 때, 화살에 심장을 꿰뚫린 검은 옷의 시위들이 보였다. 모두 소 부인의 시위들이었다.

도저히 상상조차 할 수 없었다. 이곳에 잠입한 소 부인 일행이 매복을 만나 얼마나 참혹한 전투를 벌인 것인지.

언제나 웃고 있던 상관 부인의 표정도 무거워졌다. 그들 두 사람은 재빨리 시신들을 살펴보고, 소 부인의 시신이 없음을 확인하고는 겨우 안도의 한숨을 쉬었다.

상관 부인이 앞으로 나가려 하자 승 회장이 그녀를 잡아끌어 제 몸 뒤에 서게 했다. 두 사람 모두 아무 말도 하지 않았다. 승 회장의 동작은 마치 예전부터의 습관인 듯 아주 자연스러웠다.

그러나 상관 부인은 승 회장의 발목을 잡으러 온 것이 아니었다. 그녀는 젊은 시절, 도광이 난무하는 곳에서 성장했다. 그녀는 승 회장을 따라가면서, 뒤에서 기습하는 사람은 없는지 경계하고 있었다. 이렇게 승 회장과 상관 부인은 신중하고 조심스럽게 앞으로 나아갔다.

그리고 이 순간, 비연 역시 온 힘을 다해 도망치고 있었다.

대설이 온 힘을 다해 능 호법과 거리를 벌려 가며 그녀를 백새빙천까지 데려다주었다. 그러나 한계에 다다른 그는 빙려서로 변해 비연의 소매 속에 숨었다.

백새빙천에 도착하고 나서야 비연은 소 부인이 왔다는 사실을 알게 되었다. 그녀가 매복시킨 병사들이 소 부인 일행을 포위하여 공격했지만, 소 부인은 도망쳐 지하 궁전으로 들어갔다고 했다. 비연은 병사들에게 계속 매복한 채 능 호법을 상대하라 이르고, 자신은 지하 궁전으로 들어갔다.

백새빙천의 매복은 막사에 매복시켜 놓은 병사들의 수와는 비교가 되지 않을 정도로 많았다. 비연은 원래 궁수대를 이용해 능 호법을 잡을 생각이었지만, 놀랍게도 능 호법은 그 짧은 시간에 겹겹이 싸인 방어선과 매복을 뚫고 그녀를 쫓아왔다. 지하 궁전의 기관이며 갈림길이 아니었다면 비연은 벌써 능 호법의 수중에 떨어졌을 것이다.

지금 그녀 곁에는 시위가 한 명도 없었다. 그녀가 가진 것은 활 하나뿐이었다. 비연은 능 호법의 무공이 대체 어느 정도로 대단한 것인지 이해할 수 없었다. 그리고 더욱 이해할 수 없는 것은, 능 호법이 그리도 무서운 무공을 지니고도 그녀를 쫓을 때는 그 무공을 드러내지 않는다는 것이었다.

물론, 지금 이런 것들을 생각할 여유는 없었다. 비연은 온 힘을 다해 미로의 비밀 입구를 향해 달리고 있었다. 그곳은 바로 군구신이 사라진 석실 입구 근처에 있었다. 최근 한 달 동안 비연은 비밀리에 공사를 벌였고, 그 결과 이 미로는 지하 궁전의 큰길에 연결되었다. 의외의 일을 만나더라도 물러날 길이 있도록.

지금 소 부인이 지하 궁전에 있다. 능 호법도 곧 내려올 것이다. 비연이 비밀리에 잠복해 있을 수만 있다면 이 격렬한 전투는 그래도 그녀의 승리로 끝날 것이다. 백새빙천의 매복은 결코 그녀의 비장의 패가 아니니까.

비연이 쥐고 있는 최고의 패는 바로 상 장군이었다. 아니, 좀 더 확실하게 말하자면 보명고성의 주둔군이었다.

비연은 이미 상 장군에게 지시를 내린 상태였다. 오늘 정오가 지나면 설족과 보명고성 사이의 통로, 백랑곡과 일선천, 그

외 다른 지하 궁전의 출입구가 모두 봉쇄될 것이다. 하소만이 택을 안전한 곳으로 옮기고 나면 수로를 이용한 모든 출입구도 전부 봉쇄될 것이다.

보명고성의 군대 전원이 흑사병으로 인한 봉쇄 때보다 더욱 삼엄한 태도로 봉쇄 작전에 임했다. 또한 모든 출입구를 지키는 이들은 상 장군의 사람도 설족 사람도 아닌 망중이 데려온 심복들이었다. 설족에 세작이 있다 해도, 아니 저들에게 날개가 달렸다 해도 이번에는 도망치지 못할 것이다!

능 호법이 점점 더 가까이 쫓아왔다. 거의 등 뒤에 닿을 것 같았다. 비연은 숨조차 쉬지 못할 정도로 빠르게 달렸고, 곧 그 밀실에 가까워졌다. 그녀는 심지어 고개 한번 돌리지 않고 계속 앞으로만 달렸다.

그러나 미로 입구에 도착했을 때, 비연이 갑자기 발걸음을 멈췄다. 지하 밀실로 향하는 동굴 근처에 한 여자가 서 있는 게 보였다. 키는 크지 않았지만 상당한 미인이었고, 새하얀 얼굴이 무척이나 엄숙해 보였다. 부상이 가볍지 않은지 온몸에 핏자국이 가득했고, 얼굴은 30대 중반으로 보였지만 머리는 이미 하얗게 세어 있었다.

비연은 무척 놀랐으나 곧 알아챌 수 있었다. 소 부인이었다. 보아하니 그녀를 추적하던 시위들은 모두 그녀의 손에 죽은 것 같았다.

소 부인은 시위들을 죽이고 반 시진 동안 이 지하 궁전을 두루 살펴보았다. 그리고 열 수 있는 결계를 모두 열었으나 아무런 수확도 없었다. 그녀는 원래의 길로 되돌아와 의심이 가는 곳을 다시 살펴보다가 결국 이 수직 동굴 앞에서 발걸음을 멈춘 참이었다. 그녀는 이 동굴이 얼마나 깊은지는 알 수 없었지만 이 동굴 안에 결계가 하나 있음을 확신할 수 있었다.

지금 누군가가 오리라고는 생각지 못한 소 부인은 갑자기 나타난 비연을 살펴보더니, 곧 누구인지 알겠다는 듯 말했다.

"천염국 정왕비, 고비연인가?"

뒤에 승냥이가 쫓아온다 싶더니 앞에는 호랑이가 있었다. 비연은 더 이상 도망칠 수 없다는 것을 깨달았다. 그녀는 눈빛을 사납게 반짝이며, 지금 당장 소 부인에게서 빙해에 관한 일을 알아내기로 결심했다!

그러나 안타깝게도, 그녀가 미리 준비한 물건을 꺼내기 전에 능 호법이 도착했다…….

뜻밖에도 영술

능 호법이 따라왔다. 그리고 곧 소 부인을 발견했으나 그의 눈에는 여전히 어떤 감정의 기복도 일지 않았다. 아무 말도 하지 않고 검을 뽑아 비연을 덮칠 뿐!

그 모습을 본 소 부인도 검을 뽑았다. 비연이 능 호법에게 화살을 쏘면서 뒤로 물러나며 소 부인에게 말했다.

"소 부인, 북강 전체가 봉쇄되었습니다. 내가 일단 저자의 손에 떨어지면 당신들도 북강을 벗어나기는 어렵겠지요. 우리 협력하는 게 어때요?"

소 부인이 대답 없이, 능 호법의 등을 향해 날카로운 금침을 날렸다.

곧 승 회장과 상관 부인이 쫓아왔다. 능 호법이 고개를 돌려 그들을 한번 보더니 바로 몸을 피했다.

소 부인이 무척 기뻐하며 발아래 수직 동굴로 떨어지는 대신, 능 호법에게 금침을 하나 날렸다. 바로 칠살소골침이었다.

이렇게 앞뒤에서 침이 연이어 날아오는 데다 다른 암기까지 함께 끼어드니, 능 호법도 응대할 겨를이 없어 보였다. 비연을 위협하는 것은 말할 것도 없고, 숨을 돌릴 틈조차 없어 보였다. 그에게 날아가는 침은 비록 가늘었지만 파죽지세의 기운을 품고 있었다. 그는 그저 그것을 피할 뿐 감히 막아 낼 엄두도 내지 못했다.

비연은 승 회장과 상관 부인이 온 것을 보고도 놀라지 않았다. 분명 그녀의 시선을 느꼈을 텐데도 승 회장은 그녀를 상대하지 않고 능 호법에게만 신경을 쏟았다. 상관 부인은 비연을 흘깃 본 다음 바로 시선을 피했다. 그런 그녀의 눈빛은 매우 복잡해 보였다.

비연 역시 곧 시선을 거둬들였다. 지금 같은 때 누구라도 마음을 무르게 먹거나 양보할 수는 없는 것이다. 그녀는 벽에 등을 기댄 채, 상황이 진전되는 것을 지켜보며 촉각을 곤두세웠다. 가능하면 저들이 오래 싸워 주었으면 했다. 그러면 그 기회를 틈타 도망칠 수 있을 테니까.

곧 그녀는 멀지 않은 곳에 있는 기관을 몰래 흘깃거리기 시작했다. 저기까지만 갈 수 있다면…… 기회를 잡아 기관을 발동시킬 수만 있다면 도망칠 수 있었다.

암기들이 완벽하게 능 호법을 견제하고 있음을 확인한 비연은 벽에 붙은 채 침착하게 조금씩 움직이기 시작했다. 그러나 몇 걸음 이동하기도 전에 능 호법이 검을 들고 있던 팔에 금침을 맞았다. 금침은 가늘었지만 그 힘이 대단해, 능 호법은 바로 장검을 바닥에 떨어뜨렸다. 분명 중상이었다.

그는 몸을 비끼며 앞에서 날아오는 암기를 피하더니 벽에 달라붙었다. 죽은 이의 것만 같던 그 눈빛에 마침내 파란이 일더니 단호한 결의가 드러났다. 그러나 승 회장과 상관 부인은 암기를 날리는 것을 멈추지 않았고, 소 부인 역시 멈추지 않았다.

소 부인이 홀연히 동굴 안으로 발을 들여 능 호법을 공격하는 동시에 비연을 바라보았다.

눈앞에 도망칠 기회가 있는 이상 비연은 포로로 전락하고 싶지 않았다. 이들이 적인지 친우인지는 아직 미지수였던 것이다. 그녀는 소 부인에게 활을 겨눈 채 재빨리 기관 쪽으로 달려갔다.

그러나 이게 웬일일까. 능 호법의 몸이 환영처럼 흔들리더니, 놀랍게도 모든 암기를 피해 내고 비연 곁에 착지했다! 비연이 정신을 차리기도 전에 능 호법이 그녀의 목을 조르며 앞으로 끌고 가더니 벽에 기대섰다.

이, 이건…… 영술이다!

이 순간 모두 경악했다! 비연과 승 회장 부부는 놀라는 동시에 깨달을 수 있었다! 과연…… 능 호법이 그 짧은 시간 안에 소리 없이 수많은 시위들을 죽인 것도 이상한 일이 아니었던 것이다!

비연은 이해할 수 없었다. 능 호법은 분명 영술을 할 줄 알면서 그녀를 쫓아올 때는 왜 영술을 쓰지 않았을까?

자신이 영술을 쓸 줄 안다는 사실을 폭로하고 싶지 않은 것 같았다!

그는 대체 어디서 영술을 배운 걸까? 축운궁과 관련이 있을까?

승 회장 일행은 축운궁이 흑삼림 출신임을 알지 못했다. 그러나 그들도 흑삼림에서 영술을 쓰는 자를 목격했다는 정보를 떠올리고 있었다. 군구신과 눈앞의 능 호법, 대체 둘 중 누가 흑삼림의 그 사람일까? 혹은 흑삼림의 그 사람은 또 다른 사람일까? 군구신이 고남신일 가능성은 대체 얼마나 될까?

영술을 할 수 있고 나이가 비슷하다면 그 누구라도…… 가능성이 얼마나 되건 그들로서는 놓칠 수 없었다! 승 회장이 바로 결단을 내리고는 명령했다.

"소 부인, 저자를 잡아!"

소 부인이 어떻게 능 호법을 잡을 수 있을까?

결계술이 그 답이었다!

소 부인이 검을 버리고 결계를 펼칠 때 등 뒤에서 암기가 여러 개 날아왔다. 소 부인이 암기를 피하며 돌아보니 백리명천이 공격해 오고 있었다! 창졸간의 일이라 소 부인은 제대로 대처하지 못하고, 그대로 충격을 받을 수밖에 없었다.

비연도 경악했다. 계속 백리명천이 승 회장과 한패라고 생각했기 때문이었다.

승 회장도 경악했다. 백리명천이 여기에 잠복해 있다가 기습해 올 줄이야!

그리고 능 호법 역시 놀라고 있었다. 그는 백리명천이 이 시간에 여기서 나타날 줄은 몰랐던 것이다.

오늘 아침 그들이 잠입에 성공한 후 그는 백리명천에게 요 이모와 계강란을 구하러 가도록 했다. 능 호법의 세작이 말하기를, 요 이모와 계강란은 백새빙천에 갇혀 있지 않고 설족 대영 부근에 숨겨져 있다고 했던 것이다. 설마 백리명천 저 녀석이 벌써 요 이모 일행을 구했다는 말인가?

사실 백리명천은 요 이모와 계강란을 아예 구하러 가지도 않았다. 그의 목표는 단 하나, 비연이었다. 때문에 그는 계속 능 호법의 뒤를 밟았고, 지금 이 자리에 있는 사람들 중 누구보다 먼저 능 호법이 영술을 쓸 수 있다는 걸 알게 되었다. 그는 영술을 살핀 후, 자신이 능 호법과 협력할 경우 어떤 이익도 볼 수 없으리라는 걸 인식했다.

능 호법이 지하 궁전으로 들어간 후 백리명천은 바로 그 뒤를 따르지 않고 수로를 통해 지하 궁전으로 들어왔다. 그리고 계속 잠복한 채, 능 호법과 승 회장 일행이 싸우다가 모두 부상을 입기를 기다리고 있었다. 어부지리를 얻을 작정이었던 것이다.

충격을 받은 소 부인이 능 호법과 비연 앞에 쓰러져 선혈을 토해 냈다. 하지만 그녀는 바로 몸을 굴려 일어나더니 승 회장 일행 근처로 비틀거리며 다가갔다. 그러나 곧 다시 선혈을 토해 내더니 정신을 잃고 말았다.

세상에, 백리명천이 대체 얼마나 심하게 손을 쓴 걸까? 상관 부인이 재빨리 소 부인을 부축하며 노성을 질렀다.

"백리명천! 지금이라도 반성하기에는 늦지 않았다. 계속 이대로 간다면 네 사부가 절대로 너를 그냥 놔두지 않을 게다!"

백리명천도 방금 칠살소골침을 보았기에 승 회장의 신분을 알아차릴 수 있었다. 그는 고 영감이 대체 어떻게 현공상회와 협력 관계가 되었는지 몹시 의아했지만, 지금은 생각할 겨를이 없었다.

백리명천이 능 호법에게 다가가려 하자 승 회장이 칠살소골침을 던졌다. 백리명천은 미리 대비하고 있었기에 완벽하게 피할 수도 있었지만 피하지 않았다. 검을 쥔 채 능 호법에게로 이동해, 검 끝으로 능 호법의 목을 겨눴다.

백리명천이 한 걸음만 늦었어도 능 호법은 도망칠 수 있었을 것이다! 능 호법이 발걸음을 멈춤과 동시에 백리명천의 옆구리를 바라보았다. 금침이 백리명천을 맞히지는 못했지만 그 기세만으로도 상처를 입히기에 충분했다. 백리명천의 찢어진 옷 틈으로, 옆구리에서 선혈이 흐르고 있었다.

이 순간 그 누구도 백리명천이 왜 이렇게 행동하는지 이해할 수 없었다. 승 회장도 의아한 눈빛으로 잠시 움직임을 멈췄다.

능 호법이 냉랭하게 물었다.

"이건 무슨 뜻입니까?"

이 순간, 백리명천의 복부에 격렬한 통증이 찾아왔다. 그러나 그는 아무 일도 없는 것처럼 싱긋 웃었다. 가느다란 눈매가 더더욱 매력적으로 보였다.

"네가 가 버리면 본 황자는 어떻게 하라고? 비연을 본 황자에게 넘기고, 네가 저들을 상대해. 본 황자가 예전 그곳에서 너를 기다릴 테니까."

다시 한번 말해 줘

백리명천이 비연을 끌어당기려 했다. 그러나 능 호법이 비연의 목을 더욱 세게 조르며 백리명천에게 물었다.

"내가 구하라고 한 사람들은?"

비연의 손에 들려 있던 화살은 이미 땅에 떨어진 지 오래였다. 위로 치켜진 그녀의 얼굴이 붉게 달아올라 숨도 쉬기 어려울 정도였다. 그러나 그녀는 몰래 소매 속을 더듬고 있었다. 그 속에는 비수가 한 자루 있었고, 미로의 기관은 오른쪽으로 세 걸음 안 되는 거리에 있었다. 비연은 기회가 오기만을 기다리는 중이었다.

백리명천이 비연을 흘깃 보더니 여전히 웃으며 말했다.

"당연히 구했지."

능 호법은 그의 말을 믿지 않았다. 비연의 목을 더욱더 강하게 조르며 위협했다.

"꺼져! 아니면 바로 이 여자를 죽여 버리겠다!"

승 회장은 백리명천과 능 호법의 대화를 제대로 들을 수 없었지만, 그들 사이가 벌어졌다는 것은 눈치챌 수 있었다. 그는 망설임 없이, 남아 있는 칠살소골침 네 개를 전부 능 호법의 측면을 향해 날렸다. 비연이 축운궁의 수중에 떨어지는 것보다는 백리명천이 차지하는 것이 낫다고 생각했던 것이다.

백리명천이 막고 있으니 능 호법은 피할 곳이 없었다. 그는 제 목에 겨눠진 백리명천의 검이며 비연의 생사를 아예 신경 쓰지 않고, 바로 비연을 금침이 날아오는 방향으로 밀었다.

"안 돼!"

백리명천이 경악한 나머지 손에 들고 있던 검마저 떨어뜨리고 재빨리 비연을 잡아끌었다. 그는 너무 다급해 칠살소골침이 얼마나 빠른지, 또 능 호법이 얼마나 빠른지 잊고 말았다.

위협하던 검이 사라지자마자 능 호법은 바로 영술을 사용해, 비연을 잡은 채 가볍게 한옆으로 피했다. 금침 네 개가 순식간에 백리명천에게로 날아왔지만 다행히도 백리명천을 맞히지는 못하고 스치기만 했다.

능 호법이 비연을 납치해 가려 했고, 백리명천은 다급했다. 물론 승 회장도 다급했다. 일단 능 호법이 도망치면 그들로서는 쫓아갈 방법이 없었다.

백리명천이 즉시 몸을 돌려 쫓기 시작했고, 승 회장도 쫓기 시작했다.

비연은 상당히 놀란 상태였지만 과감하게 소매에서 비수를 꺼냈다. 능 호법이 바로 그녀의 움직임을 알아챘으나 한 손은 이미 중상을 입은 상태였고, 멀쩡한 손으로는 그녀를 안고 있었다. 손이 세 개가 아닌 한 그녀의 동작을 막을 수는 없었다!

비연이 그의 심장을 겨냥해 비수를 찔러 가는 순간, 능 호법이 간발의 차로 그녀를 사납게 밀쳤다!

이때, 그들은 수직 동굴 앞을 지나던 참이었다. 밀쳐진 비연은 그대로 동굴 아래로 떨어졌다. 그 와중에 실수로 손이 비수에 베였는지 피가 흐르는 것이 보였다.

능 호법이 망설이는 사이 백리명천이 바로 수직 동굴 아래로 뛰어내렸다. 무공을 하지 못하는 비연이 이 깊이의 동굴에서 떨어진다면 살아날 방법이 없었다!

승 회장과 상관 부인도 경악했다. 소 부인을 부축하고 있던 상관 부인이 소 부인의 칠살소골침을 승 회장에게 건네며 소리쳤다.

"세 개 남아 있어!"

승 회장은 침을 받자마자 바로 능 호법에게 날렸다. 승 회장 일행은 백리명천이 비연을 구해 올 것을 바라면서, 자신들은 능 호법이 도망치지 못하도록 막을 생각이었다.

그러나 능 호법이 몸을 피하는 그 순간, 백리명천이 갑자기 수직 동굴 속에서 날아오르더니 능 호법 곁에 착지했다. 백리명천은 옆구리를 누르고 있었는데, 손에는 온통 피가 묻어 있었다. 검에 찔린 것이 분명했다.

그는 아무 말도 하지 않고 몸을 돌려 도망치기 시작했다. 그러자 모두 의아한 표정을 지었다. 백리명천이 왜 저러는 걸까? 비연은 어떻게 된 거지?

모두가 이해할 수 없는 표정을 짓는 가운데 수직 동굴에서 다시 그림자 하나가 날아올랐다.

군구신!

그 순간, 능 호법은 물론이고 승 회장 부부까지도 경악하여 그대로 굳어 버렸다!

군구신이 결계 속에서 족히 열 가지는 되는 환상경을 뚫고 나오던 바로 그 순간 비연이 바닥으로 떨어졌고, 군구신은 제 때 그녀를 받을 수 있었다. 백리명천이 빠르게 도망치지 않았 다면 군구신의 검에 이미 죽었을 것이다!

군구신은 무슨 일이 벌어졌는지 알 수 없었지만 비연에게 물 어볼 틈도 없었다. 그러나 그가 없는 기회를 틈타 그의 여자를 괴롭혔던 자들은 모조리 죽어 마땅했다!

군구신은 한 손으로 비연을 안은 채 검을 쥐고 있었다. 그 잘 생긴 얼굴이 놀라울 정도로 차가워 보였다. 그는 승 회장 일행을 보고 잠시 놀란 듯하더니 곧 다른 쪽의 능 호법을 노려보았다.

비연은 그에게 설명할 여유가 없었다. 아니, 한마디조차 할 수 없었다. 그녀는 그를 바라보며 계속 눈물을 흘리고 있었다. 이것이 꿈인지 생시인지 구분할 수 없는 상황이었다. 눈물이 점 차 그녀의 시야를 모호하게 하고, 다시 그녀의 이성을 가리고 있었다.

꿈이라면…… 모든 것을 내려놓고 싶었다. 그저 그를 바라보 고만 싶었다. 정말로 그가 너무 그리워서, 너무너무 그리워서!

군구신은 승 회장이 무엇 때문에 이곳에 있는지는 알 수 없었 지만, 능 호법이 입고 있는 흰 옷이며 검은 가면이 축운궁의 표 식임은 알아보았다. 그가 능 호법을 공격하려 하자 능 호법이 바로 영술을 사용하여 도망치기 시작했다.

영술!

군구신은 무척 놀랐다. 비연을 꽉 끌어안은 채 그 역시 영술을 사용해 추격하기 시작했다.

승 회장과 상관 부인도 정신을 차리고, 망설임 없이 소 부인을 데리고 철수하기 시작했다. 비록 그들은 군구신에 대해 좀 더 알아보고 싶었지만 그럴 상황이 아니었다. 군구신이 고남신이라는 보장도 없고, 설사 그렇다 하더라도 군구신이 그들을 믿을 것 같지도 않았다.

군구신이 곧 능 호법을 따라잡았다. 능 호법도 군구신의 영술에 무척이나 놀라고 있었다. 죽은 것처럼 깊이 가라앉아 있던 그의 눈동자에 경악의 빛이 어렸다. 능 호법이 결국 참지 못하고 외쳤다.

"너도 영술을 할 줄 알다니!"

능 호법이 영술을 쓸 수 있다는 사실은 축운궁 궁주도 알지 못했다. 그도 궁주에게 알릴 생각이 없었다. 그러므로 비연을 쫓을 때에도 부득이한 경우가 아니라면 영술을 쓰지 않으려 했던 것이다.

군구신은 본래 비연을 괴롭힌 사람을 놔줄 마음이 없기도 했지만, 능 호법의 영술을 보자 더더욱 놓아줄 수 없게 되어 버렸다!

대답 없이 바로 검을 휘둘렀다. 능 호법 역시 더 이상 말하지 않고 패검을 뽑아 상대하기 시작했다. 영술 때문일까? 두 사람의 검법은 이상할 정도로 날카롭고, 빠르게 변화하고 있었다. 지금 두 사람을 지켜보는 사람이 있었다면, 그들이 서로 몇 초식을 날렸는지도 제대로 볼 수 없었을 것이다.

군구신은 한 손으로 비연을 안고 있었고, 능 호법은 한 손에 중상을 입었기 때문에 두 사람 모두 한 손으로 서로를 상대할 수밖에 없었다. 군구신은 아직 부상에서 낫지 않은 상태였지만 능 호법은 영술을 제외하면 무공은 소 숙부보다 못했다. 스무 초식 정도 주고받았을 때 군구신의 검이 마침내 능 호법의 넓적다리를 찔렀다.

갑자기 모든 것이 멈췄다! 영술을 익힌 사람이라면, 그들에게 가장 치명적인 약점은 다리라는 사실을 너무나도 잘 알고 있었다.

능 호법이 한쪽 무릎을 꿇었다. 그러나 군구신의 눈빛은 여전히 차가웠다. 그는 한 치의 망설임도 없이, 그 누구도 막을 수 없을 정도의 속도로 능 호법의 다른 다리를 찔렀다!

능 호법이 바닥에 완전히 무릎을 꿇었다. 군구신은 검으로 그의 목을 겨눴다. 능 호법이 마침내 고개를 숙였다.

이때였다. 통로 안쪽에서 급박한 발걸음 소리가 들리더니 망중이 수하들을 이끌고 나타났다. 군구신을 본 망중이 그 자리에 멈춰 서더니 금세 눈시울을 붉혔다.

군구신이 냉랭하게 말했다.

"승 회장 일행은?"

망중은 격동하여 말을 더듬었다.

"주인님, 주인……."

군구신이 불쾌한 듯 말했다.

"승 회장 일행은?"

망중이 그제야 정신을 차리고 보고했다.

"동굴 입구에서 그들을 만났으나, 암기에 기습당해 그들을 도망치게 둘 수밖에 없었습니다. 저는 왕비마마의 안위를 걱정하여 직접 쫓지 않고, 수하들로 하여금 쫓게 하였습니다. 전하, 안심하십시오. 왕비마마께서는 이미 북강 전체를 봉쇄하셨습니다. 그들은 절대로 도망치지 못할 것입니다!"

그 말을 듣고 군구신은 대강의 상황을 파악할 수 있었으나, 자세한 내막까지는 알 수 없었다. 그는 더 추궁하지 않고 망중에게 능 호법을 데려가게 했다.

망중은 수하를 시켜 능 호법을 끌고 가게 했지만 자신은 계속 머뭇거리며 가지 않다가 간절하게 물었다.

"전하, 어떻게 결계를 빠져나오신 것인지, 또⋯⋯."

그의 말이 끝나기도 전에 군구신이 차갑게 외쳤다.

"백리명천이 도망쳤다! 수로를 봉쇄하고 잡도록!"

망중이 더 묻지 못하고 바로 명을 따랐다. 군구신은 그제야 고개를 숙여 비연을 바라보았다. 그녀는 계속 미동도 없이 그를 바라보고 있었다. 마치 바보가 되어 버린 것처럼.

군구신은 그녀에게 하고 싶은 말이 많았다. 하지만 그 모든 말들은 결국 단 한마디로 변하고 말았다.

"울지 마."

말을 마친 그가 그녀에게 입을 맞췄다. 격렬하게, 사납게, 마치 자제력을 잃은 듯이. 서로의 숨이 막혀 올 때까지 군구신은 비연을 놓아주지 않았다.

거칠게 입을 맞추면서도 군구신의 눈빛은 물처럼 다정했다.

"연아, 나를 좋아한다 했지?"

입맞춤 덕에 마침내 이것이 꿈이 아니라는 걸 알게 되었다. 비연이 울먹이며 외쳤다.

"군구신, 얼마나…… 보고 싶었는지!"

군구신이 재빨리 그녀의 눈물을 닦아 주며 고집스럽게 물었다.

"연아, 나를 좋아한다고 했지?"

비연은 그의 말을 이해할 수 없어서인지, 아니면 제대로 듣지 못해서인지 더 큰 소리로 울며 외쳤다.

"군구신, 다시는 당신을 보지 못할 줄 알았단 말이야!"

군구신이 조급한 듯 그녀의 어깨를 벽에 대고 누르며, 비할 데 없이 진지하게 물었다.

"비연, 그날 네가 나를 좋아한다고 말한 것, 내가 들었어. 다시 한번 말해 줘."

기운이 없어

영생결계 안에서 만났던 열 가지 환상경은 지극히도 잔인했다.

군구신을 지탱해 주었던 것은 바로 그가 결계 안으로 떨어질 때 들었던 비연의 '좋아한다'는 외침이었다.

너무나, 너무나 다시 듣고 싶었다. 그녀의 눈을 바라보며, 그녀가 다시 한번 말해 주는 것을 듣고 싶었다.

비연도 마침내 군구신의 뜻을 이해했다. 그녀는 자신이 이미 이 남자를 지극히 사랑하게 되었다고 여기고 있었지만, 그가 이렇게 일깨워 주니 이제야 자신이 얼마나 많이 참아 왔는지 의식하게 되었다. 그리고 그의 진지한 모습을 보자 저도 모르게 울음을 그치고 웃어 버렸다.

군구신은 정말 급한 모양이었다. 그녀가 웃는 것을 보자 심지어 불안한 표정을 지었다. 혹시라도 그녀가 '그건 농담이었는데'라고 말할까 봐 무섭기라도 하다는 듯.

"어서 말해 봐. 말할 거야, 말 거야?"

"내가 말하지 않으면 어쩔 생각이야?"

군구신은 다급한 표정으로, 그리고 또 어찌할지 모르겠다는 눈빛으로 그녀를 바라보았다. 그는 심지어 어떻게 대답해야 할지도 모르는 것 같아 보였다. 그녀는…… 그를 이렇게 쩔쩔매

게 만들 수 있는 것이다.

비연이 갑자기 그의 손을 밀어냈다. 그러고는 까치발로 서서 그의 목을 끌어안고 그의 입에 입을 맞췄다.

그렇다. 그녀 스스로 입을 맞췄다. 그렇게 아름답게. 심지어 까치발을 세운 모습조차 아름다웠다.

예전에도 입을 맞춰 보았지만 그녀는 여전히 서툴렀다. 그리고 그렇게 서툴렀지만 그녀는 그의 방어선을 철저히 무너뜨릴 수 있었다. 단 한 번도 의지를 무너뜨린 적 없는 그가 그리도 쉽게 투항하며 함락되고 있었다.

세상에 언제나 하나가 하나를 이기기 마련이라는 말이 있다. 한 사람이 한 사람을 이기기 마련이라면, 그녀는 태어날 때부터 그를 이기도록 되어 있는 모양이었다.

그녀는 만족스러울 때까지 그에게 입을 맞춘 다음에야 멈췄다. 그리고 여전히 그를 끌어안은 채 그를 마주 보았다. 눈물이 잔뜩 맺혀 있는 눈은 붉어져 있었다. 그러나 그녀는 그렇게 사랑스럽게 웃고 있었다.

비연이 말했다.

"좋아해, 군구신. 사실, 예전부터 당신을 좋아했어."

그녀가 그에게로 가까이 다가갔다. 그녀의 숨결이 가볍게 그의 입술 위로 쏟아졌다. 그녀가 다시 입을 열기도 전에, 그가 참지 못하고 그녀의 입술을 막아 버렸다.

사실 '좋아해'라는 말 한마디면 충분했다. 과거를 설명할 필요도, 미래를 약속할 필요도 없었다. 그가 바라는 것은 그녀의 현재였다.

그는 그녀의 입술을 막은 채 잠시 멈춰 있었다. 그는 자기 자신을 제어하기 위해 노력하고 있었으나 결국은 참을 수 없게 되었다. 격렬하게, 또 미친 듯이 그녀의 입술을 열고 그 안으로 들어갔다.

비연은 조금 견디기 힘든 느낌이었으나 열심히 그에게 응답해 주었다. 서로의 입술과 이가 뒤엉켜 떨어질 수 없게 되었건만, 두 사람 모두 여전히 부족하다고 생각했다. 당장이라도 하나가 되어 더는 헤어지고 싶지 않았다.

두 사람은 숨을 헐떡거릴 때가 되어서야 서로를 놓아주었다. 비연은 힘이 빠져 벽에 기댔고, 군구신은 두 손으로 그녀의 양옆을 짚었다. 두 사람은 숨을 몰아쉬며 서로를 바라보았다.

비연은 얼굴을 붉히고 있었지만 부끄러워서는 아니었다. 그녀는 그를 바라보면서 마음에서 우러나오는 미소를 지었다. 도저히 무슨 말을 해야 할지 알 수 없어 그저 웃기만 했다.

군구신 역시 미소를 머금고 있었다. 평생 이렇게 웃어 본 적 없는 사람처럼 순수하게, 또 보기 좋게, 그리고…… 아주 만족스럽게.

그가 말했다.

"다시 말해 줘."

비연은 인색하게 굴지 않았다.

"좋아해, 좋아해…… 당신을 좋아해."

그녀는 몇 번이고 말해 주었다. 군구신의 눈동자가 점점 더 따뜻한 물처럼 다정해졌다.

"영광이야."

비연은 여전히 웃고 있었다. 그렇게 계속 웃고 있노라니 어쩐지 부끄러워지기 시작했다. 그렇다. 마침내 부끄러움을 느꼈다.

그녀가 가볍게 입술을 깨물며 가련한 모습으로 속삭였다.

"군구신……."

그녀의 이런 모습이 너무나 좋았다.

비연이 잠시 우물거리다가 겨우 그에게 가까이 다가오라고 한 후 귀에 대고 속삭였다.

"나 힘이 빠져서……."

군구신이 당황하는 듯하다가 곧 큰 소리로 웃기 시작했다. 그리고 재빨리 그녀를 안아 들었다.

그의 웃음소리는 멈추지 않았다. 안 그래도 부끄럽던 비연은 이제 그를 감히 바라볼 수도 없어 그의 가슴에 얼굴을 묻었다. 아예 그의 품 안으로 파고들 수 없어 안타깝다는 듯.

어떻게 이렇게 된 걸까? 그의 입맞춤 때문에 온몸에 힘이 빠져 제대로 서 있을 수도 없게 되다니! 다른 사람들이 이야기하던, 침상 아래로 내려오지도 못한다는 그…… 말이, 설마 이런 느낌인 걸까?

비연은 여전히 부끄러웠다. 군구신은 웃고 또 웃다가 웃음을 멈췄다. 대신 그녀를 점점 더 꽉 끌어안았다.

비연을 본 순간 말랐다는 걸 눈치채긴 했지만 품에 안으니 그녀가 얼마나 말랐는지 더욱 확실하게 느낄 수 있었다. 그가 없는 동안 그녀는 대체 견딜 필요 없는 것들을 얼마나 견딘 걸까?

그가 물었다.

"연아, 내가 얼마나 갇혀 있었지?"

결계 안에서는 잠시의 시간이 지난 것으로밖에 느껴지지 않았다. 그는 자신이 대체 얼마나 오래 그녀를 떠나 있었는지 알지 못했다.

비연이 재빨리 물었다.

"당신, 결계에서 어떻게 나온 거야?"

군구신은 점점 더 진지해졌다.

"내가 얼마나 갇혀 있었지? 말해 줘. 최근 무슨 일이 있었던 거야? 누가 너를 괴롭혔지?"

한 달하고도 열이레. 천염국의 내우외환이며 북강 내에 용솟음치던 어두운 파도, 자신을 내리누르던 그 짙은 안개는…….

그 안개 속에서 비연은 숨도 제대로 쉴 수 없었다. 그녀는 조심스럽게 한 걸음 한 걸음, 신중하게 모든 일에 대처해야 했다.

하지만 그 모든 일은 그가 곁에 없다는 것에 비하면 아무것도 아니었다. 아무리 아름다운 세상이라도 그가 없다면 그녀에게는 온통 잿빛에 지나지 않았다. 그리고 이제 그가 왔으니 그 모든 것이 지나가 버렸다.

"흥, 당신 말고 누가 나를 괴롭힌다고!"

비연이 웃고 또 웃었다. 그리고 예전처럼 쉬지 않고 생생하게, 최근 벌어졌던 일을 이야기했다. 몹시도 견디기 어려운 나날이었지만 그녀의 이야기만 들으면, 산을 보면 길을 놓고 물을 보면 다리를 놓는 재미있었던 일들 같았다.

그녀가 마침내 목소리를 낮추고 말했다.

"안심해. 수로도 봉쇄해 놓았으니까. 아무도 도망치지 못할 거야!"

군구신은 승 회장이 쉬운 상대가 아니라는 걸 알고 있었다. 그러나 그가 운공대륙 당씨 가문 출신임을 알고 더욱 경악했다.

물론 그는 바보가 아니니 비연의 이야기에 담긴 어려움을 모두 알아들을 수 있었다. 그는 말없이 그녀를 더욱더 강하게 끌어안았다. 그리고 영생결계에서 있었던 일을 간단하게 이야기해 주었다. 자신이 환상경을 몇 개나 지나왔는지는 말하지 않고, 그저 몽하가 그에게 길을 가르쳐 주어 나올 수 있었다고만 말했다.

비연은 몹시 놀랐다. 몽족이 그렇게 대단한 결계를 칠 수 있을 줄도 몰랐고, 봉황력을 제외하고 상고 시대의 신력이 둘이나 더 있을 줄도 몰랐기 때문이었다.

비연은 축운궁의 목표가 봉황력만이 아닐 것 같다는 생각이 들었다. 분명 다른 두 힘에도 눈길을 보내고 있겠지! 요 이모가 알지 못하는 일을 능 호법이 또 얼마나 알고 있을까? 승 회장 일행은? 그들의 목표는 또 무엇일까?

이 세 신력 뒤에는 분명 사람들이 알지 못하는 커다란 비밀이 있을 것이다! 빙해의 수수께끼는 어쩌면 빙산의 일각에 지나지 않을지도 모른다!

이 모든 것을 명확히 하기 전에 그들은 반드시 스스로가 누구인지부터 명확히 해야 했다. 그들 앞에 얼마나 많은 적이 있는지, 또 친우는 얼마나 있는지 알기 위해.

비연이 말했다.

"우리 어서 돌아가자."

군구신이 그녀를 안아 들자 비연이 재빨리 말했다.

"놓아줘."

군구신이 담담하게 웃으며 다정한 목소리로 물었다.

"이제 기운이 난 거야?"

가까스로 원래의 모습을 회복했던 비연의 얼굴이 순식간에 다시 붉어져 버렸다. 그녀는 그를 슬쩍 노려보고는 그냥 그대로 안겨 있기로 했다.

그들이 지하 궁전에서 나오자 시위들이 썰매를 준비하고 기다리고 있었다. 군구신은 썰매에 올라타자마자 비연을 잡아끌어 제 품에 안았다. 그는 이제야 비연의 손에 상처가 있는 것을 발견했다. 다행히 피는 이미 멈춘 상태였다. 그는 마음이 아파 조심스럽게 비연의 손을 잡은 채 물었다.

"아파? 약은 있어?"

비연은 아예 신경도 쓰고 있지 않던 상처였다. 그녀는 그의 손을 잡은 채 그의 품 안에서 편한 자세를 취하며 말했다.

"아프지 않아. 당신이 내 만병통치약이니까."

군구신이 가볍게 그녀의 머리카락에, 이마에, 눈 위에 입을 맞췄다. 사랑스러워 어쩔 줄 모르겠다는 표정이었다. 비연이 고개를 들어 그를 보자, 그의 입맞춤이 그녀의 코끝에도 떨어졌다. 그리고 다시 그녀의 귓가를 문지르더니 애절한 눈빛으로, 정말로 참을 수 없다는 표정으로 천천히 그녀의 입술로 다가왔다.

그렇게 행렬은 지하 궁전에서 점점 멀어져 갔다. 이때, 고운원은 몽족 지하 궁전의 석실 바닥에 앉아 있었다. 그가 돌바닥 위의 핏자국을 가볍게 쓸어내렸다. 안색은 창백하고 몸은 여전히 아주 약해 보였다.

그는 핏자국을 깨끗하게 닦아 낸 다음에야 몸을 일으키며 가볍게 탄식을 토해 냈다. 그의 눈빛에는 어딘가 슬픈 빛이 감돌고 있었다…….

그는 결코 충성하지 않는다

비연과 군구신이 설족 땅에 도착했을 때는 저녁 무렵이었다. 아직 양식 창고의 화재를 진압하지 못했고, 백우웅을 몰래 사냥한 자도 잡지 못해 그야말로 그런 북새통이 또 없었다.

그러나 비연의 명령만은 망중과 수하들이 모두 완벽하게 안배한 상태였다. 몽족설역에 어떤 난리가 벌어지더라도 백리명천과 승 회장이 도망칠 기회는 없을 것이다!

비연과 군구신은 아무도 놀라게 하지 않고, 시위의 안내를 받아 바로 감옥으로 향했다. 두 사람은 능 호법이 영술을 어떻게 배운 것인지 알고 싶어 안달이 난 상태였다.

능 호법은 사지가 형틀에 묶여 있었고, 두 다리에는 커다란 쇠공도 달려 있었다. 검은 가면 역시 벗겨진 상태였다. 나이는 열예닐곱 정도로 보였다. 홑꺼풀 눈매에, 한눈에 반하게 되는 그런 미남은 아니었지만 그래도 상당히 잘생긴 남자였다.

그러나 사람들의 눈길을 끄는 부분은 역시 죽어 있는 듯한 눈빛이었다. 그의 눈빛을 오래 보고 있노라면, 그 눈빛의 주인이 절망하고 있는 건지, 아니면 그 눈빛을 바라보는 사람이 절망하고 있는 건지 구분이 가지 않을 정도였다.

다른 인질들은 입을 열지 않겠노라 굳게 다짐하면 기본적으로 고개를 숙이고 있곤 했다. 하지만 능 호법은 군구신과 비연이 들어오는 것을 보면서도 미동조차 하지 않았다.

시위가 그의 몸을 수색하여 영패를 하나 찾아냈다. 군구신이 먼저 그것을 한번 살펴본 다음 비연에게 건네주었다. 성인 손바닥 정도 크기의 둥근 옥패인데, 앞쪽에는 구름 운 자가 새겨져 있고 뒤에는 약정의 그림이 새겨져 있었다.

이 세상에 약정의 형태가 다양하다지만 비연의 견식은 결코 얕지 않았다. 그러나 그녀는 이 옥패에 새겨진 약정과 같은 형태는 본 적이 없었다.

분명 축운궁의 영패였다. 비연은 영패 뒤에 무엇 때문에 약정이 새겨져 있는지 이해할 수 없었다. 설마 축운궁도 약과 관련이 있는 곳일까? 아니면 축운궁주가 약사인 걸까?

비연이 물었다.

"네 주인도 약사인가?"

능 호법은 그녀를 바라보고 있었지만 눈빛에는 아무것도 담기지 않은 것 같았다. 그는 그렇게 아무 반응도 보이지 않았다.

군구신은 원래 직접 심문할 생각이었지만 비연이 먼저 입을 여는 걸 보고 끼어들지 않았다. 비연은 사람을 심문하는 데 일가견이 있었고, 그는 그런 그녀를 지켜보는 것이 좋았다.

비연이 영패를 갈무리한 후 진지하게 말했다.

"요 이모 일행은 축운궁주에 대해 잘 모르더군. 아마도 그자에 대해서는 네가 가장 잘 알고 있겠지? 능씨에, 이리 젊은데…… 축운궁주와는 어떤 관계지? 네 영술도 그자한테서 배운 건가?"

능 호법은 여전히 미동도 하지 않았다.

비연이 제 질문에 제가 대답하기 시작했다.

"아니, 네 영술은 축운궁주에게서 전수받은 게 아닐 거야. 그리고 너는 축운궁주에게 영술에 관해 숨기고 있었겠지. 너는 축운궁주에게 결코 충성을 바치고 있지 않아! 너에게는 분명 다른 생각이 있을 거야. 아니면 핍박받아 어쩔 수 없이 움직이고 있는 거겠지!"

능 호법이 어쩔 수 없는 상황이 아니면 영술을 쓰지 않았던 걸 보고 비연은 이렇게 추측했다. 그러나 능 호법은 여전히 미동조차 하지 않았다.

비연도 조급한 기색 없이 계속 말했다.

"너에게 영술을 전수한 사람은 본 왕비와 같은 성씨일 거야. 맞지?"

이것은 물론 방금 군구신에게서 들은 정보였다. 군구신은 몽하에게서 들은 이야기를 비연에게 해 주었는데, 고씨 가문에는 확실히 고운원이라는 인물이 존재했고, 영술은 바로 그 고운원이 창시한 것이라 했다.

고운원은 영술을 고씨 가문의 후손 여러 명에게 가르쳤고, 그 후손들을 통해 영술이 아래 세대로 전수되었다. 그러나 천 년이 지난 지금에는 영술이 어떻게 현공대륙에서 소리 없이 사라졌는지, 아니면 외부에서 전승되고 있는지 누구도 알지 못하고 있었다. 하지만 비연은 이러한 비밀을 말함으로써 능 호법을 동요시켰다.

과연, 그녀의 말을 들은 능 호법의 눈에 의아한 빛이 떠올랐다. 비연이 그것을 보았고, 군구신 역시 확실히 보았다.

　비연이 능 호법의 두 다리를 바라보며 말했다.

　"너에게 두 가지 선택지를 주지. 하나는 두 다리를 못 쓰게 된 다음 영원히 여기 갇혀 있는 거야. 다른 하나는 우리와 연맹을 맺는 거고. 그리고 함께 봉황력, 서정력, 건명력을 찾는 거야! 축운궁주에 대해서는…… 네가 복수하고 싶다면 우리가 도울 거야!"

　이 말에 능 호법의 눈에 다시 놀란 빛이 떠올랐다. 그가 놀라는 것도 이상한 일은 아니었다. 군구신이 결계에서 몽하를 만나지 않았다면, 그들은 천 년 전의 이 비밀을 알지 못했을 터였다.

　비연은 능 호법에게 생각할 여지를 주지 않고 바로 말했다.

　"본 왕비가 열까지 세겠다. 대답하지 않으면 즉시 네 두 다리를 쓸 수 없게 만들어 주지."

　마침내 능 호법이 군구신을 바라보며 물었다.

　"당신에게 영술을 가르쳐 준 사람도…… 고씨인가?"

　군구신은 확신할 수 없었기에 침묵했다.

　능 호법이 한참 기다리다가 말했다.

　"사흘만 생각할 시간을 주시지요."

　비연의 추측은 틀리지 않았다. 그는 결코 축운궁주에게 충성을 다하고 있지 않았다. 그는 그 여인에게서 충분히 모욕을 당했고, 그 여인을 미워하고 있었다. 하지만 그는 도망칠 수 없었던 게 아니라 도망칠 생각이 없었다. 그의 이번 생은 이미 절망으로 가득했고, 삶의 유일한 희망은 그저 어느 날인가 그 여인과 동귀어진 하는 것뿐이었다! 이것이 바로 그가 영술을 감추고 있던 이유였다.

만약 영술로 비연을 납치한다면, 비연이 축운궁주의 손에 떨어지는 순간 그 자신의 비밀도 드러나게 될 것이다. 지하 궁전에서 그가 영술을 썼던 건 정말 어쩔 수 없었기 때문이었다.

설사 비연이 이유를 추측해 냈다 해도 그는 타협할 생각이 없었다. 축운궁주의 비밀은 너무나 강력해, 그가 상황을 절대적으로 장악할 수 없는 한 결코 손을 쓸 수도, 배반할 수도 없었기 때문이다. 그러나 비연이 영술에 대해 언급했을 때 그의 마음이 흔들리기 시작했다.

그에게 영술을 가르쳐 준 사람은, 생을 가볍게 여기던 그를 구해 주면서 이름조차 알려 주지 않았다. 수년 동안 그는 계속 그 사람을 찾았지만 어떤 실마리도 찾아내지 못하고 있었다.

그리고 그를 정말로 동요하게 만든 것은 영술이 아니라 비연이 '서정력'과 '건명력'을 언급했다는 사실이었다. 그는 비연이 그 두 힘의 존재를 알 거라고는 상상조차 하지 못했던 것이다. 그는 비연과 군구신을 재평가하지 않을 수 없었다. 아무래도 그가 정말로 그들을 얕잡아 보았던 모양이었다.

"좋아, 잘 생각해 보도록 해!"

비연은 자신의 추측이 맞았으리라는 생각에 몹시 기뻤다. 능호법의 저 두 눈에는 분명 사연이 숨어 있을 테고, 그 사연은 분명 축운궁주와 관련되어 있을 것이다!

옥방을 나온 비연이 앞으로 가려 하자 군구신이 그녀의 손을 잡아끌었다. 비연이 그를 돌아보았다가 갑자기 벗어났다.

군구신이 바로 미간을 찌푸렸지만 비연이 재빨리 그의 팔에 팔짱을 꼈다. 마치 작은 새가 사람의 팔에 앉는 것처럼. 군구신은 새어 나오는 웃음을 참을 수 없어 가볍게 헛기침을 한 후 진지하게 말했다.

"이래도 좋고."

비연의 얼굴에는 행복한 기색이 역력했다. 그녀는 군구신과 함께 걸어가며 물었다.

"능 호법은 핍박받아 어쩔 수 없었던 걸까, 아니면 따로 생각하던 일이 있었던 걸까?"

군구신이 대답했다.

"어느 쪽이건 분명 충성을 다하고 있지는 않겠지. 내가 더욱 궁금한 건, 능 호법이 어디서 영술을 배웠느냐 하는 것이야."

능 호법이 결정을 내리기까지는 아직 사흘이 남아 있었다. 그리고 이 사흘 동안 비연과 군구신은 한가롭게 있을 수 없었다.

비연이 손수건 하나를 군구신에게 건넸다. 그곳에는 바로 그녀의 등 뒤에 있는 봉황 날개의 표식이 수놓여 있었다. 이것은 비연이 승 회장을 탐색하기 위해 준비한 물건이었지만, 안타깝게도 지하 궁전에서는 이 손수건을 꺼낼 기회가 없었다.

지금 그녀는 이 물건을 현공상회로 보낼 생각이었다. 승 회장 일행은 갇혀 있는 것이나 마찬가지니, 저쪽의 누군가가 조급해하고 있을 것이다. 이 물건을 보내면 그들이 분명 찾아올 것이다.

비연과 군구신이 감옥에서 나오자마자 망중이 다가오더니
말했다.

"주인님, 보고드릴 일이 있습니다."

망중은 당정이 세작이라는 사실을 알게 된 후 수하에게 그녀
를 찾게 했다. 그리고 능 호법을 데려온 다음 그 스스로도 당정
을 찾아다녔고, 지금 마침내 찾아냈다.

그는 직접 이 일을 보고할 생각이었다…….

세작, 역이용

망중에게서 당정이 세작이고, 하마터면 진묵이 죽을 뻔했다는 보고를 들은 비연과 군구신은 경악했다. 특히 비연은 그야말로 넋이 나간 것 같았다.

군구신이 냉정을 유지하며 물었다.

"그래서, 지금 당정은?"

망중이 답했다.

"사람은 찾았지만 감히 함부로 행동할 수가 없어, 일단 수하들에게 계속 쫓게 했습니다. 지금 돌아오는 길일 겁니다. 제가 보기에, 전하와 왕비마마께서는 이 사실을 역이용하셔도 괜찮을 것 같습니다."

당정을 이용해 승 회장 일행을 찾으라는 뜻이었다. 군구신이 듣기에도 괜찮은 방법이었다.

당정이 승 회장 일행과 함께 지하 궁전에 들어오지 않은 것은 당정이 그들에게 있어 마지막 퇴로라는 것을 의미했다. 당정 스스로 그들을 구하려 하건, 아니면 다른 지원을 요청한 다음에 내응을 하건.

당정을 잡아 심문한다 해서 유용한 정보를 얻는다는 보장은 없다. 하지만 그녀의 계획을 역이용해 행적을 쫓는다면 분명 뭔가를 발견하게 될 것이다.

비연이 여전히 넋을 놓고 있는 것을 보고 군구신은 일단 망중을 물러가게 했다. 그녀가 침울해 보이자 마음이 아팠다. 그는 가볍게 비연의 턱을 들어 올리며 속삭였다.

"이 일은 신경 쓰지 마. 내가 대신할 테니까."

비연은 그제야 정신을 차렸다. 화가 나서 온몸을 부들부들 떨고 있었다.

"제기랄! 난 언니에게 진심이었는데, 어떻게 언니가 나를……!"

그녀는 경악하고 분노하는 동시에 실망했고 괴로웠다. 그동안 당정을 걱정해 떠나라고 재촉했었다. 그런데 그런 당정이 세작이라니!

그나마 다행인 것은, 당정을 귀찮은 상황에 말려들게 하지 않으려고 속을 털어놓지 않았다는 것이다. 그러지 않았다면 사태가 어떻게 흘러갔을지는 지금도 알 수 없는 문제였다! 비연은 생각할수록 분하고 화가 났다. 심지어 곧 폭발할 것 같았다.

군구신이 저도 모르게 눈썹을 치켜세우며 그녀의 손을 잡았다. 그는 잠시 당정에 대한 화제는 피하기로 마음먹었다.

"일단 진묵을 만나러 가자."

비연은 그제야 조금이나마 냉정을 되찾을 수 있었다.

진묵이 머무는 얼음집은 비연의 거처 근처였다. 당정 역시 비연의 거처 근처에 머물고 있었다. 망중은 당정을 속이기 위해 진묵을 다른 곳으로 옮겨 치료받게 했다.

비연과 군구신이 도착했을 때 날은 이미 어두워져 있었고, 진묵은 여전히 정신을 차리지 못하고 있었다. 침상에 누워 있는 그의 안색이 종이처럼 창백했다. 진묵은 원래 아주 마른 몸매였다. 평소라면 그 마른 몸을 보아도 아무렇지도 않았다. 그러나 지금 이렇게 누워 있는 모습을 보니, 마치 바람이 불면 날려 갈 것처럼 너무나 약해 보였다.

물어볼 필요도 없이 그가 얼마나 깊은 상처를 입었는지 알수 있었다. 중상을 입지 않았다면 죽은 척해서 승 회장 일행을 속일 수도 없었을 것이다. 가까스로 노기를 가라앉혔던 비연은 진묵의 모습을 보자 마음속 분노의 불길이 다시 타오르기 시작했다!

그녀는 한참 동안 아무 말도 하지 못하고 그저 주먹만 꽉 쥐었다. 이 순간 자신의 표정이 얼마나 날카로운지 그녀는 깨닫지 못하고 있었다. 다른 사람은 말할 것도 없고, 망중조차도 그기세에 놀라 몸서리를 칠 정도였다.

그녀에게 말을 걸 수 있는 사람은 군구신뿐이었다. 그는 직접 약방을 가져와 그녀에게 건네주었다.

"봐 봐."

마침내 기다리던 낙 태의가 나서서 입을 열었다.

"왕비마마, 다행히도 적시에 구한지라 지금 생명의 위협은 없습니다. 내일이면 분명 깨어날 겁니다. 이 약방의 약을 한 번 먹인 상태입니다만…… 설족의 약재 창고도 모조리 불타 버렸으니, 제가 보기에는 환자를 보명고성으로 보내는 게 나을 것 같습니다. 그래야 약재를 구할 수 있을 테니까요."

비연이 한숨을 내쉬고, 약방문을 받아 열심히 살펴보기 시작했다. 마침내 그녀는 낙 태의에게 새로운 약방문을 적어 주었다. 낙 태의는 그것을 보며 감탄하면서도 난처한 기색으로 말했다.

"왕비마마, 이 약방문의 약효는 제가 쓴 것보다 몇 배는 강합니다만…… 이 약재들은 아마 보명고성에서도 구하기 어려울 것 같습니다."

비연이 엄숙하게 말했다.

"이 약방문을 그대로 쓰면 된다. 내가 돌아가 그 약방문에 필요한 약재를 보내 줄 테니. 다른 일은 신경 쓸 필요 없고, 그저 진묵만 잘 보살펴 다오. 상처나 증상에 변화라도 있어 약방문을 조정해야 하면, 언제라도 사람을 보내 나를 부르도록."

그녀는 아무리 화가 났더라도 약을 쓰는 일에만은 냉정하고 신중했다.

비연이 낙 태의와 이야기를 나누는 동안 진묵이 천천히 눈을 떴다. 망중이 가장 먼저 발견하고 기뻐하며 외쳤다.

"진 시위가 깨어났습니다!"

모두 고개를 돌려 보고 기뻐했다. 비연이 재빨리 앞으로 달려가 서둘러 물었다.

"진묵, 어디가 아파? 말할 수 있겠어?"

진묵은 비록 허약해진 상태였지만 그 맑은 눈만은 여전히 평온했다. 그는 대답할 기운도 없어 보였지만 곧 눈을 들어 다른 이들을 살펴보았다. 그리고 비연 뒤에 서 있는 군구신을 발견한 순간, 눈빛이 살짝 멈추는 듯하더니 뜻밖에도 웃음으로 물들기 시작했다.

아주 희미한, 마치 없는 듯한 그런 웃음이었다. 그러나 모두 똑똑히 볼 수 있었다. 어쨌든 이 자리의 모두는 단 한 번도 그의 평온한 눈동자에 파란이 이는 것을 본 적이 없었던 것이다.

그는 군구신을 보고, 보고, 또 보다가 다시 혼수상태에 빠져들었다.

모두가 알 수 있었다. 진묵은 군구신이 돌아와서 기쁜 것이다.

사실 진묵은 이제 비연이 매일 굳세게 버틸 필요가 없어졌다는 것 때문에 기뻐하고 있었다. 이 두 가지는 큰 차이가 있었다.

낙 태의가 재빨리 진묵의 맥을 잡아 보더니 기뻐하며 말했다.

"왕비마마, 안심하십시오. 이 상황이면 절대적으로 큰일은 없을 겁니다."

비연은 시간을 아끼기 위해 바로 군구신과 방으로 돌아왔다. 그리고 약왕정에서 필요한 약재와 단약을 꺼내 즉시 낙 태의에게 보냈다.

이 일을 마쳤을 때 망중이 다시 찾아왔다.

"전하, 왕비마마, 당정이 뵙고 싶어 합니다. 제가 슬쩍 운을 떼어 보았는데, 당정은 전하께서 돌아오신 걸 모르는 듯합니다."

비연이 바로 몸을 일으키자 군구신이 그녀를 잡으며 말했다.

"당정에게 전해라. 진묵이 피살당해 연아는 지금 아무도 만나고 싶어 하지 않는다고."

당정이 군구신이 돌아왔다는 걸 모른다는 건 아직 승 회장 일행과 만나지 않았다는 의미였다. 당분간 상대하지 않으면서, 당정이 무슨 일을 하는지 살피는 것도 나쁘지 않을 듯했다.

비연이 이견을 내지 않는 걸 보고 망중은 명을 따르겠노라 말했다. 군구신이 한마디 더 물었다.

"고운원은?"

망중이 대답했다.

"계속 사람을 붙여 두었습니다. 고 의원은 아무래도 너무 놀라 병이 생긴 듯합니다. 빙어연에서 도망친 후 계속 문을 닫고 나오지 않으며, 몸이 불편하다고 합니다."

군구신이 고개를 끄덕이자 망중이 물러났다. 이제 방 안에는 군구신과 비연만이 남았다. 조용한 가운데 군구신이 말을 걸려 하자 비연이 갑자기 물었다.

"언니가 대체 언제부터 나를 속이기 시작한 걸까?"

당정은 원래 승 회장 일행과 한패인 걸까, 아니면 나중에 상관 부인에게 매수당한 걸까?

처음부터 한패였다면, 당정이 일부러 그녀에게 접근한 걸까? 고씨 저택에 나타났던 봉황허영 때문에?

매수당한 것이라면…… 설마 비연이 군구신과 혼사를 치른 것 때문에 매수당한 것은 아니겠지?

비연은 종종 당정을 고씨 저택에 머물게 했고, 당정은 고씨 가문에 대해 상당히 관심을 드러냈었다. 그리고 그 연못에서 당정은 일부러 그녀를 밀었다!

생각하면 생각할수록 뭔가 이상하다는 생각이 들었다.

"군구신, 당정 언니는 그들과 한패임이 틀림없어. 그들은 계속 나와 고씨 가문을 살피고 있었던 거야! 그리고 당정이 소개

해 준 그 밀정 전다다…… 분명 그들의 사람일 거야! 그들도 봉황력을 노리는 게 틀림없고, 또…….”

군구신이 대답했다.

“그들이 친우라면 가장 좋은 일이고, 적이라면 당정을 이용해서 일망타진하면 그만이지! 네 그 손수건은 당분간 보내지 않는 게 좋겠어.”

당정이 이제야 돌아온 것은…… 분명 이미 구원을 청하는 신호를 보냈을 것이다. 그러니 그들이 그 손수건을 보낸다 해도, 그저 그들을 드러내는 결과만 가져올 것이다.

승 회장이 당씨 가문의 가주라면 그보다 더 좋을 수는 없었다. 아니라면, 당정은 분명 당씨 가문의 가주를 찾을 것이다.

비연과 군구신은 빙해 전투의 진상을 제대로 알기 전에는 북강을 떠나지 않을 생각이었다. 그리고 그와 관련이 있는 자들도 모두 떠날 꿈도 꾸지 못할 것이다!

비연이 미간을 찌푸리자, 군구신이 살며시 그녀의 이마를 쓰다듬으며 다정하게 말했다.

“하루 내내 힘들었잖아. 이제 좀 쉬도록 하지.”

이미 괴롭히고 있으면서

밤이 깊었다. 쉬어야 할 때였다.

군구신이 비연의 미간을 쓰다듬으며 놀리듯 말했다.

"고 대약사님, 약을 좀 내려 주실 수 있을는지요. 본 왕이 약에 인이 박인 것 같습니다. 약욕을 하고 싶군요."

비연은 원래 군구신을 위해 특별한 약을 준비해 두었다. 달이거나 끓일 필요 없이 그저 욕탕에 넣기만 하면 쓸 수 있는 약이었다.

그녀는 군구신의 피로한 기색을 보고 약을 꺼낸 후, 다시 약왕정을 가동해 몇 가지 약재를 더하려 했다.

저장고에서 약재를 꺼내는 것은 그녀에게 있어 아주 쉬운 일이었다. 그런데 이번에는 웬일인지 꽤 힘을 들여야 했다. 비연은 그저 자신이 요즘 너무 피곤해서 그런 모양이라고 생각했다.

군구신이 바로 그녀의 이상한 모습을 눈치채고 물었다.

"왜 그래? 피곤해서 그런가?"

비연이 약과 약재를 건네며 솔직하게 대답했다.

"응."

군구신은 사랑스럽다는 듯 그녀의 코를 비빈 후 속삭였다.

"먼저 쉬도록 해. 나를 기다릴 필요 없어."

응? 기다린다고? 다시 오겠다는 뜻인가?

비연의 침상 위에는 그의 베개가 이미 한 달이 넘게 놓여 있었다.

군구신의 말을 듣는 순간 그녀의 심장이 쿵 소리를 내며 떨어졌다. 그 베개를 잊고 있었던 것이다.

비연은 세안을 하고 옷을 갈아입은 다음 침상에 앉았을 때야 그 베개를 다시 떠올렸다. 그 베개를 한참 동안 바라보았다. 왜인지 모르게 울고 싶었고, 저도 모르게 웃음이 나왔다. 아마 행복이란 이런 것일 게다.

그 베개를 베고 옆으로 누웠다. 그러나 그녀는 눈을 크게 뜨고 있었다. 잠이 올 리 만무했다.

한참이 지난 다음에야 군구신이 왔고, 비연은 말없이 다정한 눈빛으로 그를 바라보았다. 마치…… 홀린 듯이. 군구신은 흰 옷으로 갈아입고 있었는데 어딘가 냉랭하고 멀리 있는 느낌이 들었다. 그러나 비연을 바라보는 그의 눈빛은 전혀 차갑지도, 멀어보이지도 않았다.

비연이 아직 잠들지 않은 것을 보고 군구신이 그녀의 이마에 가볍게 입을 맞췄다.

"그렇게 너무 깊이 생각하지 말고, 안심하고 자도록 해."

비연은 아무 말도 하지 않고 그저 고개를 끄덕였다. 그런 그녀의 눈빛이…… 정말로 예전과는 달리 온순했기 때문에 군구신은 참지 못하고 다시 한번 입을 맞췄다. 그가 조금 망설이는 듯하더니 자신이 예전에 잤던 긴 의자로 되돌아갔다.

지난번처럼 비연은 침상에 있었고 군구신은 긴 의자에 누워 있었다. 등불이 하나하나 꺼지고 이제 작은 기름등 하나만이 남았다. 방 안이 온통 고요했다.

군구신은 누워 있었지만 눈빛이 반짝이는 걸 보면 아직 정신이 맑은 상태로 뭔가 생각하는 것 같았다. 비연은 옆으로 누운 채 그를 바라보다가 입술을 깨물었다. 그녀의 눈빛도 생각에 잠긴 듯 반짝이고 있었다.

적막과 어둠 속에서 시간은 유달리 느리게 흘러갔다. 군구신은 생각하고 또 생각하다가 갑자기 몸을 옆으로 세웠고, 비연이 자신을 바라보고 있다는 것을 발견했다. 비연이 재빨리 바로 누웠다. 부스럭거리는 소리가 난 후 방 안이 다시 고요해졌다.

군구신은 마치 큰 결심을 한 듯 미간을 찌푸렸다. 그가 몸을 일으키려 했을 때, 이게 웬일일까. 비연이 갑자기 자리에서 일어나더니 그에게로 다가왔다. 군구신은 미동도 없이 그녀가 다가오는 것을 지켜보았다.

비연이 한마디 말도 없이 그에게 안기듯 누웠다. 그녀의 등이 그의 가슴에 와 닿으며, 자리를 내어 달라고 제 존재를 주장했다. 비연이 그의 손을 잡아 제 허리를 감싸게 했다. 그녀는 입술을 삐죽거리고 있었다. 원망하는 것 같기도 했고, 제멋대로 굴겠다는 의지의 표현 같기도 했다.

군구신의 입매가 소리 없이 위로 올라갔다. 사랑스러웠다. 어찌할 도리가 없었다. 그는 아무 말 없이 그녀를 품에 안아 들고 성큼성큼 침상을 향해 걸어갔다.

그는 비연을 침상 안쪽에 눕힌 다음에야 침상에 베개가 두 개라는 걸 발견하고 살짝 멍한 표정이 되었다. 그의 그런 표정을 본 비연은 그가 뭔가 오해했다는 생각에 다급하게 해명했다.

"당신이 생각하는 그런 거 아니야! 다, 당신 것으로 준비해 둔 거란 말이야!"

군구신이 즉시 그녀를 바라보았다. 그의 눈빛이 깊어지고 있었다. 비연은 더더욱 당황스러웠다.

"나, 나는……."

그녀는 차라리 해명하지 않기로 마음먹고, 아예 그에게 달려들어 붉게 달아오른 작은 얼굴을 그의 품에 묻었다.

군구신이 가볍게 그녀의 머리카락에 입을 맞춘 다음 갑자기 그녀를 침상 위에 밀어 눕혔다. 그의 두 손이 그녀의 양옆을 짚는가 싶더니 어느새 그가 그녀의 몸 위에서 그녀를 보고 있었다. 그의 눈빛이 더더욱 깊어 보였다.

사실 그녀에게 입을 맞춘 그 순간부터 그는 그녀를 사랑하고 싶어 견딜 수가 없었다. 그러나 그녀의 몸이며 마음을 고려해 그녀를 피곤하게 하지 않기로 마음먹었다. 그런 까닭으로, 스스로 자제하지 못할까 봐 긴 의자로 갔던 것인데……. 그러나 그녀가 먼저 품 안으로 안겨 오니 더 이상 참을 수 없었다.

그녀를 바라보며 다시 한번 입을 맞췄다.

비연은 그가 자신에게 입을 맞추도록 내버려 두었다. 심장이 점점 더 빠르게 뛰고 있었다. 그녀는 그저…… 그의 곁에서 자고 싶었을 뿐이었다. 그의 품에 안긴 채 안심하고 잠들고 싶었을 뿐인데…… 다른 생각은 없었는데! 군구신, 설마 내가 다른 생각을 하고 있었다고 여기지는 않겠지?

그러나 곧 비연은 생각을 이어 나갈 수 없게 되었다. 군구신의 입맞춤이 너무나 다정했고, 너무나 쉽게 그녀를 빠져들게 했다. 몽롱한 상태가 되어 그에게 화답하자 군구신은 더욱 격렬해지고 말았다. 심지어 그녀의 새하얀 목덜미를 따라 내려가며 그녀의 쇄골에 입을 맞췄다.

한 번, 또 한 번…… 입맞춤이 떨어질 때마다 비연의 온몸에서 힘이 빠졌다. 누워 있지 않았다면 아마 제대로 서 있을 수조차 없었을 것이다.

그녀는 온몸을 늘어뜨린 채, 분명히 몸에 기운이라고는 전혀 없다는 것을 알면서도 왠지 모르게 만족스럽지 않은 느낌이었다. 마음이 만족스럽지 않은 걸까, 아니면 몸이……?

어딘가 공허했고, 뭔가 부족한 느낌이 들었다. 그리고 그녀 안에서 뭔가가 꿈틀거리고 있는 것만 같았다. 뭐라 표현할 수 없이 괴로운 느낌이었다. 그녀는 단 한 번도 이런 느낌을 받아 본 적 없었다.

군구신이 물러나려 했을 때 비연이 바로 그의 목을 감싸 안고는 미간을 찌푸리며 그를 쳐다보았다. 그를 놓아줄 수 없었다.

군구신이 얼마만 한 인내심을 발휘해 겨우 입맞춤을 멈췄는지는 하늘만이 알 것이다. 그는 고개를 숙인 채 비연의 이마에 제 이마를 대고 다정하게 말했다.

"연아, 놓아주지 않으면…… 분명 너를 괴롭히게 될 거다."

비연은 놓아주고 싶지 않았다. 이렇게 그를 안고 있으면……

그렇게 괴로운 것 같지 않았으니까.

그녀가 원망하는 듯 중얼거렸다.

"이미 나를 괴롭히고 있으면서. 나, 나는…… 침상에서 내려갈 수 없게 될 예정이야."

군구신은 잠시 멈칫했으나 곧 즐거워져 하마터면 웃음소리를 낼 뻔했다. 그의 몸 아래 이 아무것도 모르는 여자는…… 마치 모든 것을 아는 것 같지만 사실 아무것도 모르는 그녀가……. 그는 심지어 그녀가 원래 그에게 내걸었던 조건 중 유명무실이라는 것이, 단지 다른 침상에서 자는 것을 의미했던 게 맞는지 의심하고 있었다.

그는 정말로 참을 수가 없어 가볍게 웃고 말았다.

"그럼 허리가 아플 텐데?"

비연은 그의 몸 아래에서 얼마간 그의 무게를 느끼고 있었다. 그녀는 부끄러운 마음에 조금 원망을 품은 목소리로 말했다.

"좀…… 아프겠지."

군구신이 마침내 참지 못하고 큰 소리로 웃기 시작했다. 그녀의 이런 바보 같은 모습을 자신만이 볼 수 있어 너무나 다행이라고 생각하면서.

지금 당장이라도 그녀를 안고 싶었지만, 조금 아쉬운 마음이 들기도 했다. 그녀를 지치게 할까 봐, 그리고 이렇게 경솔하게 그녀의 이 순수한 모습을 깨트려 버리는 건 아닐까 싶어서.

비연은 정말로 많은 것을 이해하지 못하고 있었다. 군구신이 웃는 걸 보고 자신을 비웃는다 생각해 화가 났고, 마음 깊은 곳

의 그 낯선 조급한 마음도 꽤 많이 사라지는 것 같았다. 그녀는
그에게 주먹을 날리고는 재빨리 등을 돌렸다.

"잘 거야!"

군구신이 그녀 등 뒤에 누운 채 그녀를 품 안에 끌어들여 단
단하게 안았다.

"연아……."

"뭐 하는 거야?"

"지금 이 순간부터, 너는 온통 나의 것이야. 너라는 사람도,
그리고 네 마음도."

"지금부터, 다…… 당신도 내 것이야!"

"예전부터 나는 네 것이었는걸. 바보."

깊고 고요한 밤, 당정이 자신의 방 안에서 잠을 이루지 못하
며 조급해하고 있었다. 이미 결정을 내렸다. 내일도 비연을 만
나지 못한다면 핑계를 찾아 환해빙원에 잠입해 외숙부 일행을
찾아야겠노라고…….

바다로 나가 볼까

이날 밤, 잠들지 못하는 사람이 어찌 당정뿐이겠는가!

승 회장과 상관 부인, 소 부인은 백새빙천 북쪽 은폐된 동굴 속에 숨어 있었다. 승 회장이 빙원에 찾아 놓은 다섯 거점 중 가장 북쪽에 있는 곳이었다. 이곳은 해안과 무척 가까워 달빛 아래 파도의 넘실거림을 볼 수 있을 정도였다. 백새빙천의 북쪽, 즉 현공대륙 최북단의 해역인 이곳은 북해라 불렸는데, 아득하니 넓기만 했다.

소 부인은 매복해 있던 궁수대에게 부상당했고, 백리명천의 일격까지 더해져 상당히 심각한 상황이었다. 정신을 차린 그녀는 그날 있었던 일을 듣고 상당히 의아해했다.

이치대로라면, 군구신은 한 달이나 갇혀 있던 결계에서 그렇게 쉽게 빠져나올 수 없었을 것이다. 그러나 밀실에 내려가 보지 않은 그녀로서는 그 결계가 대체 어떤 결계인지 알 수 없었다. 그런 까닭에 그녀도 과감하게 추측할 수 없었다.

지금 소 부인은 가부좌를 튼 채 상처를 치료하고 있었다. 그녀는 사실 말수가 적은 사람이었다. 안색이 창백해지도록 약해진 상태였지만 그녀는 여전히 굳은 얼굴로 타인의 접근을 거부하고 있었다.

승 회장과 상관 부인은 동굴 입구에 앉아 있었다. 상관 부인이 승 회장 어깨에 기댄 채 물었다.

"인어족이 어째서 바다에 들어가지 못하는 거야?"

승 회장이 설명했다.

"운공대륙 대진국에 인어족으로 이루어진 해군이 있었는데, 역시 백리씨 일족이었어. 현재로써는 감감무소식이지만. 아마 현공대륙 백리씨와는 같은 족속이되 같은 혈통은 아닐 거야. 현공대륙의 인어족은 금인어, 은인어, 옥인어, 흑인어, 이 네 혈통으로 나뉘는데, 그중 금인어가 가장 고귀하고 흑인어가 천하다고 하더군. 백리명천은 옥인어 혈통이야. 그의 말에 따르면, 바다에 들어가지 못하는 것은 옥인어 혈통의 규칙이지 모든 인어족의 규칙은 아니라더군. 옥인어 조상이, 바다에 들어가는 자는 편히 죽지 못하리라는 저주를 남겼다던가."

상관 부인은 점점 더 답답해졌다.

"저주? 설마 그래서 옥인어가 바다에는 가지 못하는 거야?"

승 회장이 대답했다.

"가문의 금기, 규칙, 사명……. 결코 어길 수 없는 것들이지."

승 회장 역시 운공대륙에 있던 시절 일족의 가장이었다. 그는 융통성 없는 사람은 아니었지만 어린 시절 가문의 사명을 신앙으로 삼았고, 그만의 고집과 원칙이 있었다.

상관보는 비록 가문의 연원이 깊은 대가문이라 하나, 어린 시절 팔려 갔다가 자란 후에 다시 돌아온 상관 부인에겐 그러한 신앙이 없었다.

상관 부인이 가장 싫어하는 것이 바로 그와 이런 이야기를 하는 것이었다. 상관 부인이 물었다.

"대진국의 백리씨는 어느 혈통에 속해? 옥인어보다 귀한 혈통이야?"

승 회장이 대답했다.

"그들은 눈물인어야. 그들이 죽을 때 흘린 눈물이 변한 교주를 바로 '집루'라고 부르는데, 남정석과 아주 비슷하게 생겼지. 보석 가운데에 눈물이 있어 집루라 불리게 되었고. 모든 집루는 물에 들어가면, 그 주변 바다에 있는 모든 인어를 소환할 수 있어."

상관 부인이 다급하게 물었다.

"눈물인어? 인어족 4대 혈통 안에 들어가지 않는다고?"

승 회장이 말했다.

"운공대륙의 수많은 가문이 원래 현공대륙 출신이야. 분명 눈물인어도 현공대륙 출신이었겠지. 하지만 운공대륙으로 온 후 성과 이름을 바꾸고 신분을 감췄음이 분명해. 랑종 한가보는 원래 몽족의 후예지만, 결계술이 아니라면 그 누가 한씨가 몽족의 후예라고 추측할 수 있겠어? 고顧 태부 가문의 비술인 영술 역시 현공대륙에서 시작되었다니, 운공대륙의 고씨들도 아마 현공대륙 출신이겠지."

상관 부인이 생각에 잠겼다가 계속 물었다.

"멀쩡한 해군이 어째서 종적을 감춘 거지? 설마 바다로 나간 다음 돌아오지 않은 건 아니겠지?"

"당신 추측대로야."

승 회장이 평소에는 잘 보이지 않는 웃는 얼굴로 설명하기 시작했다.

"약 20년 전, 그들의 가장이 대진국 황제를 분노하게 해 전 일족이 섬으로 유배를 가게 되었지. 대진국 황제는 그들에게 10년의 시간을 주며, 그동안 그 섬을 지배하게 되면 대진국으로 돌아올 수 있게 해 주었지. 빙해의 전투 이후, 마침 10년이 되었는데도 그들은 돌아오지 않았어. 고 태부가 세 번이나 그 섬에 가 보았지만 그들의 흔적을 찾을 수 없었어."

승 회장이 이야기하는 고 태부는 바로 고남신의 양부이자 대진국의 섭정왕이었다. 그는 과거 대진국 황후 한운석의 시위로, 후에 태자태부[2]가 되었다. 그리고 빙해의 전투 이후 태자가 등극하자 섭정왕이 되어 태자를 보좌하게 되었지만, 모두 습관적으로 그를 고 태부라 불렀다. 그는 대진국 황제 부부와 주복 관계인 동시에 진실한 벗이기도 했다.

고 태부가 고남신을 키우며 영술을 가르친 것은 영술을 이을 후계자가 필요해서기도 했지만, 고남신으로 하여금 고씨 가문의 사명을 이어 계속 황족의 후예들을 지키게 하기 위함이기도 했다. 바로 이런 연유로 고남신은 어릴 때부터 대진국 공주 곁을 지켰고, 공주를 지키는 것을 일생의 사명으로 삼게 되었다.

운한각은 바로 고 태부가 조직한 단체로, 각주는 과거의 태자, 즉 현재 대진국의 황제였다.

---

2 태자의 스승.

운한각은 세 갈래로 나뉘어 활동하고 있었다. 하나는 승 회장을 필두로 그해 실종된 두 아이와 원수를 찾는 데 집중하고 있었다. 다른 하나는 당정을 중심으로 대륙 전체의 정보를 수집하고 있었고, 마지막 하나는 고 태부와 고 영감을 수장으로 하여 현공대륙 천 년 전의 몇 가지 수수께끼를 탐구하고 있었다.

고 태부와 고 영감이 찾는 수수께끼는 빙해와도 관련이 있고, 상고 시대 3대 신력과도 관계가 있었으며, 사람들이 알지 못하는 신비경인 빙해영경과도 역시 관련이 있었다.

이 세 갈래의 사람들은 서로 소통하며 정보를 주고받고 협력하고 있었다.

승 회장은 사람을 찾는 외에도 계속 기씨, 소씨, 두 가문을 감시하고 있었다. 수년 전 그들이 바로 원수라는 사실을 파악한 후로도 그는 오래도록 손을 쓰지 않았는데, 바로 풀을 치다 뱀을 놀라게 하는 것을 두려워했기 때문이다. 당시 빙해의 이변을 일으킨 혁씨 가문과 단목요가 아직 잠복하고 있는 상태에서는 쉽게 손을 쓸 수 없었던 것이다.

그리고 그는 당시 기씨, 소씨, 혁씨, 세 가문 외에 또 어떤 세력이 빙해를 지켜보고 있었는지, 그해 빙해에서 발생한 모든 일을 알고 있는지 확신할 수 없는 상태기도 했다.

소씨 가문과 기씨 가문이 결탁하여 천염국과 만진국 사이의 전쟁을 일으켰을 때, 승 회장은 운한각에 통지한 후, 세 나라에 매복시켜 놓은 운한각의 힘을 이용하여 삼국 간의 전쟁을 일으키려 했다. 소씨와 기씨 가문을 억누르는 동시에 세 나라를 통제할 힘을 늘릴 수 있도록. 그러나 이 모든 안배는 군구신과 비연 때문에 엉망이 되고 말았다.

북강에서 봉황허영이 나타났을 때, 원칙대로라면 고 태부와 고 영감이 왔어야 했다. 그러나 작년에 밀정 하나가 흑삼림에서 영술을 목격했고, 고 태부는 흑삼림으로 들어간 후 안타깝게도 소식이 끊겨 버렸다. 고 영감은 대진국 해군의 행방을 찾기 위해 바다에 나가 있었기에 제때 올 수 없는 상황이었다.

얼마 전, 운한각이 마침내 고 태부와 연락이 닿았다. 그리고 흑삼림에 수상한 낌새가 있다는 이야기를 듣고 각주가 직접 흑삼림으로 향했다. 고 영감도 바다에서 돌아오자마자 각주를 걱정하는 마음에 함께 흑삼림으로 갔다.

상관 부인은 승 회장의 팔짱을 낀 채 저도 모르게 탄식했다.

"당정이 연락한다 해도, 고 태부나 다른 사람들이 바로 올 수 있다는 보장은 없는 셈이니까. 비연 하나만도 상대하기 어려운데 군구신까지 더해졌으니……. 이 상황을 보면, 고 태부 일행이 직접 오지 않으면 아무도 우리를 구할 수 없을 것 같아! 영승, 차라리 우리 그들과 명쾌하게 담판을 짓는 건 어때? 어쨌든 저들이 빙해에 그렇게나 관심을 가지는 이상 우리에게는 패가 꽤 있는 편이니까! 우리도 그 참에 군구신이 영술을 어디서 배웠는지 알아볼 수도 있고 말이야!"

승 회장이 대답했다.

"축운궁 능 호법도 영술을 할 수 있으니 경솔하게 굴어서는 안 될 일이야. 게다가 진묵이 피살되었잖아. 비연의 성격을 생각하면 분명…… 의논해 볼 여지가 없을 것 같군. 우리가 빙해의 비밀을 폭로하면 할수록 비연도 우리를 쉽게 놓아주려 하지 않을 거야. 일단 당정의 소식을 기다리는 게 낫겠어. 당정도 방법이 없다면, 그때는 우리도 다른 패를 생각해서 군구신과 이야기해야겠지만."

승 회장은 빙해와는 무관하되 천염국의 안위와 관계있는 패를 생각하고 있었다. 천염국의 소금과 철은 나라에서 관리하고 있었지만 실제로는 현공상회가 장악하고 있었다. 소금과 철은 일국의 명운과 관계있으니, 이것은 현공상회가 가진 비장의 패였다. 이 패라면 아마 군구신에게서 양보를 받아 낼 수 있을 것이다. 다만 마지막 순간까지는 이 패도 쉽게 드러내지 말아야 했다.

날이 점차 밝아 왔다. 승 회장 부부는 당정을 기다리고 있었다. 그리고 이 순간 백리명천도 막 북해안에 도착했다.

그는 수로 몇 곳을 시험해 보던 중 하마터면 잡힐 뻔했고, 수로가 봉쇄되었음을 알게 되었다. 그는 비연이 어떻게 그 수로들의 출입구를 알고 있는지 몹시 의아했으나 깊이 생각할 여유는 없었다.

그는 해변에 앉아 망망대해를 바라보았다. 머릿속에 무서운 생각이 하나 떠오르고 있었다.

바다로…… 나가 볼까…….

아침부터 사람을 괴롭히다니

백리명천은 끓어오르는 욕망을 느끼며 해변에 앉아 있었다.

조상이 바다에 나가는 걸 금지한 것은 어떤 인어족이라도 현 공대륙의 해안선을 넘어서는 안 된다는 것을 의미했다. 그는 본래 이 금지령에 호기심을 느끼고 있었는데, 며칠 전 소 숙부가 언급하는 걸 들은 후에 더더욱 흥미를 느끼게 되었다.

그는 이 금지령이 저주가 아니라, 다른 이유가 있기 때문이 아닐까 생각하고 있었다. 물론 이 일이 흥미롭다고 생각했을 뿐 명을 어겨 볼 생각을 했던 건 아니었다.

비연과 군구신이 그를 찾아내지 못하더라도, 여기 이대로 있으면 아마도 동사하게 될 것이다. 다음 달이 바로 섣달이었다. 환해빙원의 기온은 더욱 내려갈 테고, 사람을 산 채로 얼려 죽일 수도 있게 될 것이다. 설족이라 해도 섣달에는 함부로 이 지역에 들어오지 않았다.

백리명천은 군구신의 수중에 떨어지고 싶지 않았지만 이곳에서 죽고 싶지도 않았다. 그는 군씨 대황숙이 갖고 있다는 그 검이 무척 궁금해졌다. 혹시 그 검이 군구신의 약점이 될 수도 있을까?

비록 욕망을 느끼고는 있었지만 백리명천은 그렇게 충동적으로 굴지는 않았다. 몸을 일으킨 그는 해안선을 따라 동쪽으로 걷기 시작했다. 깊은 생각에 빠진 듯한 표정이었지만 대체 무엇을 고민하는지는 드러나지 않았다.

해가 떠오르고 날이 밝아 왔다. 비연은 해가 중천에 떠오르도록 잠을 자고 있었다. 지난 한 달여, 이렇게 깊이 잠들어 본 적이 없었다.

사실 지금 밖에서는 많은 일이 그녀를 기다리고 있었다. 군구신이 어젯밤 망중에게, 무슨 일이 있더라도 그들을 방해하지 말라고 이야기하지 않았다면 아마 누군가가 벌써 비연을 깨웠을 것이다.

군구신은 이미 깨어 있었다. 그는 제 팔 안에 누운 사람을 바라보며 저도 모르게 잔잔한 미소를 지었다. 그는 아주 냉랭한 성격이었으나 지금만은 어떻게 표현하기 어려울 정도로 따뜻한 표정을 짓고 있었다. 마치 사월의 봄바람 같은, 혹은 겨울날의 따사로운 햇살 같은.

깨어난 후로 지금까지 계속 그녀만을 바라보고 있었다. 아무리 봐도 질리지 않을 것처럼, 애정에 사로잡힌 눈길로. 마치 제 품 안의 사람이 오랫동안 조심스럽게 지켜 온 귀한 보물이라도 되는 것처럼.

다른 이의 방해를 허용하지 않은 것만큼이나 자신도 그녀를 방해하고 싶지 않았다. 몇 번이나 그녀에게 입을 맞추고 싶은 충동을 느끼면서도 간신히 참으며, 이렇게 조용히 그녀를 지켜보고 있었다.

그는 계속 자신의 마음을 아주 명확하게 알고 있었다. 그러나 이렇게 정말로 함께하게 되니, 스스로 생각했던 것보다 훨씬 더 비연을 좋아한다는 사실을 알게 되었다.

적막 속에서 비연이 갑자기 그에게 몸을 붙여 왔다. 그녀는 몽롱한 가운데, 마치 군구신이 자신 곁에 누워 있다는 것을 잊은 듯 무심결에 손을 뻗었다. 습관대로 베개를 잡으려는 것이었지만, 비연의 손이 닿은 곳은 바로 군구신의 얼굴이었다.

군구신은 미동도 하지 않았고, 그녀는 한참 더듬다가 한 팔로 그의 목을, 한 다리로는 그의 허리를 휘감았다. 마치 그녀 전체가 그의 몸 위로 타고 오르려는 것 같았다. 그를 베개라 생각하고 끌어안고 있음이 분명했다.

군구신은 아무 말도 하지 않고, 미동도 하지 않았다. 그저 그의 입매가 좀 더 올라갈 뿐이었다.

비연은 잠시 그를 타고 오르는 듯하더니, 갑자기 군구신의 몸 위에 엎어지다시피 하더니 꼼지락거렸다. 아무래도 좀 더 편한 자세를 찾고 싶은 모양이었다.

그 순간 군구신 입가의 미소가 그대로 굳어 버리는가 싶더니 그의 눈 아래로 일말의 복잡한 빛이 스쳐 갔다. 그러나 결국 그녀가 하는 대로 내버려 두었다.

비연은 곧 움직이지 않게 되었다. 군구신이 겨우 안도의 한숨을 내쉬었을 때, 이게 웬일일까. 그녀의 작은 손이 가만히 있지 못하고 움직이기 시작했다.

그녀는 자신이 안고 있는 게 베개가 아니라는 걸 희미하게나마 깨달은 듯, 작은 손으로 그의 목을 따라 천천히 더듬기 시작했다. 비연의 손이 마침내 그의 단단한 가슴 위에서 멈췄고, 뭔가를 잡으려 했다.

군구신이 갑자기 미간을 찌푸리더니 차가운 숨을 토해 냈다. 어찌 된 일인지는 알 수 없었지만 그는 지금 고통스러운 듯한 표정을 짓고 있었다. 호흡 역시 다급해진 상태였다.

비연이 계속하려 하자 군구신은 마침내 참지 못하고 그녀의 손을 잡았다. 비몽사몽 상태였던 비연이 깜짝 놀라 눈을 떴다.

그녀가 군구신을 바라보았다. 졸음에 취해 가물가물한 눈에 살짝 멍한 표정, 심지어 조금은 아련해 보이기도 하는 얼굴이었다. 그러나 그녀는 곧 정신을 차리고, 자신이 무엇을 하고 있었는지 깨닫고 말았다.

"나, 나는……. 그게……."

그녀가 그의 몸에서 내려가려 하자 군구신이 갑자기 몸을 움직였다. 졸지에 그녀는 그의 몸 아래 누워 있게 되었고, 그의 두 손이 그녀의 머리 양쪽을 짚었다.

군구신의 고개가 슬며시 내려오는 듯하더니 점점 더 그녀에게 가까워졌다. 그녀를 바라보는 그의 눈빛이 평소보다 좀 더 깊어 보였고, 심지어 조금 진지하고 엄숙하기도 했다. 그의 거친 호흡에서 흘러나오는 숨은 비할 데 없이 뜨겁게 타오르고 있었다.

비연의 심장이 빠르게 뛰고 있었다. 그녀도 바보가 아니니, 그가 그녀를 괴롭힐 생각이라는 걸 알아볼 수 있었다. 하지만…… 이런 그가 너무나 낯설어 보였다. 최소한 그녀가 그를 알고 지내는 동안에는 이런 표정을 본 적이 없었다.

그녀는 조금 겁이 났지만 또 무섭지는 않았다. 그녀도 제 마음이 대체 어찌 된 것인지 말로 표현할 방법이 없었다. 그녀는 마침내 그의 깊은 눈빛을 견딜 수 없어 고개를 돌리며 저도 모르게 입술을 깨물었다. 그녀가 한마디 하려 했을 때 군구신의 입맞춤이 떨어졌다.

그러나 그의 입맞춤이 막은 곳은 그녀의 입술이 아니었다. 그는 그녀의 심장이 위치한 곳에 짙은 자국을 남기고 있었다. 비연은 저도 모르게 신음 소리를 내며 온몸을 굳혔다.

"군구신!"

그를 밀어내려 했지만 그가 그녀의 손을 꽉 누르고 있었다. 가슴에 잠시 머무는가 싶던 그의 입맞춤이 곧 아래를 향해 움직이기 시작했다.

비연의 몸이 점점 더 긴장으로 굳어 가고 있었다. 어젯밤의 그 느낌이…… 다시 한번 찾아왔다. 그녀는 도저히 견딜 수가 없었다. 그녀의 몸 안에서 뭔가가 계속 꿈틀거리고 있는데…… 그것을 쏟아 낼 곳을 찾을 수가 없었다.

군구신의 입맞춤은 점점 더 난폭해졌고 그녀는 마침내 참을 수가 없어졌다. 그녀가 그만 용서를 구하려 했을 때 마침 다급하게 문 두드리는 소리가 들려왔다.

군구신이 갑자기 멈추더니 비연의 손을 놓아주고 그녀의 배에 제 얼굴을 묻었다. 그리고 잠시 후, 미간을 찌푸린 채 고개를 들고는 어쩔 수 없다는 듯 웃으며 아무 말도 하지 않았다.

비연도 거칠게 숨을 몰아쉬었다. 심장은 더욱더 빠르게 뛰고 있었고 얼굴은 이미 붉어진 지 오래였다. 그를 노려보며 속삭였다.

"무뢰한, 이른 아침부터 사람을 괴롭히다니."

그녀는 알지 못했지만 지금은 사실 이른 시간이 아니었다. 그리고 그녀가 또 하나 알지 못했던 것은, 그녀 자신이 먼저 그를 괴롭혔다는 것이었다.

군구신은 무슨 말인가 하고 싶은 듯했지만 결국은 아무 말도 하지 않았다. 비연에게 이불을 덮어 준 후 침상에서 내려가 옷을 걸친 다음 방문을 열고 나갔다.

그가 나간 것을 확인한 다음에야 비연은 겨우 안심할 수 있었다. 또…… 또 온몸에 기운이 빠진 것만 같았다. 아니, 이번에는 좀 더 심각한 상황이었다. 그야말로 무력한 상태였다.

갑자기 백리명천이 무엇 때문에 그녀를 그렇게 미워하며, 말끝마다 빚 이야기를 하는지 알 것 같았다. 군구신과 잠시 있는 것만으로도 이렇게 견디기 힘든데…… 도요곡에서 백리명천과 시녀가 비연의 약에 중독되었으니, 그 고통이 아마 말로는 표현하기 어려웠을 것이다! 이런 고통을 겪다가 죽게 된다면…… 그것은 너무나 잔인한 일이었다.

그러나 비연은 다시 생각을 고쳐먹었다. 백리명천은 그런 일을 당해도 마땅했지!

그녀는 잠시 누워 있다가 기운을 회복한 다음 천천히 일어났다. 곧 군구신이 돌아오더니 진지하게 말했다.

"연아, 당정이 빙원 쪽으로 가고 있다는군. 여기서 착하게 기다리고 있어. 망중과 따라가 볼 테니까."

문을 두드린 사람은 망중이었다. 이렇게 중요한 일이 아니었다면 그도 감히 그들을 방해하지는 못했을 것이다.

당정이 아침 일찍 비연을 만나러 왔었는데, 망중은 여전히 비연이 진묵의 일로 상심했다는 핑계로 그녀를 돌려보냈다. 당정은 방으로 돌아간 지 얼마 되지 않아, 양식 창고에 가서 도울 일이 있는지 보겠다고 했다. 그러나 그녀는 양식 창고에는 잠시만 머물고 길을 돌아 빙원으로 향하고 있었다. 분명했다. 당정은 지금 승 회장 일행을 찾아가고 있었다!

비연이 어떻게 그저 온순하게 기다리고만 있을 수 있겠는가. 바로 몸을 일으켜 옷을 갈아입고, 봉황 날개를 수놓은 손수건도 잊지 않고 챙긴 다음 진지하게 말했다.

"나도 갈 거야. 승 회장을 만나야겠어. 우리 함께 한번 제대로 탐색해 보자고!"

마침내 당신들을 찾았다

망중이 길을 안내하자, 비연과 군구신은 바로 출발했다.

당정은 이미 꽤 멀리까지 간 상태였다. 망중이 두 시위로 하여금 그녀를 미행하며 계속 표식을 남기게 했기에 비연 일행은 그것을 쫓아갔다.

출발한 지 얼마 되지 않아 군구신이 물었다.

"설랑은?"

비연이 마음속으로 부르자 대설이 어디서인가 튀어나오더니, 그녀의 등을 기어 올라갔다. 그리고 비연의 어깨 위에 우뚝 서서 눈을 반짝이는 것이, 언제라도 전투에 임하려는 자세로 보였다.

군구신은 전날 비연에게서 이미 대설과 계약한 이야기를 들었다. 그가 대설을 보고는 말했다.

"대설? 하하, 다음 달인가?"

비연이 영문을 몰라 눈을 깜빡거리자 군구신이 다시 말했다.

"망중, 소만, 대설, 돌아가면 시위를 몇 명 더 붙여 줄게. 24절기를 빠짐없이 모을 수 있도록."

그녀가 재빨리 설명했다.

"망중과 소만의 이름을 따라 지은 게 아니야. 대설은 임시 이름이고, 당신이 돌아오면 새로 지어 달라고 하려 했어."

군구신은 생각조차 하지 않고 외쳤다.

"소설!"

비연이 불만스럽게 말했다.

"바꿔 줘, 다른 이름으로!"

군구신이 놀리듯 말했다.

"납팔?"

비연이 어쩔 수 없다는 듯 말했다.

"됐어. 그냥 대설이라고 부를래. 이미 입에 익었기도 하고."

군구신은 진지하게 이름을 지어 줄 생각이 없는 게 아니라, 정말로 24절기에 맞춘 시위대를 조직해 비연을 안전하게 지키게 할 참이었다. 물론 그녀에게 무공을 가르쳐 줄 생각도 있었다. 오늘 승 회장 일행을 잡고 나면 바로 안배할 작정이었다.

대설은 자기 이름을 듣자 궁금한 눈으로 비연을 바라보더니 다시 군구신을 바라보았다. 비연이 명령을 내린 게 아니라는 걸 확인한 대설은 다시 그녀의 어깨에서 미끄러져 내려와 소매 속으로 들어갔다.

그 모습을 본 군구신이 불만스러운 표정을 지었다. 그는 바로 대설의 작은 꼬리를 잡고 소매 속에서 끄집어냈다. 그리고 거꾸로 매달린 대설을 보는 순간 어쩐지 익숙한 느낌이 들었다. 마치 예전에 이렇게 작은 동물을 키워 본 적 있는 것 같은 느낌이었다. 하지만 어디서 이렇게 작은 동물을 키웠던 걸까?

군구신은 더 생각하지 않고 대설을 제 소매 속에 넣었다. 그러자 비연이 미간을 찌푸린 채 이해할 수 없다는 듯 물었다.

"뭐 하는 거야?"

군구신이 비연의 소매를 잘 정리해 주며 말했다.

"앞으로는 이 녀석이 네 몸에서 함부로 날뛰게 하지 마."

비연이 한마디 하려 했을 때 군구신이 덧붙였다.

"사람과 짐승은 구별이 있어야 하는 거야."

비연은 잠시 멍해졌다가 곧 그의 뜻을 깨닫고 피식 웃어 버렸다. 군구신은 가볍게 헛기침을 한 후 고개를 돌렸다. 그도 민망하긴 한 모양이었다.

비연은 즐거운 마음에 고개를 갸우뚱하며 그에게 달라붙었다. 군구신이 다른 방향을 바라보았지만 비연 역시 계속 그를 빤히 바라보았다. 결국 군구신도 참지 못하고 웃으며 그녀의 눈을 가렸다.

"네가 알았으면 됐다고!"

이 뜬금없는 말을 비연은 무슨 의미인지 아주 잘 알아들었다. 그는 신경을 쓴다. 그는 독점욕이 강하다. 그는 거칠 때도 있다. 그리고…… 그녀가 알면 되는 것이다.

비연은 군구신에게 대답하지 않았지만 더 이상 그를 힘들게 하지도 않았다. 그의 팔짱을 낀 채 그의 어깨에 기댔다. 그리고 그와 같이 질투심 많은 사람이 그녀가 꿈에서도 다른 사람을 잊지 못하는 걸 과연 신경 쓰지 않을 수 있는지 고민하기 시작했다.

이런 생각이 든 것은 처음이었다. 그는 과연 얼마나 괴로워하고, 또 얼마나 자주 결단을 해야 했을까?

그들은 승 회장을 찾아가는 중이었다. 승 회장과의 거리가 가까워질수록 고남신과도 가까워지는 기분이 들었다. 그녀는 꿈속에서도, 꿈에서 깨어난 후에도 그 소년을 만나기를 기대하고 있었다. 심지어 그들이 함께 보낸 어린 시절에 대해서도 강렬한 호기심을 느끼고 있었고, 그가 자란 후의 모습을 상상하기도 했다. 그러나 그것은…… 다른 마음이었다.

그녀는 무정하고 잔인하게 변해 버린 것 같았다. 자신이 과거에 고남신을 좋아하지 않았기를 바라고 있었다. 과거에 그가 아니면 시집가지 않겠노라 말하지 않았으면 좋았을 것을. 그렇게 계속 잊지 못한다고 말하지 않았으면 좋았을 것을. 그녀는…… 자신의 이 생에 오로지 군구신만이 존재하기를 너무나 간절히 바라고 있었다.

약수가 3천이어도 물 한 표주박만을 취하며, 세 번의 생을 윤회하더라도 한 사람만을 기다릴 것이다. 그녀가 그에게 했던 말이었다. 그러나 그녀는 영원히 이 말을 지키지 못할 것이다.

썰매로 약 한 시진 정도 갔을 때 시위가 달려오는 것이 보였다. 그가 망중에게 보고하자, 망중이 바로 다가왔다.

"전하, 앞쪽이 바로 백랑곡입니다. 제가 이미 수하들에게 말해 두었습니다. 당정은 분명 저 골짜기 안에 있습니다."

예전에 진묵이 당정을 데리고 호란설지며 환해빙원을 안내했고, 당정 자신도 빠져나가 몇 번이나 이 지역에 온 적이 있었다. 시위들은 당정이 비연의 친우라 생각했기에 그녀를 막지 않았다. 그러나 이번에는 백랑곡을 지키는 시위들이 위험하다는 핑계로 당정의 발을 묶어 두고 있었다. 이런 상황이니 당정도 의심을 품지는 않았다.

백랑곡 안에는 엄폐물이 얼마 없어 몸을 숨기기 힘들었다. 썰매로 쫓는다면 금세 발각될 것이다. 군구신과 비연은 썰매에서 내렸다. 그리고 군구신이 비연을 안고 영술로 골짜기 안으로 들어가 직접 쫓기 시작했다. 다른 시위들은 모두 잠시 멈추기로 했다.

이렇게 군구신과 비연은 조용히 당정의 뒤에 따라붙되 일정한 거리를 유지했다. 당정은 상당히 신중하게, 백랑곡을 지난 다음에도 바로 백새빙천으로 향하지 않았다. 그녀는 썰매에 올라탄 채 장장 반나절에 걸쳐 길을 돌더니 날이 어두워질 무렵에야 겨우 백새빙천으로 향했다.

군구신은 당정이 승 회장을 찾고 있는 게 아니라, 빙원에 매복하고 있는 시위들의 의심을 사지 않기 위해 길을 돌아가고 있다는 사실을 알아챘다. 백새빙천에 가까워졌을 때는 다음 날 새벽 무렵이었다. 하늘에서는 작은 눈꽃이 흩날리고 있었다. 군구신이 직접 뒤를 밟은 게 아니었다면 이렇게 순조롭지는 못했을 것이다.

당정은 조금 피로해 보였다. 잠시 멈춰 따뜻한 물을 마시며 쉬던 그녀가 썰매에서 내렸다. 그리고 썰매와 썰매 개들을 은폐된 곳에 숨기고는 커다란 얼음 동굴 안으로 들어갔다.

비연이 군구신의 귀에 대고 속삭였다.

"언니는 분명 승 회장 일행의 은신처를 아는 거야."

"아마 여기 한 곳만도 아니겠지."

군구신이 바닥에 표식을 남긴 후 바로 비연과 함께 쫓기 시작했다. 이번에는 그도 매우 신중하게 행동했고, 심지어 수하들을 부르는 화살조차 쏘지 않았다. 곧 망중이 도착해 바닥의 표식을 보고, 근처에 매복한 시위들을 모두 불러올 것이다.

당정도 아주 신중했다. 그녀는 동굴 안에서도 몇 바퀴나 돌더니 정오가 되었을 무렵에야 마침내 앞뒤로 통하는 동굴로 들어가 백새빙천의 북해안에 도착했다. 그리고 두 거점이 비어 있는 것을 확인했다.

군구신과 비연은 그녀에게 너무 가까이 갈 엄두를 내지 못했다. 비연은 멀리서 당정을 바라보며, 처음으로 그녀가 몹시도 낯설어 보인다는 것을 깨달았다. 마치 사람이 바뀐 것만 같았다. 비연은 긴장했고, 분노했으며, 원한도 품었다. 마음이 이상할 정도로 복잡했다.

당정이 주변을 살피더니 좁고 긴 통로로 들어갔다. 군구신은 다시 표식을 남기고 바로 쫓아 들어갔다.

그들이 막 통로에 들어섰을 때 승 회장과 상관 부인, 그리고 소 부인이 멀지 않은 곳에 서 있는 게 보였다. 세 사람은 무슨 이야기인가 나누고 있었다.

당정이 입을 열기도 전에 승 회장이 기척을 눈치채고 고개를 들었다. 군구신이 빠른 속도로 비연을 끌어당겨 거대한 바위 뒤로 몸을 숨겼다.

당정이 흥분한 나머지 울먹이며 빠르게 달려갔다.

"외숙! 겨우 찾았네요! 겨우…….."

승 회장이 불쾌한 기색으로 말없이 조용히 하라고 손짓했다. 그 모습을 본 당정이 바로 입을 다물고 말았다.

비연과 군구신은 모두 의아했다. 승 회장이 당정의 외숙이라니!

그들은 바로 당정 일행 앞에 나서는 것보다는 인내심 있게 기다려 보기로 했다…….

소 부인의 독설

당정이 승 회장을 외숙이라 부르는 것을 듣자 비연의 마음에 의혹이 일었다. 당정이란 이름이 가명일까? 아니면 그들이 오해한 걸까? 설마 승 회장이 당씨 가문의 우두머리가 아니란 말인가?

물론 이렇게 중요한 시기에 깊이 생각할 겨를은 없었다. 곧 진상이 밝혀질 거라 생각한 비연은 조용히, 당정과 승 회장이 무슨 이야기를 하는지 들어 볼 작정이었다. 망중이 오면 그들은 승 회장 일행을 포위 공격 할 수도 있을 것이다.

사실 소 부인과 승 회장이 부상을 입은 이상 군구신 혼자서도 상대하기에 충분했다. 포위 공격은 만일에 대비한 것이었다.

당정이 승 회장 곁으로 다가갔다. 그녀는 상관 부인과 잠시 포옹한 후 소 부인과도 무슨 이야기인가 나눴다. 그러나 소 부인의 태도는 결코 좋아 보이지 않았다.

승 회장의 경고 이후, 당정은 감히 큰 소리로 말하지 못하고 목소리를 죽였다. 비연과 군구신은 그녀의 말을 단 한 마디도 들을 수 없었다. 그러나 그들은 조급해하지 않고 계속 승 회장 일행을 지켜보았다.

그런데 이게 웬일일까. 얼마 지나지 않아 공중에서 갑자기 암기 하나가 승 회장을 향해 날아왔다! 비연과 군구신은 깜짝 놀랐다. 여기 또 다른 누군가가 있는 걸까?

이 암기는 비록 승 회장을 조준하고 있었지만 살상의 의도는 없었다. 덕분에 승 회장은 쉽게 몸을 피했고, 암기는 얼음 바닥 위로 떨어졌다. 그와 동시에 백리명천이 동쪽 빙석 옆에서 나타났다.

그는 보랏빛 옷을 입고, 그 위에 다시 화려한 여우 모피를 걸치고 있었다. 사특한 미소를 짓고 한 걸음 한 걸음 다가오는 그의 모습은 귀족의 우두머리답게 나른하고 한가해 보였다.

비연이 속삭였다.

"정말 잘됐어. 우리가 손을 쓰기 전에 와서 다행이야. 그게 아니었으면 도망쳤을 텐데."

군구신도 고개를 끄덕였다.

"그러게."

이때 망중이 도착했다. 군구신이 목소리를 낮춰 설명하자 그는 소리 없이 철수했다.

백리명천이 곧 발걸음을 멈췄다. 승 회장 일행에게서 좀 떨어진 곳이었다.

그는 어젯밤 동쪽 해안선으로 가기 위해 북해안을 따라 쉬지 않고 걸었다. 그런데 우연찮게 이곳에서 승 회장 일행을 만나게 된 것이다.

그는 아직 바다로 나가겠다는 결정을 완벽하게 내리기 전이었다. 그러나 이제 승 회장 일행의 비밀을 깨트릴 수 있게 되었으니, 당연히 모험을 포기하고 안전한 길을 택할 생각이었다.

백리명천이 싱긋 웃었다. 그 가느다란 눈매가 더욱 사악하게, 유혹적으로 변했다. 그의 웃음이 얼마나 매력적인지, 심지가 곧지 않은 여자는 바로 무너지고 말 것 같았다.

그가 웃으며 말했다.

"승 회장께서 정말 깊이도 숨어 계셨군. 하하! 신농곡의 당소저께서 승 회장의 외질녀일 줄이야. 아무래도 우리 연아도 모르는 일 같은데?"

영리한 사람이라면 이 말만으로도 백리명천의 목적을 알 수 있었다. 그가 모습을 드러낸 것은 당정과 비연의 관계에 관심이 있기 때문일 것이다. 아마도 당정을 이용하여 빙원을 빠져나갈 생각이리라.

승 회장이 대답하기 전에 당정이 먼저 돌려주었다.

"하하, 삼황자께서도 꽤 깊이 숨어 계셨으면서. 축운궁과 결탁한 일, 아마 황자의 사부께서는 아직 모르실 듯한데?"

그들의 목소리는 더 이상 작지 않아 비연과 군구신도 모두 들을 수 있었다. 그들은 다시 깜짝 놀랐다. 백리명천에게 사부가 있을 줄이야! 그리고 백리명천의 사부는 승 회장 쪽 사람인 모양이었다. 상황은 점점 더 재미있어지고 있었다!

망중과 수하들이 사람들의 배치를 끝냈다. 그러나 그들을 좀 더 기다리게 해도 상관없었다.

백리명천이 상당히 재미있다는 듯 당정을 바라보았다. 그의 웃음이 더욱더 보기 좋아졌다.

"잠시 본 황자와 함께 가지. 아니면 너희 모두 여기를 떠나지 못할 것이다!"

당정은 화가 났다! 그녀는 잘 웃는 남자를 좋아하지 않았다. 정역비, 하루 종일 웃고 있는 그 녀석만 생각해도 그녀는 화가 났다. 그리고 백리명천은…… 아무리 보기 좋게 웃는다 해도 그녀의 눈에는 그저 간사하게만 보였다!

그녀가 노한 목소리로 외쳤다.

"백리명천, 낯짝이란 게 없는 모양이지? 네 사부를 배반할 능력은 있는데, 여기서 혼자 도망칠 능력은 안 되나 봐?"

백리명천은 어린 시절부터, 이보다 더 비열한 짓도 밥 먹듯이 해 왔다. 그는 화를 내지 않고 턱을 쓰다듬으며 말했다.

"본 황자의 얼굴이 이렇게 보기 좋은데, 어찌 없을 수가 있겠어?"

당정은 화가 나서 할 말을 잃었다. 상관 부인도 화가 나서 한마디 하려는데 소 부인이 차갑게 외쳤다.

"쌍년!"

과연 소 부인의 독설이었다!

백리명천의 웃는 얼굴이 그대로 굳었다. 대체 뭐라 답해야 할지 모르겠다는 표정이었다. 평생 이런 식으로 욕을 먹은 건 또 처음이었다. 정확히 말하자면, 평생 누군가가 남자에게 '쌍년'이라 욕하는 것도 처음 보았다.

역시 한마디 하려던 승 회장도 소 부인이 일단 입을 열자 아예 침묵해 버렸다. 소 부인이 계속 외쳤다.

"고 씨, 그 늙은 놈이 눈이 멀기라도 한 모양이지? 아니, 들일 거면 어디서 고양이나 개를 주워 왔으면 되잖아? 굳이 저런 짐승만도 못한 놈을 제자랍시고 받아들여서! 아니, 받아들였으면 배부르게 먹이기나 하든가! 다른 사람들이 떨궈 주는 고기 한 덩이에 저렇게 배불러하는 것을. 하하, 말해 봐라. 축운궁이 너에게 무슨 고기를 떨궈 주던?"

백리명천은 말할 것도 없고, 승 회장 일행도 괴로워하며 듣고 있었다.

백리명천이 마침내 마른 웃음소리를 냈다. 그의 가느다란 눈에 점차 음험한 빛이 어렸다.

고기? 고기라니, 지금까지 고기 냄새도 맡은 적이 없었다!

그는 처음에는 이익을 도모하기 위해서가 아니었기에 말없이 떠났다. 그는 순수하게 비연을 저들의 손에 떨어뜨리고 싶지 않았을 뿐이었다. 그가 능 호법과 결탁한 것도 여전히 비연이 축운궁의 수중에 떨어지는 게 싫었기 때문이었다. 이익은 다음 문제였다. 그와 비연이 옛 빚을 청산하기 전에는 비연이 어떤 이의 손에도 떨어지게 내버려 둘 수 없었을 뿐이었다.

백리명천은 소 부인을 상대하지 않았지만, 자신이 고 영감의 서신을 받았다는 사실을 인정할 생각도 없었다. 그는 승 회장을 바라보며 냉랭하게 말했다.

"사부께서는 당신을 구하라 하셨고, 나는 그 임무를 이미 끝냈습니다만 어째서 배반이라고 말씀하시는지 모르겠군요. 제대로 생각하시고, 잠시 저와 함께 가시지요. 아니면 제가 연아에게 일깨워 주고 우리 모두 함께 여기 남을까요? 하하! 승 회장, 어서 이야기해 보시지요!"

"오늘 본 부인이 고 영감을 대신해 문파를 정리해야겠어!"

소 부인이 팔을 들어 칠살소골침으로 백리명천을 조준했다. 그와 동시에 승 회장, 당정, 상관 부인도 뿔뿔이 흩어져 공격 준비를 했다.

백리명천이 가볍게 코웃음 쳤다.

"패잔병들이 기상천외하게 구는군!"

그들 두 세력이 손을 쓰기 시작했을 때, 군구신과 비연이 마침내 통로에서 걸어 나왔다. 군구신은 한 손으로 비연을 안고 다른 한 손으로는 공중에 화살을 쏘았다.

백리명천과 승 회장 일행이 동시에 전부 고개를 돌렸고, 모두 경악한 표정을 지었다.

눈 깜빡할 순간, 망중이 안배한 궁수대가 주변에서 분분히 활을 당기며 나타나 모든 이들을 중앙으로 포위하기 시작했다.

가장 먼저 정신을 차린 건 백리명천이었다. 그가 큰 소리로 웃기 시작했다.

"당 소저, 보아하니 이미 당신도 들킨 모양이군!"

당정은 비연이 냉랭하게 바라보는 것을 보고 안색이 창백해지고 말았다. 그녀는 무슨 말이라도 하고 싶었지만, 자신이 뭐라 하건 변명이 되지 않으리라는 사실을 잘 알고 있었다. 결국 자신이 그녀를 속였으니까.

비록 마음에 부끄러움이 가득하다 해도 당정은 결코 후회하지 않았다. 과감하게 승 회장 일행과 등을 맞댄 채 검을 뽑았다.

비연이 당정을 잠시 바라보다 실망한 듯 시선을 돌렸다. 그녀 역시 아무 말도 하고 싶지 않았다.

군구신이 백리명천을 흘깃 보더니 승 회장에게로 시선을 옮겼다.

"승 회장, 오랜만입니다."

승 회장은 비록 놀라기는 했지만 당황하지 않고 여전히 평온하고 엄숙하게 말했다.

"정왕, 백리명천을 처리한 후 함께 술을 마시면서 소금과 철을 거래해 보는 것은 어떻습니까?"

소금과 철을 거래한다고? 군구신은 바로 승 회장의 뜻을 알아차렸다. 슬며시 한기를 느꼈지만 승 회장에게 곧바로 대답하지는 않았다.

오늘 그들은 설령 상대를 죽이는 한이 있더라도 도망치게 하지는 않겠다고 결심하고 있었다. 군구신은 백리명천 하나 때문에 승 회장 일행에게 도망칠 기회를 줄 생각은 없었다. 그러나 그들을 잡기 전에, 그들이 적인지 친우인지는 파악해야 했다!

군구신이 비연의 손수건을 꺼내며 차갑게 물었다.

"승 회장, 본 왕의 이 거래가 그쪽이 제안한 거래보다 훨씬 클 것 같소만?"

너희들, 그녀를 어떻게 했느냐

　　손수건의 봉황 날개를 본 백리명천은 여전히 아무것도 모르는 상태였지만, 승 회장 일행은 모두 경악했다!

　　봉황의 날개, 봉황력의 상징! 운공대륙 대진국 황후 한운석의 등에 바로 이 표식이 있었고, 그녀의 딸인 대진국 공주의 등에도 이 표식이 있었다! 이는 타고난 것으로, 여자만이 가질 수 있는 것이었고, 대대로 전승되는 것이었다!

　　이 표식을 가진 사람은 봉황력을 얻게 되어 있었다!

　　이 힘은 1품부터 10품까지 나뉘는데, 어떤 사람은 평생을 가도 자신이 봉황력을 가졌다는 사실을 알지 못하기도 하고, 어떤 사람은 수련을 통해 일정한 품 이상의 봉황력을 불러내기도 했다. 수련 정도가 높을수록 소환 가능한 봉황력의 품도 높아지기 마련이었다. 그리고 어떤 사람은 수련하지 않고도 10품의 봉황력을 불러낼 수 있었다.

　　한운석은 10여 년을 수련했지만 10년 전 빙해의 전투 때 10품의 봉황력을 소환할 수는 없었다. 그러나 한운석의 딸은 겨우 여덟 살의 나이에, 무공을 익힌 적도 없었지만, 위급한 상황이 되자 10품의 봉황력을 폭발시켰다!

　　바로 그 힘 때문에 하늘에 봉황허영이 나타났고, 후에 용오름 현상이 나타나 양측의 전투를 중지시켰다.

당시 승 회장은 이름을 숨긴 채 상관 부인과 현공상회를 세우는 일로 바빴고, 당정은 멀리 운공대륙 당씨 가문에 있었으며, 소 부인은 현공대륙 북부에서 수련 중이었다. 그들 네 사람은 모두 그 자리에 없었다.

그 자리에 있었던 것은 당정의 부모인 당씨 가문의 가주 당리와 부인 영정, 대진국 북강을 책임지던 장군 아금과 그의 부인 목령아, 그리고 용비야와 한운석의 친우 두 사람뿐이었다. 이 두 사람 중 한 사람이 바로 태자와 공주의 태부였고, 다른 한 사람이 백리명천의 사부인 고 영감이었다.

고 영감은 사실 늙은이가 아니라 요사스러운 느낌마저 풍기는 남자로, 고칠소라는 이름을 가지고 있었다.

한향은 한운석에게 독살당했다. 그리고 단목요, 즉 요 이모는 행적을 알 수 없게 되었다.

아금과 목령아가 가장 먼저 떠났고, 그다음이 당리와 영정이었다. 그러나 그들은 주인을 버리고 도망친 것도 아니고 배반한 것도 아니었다. 그들은 떠나고 싶지 않았으나 부득이하게 떠날 수밖에 없었다. 운공대륙 북부 초원의 수만 유목민들에게 철수할 것을 알려야 했던 것이다. 빙해에 일단 일이 생기면, 지세가 상대적으로 낮은 운공대륙 북부는 그대로 물에 잠겨 버릴 수밖에 없었으니까.

소씨, 혁씨, 두 가문의 가주는 랑종의 종주 한진에 의해 죽음의 결계에 갇혔다. 남아 있던 모든 이들은 용오름에 휘말렸는데, 기씨 가문의 가주인 기연결이 그때 죽었다. 용오름에 휘

말려 사지가 찢긴 채로 죽었으니 평온한 죽음이었다고 할 수는 없었다. 그리고 대진 공주 역시 용오름에 휘말렸으나, 어떤 신비한 힘에 이끌려 생사도 행방도 알 수 없게 되었다.

용오름이 끝난 후, 10품 봉황력으로 인해 산산조각이 났던 빙해는 뜻밖에도 원래의 모습을 회복했다. 그리고 빙해의 중심, 원래 빙핵이 숨겨져 있던 곳은 텅 비어 바닥이 보이지 않는 깊은 동굴로 변했다. 용비야와 한운석은 그 동굴 안에 잠들어 있었다.

이치대로라면 빙핵이 부서진 이상 빙해도 산산조각이 나야 했다. 빙핵이 봉황력으로 인해 부서졌는데 빙해는 어떻게 복원된 걸까?

고칠소와 태부는 빙해가 어찌 복원된 것인지 이해할 수 없었다. 그리고 부서진 빙핵은 대체 어디 있는 걸까?

그들은 용비야과 한운석이 무엇 때문에 얼음 속에 봉인되었는지도 알 수 없었다. 그들이 아는 것은 단 하나, 빙해가 복원된 후 독에 감염된 것은 분명 한운석이 한 일이라는 것이었다.

대진의 황제와 황후 곁에 있던 그 누구도 그들을 배반하지 않았다.

공주의 시신을 찾지 못한 그들은 공주가 죽었다는 사실을 믿을 수 없었다. 그들은 함께 모여, 심지어 몇몇 아이를 현공대륙으로 보내 이름을 숨기고 밀정 노릇을 하게 했다. 그 모든 것은 공주를 찾기 위해서였고, 또 빙해의 비밀을 알기 위해서였으며, 얼음을 깨는 법을 찾아 대진국의 황제와 황후를 구하기 위해서였다.

10년 동안, 계속 공주를 찾을 수 없었고 고남신마저 실종되었다. 그러나 그들은 현공대륙에 3대 신력이 있다는 비밀을 탐지해 냈고, 이 힘들이 빙해와 떼려야 뗄 수 없는 관계가 있다는 것도 알게 되었다.

군구신 손에 들린 봉황 날개 표식을 보고 당정의 눈가가 제어할 수 없이 붉어졌다. 저 표식을 찾는 것이 바로 그녀의 가장 큰 임무였다. 10년 동안 그녀는 비연의 등뿐 아니라 의심이 가는 수많은 이들의 등을 보았다. 대부분의 경우 아무 증거가 없어도, 그녀의 느낌에 의심이 가는 사람이라면 모두 확인했다.

비연은 그녀가 두 번이나 확인한 유일한 사람이었다. 안타깝게도 비연의 등에도 아무것도 없었지만. 그런데 이런 식으로 저 표식을 보게 될 줄이야!

당정이 자신을 제어하지 못하고 소리쳤다.

"그 물건, 어디서 난 거야? 군구신, 당신은 대체 누구야?"

비연의 등에 표식이 없었으니, 비연은 그들이 찾는 사람일 리 없다! 그렇다면 군구신은? 군구신은 어떻게 저 표식을 얻은 걸까? 봉황의 날개에 대해서는 어떻게 알게 된 거지? 군구신은 대체 누구일까? 그는 대체 얼마만 한 진상을 알고 있을까?

당정뿐 아니라 상관 부인, 소 부인 모두 흥분하여 제어를 하지 못하고 있었다. 그녀들은 목소리조차 나오지 않는 것 같았다.

"그 물건은 당신들 것이 아니잖아! 어디서 얻은 거야? 군구신, 이게 무슨 뜻이야? 무엇 하려는 거냐고?"

소 부인이 충동적으로 손수건을 빼앗으려 했지만 승 회장이 적시에 막아섰다. 그는 아직 어느 정도 냉정함을 유지하며 진지하게 물었다.

"군구신, 이게 어떻게 거래가 되는 건지 이야기해 보시지!"

군구신과 비연은 당정을 비롯한 세 여자의 반응을 눈에 담았다. 승 회장 일행이 이 표식을 무척이나 중요하게 생각한다는 것은 확실했다. 그러나 무엇 때문에 중요하게 생각하는지는 아직 알 수 없었다.

승 회장은 분명 그들을 탐색 중이었다. 그들도 이제 정체를 드러내는 것을 신경 쓰지 않기로 한 참이었다. 비연이 냉랭하게 말했다.

"승 회장, 이것이 거래가 될지 안 될지는 그쪽이 우리보다 훨씬 잘 알 텐데? 이건 봉황력의 상징이잖아. 그렇지?"

승 회장이 호쾌하게 인정했다.

"그렇다!"

비연은 매우 만족스럽게 말했다.

"이 표식, 어떤 여자의 등에 있었지. 분명히 타고난 것 같았는데?"

이 말을 들은 승 회장 일행이 더욱 경악했다. 소 부인이 비할 데 없이 흥분하여, 거의 목숨이라도 내놓을 듯 소리쳤다.

"그 여자는, 너희들 그 여자를 어떻게 한 거야? 어서 말해!"

승 회장이 나지막한 목소리로 꾸짖듯 말했다.

"소옥교!"

상황은 여전히 불명확했다. 비연과 군구신의 목적을 알 수 없는 가운데 소 부인이 저렇게 이야기한다는 것은, 결국 자신을 드러내어 비연의 올가미에 떨어지는 것에 지나지 않았다! 공주가 저들 두 사람 수중에 있다면, 그들이 정보를 많이 드러낼수록 공주가 위험해진다! 그리고 그들도 더욱 수동적이 될 수밖에 없는 것이다.

소 부인이 승 회장의 말을 듣고 날카로운 안색으로 입을 다물었다. 그러나 비연은 소 부인을 바라보며…… 갑자기 심장이 빠르게 뛰고 있었다. 소 부인의 저 반응은…… 분명히 굉장히 신경 쓰고 있었다.

이 봉황 날개의 주인을, 그러니까 그녀를! 설마…….

비연의 두 손에서 땀이 배어 나왔다. 심장은 점점 더 빠르게 뛰어 이제 그녀로서는 제어가 안 될 지경이었다. 그녀는 긴장하고 있었다.

그들을 쫓아오는 내내 어떻게 한 걸음 한 걸음 그들을 탐문할지 고민했었다. 그러나 이 순간 그녀의 머릿속은 텅 비어 버린 것만 같았다. 그녀는 대체 어떻게 물어야 하는지도 알 수 없게 되어 버렸다.

저들은 친우일까? 아니면 친척? 저들이 그녀에게 진상을 알려 줄까? 그녀를…… 집에 데려가 줄까?

군구신은 비연이 긴장하고 있는 것을 알아채고 그녀의 손을 꽉 잡았다. 그리고 그녀를 대신해 승 회장 일행을 탐문하기 시작했다.

"승 회장, 이 봉황 날개의 주인은 이미 한참 전에 우리 손에 죽임을 당했다."

이 말을 들은 승 회장이 순식간에 넋이 나간 표정을 지었다. 그의 안색이 창백해지더니, 분노가 병이 된 것인지 아니면 다른 연유인지, 갑자기 선혈을 토하며 몇 걸음 뒤로 물러섰다. 다행히도 상관 부인이 제때 그를 잡아 주었다. 그게 아니었다면 승 회장은 분명 그 자리에서 쓰러졌을 것이다.

소 부인과 당정도 눈물을 흘리며 멍한 표정을 지었다. 도저히 이 사실을 받아들일 수 없는 모양이었다!

10년 동안 힘겹게 찾아온 사람이! 그들 모두는 공주가 죽지 않았다고 굳게 믿고 있었다. 그러나 처음으로 듣게 된 소식이…… 죽었다는 이야기라니! 이 소식을 어떻게 받아들일 수 있을까?

승 회장 일행의 반응을 본 군구신은 무척 놀랐다. 그리고 비연이 마침내 울음을 터뜨리고 말았다!

그녀는…… 알게 된 것이다!

바다에 들어갈 수 없는 비밀

 승 회장 일행의 눈에 눈물이 어리고 있었다. 그 눈물에 가득한 원한이 진상을 밝혀 주고 있었다.

 그들은 적이 아니었다! 그들은 그때 결코 대진국을 배반하지 않았던 것이다! 지극히 친한 벗이 아니라면 어찌 분노로 피를 토할 수 있을까? 어찌 저렇게 얼굴 가득 눈물을 흘리며 하늘을 찌를 듯한 원한을 되새길 수 있을까?

 눈물이 앞을 가려 그들이 점차 모호하게 보였다. 비연이 울먹이며 말하기 시작했다.

 "봉황 날개의 표식을 가진 사람은 죽지 않았어요. 그 사람은 집을 무척 그리워하고…… 당신들을 그리워했어요…… 그 사람은……."

 눈물을 흘리는 비연을 본 승 회장 일행이 모두 깜짝 놀랐다. 소 부인이 다급하게 물었다.

 "그게 무슨 뜻이야? 너, 너는…… 그게 대체 무슨 뜻이냐고? 그분이 돌아가신 게 아니라면 그분은? 그분은 어디 계신 거지?"

 비연이 계속 울먹이며 말했다.

 "그 사람, 그 사람은 여기 있어요. 여기에 서 있어요……. 바로 당신들 눈앞에."

 뭐라고? 그들 눈앞에 서 있는 사람이라면…… 비연이 아니면 또 누가 있다는 말인가?

승 회장 일행은 모두 의아해하고 있었다. 도저히 믿을 수도 없었지만 의심하고 싶지도 않았다.

승 회장이 막 입을 열려 했을 때였다. 계속 곁에 서 있던 백리명천이 갑자기 검을 뽑았다.

군구신은 계속 백리명천을 주시하고 있던 참이었다. 그가 바로 명령했다.

"궁수대!"

그러자 그들을 세 바퀴 포위하고 있던 궁수대 중 가장 앞줄의 궁수들이 백리명천을 향해 활을 쏘았다. 나머지는 모두 승 회장 일행을 겨누고 있었다.

승 회장 일행 역시 방비 중이었다. 그러나 백리명천은 그중 누구도 공격하지 않고, 화살을 피해 바로 몸을 날려 뒤쪽으로 도망쳤다.

백리명천은 그들이 봉황력 때문에 서로를 탐색 중이라는 걸 알아차렸다. 또한 그들의 관계가 보통이 아니라는 것도 추측할 수 있었다. 백리명천은 봉황력의 진상에 매우 흥미를 느끼고 있기는 했지만 도망칠 좋은 기회를 놓치고 싶지도 않았다! 모든 이들의 시선이 다른 곳으로 향했을 때 그는 도망칠 작정이었다!

첫 줄의 궁수대로는 백리명천을 막을 방법이 없었다. 군구신은 즉시 두 번째 줄의 궁수대에게 백리명천을 겨누라 명령했다.

백리명천은 항상 싱글거리며 웃고 있었지만 한번 단호하게 마음먹으면 제 몸을 방패로 삼기도 했다.

그의 옆구리에 화살이 한 대 박혔다. 그는 그렇게 제 몸을 내주며, 공중제비를 넘어 궁수대의 포위망을 뚫고 북해를 향해 도망치기 시작했다.

군구신이 바로 결단을 내리고 비연을 망중에게 밀어내며 말했다.

"지켜라!"

망중과 고수들 여럿이 바로 비연의 앞을 막아섰다. 계속 숨어 있던 대설이 비연의 명령 없이도, 상황이 위급한 것을 보고 바로 설랑의 진정한 모습으로 변해 비연 곁에 섰다. 세 번째 줄의 궁수대는 미동도 하지 않고 여전히 승 회장 일행에게 활을 겨누고 있었다.

군구신은 영술을 이용해 백리명천을 추격했다. 그의 검이 백리명천의 목에 닿았을 때, 백리명천은 이미 물러설 곳이 없어진 다음이었다. 다시 한 걸음 뒤로 가면 바로 바다에 빠질 수밖에 없었다!

군구신의 눈에 살의가 빛나고 있었다. 그는 본래 백리명천을 체포할 생각이었지만 지금은 그를 죽이고만 싶었다. 한번 죽이면 모든 일이 끝나는 법이니까!

군구신이 냉랭하게 말했다.

"연아는 네게 빚이 없다. 본 왕과의 빚은 지금 해결하기로 하지!"

그는 조금의 망설임도 없이 장검을 찔러 갔다. 그러나 이게 웬일일까! 백리명천이 순식간에 몸을 뒤로 젖히더니 그대로 북해로 뛰어들었다.

"군구신, 본 황자는 지지 않았다! 연아가 진 빚은, 영원히 그녀가 진 것이지!"

바닷물이 그를 덮치는 순간에도 백리명천은 웃고 있었다. 여전히 나른하게, 여전히 사악할 정도로 매력적인 모습으로. 세상을 우습게 여기는 눈빛에 경멸을 담고.

그는 군구신이 일검에 자신을 죽일 생각임을 알고 있었다. 그는 조상이 내린 저주를 받아들일지언정 군구신의 검에 죽고 싶지는 않았다! 그는 지고 싶지 않았다! 그는 지지 않았다!

군구신은 무척 놀랐다. 하소만의 변이 이후 백리 일족이 인어족이라는 사실을 추측한 그는 인어족에 대해 상세하게 조사했다. 그리고 옥인어족이 바다에 들어가면 안 된다는 저주에 대해서도 알게 되었다.

물론 그 저주가 사실인지 아닌지 확인할 방법은 없었다. 그러나 지난번 백리명천이 승 회장을 구하는 와중에 궁지에 몰려서도 동굴에 몸을 감출 뿐 북해로 도망치지 않는 걸 보고 사실이라고 짐작하고 있었던 것이다. 그런데 백리명천이 가문의 금기를 어기고 바다로 뛰어들다니!

승 회장 일행과 비연도 이 장면을 목격하고 모두 깜짝 놀라고 있었다.

승 회장은 백리명천에게서 그 저주에 대해 직접 들은 적이 있었고, 그게 사실이라 믿었다!

그리고 비연은 군구신과 마찬가지로 그 전설을 들은 적이 있었다. 며칠 전 그녀가 하소만에게 모든 수로의 출입구를 봉쇄할 것을 명령할 때에도 해로는 아예 고려하지도 않았다. 사실상 해로는 그들의 힘으로 봉쇄할 수 없기도 했지만.

물에 빠진 백리명천이 순식간에 가라앉았다. 그제야 도착한 궁수들이 물속 그림자를 향해 화살을 쏘았으나 헛수고일 뿐이었다.

군구신은 사람들을 물속으로 들여보내 추격하지 않았다. 옥인어의 조상이 내렸다는 저주가 진짜인지 아닌지, 어떤 방식으로 효력이 있을지는 모두 미지수였다. 그리고 물속은 어쨌든 백리명천의 공간이었다. 아무리 대단한 고수라 해도 일단 물에 들어가면 백리명천의 사냥감에 불과했다.

군구신은 몹시 안타까워하면서도 자신이 졌다고 생각하지 않았다. 저주가 정말로 영험하다면 백리명천에게는 죽음밖에 남아 있지 않을 것이다. 저주가 영험하지 않다 해도…… 옥인어 일족의 이 금기와 비밀을 이제는 숨길 수 없을 것이다!

군구신은 궁수들에게 물러나라 명령했다. 그리고 그제야 몸을 돌려 비연과 승 회장 일행을 바라보았다.

비연과 승 회장도 그를 바라보았다. 백리명천의 일은 중간에 끼어든 작은 일에 불과했고, 그들 사이의 일이야말로 정말 중요했다.

승 회장 일행의 시선이 빠르게 비연의 몸 위로 떨어졌다. 소부인이 먼저 입을 열었다.

"비연, 대체 그게 무슨 뜻이지? 어서 말해 봐!"

비연은 봉황 날개의 주인이 그들 앞에 서 있다고 말했다. 하지만 그녀가 어떻게 대진 공주일 수 있단 말인가? 그녀의 등에는 아무 표식도 없었는데!

비연이 심호흡을 한 후 말하기 시작했다.

"당정 언니, 언니가 일부러 나에게 접근한 것도 봉황 날개 표식 때문인가요? 이리 와요. 지금 제대로 보여 줄 테니까. 내가 바로 대진국의 공주예요. 집에…… 돌아가고 싶다고 10년 동안 생각해 왔어요……."

승 회장 일행은 더욱 놀랐다. 그중에서도 특히 당정은 긴장하고 흥분하는 동시에 오래도록 발걸음을 떼지 못하고 있었다. 그녀는 비연의 등에 표식이 없는 것을 직접 확인했었던 것이다.

그녀는 승 회장을 바라보았다. 승 회장도 망설이고 있었다.

비연은 궁수들에게 철수하라고 명령했으나 궁수들은 감히 물러나지 못하고 있었다. 망중 역시 함부로 행동하지 못하고 군구신을 바라보았다.

군구신이 나는 듯이 달려와 비연의 손을 잡았다. 그가 망설이는 사이 비연이 울음기 섞인 목소리로 외쳤다.

"모두 철수해!"

군구신은 지독히도 마음이 아파 와 바로 손을 내저었고, 남아 있던 궁수들은 모두 후퇴했다.

이 모습을 본 승 회장 일행은 서로 얼굴만 바라보았다. 너무나 기이했다. 설마 비연이 정말 그들이 찾던 사람이란 말인가?

설마 당정이 두 번이나 잘못 보았다고? 대체 어떻게 된 일이지?

비연이 군구신의 손을 놓고, 당정이 자신에게 오기를 기다리지 않고 한 걸음 한 걸음 먼저 다가갔다. 눈물이 진주 방울처럼 흘러내리고 있었다.

당정은 저도 모르게 제 입을 틀어막았다. 그녀의 눈에서도 눈물이 멈추지 않고 흘러내렸다. 그녀는 승 회장의 뜻을 묻지 않고 비연에게 다가갔다. 상관 부인과 소 부인도 모여들었다.

상관 부인도 울고 있었다. 그녀는 대진국 황족과 직접적인 관계가 없었지만 지난 10년 동안 운한각의 노력을 직접 봐 왔던 것이다.

군구신과 승 회장은 그 자리에서 미동도 없이 그녀들을 바라보고 있었다.

군구신은 비연을 위해서라도 이 상황을 기뻐해야 했다. 그런데 어째서일까. 이 순간 그는 그녀가 원래 속한 세계로 돌아가 버릴 것 같은 느낌을 받고 있었다. 그 세계에서 그녀는 더 이상 외롭지 않을 것이다. 부모도 친우도 있는 세계, 그리고 그의 흔적은…… 없는 세계.

그는 유감스러웠다. 심지어 이유 모를 두려움까지 느끼고 있었다.

군구신의 입매에 일말의 자조가 떠올랐다. 그는 자신의 두려움을 비웃고 있었다.

비연과 당정 일행이 곧 가까이에 모여들었다. 그러나 바로 이때, 등 뒤 멀지 않은 북해에서 갑자기 '쿵' 하는 소리가 들리더니 바닷속에서 거대한 힘이 엄청난 물결과 함께 솟구쳤다.

모두 경악하며 고개를 돌렸다. 그리고 그들의 눈에 들어온 것은 거대한 물결이 마치 어떤 힘에 의해 통제받는 것처럼 갑자기 방향을 틀어 거대한 용오름으로 변하는 장면이었다!

이것은…….

승 회장이 경악하여 외쳤다.

"건명력!"

나는 네가 누구인지 알아

건명력!

승 회장도 사라진 지 천 년이나 된 건명력을 본 적은 없었지만 확신할 수는 있었다. 눈앞의 이 힘은 분명 3대 상고 신력 중 하나인 건명력이었다.

운한각이 얻은 최신 정보에 의하면 건명력은 북해에 잠들어 있다고 했다. 건명력이 무엇 때문에 북해에 잠들어 있을까? 천 년 전에 사람에게 굴복당했던 걸까? 어떻게 해야 그 힘을 소환할 수 있을까? 또 어떻게 장악할 수 있을까? 모든 것이 여전히 미지수였다.

지금 보아 하니 이 힘은 백리명천이 바다에 들어간 것과 관계있는 것 같았다!

모두 경악한 눈으로 바라보았다. 용오름이 점점 더 커졌고, 힘 역시 급속도로 강해지고 있었다.

가장 먼저 반응한 사람은 군구신이었다.

"어서 도망쳐!"

그가 빠르게 비연에게 다가가 그녀의 손을 잡아끌었다. 그 순간 건명력이 갑자기 크게 증강되더니 찰나의 틈에 주변의 모든 것을 말아 올렸다. 물, 얼음, 사람……!

건명력이 거대한 소용돌이로 변해 하늘을 향해 치솟자, 바람이며 구름이 모이는가 싶더니 거대한 용오름 위로 황금빛 용의 모습이 보일 듯 말 듯 나타났다!

비연과 군구신은 승 회장 일행이 어디 있는지 알 수도, 신경 쓸 겨를도 없었다. 그들은 지금 스스로를 돌보기도 어려운 상황이었다!

이치대로라면 용오름의 힘은 위로 회전하며 올라가는 소용돌이여야 했다. 용오름에 말려든 모든 것은 기류와 함께 하늘 위로 날아올라야 했다. 그러나 지금 이것은 보통 용오름이 아니었다.

군구신과 비연은 서로의 손을 깍지 낀 상태였다. 그리고 한 사람은 위로, 또 한 사람은 아래로, 두 힘에 의해 끌려가고 있었다!

군구신이 위, 비연이 아래였다. 두 사람의 뒤에서 강력한 힘이 그들을 끌어당기고 있었다.

군구신이 온몸의 힘을 다해 비연을 끌어당겼지만, 그 한 사람의 힘으로 신력에 대항할 수 있을 리 만무했다. 그는 비연을 끌어당길 수 없을 뿐 아니라 오히려 비연이 점차 손에서 힘을 풀고 있는 것처럼 느꼈다.

"연아!"

그가 소리쳤다.

"연아, 무엇 하는 거야? 손을 놓아서는 안 돼!"

얼음과 물이 계속 덮쳐 왔다. 겨우 두 팔만큼의 거리건만 그녀의 얼굴도 볼 수 없었다. 몇 번이고 소리쳤지만 비연의 대답도 들리지 않았다. 그는 마침내 황망해지고 말았다! 이 힘이 그들을 어디로 몰고 가려는 걸까? 삶? 아니면 죽음? 그가 아는 것은 그저 자신이 그녀와 떨어질 수 없다는 것이었다. 설사 죽는 한이 있다 해도 그들은 함께 죽어야 했다!

"연아, 괜찮아? 말을 해 봐! 비연, 꽉 잡아야 해! 명령이다!"

그가 미친 듯이 소리쳤다.

"비연, 내가 너를 한스러워하게 만들지 마!"

그러나 비연의 손에서는 조금씩 힘이 빠지고 있었다. 마치 기운을 잃은 것처럼……

그러나 사실 그녀는 힘을 잃은 게 아니라 멍하니 굳어 버린 상태였다. 그녀에게 있어 이 용오름은…… 너무나 익숙했다! 10년 전 빙해에서 같은 것을 겪은 적이 있었으니까. 완벽하게 같은 것을!

그녀는 눈을 크게 뜨고 있었지만 눈빛은 텅 비어 있었다. 이 순간 그녀의 머릿속으로 거대한 기억의 편린이 끊임없이 흘러들어왔다. 그녀가 꿈속에서 몇 번이나 보았던 기억도 있었지만 처음 보는 기억도 있었다. 기억이 회복되고 있었다!

시간이 과거로 흘러갔다. 빙해로, 다시 대진국으로, 제도의 황궁으로. 부황과 모후의 곁으로, 그녀의 어린 시절로!

대진국의 장중한 조정, 마치 신과도 같았던 부황과 모후가 어깨를 나란히 하고 용상에 앉아 있었다. 그리고 그들의 발아래에는 문무백관이 머리를 조아리고 있었다. 그들을 존경하는 백성들과 아름다운 강산과…… 오라버니도 곁에 있었다. 채 열

살이 되지 않았건만 위풍당당하면서도 고귀해 보였다.

그리고 그녀는 부황에게 안겨 있었다. 천진난만하고 근심이라고는 모르던, 세상 사람들이 부러워하는 모든 것을 갖고 있던 시절. 모든 이들에게서 사랑받던, 운공대륙에서 가장 행복한 아이였던 시절이었다!

개나리가 가득 핀 정원, 곳곳에 공기봉리가 가득 피어 있던 저택……. 고남신과 오라버니는 검술을 대련했고, 그녀는 곁에 앉아 계속 재잘거렸다. 그녀가 어찌나 시끄러웠던지 오라버니는 결국 검을 버리고 도망쳤고, 그녀는 기쁘게 팔짝팔짝 뛰었다.

"영 오라버니가 이겼어! 영 오라버니가 오라버니를 이겼으니까 나중에 나를 아내로 맞아 줘야 해!"

그녀는 비록 고귀한 신분의 공주였지만 보통 가문의 소녀처럼 즐거워하곤 했다. 하고 싶은 말이 생기면 하고, 웃고 싶을 때면 웃고, 울고 싶을 때면 울었다. 일국의 공주로서 지켜야 할 모습은 전혀 보이지 않았다. 그러나 그 누구도 그녀를 구속하거나 그녀에게 요구하지 않았다.

이렇게, 어린 시절의 근심 없는 나날들이 물밀듯이 그녀의 머릿속으로 들어왔다. 익숙한 얼굴들, 익숙한 목소리들…… 그녀를 끌어안았고, 그녀는 그 시절로 돌아간 듯 그 기억 속에 빠져 버리고 말았다.

"연아, 추우냐? 이리 오너라. 부황이 안아 주마."

"연아, 부황에게서 떨어져! 부황은 모후 거라고!"

"연아, 제발 그만 좀 떠들어라. 그러지 않으면 오라비는…… 오라비는 그냥 도망칠 테다!"

"연아, 울지 마. 나, 나는…… 어른이 되면 꼭 너를 아내로 맞을 테니까."

"연아, 자, 너에게 줄게. 이건 네 모후의 것이야. 쉿, 부황에게는 말하면 안 돼."

연아! 연아! 연아! 수많은 목소리가 들려왔다. 어느 하나 익숙하지 않은 목소리가 없었다. 그 목소리들은 모두 너무나 다정했다.

비연은 눈물을 흘리고 있었다. 생각해 냈다! 그녀는 자신이 누구인지 알았다. 모든 것이 기억났다!

다른 이의 입을 통해 자신이 누구인지 아는 것과 스스로 모든 것을 기억해 내는 것은 완벽히 다른 일이었다! 전자는 그저 이야기를 들으며 눈물이 나올 뿐이었지만, 후자는…… 생각하면 생각할수록 마음이 아파 왔다.

갑자기! 그녀의 손이 군구신의 손에서 미끄러졌다.

"연아!"

이 목소리, 너무나 마음 아픈 이 목소리……는 더 이상 기억 속의 목소리가 아니었다.

군구신, 군구신의 목소리야!

비연은 마침내 정신을 차렸고, 군구신이 어떤 힘에 말려들어 저 멀리 날아가고 있는 것을 보았다. 마치 그녀 곁에서 떠나는 것처럼, 영원히 돌아오지 않을 것처럼!

"군구신!"

비연은 자신이 아래로 끌려 내려가고 있다는 것도 인식하지 못한 채 울면서 외쳤다.

"군구신, 내가 생각해 냈어! 내가 전부 생각해 냈다고! 나, 당신이 누구인지 알았어……. 당신이 누구인지…… 내가 안다고!"

이제 군구신도 보이지 않았다. 그가 멀어졌기 때문인지, 아니면 자신의 눈물 때문에 눈앞이 흐려져서인지도 알 수 없었다. 갑자기 공포가 밀려왔다. 군구신은 어디로 가고 있을까? 또 그녀는 어디로 가고 있는 걸까?

10년 전, 그녀는 용오름에 휘말리며 모든 기억을 잃었다. 설마, 10년 후…… 이 모든 것을 다시 겪게 되는 걸까?

아니야!

그녀는 더는 아무것도 잊지 않을 생각이었다! 그리고 군구신이 기억을 잃는 것도 허락하지 않을 생각이었다! 그는 아직도 자신이 누구인지, 그녀가 누구인지 기억해 내지 못했다. 그런 그가…… 다시 한번 잊는 것은 용납할 수 없다!

"안 돼! 영 오라버니! 영 오라버니, 가지 마! 우리 함께 집으로 돌아가야 해!"

슬픔, 초조함, 고통……. 비연은 갑자기 선혈을 토해 냈다. 그리고 그 뒤를 이어 비할 데 없이 웅혼한 힘이 그녀의 등에서 폭발하기 시작했다.

찰나의 순간, 하늘에 거대한 봉황의 날개가 나타나더니 황금빛 용과 한데 뒤엉키기 시작했다! 두 거대한 힘이 서로 부딪치니 천지가 뒤집히는 것은 필연이었다. 그러나 두 힘이 서로를 견제함에 따라 용오름은 점차 작아졌고, 마침내 사라지고 말았다.

비연은 해안가로 떨어졌다. 입에는 핏물이 고여 있고, 오장 육부가 모두 아팠다. 그녀는 잠시 멍하니 주위를 살피다가 곧 몸을 일으켰다.

"군구신…… 군구신, 어디 있는 거야?"

사방을 둘러보니 멀지 않은 곳에 승 회장 일행이 쓰러져 있는 게 보였다. 그러나 군구신은 보이지 않았다.

"군구신, 어디 있는 거야? 이미 한 번 놀라게 했잖아! 나를 다시 놀라게 하면 안 돼! 군구신!"

그녀는 점점 더 황망한 마음에 울먹이기 시작했다. 그녀라는 사람 자체가 곧 무너져 버릴 것만 같았다.

마침내 그녀는 해안가에서 발걸음을 멈췄다. 군구신이 보였 던 것이다……

너무나 익숙한 장면

군구신이 북해에 떠도는 얼음 조각 위에 엎드려 있는 것이 보였다. 그는 미동조차 하지 않고 있었다.

정신을 잃은 걸까, 아니면…….

비연은 더 이상 생각하지 못하고, 망설임 없이 북해로 뛰어들었다. 뼈에 스미는 듯한 한기가 온몸을 습격해 왔다. 그러나 비연은 아무것도 느끼지 못하는 것처럼 있는 힘을 다해 그에게로 헤엄쳐 갔다.

대설이 곧 멀지 않은 곳에서 뛰어왔다. 그도 용오름에 휘말렸다 떨어져 상처를 입었다. 그는 비록 봉황력만큼이나 건명력을 무서워하지만 예전처럼 피하지 않고 즉시 주인을 찾으러 온 것이다.

그는 울음소리를 몇 번 낸 후 다급하게 바다로 뛰어들어 곧 비연을 따라잡았다. 그리고 물속으로 들어가 비연을 제 등에 태운 후 계속 군구신에게로 헤엄쳐 갔다.

그들이 얼음 조각 가까이 다가갔을 때 비연이 뛰어내렸다. 마음이 불타는 듯 다급했다. 하지만 정작 군구신 가까이 가니 덜컥 겁이 났다. 그녀는 온몸을 와들와들 떨었다. 그것이 추위 때문인지, 아니면 두렵기 때문인지 그녀도 구분할 수 없었다.

"군구신……."

그녀는 그의 숨을 확인할 엄두도 내지 못하고 힘겹게 그의 몸을 뒤집어 대설의 등으로 밀어 올렸다. 그리고 그를 막 대설의 등에 태웠을 때 그의 몸이 갑자기 떨리기 시작했다. 그는 죽지 않았다!

비연은 몹시 기뻤고, 초조했다. 그녀는 대설의 등으로 뛰어올라 군구신을 품에 안은 후, 대설에게 어서 뭍으로 가자고 명령했다. 춥다! 그가 춥고, 그녀도 추웠다!

비연은 재빨리 그의 두 손에 약왕정을 들려 준 다음 신화를 소환했다. 그런데 이게 웬일일까. 아무리 소환해도 약왕정은 어떤 반응도 보이지 않았다! 어찌 된 일일까?

그녀는 눈을 감고 다시 한번 소환해 보았지만, 약왕정은 역시 미동도 하지 않았다. 그녀는 계속 시도해 보았지만 신화는 고사하고, 이제 약재조차 소환할 수 없었다.

비연이 최근에 사용한 독약은 전부 스스로 배합한 것이지 약왕정을 이용한 것이 아니었다. 그런데 약왕정은 무엇 때문에 갑자기 파업을 시작한 걸까?

그녀는 갑자기 전날 약재를 취할 때 약왕정이 이상했던 것을 기억해 냈다. 그러나 약왕정이 왜 그러는지는 도무지 알 수가 없었다. 백의 사부는 독을 사용하는 경우가 아니라면 약왕정이 파업하지 않을 거라고 했었다.

군구신이 점점 더 격렬하게 몸을 떨었다. 비연은 그를 안아 주고 싶었지만 곧 제 몸이 젖은 것을 떠올리고는 그만두었다.

군구신의 안색을 살펴보던 그녀는 점차 불안해지기 시작했다. 한증……이 떠올랐던 것이다!

안 돼!

약왕정의 신화 외에 비연은 그의 한기를 몰아낼 방법을 알지 못했다. 그녀는 백 족장이 말했던 과거가 떠오르는 것을 억제할 수 없었다. 대황숙과 천무제가 군구신에게 행했던 고문과…… 그의 집착과 불굴의 의지가.

그 수년 동안 군구신은 대체 얼마나 고통스러웠을까! 그는 비밀을 지키기 위해 제 친부와도 타협하지 않았다……. 그리고 그가 지켜 준 것은 모두 그녀의 비밀이었다!

비연은 생각할수록 마음이 아파 왔다. 너무나 원망스러웠다. 지금 당장이라도 대황숙을 천 번이고 만 번이고 난도질하고 싶었다!

대설이 곧 뭍에 도착해 군구신을 바닥에 내려놓았다. 두 눈을 감고 있는 군구신의 입술이 하얗다 못해 보랏빛으로 물들고, 온몸을 계속 떨고 있었다. 너무나 익숙한 장면이었다! 한증이 시작되었다!

비연의 온몸도 젖어 있어 체온이 심하게 내려간 상태였다. 대설 역시 젖어 있었다. 그들은 군구신에게 온기를 나눠 줄 수 없었다. 어떻게 하지?

그때였다. 망중이 시위들과 함께 달려왔고, 승 회장 일행도 그들을 찾아왔다. 군구신의 모습을 본 망중 역시 한증이 재발했음을 깨달았다. 그는 방금 무슨 일이 있었는지 상관없다는 듯 바람막이를 벗어 군구신에게 덮어 주며 말했다.

"왕비마마, 무엇 하고 계십니까! 어서 전하를 구해 주십시오!"

비연이 고개를 저었다.

"약왕정이 되지 않아……."

망중이 경악했다.

"뭐라고요?"

비연이 말했다.

"근처에 얼음집이 있을 거야. 어서 실내로 옮겨라!"

백새빙천에서 설족의 땅까지는 너무 먼 길이니, 군구신이 버티기 어려울 것이다. 예전에 한독이 발작했을 때의 상황을 보면 지금 얼음집을 찾아 그를 따뜻하게 해 준다 해도 버티기 어려울 것 같았다! 그러나 그 외에 다른 방법이 없었다.

승 회장 일행도 다가왔다. 이 순간 그들의 눈에는 오로지 비연뿐이었다! 승 회장처럼 냉정한 인물도 울음기 섞인 목소리로 물었다.

"당신, 당신이…… 헌원연이란 말이오?"

대진국의 성씨는 헌원으로, 용비야는 대진국 황제가 과거 사용했던 이름이었다. 그의 진짜 이름은 헌원야였고, 태자의 이름은 헌원예, 공주는 헌원연이었다.

상관 부인도 붉어진 눈길로 비연을 바라보았고, 소 부인과 당정은 울먹이느라 말을 잇지 못하고 있었다. 그들은 아직 비연의 등에 있는 봉황의 날개를 직접 보지 못했지만, 방금 비연이 폭발시킨 봉황력이 모든 것을 증명하고 있었다! 그들은 비연의 아래쪽에 있었고, 모든 것을 똑똑히 보았던 것이다!

절대로 틀릴 리가 없었다! 이 세상에서 한운석 외에 봉황력을 가질 수 있는 것은 오로지 그녀의 딸뿐이니까!

비연은 망중과 함께 군구신을 대설의 등 위로 옮기다가 승 회장의 말을 들었다. 그녀의 심장이 쿵쾅거리며 뛰기 시작했다. 비연이 마침내 그들을 바라보았다.

어린 시절 승 회장과 소 부인을 만난 적은 없었지만 그들에 대한 이야기는 수도 없이 들었다. 그녀에게 가장 익숙한 사람은 바로 당정이었다. 당씨 가문은 조모의 친정이었고, 당정은 비연의 육촌 언니인 동시에 어린 시절 놀이 친구였다!

비연은 무슨 말인가 하려는 듯 입을 벌렸다가 바로 울먹이기 시작했다. 그러나 망중이 재촉했다.

"왕비마마, 어서 가셔야 합니다! 멀지 않은 곳에 얼음집이 있습니다. 승 회장 일행이 예전에 숨어 계셨던 곳입니다."

비연에게는 하고픈 말이 아주 많았지만, 심지어 당장이라도 당정을 끌어안고 싶었지만 그녀에게는 그럴 여유가 없었다. 그녀는 그저 승 회장에게 고개를 끄덕인 다음 의연하게 몸을 돌렸다.

"가자!"

승 회장 일행은 군구신이 대체 어찌 된 건지 알지 못했지만 빠른 걸음으로 비연의 뒤를 따르기 시작했다. 그러나 얼마 가지 않아 등 뒤 망망대해에서 다시 한번 거대한 굉음이 들려왔다.

모두가 고개를 돌려 보니 파도가 하늘을 향해 솟구치는 것이 보였다. 거리가 상당히 떨어져 있음에도 불구하고 모두는 그 힘이 얼마나 강한지 느낄 수 있었다.

파도 속에서 곧 금룡허영이 날아오르더니, 그 높은 곳에서 장중하고 위엄 있는 태도로 그들을 내려다보았다! 건명력!

승 회장이 고함쳤다.

"어서 도망쳐!"

그의 말이 끝나기도 전에 금룡허영이 갑자기 몸을 틀더니 그들을 향해 날아오기 시작했다!

이건 어찌 된 일일까? 이 힘이 설마…… 누군가에 의해 조종받고 있는 걸까? 설마 백리명천에게……?

금룡허영의 속도는 번개만큼이나 빨랐고, 그 누구도 제대로 반응할 수 없었다. 오로지 비연만이 다급하게 대설의 등 위로 뛰어올라 있는 힘을 다해 군구신을 끌어안았다. 헤어질 수 없어! 죽는 한이 있더라도 다시는 헤어지지 않을 거야!

찰나의 순간, 금룡허영이 긴 울음소리를 내며 비연과 군구신을 덮쳐 왔고 주변의 모든 사람은 그대로 튕겨 나갔다! 그러나 비연과 군구신은 서로에게서 떨어지지 않고 버텨 냈다.

그들 가까이 다가온 금룡허영은 순식간에 한 줄기 금빛으로 변했다. 그 빛은 더 이상 강력한 느낌이 아니라 비할 데 없이 따뜻한 것만 같았다. 그리고 그 금빛은 뜻밖에도 군구신의 발바닥을 통해 그의 안으로 들어갔다. 모든 것이 갑자기 평온해졌다.

비연을 제외한 모든 이들이 이 장면을 똑똑히 보며 경악하고 있었다. 의심할 바 없이 건명력이 군구신을 자신의 주인으로 선택한 것이다!

비연이 군구신의 몸 위에서 제 몸을 일으켰다. 그녀는 건명력이 어떻게 사라졌는지 보지 못한 상태였다. 그녀는 주변을 둘러보고는 군구신의 얼굴로 시선을 떨어뜨렸다. 그는 미간을 찌푸린 채 눈을 감고 있었는데, 점차 매우 고통스러운 듯 입술을 깨물기 시작했다.

비연은 다급하게 외쳤다.

"군구신, 왜 그러는 거야? 일어나……."

승 회장이 바로 몸을 일으키더니 재빨리 달려왔다.

"왕비, 놓아주시오! 그를 방해해서는 안 됩니다!"

위에 내 이름이 있어

승 회장의 충고를 들은 비연이 바로 동작을 멈췄다. 비록 안타깝기는 했지만 그녀는 대설의 등에서 뛰어내리기로 했다.

그녀가 건명력에 대해 아는 것은 군구신이 몽하에게서 알아낸 것들뿐이었고, 그 외에는 아는 바가 없었다. 승 회장이 건명력을 알아보는 걸 보면, 분명 그가 그녀보다 좀 더 많이 알고 있을 것이다.

그녀가 다급하게 물었다.

"승 회장, 이건 대체 어찌 된 일인 거죠? 그에게…… 아무 문제도 없는 거 맞죠?"

승 회장이 미간을 찌푸리며 말했다.

"건명력은 주인을 선택합니다. 이 신력이 지금 그에게 귀순하려고 마음먹은 거고. 다만 정왕이 그 힘을 받아들일 수 있을지는…… 지켜봐야겠지요."

주인을 선택한다고? 아무 인연도 연고도 없이 건명력이 어떻게 군구신을 선택했을까?

여기에는 분명 곡절이 있을 것이다.

그러나 비연은 이 순간 그렇게 많은 것을 고려할 수 없었다.

그녀는 초조하게 물었다.

"받아들이지 못하면 어떻게 되죠?"

승 회장이 엄숙하고도 냉정한 표정으로, 그러나 아주 명쾌하게 말했다.

"죽습니다!"

상고 시대의 3대 신력 중 봉황력은 가문 대대로 전해 내려오는 힘으로, 태어나면서부터 가지고 나왔다. 그러나 10품의 봉황력을 소환할 수 있는가, 그리고 그것을 제어할 수 있는가는 각기 다른 능력이었다.

10년 전 비연은 빙해에서 10품의 봉황력을 폭발시켜 빙핵에 영향을 미쳤다. 방금 그녀가 폭발시킨 봉황력 역시 아마 10품일 것이다. 건명력과 서로 상쇄되지 않았다면 주변 사람은 말할 것도 없고 그녀 자신에게도 아마 피하기 어려운 재난이었을 것이다.

서정력은 가문 대대로 내려오는 힘이 아니라 수련을 통해 얻을 수 있었다. 그것은 웅혼한 내공을 기초로 하여 하나하나 쌓아 가는 힘이었던 것이다. 그렇기 때문에 서정력을 수련하는 법이 적혀 있던 비서는 과거 현공대륙에서 수많은 이들이 쫓던 보물이었다. 후에 그 비서가 운공대륙으로 흘러 들어왔고, 용비야의 조상의 손에 들어가게 되었다.

건명력에 대해서는 운한각도 아직 완벽하게 이해하지 못하고 있었다. 현재 이해한 상황으로 보면, 이 힘 역시 가문 대대로 전승되는 힘이 아니라 수련을 통해 얻을 수 있는 것이었다.

건명력은 하늘과 땅 사이에 존재하며, 3대 신력 중 진정한 의미의 상고 신력이었다. 건명력은 주인을 선택해 그에게 깃들고, 주인이 죽으면 다시 다른 주인을 선택했다. 그러나 천 년 전에, 무슨 이유에서인지 건명력은 주인을 선택하지 않고 북해 안으로 숨어 버렸다.

이 중 어떤 신력이건 얻고 싶다면 대가를 치러야만 했다!

승 회장의 이야기를 들은 비연의 심장이 쿵 소리를 내며 바닥으로 떨어져 내렸다. 그러나 그녀는 여전히 냉정을 유지하며 물었다.

"그를 도울 방법이 없나요?"

승 회장이 고개를 저었다.

"그 자신의 힘으로 해낼 수밖에. 그를 방해하지 않는 것이 돕는 겁니다."

"하지만 한독은……."

비연은 여기까지 말한 다음 그만두었다. 지금 아무리 많은 이유가 있다 해도 손쓸 방법이 없다는 것을 인식했기 때문이다.

살아 있는 사람을 대할 때에도…… 아무리 많은 이유가 있다 해도, 또 그녀가 아무리 억울하다 해도 상대는 별일 아니라 여기거나 심지어 그녀가 뭔가를 꾸미고 있거나 거짓말을 한다고 생각하는 경우도 많다.

하물며, 생명이 없는 힘이라면 말해 무엇할까? 군구신의 한독이 발작했다는 이유로 건명력이 약해질 리는 없지 않은가?

현실은 이렇게 잔인한 것이다.

그녀는 그저 기다릴 수밖에 없었고 군구신은 계속 괴로워할 수밖에 없었다.

비연은 더 이상 승 회장에게 아무것도 묻지 않고 다른 곳을 바라보았다. 그녀는 군구신이 그렇게 고통스러워하는 모습을 차마 볼 수 없었다. 그러나 아주 잠시뿐이었다. 그녀는 결국 다시 그를 바라보았다.

군구신은 이를 악문 채 참아 내고 있었다. 그 잘생긴 미간을 찡그리고. 그는 더 이상 떨고 있지는 않았지만 추위 때문인지 고통 때문인지 몸을 점점 웅크렸다.

이 세상에, 사랑하는 사람이 목숨이 경각에 달린 채 고통스러워하는 모습을 두 눈 뜨고 지켜보는 것만큼 슬픈 일이 또 있을까. 그리고 그의 손을 잡아 줄 수 없는 것만큼 스스로가 무능하게 느껴지는 일이 또 있을까.

그러나 이런 잔인함이야말로 또한 함께하고 있다는 의미가 아닐까?

고남신, 대황숙에게 갇혀 있던 그 수년 동안, 이렇게 삶을 포기하고 싶을 정도로 고통스러웠겠지. 고남신, 이번만은 내가 함께 있을 거야. 그러니까 굳세게 버텨 줘, 응?

비연은 사람 자체가 변한 것처럼 고요해져 있었다. 그녀의 눈시울은 놀랄 정도로 붉어진 상태였지만 눈물을 떨구지는 않았다. 그녀의 영 오라버니는 이렇게나 강한 사람이다. 그러니 그녀도 강해질 것이다. 울지 않을 것이다.

모든 이들이 조용히 지켜보며 기다리고 있었다.

그들은 군구신을 방해할까 두려워서 감히 한마디도 하지 못했다.

군구신은 예전에 아무리 심한 부상을 입어도 한마디도 하지 않곤 했다. 그리고 이 순간도 몸을 둥글게 말기만 할 뿐이었다. 그가 지금 대체 얼마만 한 고통을 겪고 있는지, 비연은 도무지 상상조차 할 수 없었다!

갑자기, 꽉 쥐고 있던 그의 주먹이 펴졌다. 비연이 바로 긴장했다. 하마터면 그의 손을 잡으러 다가갈 뻔했다. 그러나 실제로는 한마디도 하지 못하고 지켜볼 뿐이었다.

군구신, 괜찮은 거야……?

고통이 조금 줄어든 걸까? 깨어나려는 걸까?

군구신이 제 품 안을 더듬더니 곧 염주 한 줄을 꺼냈다. 기남 침향 염주였다. 정확히는 반만 남은 염주. 나머지 절반은 비연의 손에 있었으니까.

그의 고통은 결코 줄어들지 않은 듯했다.

다만 제 손의 염주를 꽉 쥐고 있었다. 마치 그 염주를 제 손바닥 안으로 새겨 넣고 싶다는 듯, 제 생명 속에 새겨 넣고 싶다는 듯.

비연은 마침내 참지 못하고 입을 막은 채 눈물을 터뜨렸다!

기남침향奇楠沉香, 기남신향奇南辰香이었다![3]

"연아, 이 구슬들 너에게 줄게. 생일 축하해."

"향기가 좋아! 이건 무슨 구슬이야?"

"침향 중에서도 귀한 거라고 들었어. 불을 붙이지 않아도 향

---

3 중국어로는 두 단어의 발음이 같다.

을 맡을 수 있지."

"나는 향료를 좋아하지 않는걸. 우리 모후께 드릴래. 모후가 향료를 좋아하시니까."

"안 돼! 네가 싫다면…… 내가 도로 가질 거야."

"치사해!"

"여, 여기에 내 이름이 적혀 있는걸. 그러니까 아무에게나 줄 수 없어!"

"정말? 어디? 왜 난 안 보이지?"

"여기……."

"어디? 날 속이는 거야?"

"정말 있다고."

"거짓말쟁이."

"이 이름 속에 내 이름이 있는걸."

"기남침향, 기남신향, 남신! 어머, 정말!"

"그럼, 이거 가질 거야?"

"응!"

"그럼 내가 앞으로 매년 너에게 한 알씩 줄게. 어때?"

"언제까지 줄 건데?"

"네가 급계를 치르게 되면…… 주지 않을 거야."

"어째서?"

"별 이유 없는데?"

"어째서인데?"

"별 이유 없다니까!"

"있을 텐데. 어째서야? 어서 말해 줘!"

"없다고!"

어린 시절의 모습이 마치 어제의 일인 듯 생생하게 펼쳐졌다. 그녀는 고남신에게 하루 종일 '어째서'인지 물었고, 밤에 그와 돌아온 다음에도 그를 붙들고 늘어졌다. 그러나 그는 끝내 어째서인지 말해 주지 않았고, 그녀는 부황에게 붙들려 궁으로 돌아가게 되었지만……. 이 기남침향은 대황숙의 것이지 고남신의 것이 아니었다.

그가 억지로 망혼수를 마시게 되었을 때 대황숙의 이 염주를 잡았다고 했다.

그는…… 자신이 누구인지 잊고 싶지 않았던 게 아닐까? 그렇다면 지금은? 그는 무엇 때문에 저 염주를 잡고 있는 걸까? 혹시 모든 것이 기억난 걸까? 아니면 머지않아 다시 잊어버릴까?

비연은 반 남아 있는 기남침향 염주를 꺼냈다. 그리고 군구신처럼 염주를 꽉 잡았다.

그녀는 눈물을 너무 많이 흘린 나머지 곧 무너져 버릴 것 같았다.

생각해 내도 좋고, 잊었다 해도 좋다. 그가 무사하기만 하다면! 어서 이 고통을 끝낼 수만 있다면!

갑자기 군구신의 발바닥에서 황금 빛줄기가 흘러나오기 시작했다. 전처럼 강력한 빛이 아니라 비할 데 없이 온화하고 다정한 빛이었다.

비연과 사람들 모두 놀라며 지켜보았다.

황금색 빛이 군구신 주변을 흐르듯 맴돌자 점차 군구신의 몸이 편하게 늘어지기 시작했다. 찌푸리고 있던 미간 역시 점차 펴지고, 그는 이제 그렇게 고통스럽지 않아 보였다.

이제, 끝난 걸까?

원래, 나도 그곳에 있었어

군구신의 고통이 끝나 가고 있었다.

힘을 얻는다는 것은 받아들이는 것이다. 건명력을 얻는 것은 결코 어려운 일이 아니었다. 가장 어려운 것은 그 힘을 제어하는 것이었다.

군구신은 방금 힘을 얻었다. 그가 고통스러워했던 것은 단시간 내에 강력한 힘을 받아들였기 때문만이 아니라, 이 힘이 계속 그의 체내에 잠복해 있던 극한의 한기를 몰아냈기 때문이다. 한기가 사라져 감에 따라 그의 기억도 점차 돌아오고 있었다.

그가 대황숙에게 잡혀 있던 3년 동안, 설족의 한형을 무수하게 버텨야만 했다. 한형은 바로 얼음물 속에 사람을 잠기게 하는 것으로, 사람의 의지력을 무너뜨리게 하는 형벌이었다.

그 3년 동안 그의 몸 안에 한기가 매일 조금씩 쌓여 갔다. 대황숙의 심문에도 그는 한마디도 하지 않았지만…… 왠지 모르게 결국은 그의 기억이, 아니 심지어 의식이 조금씩 모호해졌다. 마치 얼음에 봉쇄된 것처럼.

사실 대황숙이 망혼수를 마시게 하기 사흘 전부터 그는 이미 기억 상실의 증상을 겪고 있었다. 그는 아주 많은 것을, 많은 사람들을 기억할 수 없었다.

그는 제 임무를 잊을까 봐 두려웠다. 연 공주를 잊을까 봐 두려웠고, 자기 자신을 잊을까 봐 두려웠다. 그는 대황숙의 손에 있는 기남침향을 노려보며 한 번, 또 한 번 자신의 이름을 중얼거렸다. 기억을 잃는다 해도 기남침향만 기억할 수 있다면 자신의 이름을 기억할 수 있지 않을까 소망하면서.

그리고 그날, 그는 대황숙이 자신에게 망혼수를 마시게 하려는 것을 알지 못하는 상태에서, 대황숙이 다가오자 그 염주를 빼앗았다.

망혼수는 해독되지 않는다. 그러나 그는 망혼수를 마시기 전에 기억을 잃었다. 망혼수 자체가 그에게는 아무 의미도 없는 것이었다.

그의 기억은 한기와 관련이 있었고, 그런 이유로 매번 한독이 발작할 때면 머릿속에서 계속 기억의 파편이 떠올랐던 것이다.

그는 자신의 이름을 잊었지만 기남침향 염주는 목숨처럼 여겼다. 자신이 왜 그러는지 스스로도 이해할 수 없었지만, 지금은 안다.

그의 이름은 고남신이었다! 그가 바로 비연이 계속 이야기하던, 꿈속에서도 잊지 못하던 영 오라버니였다! 스스로 자기 자신을 질투하며 조사했던 것이다!

군구신의 시간이 과거로 흐르고 있었다. 그는 6년 전 얼음 동굴로 돌아갔다가 다시 9년 전 빙해 북안으로 돌아갔다. 그리고 마지막으로는 아주 예전의 운공대륙 대진국으로 돌아갔다.

"영, 네 아버지 성함이 북월이니, 너를 남신이라 하자꾸나."

이 말을 해 준 사람은 그의 어머니인 진민이었다. 어머니는 개나리와 공기봉리를 좋아했고, 그는 꽃이 가득 피어난 정원에서 자라났다.

"남신, 고씨 가문의 아들은 대대로 그림자가 되어 황족을 수호하는 사명을 지켜 왔다. 기억하거라. 지금부터 너는 연 공주의 그림자다. 목숨을 걸고 평생 공주를 지켜야 한다."

이 말을 해 준 사람은 그의 부친 고북월이었다. 부친의 의술은 운공대륙에서 제일이었으나 몸에 병이 있어 매일 약욕을 했다. 어머니는 그가 영술을 익히느라 몸이 상할 수 있으니 부친과 함께 약욕을 하기를 권했다. 그리고 약욕을 할 때면 부친이 그에게 약초를 여러 가지 알려 주었다.

"영 오라버니, 나중에 어른이 되면 나를 신부로 맞아 가야 해, 응?"

"영 오라버니, 다 자라면 내 부마가 되어 줘. 응?"

"영 오라버니, 계속 그렇게 내 뒤에 있지 마. 내 옆에 있으란 말이야. 응?"

이 말은…… 연아의 말이었다! 그가 어린 시절부터 사랑하며 지켰던 연아, 그가 다 자란 다음에도 여전히 사랑하고 또 사랑한…… 연아!

약수가 3천이어도 물 한 표주박만을 취하며, 세 번의 생을 윤회하더라도 한 사람만을 기다릴 것이다. 돌고 또 돌아 결국 사랑하게 된 사람은 원래의 그 사람이었다. 그와 그녀는…… 그들은 그러했던 것이다.

연아, 그랬구나. 네 과거에 나도 있었구나.

군구신은 여전히 눈을 감고 있었지만 미간은 활짝 펴진 상태였다. 그는 몽롱한 상태로, 점차 모든 의식을 잃고 혼수상태에 빠졌다.

비연은 군구신이 평온해진 걸 보고 재빨리 체온을 재고 맥을 짚었다. 그녀는 비록 의술에 정통하지 않았지만 그의 맥이 안정된 것을 알아챌 수 있었다. 그녀는 그의 손을 잡고 기쁨의 눈물을 흘렸다.

"이제 아무 문제 없어! 그가 버텨 낸 거야! 다 끝났어!"

비연이 기쁜 나머지 몇 번이나 중얼거렸고, 망중과 시위들도 모두 안도의 한숨을 내쉬며 기쁜 표정을 지었다.

승 회장 일행도 안도의 한숨을 내쉬었다. 그러나 그들은 비연을 보고 또 보며…… 표정이 점차 무거워지기 시작했다. 기쁨과 흥분, 긴장, 그리고 쓰라림과 슬픔……. 그들 모두 지금의 감정을 표현할 말을 도저히 찾을 수 없었다.

승 회장이 말을 하려 했을 때 당정이 먼저 큰 소리로 울기 시작했다.

"연아! 흑, 우리가 결국 너를 찾아냈어!"

비연이 갑자기 멈칫했다. 그녀의 마음이 마침내 군구신에게서 방향을 틀기 시작했다.

비연이 천천히 고개를 돌려 보니 당정이 아이처럼 울고 있었다.

"홍두 언니……."

비연은 홍두라는 이름을 부르자마자 울컥 치밀어 오르는 감정에 말을 이을 수 없었다. 비연의 사촌 언니 본명은 당정이 아니라 당홍두였다. 그 이름은 당정의 부친이 지어 준 것으로, 당정의 어머니가 팥죽을 좋아하여 팥을 뜻하는 홍두라 지었다고 했다.

당정 역시 홍두라는 이름을 듣자 참을 수가 없었다. 빠르게 달려와 비연을 안으며 외쳤다.

"정말 내 동생 연아구나! 정말로! 흑흑……. 우리가 마침내 연아를 찾은 거야! 연아, 언니라고 한 번만 더 불러 줘, 응?"

10년 전, 그녀는 신분을 숨긴 채 현공대륙에 왔다. 그리고 부친의 성을 성으로 삼고 모친의 이름을 이름으로 삼아 스스로를 당정이라 부르기 시작했다.

이미 10년 동안 연아에게서 홍두 언니 불려 보지 못했다! 아니, 10년 동안 그 누구에게서도 홍두 언니라 불리지 못한 상태였다!

그녀는 사실 '홍두'라는 이 이름을 전혀 좋아하지 않았다. 어린 시절에는 누가 이 이름을 부르면 화를 내곤 했다. 그래서 그 누구도 부르지 못하던 이 이름을 연아만 불렀다.

연아는 항상 그녀에게 도전하기를 좋아해, 멀리서 홍두 언니라 부른 후 도망치곤 했다. 그래서 그녀가 궁에 들어갈 때마다 항상 연아와 궁 전체를 쫓고 쫓기며 뛰어다녔다.

"연아, 다시 한 번만! 다시 한 번 불러 줘! 나 이제 다시는 화 내지 않을 거야. 연아를 쫓아가지도 않을 거고! 연아, 흑흑……."

당정은 우느라 제대로 말을 하지 못할 지경이었다. 연아는 몇 번이고 그녀를 불렀고, 당정은 그제야 안심이 된다는 듯 울음을 멈췄다.

"연아, 우린 계속 너를 찾고 있었어. 10년 동안이나. 그리고 고남신도! 연아, 고남신도 너를 찾으러 왔었어. 그런데…… 그도 사라지고 말았어!"

비연이 다급하게 말했다.

"그는 나를 찾았어. 아, 아니야, 내가, 내가 그를 찾았어!"

그녀는 너무나 기쁘고, 동시에 괴로운 나머지 말도 제대로 할 수 없을 지경이었다. 비연은 희비가 교차하는 가운데 군구신을 바라보며 울먹였다.

"군구신이 바로 고남신이야! 그가 바로! 응!"

그녀의 마음속에는 세 남자가 있었다. 한 사람은 꿈속에 있었고, 또 한 사람은 눈앞에 있었으며, 다른 한 사람은 행방을 알 수 없었다. 고남신, 군구신, 망할 얼음, 그 모두가 그였던 것이다!

그녀는 용감해지고 싶었지만 어떻게 고남신을 마주해야 할지 알 수 없었고, 어느 날 자신이 기억을 되찾는다면 과거의 기억과 어떻게 대면해야 할지도 알 수 없었다. 그러나 지금, 그녀는 아무것도 걱정할 필요가 없었다. 그녀가 사랑한 모든 이가 그였다! 약수가 3천이어도 물 한 표주박만을 취할 것이다. 원래, 그녀는 그리했던 것이다!

당정 일행은 의심스러운 표정이었다. 아무래도 능 호법의 영술 때문에 곤혹스러워하는 것 같았다.

비연의 말을 들은 그들은 서로를 바라보며 쓴웃음을 지었다. 웃는 와중에도 눈물이 흐르고 있었다. 오로지 승 회장만이 다른 곳을 보며 입가에 어쩔 수 없다는 듯, 감개무량한 미소를 지었다.

모두가 흥분하고 있는 와중에 소 부인이 빠르게 다가왔다. 그녀는 재빨리 눈물을 닦고 무릎을 꿇은 다음 진지하게 말했다.

"소소옥이 주인님을 뵙습니다! 명을 받들어 주인님을 찾은 지 10년, 이제야 뵙게 되었으니 모두 저의 죄입니다! 주인님께서 벌을 내려 주시기를 청합니다!"

비연은 어린 시절 소 부인을 만난 적은 없었지만 모후에게서 들어 소소옥이라 불리던 시녀가 있었다는 사실을 알고 있었다. 소소옥은 외조부의 제자가 되어 랑종으로 갔다고 했다.

"어린 시절 모후께서 말씀하셨어요. 당신은 이미 랑종으로 들어갔으니…… 나와 오라버니가 당신을 만나면 소옥 언니라고 부르라고."

비연이 소 부인을 일으켜 세우며 조심스럽게 물었다.

"소옥 언니, 단목요 말이, 내 부황과 모후, 그리고 오라버니가 모두…… 모두……."

그녀는 더 이상 말을 잇지 못하고 한참을 울먹인 다음에야 다시 말했다.

"그들은, 그들은…… 왜 나를 찾지 않았던 건가요!"

인연이 있으면 늙음을 두려워하지 않는다

비연이 부모 이야기를 하는 걸 듣고 당정이 다시 한번 울음을 터뜨렸다. 비연은 놀라서 하마터면 그대로 무너질 뻔했다. 설마…… 요 이모의 말이 사실이었던 걸까? 그녀의 부황, 모후, 오라버니가 모두 이미…… 이 세상을 떠난 걸까?

다행히도 승 회장이 적시에 끼어들었다.

"연 공주, 힘들어할 필요 없습니다. 부황, 모후, 오라버니, 모두 안녕하시니까. 우리 일단 돌아가서 다시 이야기하지요."

비록 여기 외부인이 없다 해도 비연의 부모 이야기는 커다란 비밀이었다. 그는 부득이하게 신중할 수밖에 없었다. 주변에 있는 이들 모두 군구신의 심복이라 해도, 그는 이곳에서 그 이야기를 하고 싶지 않았다.

비연은 '안녕'하다는 말을 듣고 기분이 상당히 안정되었다. 그녀는 승 회장의 근심을 알아채고 잠시 이 문제는 언급하지 않기로 했다.

비연은 눈물을 닦고 승 회장에게 진지하게 물었다.

"영씨 가문의 가주신가요?"

비연은 어린 시절 승 회장을 본 적은 없었지만 수많은 이들에게서 이야기를 들었다. 영씨 가문의 가주인 영승은 운공상회의 주인으로, 당홍두의 외숙이기도 했다. 그리고 영씨 가문은 바로 모후의 세력인 동시에 모후에게 충성을 바치는 사람들이었다! 하지만 부황과 모후가 운공대륙을 통일하여 대진국을 세운 후에 그는 작별 인사도 없이 사라졌다고 했다.

승 회장이 한쪽 무릎을 꿇고 두 손 모아 읍하며 외쳤다.

"수하 영승, 연 공주마마를 뵙습니다!"

비연이 재빨리 그를 일으켜 세우고 말했다.

"그러실 필요 없어요! 부황께서 말씀하셨는걸요. 저와 오라버니가 당신을 뵙는 날이 오면 숙부라 부르라고…… 부황께서는 술자리도 한 번 빚졌다고 하셨어요."

이 말을 들은 승 회장의 마음속에 감격이 넘쳐났다.

"그렇습니다. 술빚이 있지요!"

그는 한운석에게 충성을 다했고, 젊은 시절 용비야와 적지 않게 곡절이 있었으며, 심지어 원한도 있었다. 그러나 결국 그 모든 것은 술을 겨루자는 약속 하나로 끝나고 말았다.

사실 그는 이별 없이 떠났으며, 약속을 지키지 않기로 마음먹고 있었다. 그는 현공대륙에 온 후 이름을 바꾸고 아내를 맞아 자식을 낳았다. 현공상회를 건립하고 다시 시작하면서 과거의 모든 것은 영원히 마음속에 묻어 둘 생각이었다. 빙해에 그런 변고가 일어나기 전까지는.

고칠소가 찾아와 빙해의 이변을 이야기했을 때, 그는 고민 없이 돌아가기로 마음먹었다. 그날 그는 직접 술 한 항아리를 봉해 땅에 묻었다. 언제라도 용비야와 함께 이 술을 파내는 날이 오면 함께 뚜껑을 열 것이다.

당시 그가 고칠소에게 요구한 단 하나는, 자신의 아들인 영원은 이 일에 참여시키지 말아 달라는 것이었다. 그런 까닭에 그는 영원을 상관보로 보냈고, 운한각과 관련한 일은 상관보에 알리지 않았다. 수년에 걸쳐 그가 상관보를 멀리하고 랑종과 친하게 지낸 것은 모두 고심 끝에 나온 행동이었다.

그해 빙해의 일전에서, 곁에 있던 사람 중에 적이 없다고는 그 누구도 보증할 수 없었다! 모든 것이 그들의 계획대로 진행된다 해도, 그뿐이다. 만약 그들 역시 타인에게 감시당하고 있다면 최소한 상관보는 최후의 퇴로가 되어 줄 것이다.

이 일들은 모두 승 회장의 마음속에 있는 일이었다.

승 회장이 곧 손을 들어 상관 부인을 불렀다. 상관 부인이 넋을 잃은 듯 서 있다가 눈물을 닦고 다급하게 달려왔다. 그리고 승 회장이 입을 열기 전 먼저 선수를 쳤다.

"연 공주, 영승은 현공대륙으로 와서 나를 아내로 맞았어요. 분명 어린 시절, 나에 대해서는 들어 본 적 없겠지요?"

"하지만 지금은 알잖아요. 내 그…… 혼수는 원래, 내 친정 식구들이 해 준 거였어요."

비연이 조금 울먹이며 말했다.

"상관 부인, 앞으로도 계속 나를 연아라 불러 주세요. 나는…… 정 이모라 부를게요. 그래도 괜찮죠?"

상관 부인이 연신 고개를 끄덕였다.

"그럼, 그럼! 우리 그렇게 하기로 한 겁니다!"

상관 부인은 비록 입 밖에 내지는 않았지만 운한각이 비연과 적이 될까 봐 걱정하고 있었다. 이제 그녀는 온전히 안심할 수 있었다. 인연이 있다면 서로의 만남이 조금 늦는다고 해도 괜찮은 것이다. 함께 모일 가족이라면 언젠가는 모이게 되는 법이니.

승 회장은 제 부인이 웃는 모습을 보고 반대하지 않았다. 그는 군구신 곁으로 다가가 신발을 벗겼다. 망중이 재빨리 막아섰다.

"승 회장, 이건……."

망중은 그들이 서로 아는 사이라는 것을 듣고 마음에 짚이는 게 있었지만, 그래도 주인을 보호할 수밖에 없었다.

망중은 이유를 알 수 없었지만 비연은 바로 알아차렸다. 그녀는 말없이 직접 군구신의 신이며 버선을 벗겼다. 군구신 발바닥에 있는 특수한 문양이 드러났다.

어린 시절, 군구신이 그녀에게 말해 준 적이 있었다. 그때 고태부가 그를 입양하기로 결정한 이유가 바로 이 발바닥의 문양 때문이라고. 그들이 혼례를 치른 다음에도 천무제가 이 무늬에 관해 이야기한 적이 있었다. 안타깝게도 그들은 당시 떠올리지 못하고 있었다.

승 회장은 그 문양을 열심히 살펴본 다음 고개를 끄덕였다. 그의 이런 행동은 신중을 기하기 위한 것이기도 했고, 자신의 추측이 맞는지 확인하기 위한 작업이기도 했다. 방금 금룡허영이 황금빛으로 변해 군구신의 발바닥을 통해 들어갔을 때, 이 문양이 단순히 신분의 상징만도, 무예의 기재임을 증명하는 상징만도 아니라는 것이 확실해졌던 것이다.

그가 가볍게 탄식하듯 말했다.

"과연, 정말로 고남신이야. 하하! 고북월, 역시나 안목이 좋아. 단 한 번도 사람을 잘못 본 적이 없다더니. 돌아갑시다. 모두 돌아가 다시 이야기합시다."

비연은 부모와 오라비의 상황이 궁금해 조급하던 참이었다. 그녀는 시간을 낭비하지 않고 바로 망중에게 길을 찾으라고 명령했다. 그녀는 또 시위 일부를 북해안에 남겨 백리명천을 경계하게 했다.

북해안에서는 대체 무슨 일이 벌어진 걸까? 건명력은 정말로 백리명천이 불러낸 것이었을까? 옥인어 일족이 바다에 들어가면 안 된다는 저주에는 어떤 진실이 숨어 있을까? 백리명천은 죽었을까, 아니면 살아 있을까? 이 모든 것들이 미지수였기 때문에 비연은 경계하지 않을 수 없었다.

백리명천이 지하 궁전에서 보여 준 모습을 생각하면, 그는 축운궁과 연맹을 맺지는 않은 듯했다. 그러나 그는 진상을 알고 있고, 대황숙과 소 숙부라는 두 인질을 장악한 상태였다. 그가 정말로 도망친다면 아마 귀찮은 일들이 꽤 생길 것이다.

비연은 가는 길 중간에 다시 망중에게 돌아가, 곧바로 설족의 땅과 보명고성을 전면적으로 조사할 것을 명했다. 백리명천이 이렇게 빨리 환해빙원에 잠입할 수 있었던 걸 보면, 계속 멀지 않은 곳에 있었음이 분명했다. 그러니 그 두 인질 역시 아직 북강에 있을 가능성이 높았다.

비연 일행이 멀어지자 시위들은 뿔뿔이 흩어져 북해안에 매복했다.

오늘은 바람도 눈도 없는 날이었다. 해가 질 무렵, 온기라고는 없는 겨울 태양이 북해에 빛을 흩뿌리고 있었다. 덕분에 음침하던 북해가 금빛 찬란하게 반짝이며 자못 생기가 감돌기 시작했다.

이 순간, 백리명천은 차가운 바닷물 속에서 천천히 가라앉고 있었다. 그의 옆구리에 화살에 맞은 상처가 있었지만, 지금 이 선혈은 그의 온몸에 생긴 무수한 상처에서 흘러나오는 것이었다. 그의 피가 건명력을 불러냈다. 건명력은 그의 몸을 관통한 후 북해 밖으로 날아올랐던 것이다.

눈을 감은 백리명천은 몹시도 고요해 보였다. 마치 잠을 자는 것처럼. 그는 여전히 잘생긴 얼굴이었고, 이리도 고요할 때면 마치 아름다운 옥과 같은 느낌을 풍겼다.

곧, 그의 길고 검은 속눈썹이 가볍게 떨리기 시작했다. 인어는 죽을 때면 눈물을 흘리고, 그 눈물은 진주가 된다. 평온하지 않은 죽음일수록 인어의 진주는 더욱 아름답기 마련이다.

그는 죽을 것이다.

그가 눈을 뜨려 했을 때였다. 누군가가 나는 듯이 그에게 다가왔다. 물속이건만 그 속도가 놀라울 정도였다. 마치 영술처럼.

백리명천에게 다가온 사람은 눈보다 하얀 옷을 입고 있었는데, 그 준수한 풍채가 마치 신선 같은 느낌을 주었다.

그는 누구일까?

빙해의 진정한 비밀

백리명천에게 다가온 사람은 바로 고운원이었다.

그는 한 손으로 백리명천의 눈을 가린 채, 다른 손으로 구현침을 쥐고 백리명천의 미간을 찔렀다. 그리고 한참 후, 백리명천의 생명이 더 이상 위험하지 않다는 것을 확인한 뒤 손을 놓았다.

백리명천은 여전히 두 눈을 감은 채 계속 가라앉고 있었다. 천천히, 저 어두운 심해로. 고운원은 백리명천의 모습이 보이지 않을 때까지 기다린 후에 그 자리를 떠났다.

고운원은 바로 뭍으로 올라오지 않고 백새빙천 동쪽으로 이동한 다음 물 밖으로 나왔다. 그는 인어족이 아니었지만 물속에서도 땅에서와 같이 자유롭게 다닐 수 있었다.

물 밖으로 나왔을 때는 머리며 옷도 젖지 않은 상태였다. 그러나 그의 안색은 평소보다 훨씬 창백해 보였다. 그는 힘이 빠진 듯 허약해 보였는데, 바람이라도 불면 금세 날아가 버릴 것 같았다.

구현침은 모두 아홉 개가 있었다. 천 년 전에 그는 그중 여럿을 사용했다. 오늘 다시 백리명천을 위해 하나 사용했으니, 남은 것은 둘뿐이었다. 하나는 비연을 위해, 하나는 자신을 위해 쓸 생각이었다.

그는 북해를 바라보며 희미하게 웃기 시작했다.

"그저 음양독을 좀 썼을 뿐 대단한 원한을 맺은 것도 아닌데, 어찌 이리 원한이 골수에 맺혀 있다지? 스스로의 목숨까지 걸 정도라니. 그렇게 억울한가?"

그가 말하는 상대는 물론 백리명천이었다. 그는 앞에 나선 적은 없지만 비연 곁에서 벌어지는 일이라면 모두 알고 있었다.

"하하! 건명력이 세상에 나타났으니 너는 죽을 수 없을 거야! 내 구현침도 쓸모없이 써 버린 것은 아니게 되겠지."

그는 그렇게 중얼거리며 호란설지 방향으로 걷기 시작했다. 그러나 걸으면 걸을수록 그의 몸은 점차 옅어져 가더니, 얼마 지나지 않아 그대로 사라져 버리고 말았다…….

비연 일행이 호란설지로 돌아왔을 때는 이미 깊은 밤이었다.

군구신을 눕힌 후에 비연은 바로 승 회장 일행을 만났다. 그들 역시 누구 한 명 쉬러 가지 않고 비연을 기다렸다.

비연이 다급하게 그들의 방으로 들어가 자리에 앉았지만 긴장한 나머지 입을 열 수가 없었다. 이미 부황과 모후가 '안녕'하다는 이야기를 들었음에도 불구하고 그녀는 긴장하고 있었다. 이것은 근심이 아니라 감동에 가까웠다. 그녀는 당장이라도 부황과 모후를 만나러 가고 싶었다.

비연이 심호흡을 하고 말했다.

"숙부, 부황과 모후에게 중요한 일이라도 있어 오실 수 없었던 건가요?"

이 말에 당정이 입을 막고 흐느끼기 시작했다. 그녀는 어린 시절부터 남자 옷을 입었고, 성격도 남자보다 호방하고 소탈했다. 그녀가 가장 싫어하는 것은 코를 훌쩍이는 일이었다. 그러나 이 몇 시진 동안 그녀는 몇 번이나 울음을 터뜨릴 수밖에 없었다.

당정이 우는 것을 본 비연이 멍한 표정을 짓다가, 곧 몸을 일으켜 노성을 질렀다.

"모두 나를 속였군요! 어떻게 된 건가요, 대체!"

승 회장이 미간을 찌푸리고 당정을 바라보았다. 당정은 바로 고개를 돌렸다. 그와 감히 마주 보기 두렵다는 태도였다.

승 회장은 그제야 용비야와 한운석이 빙해의 중심에 봉쇄되어 있다는 사실을 이야기했다. 비연은 순간적으로 슬픔과 분노가 치밀어 올라 심장 부근을 꽉 막기라도 한 것 같았다. 호흡조차 곤란할 지경이었다.

비연이 불편해하는 것을 보고 소 부인이 재빨리 설명했다. 용비야와 한운석은 비록 빙해의 중심에 갇혀 있지만 죽은 것은 아니었다. 태자 헌원예는 천성적으로 칠채천공七彩天瞳을 가지고 태어났는데, 덕분에 기를 수련한 자의 진기가 몇 품인지 느낄 수 있었다.

그가 부황과 모후를 찾았을 때 그는 그들의 진기를 느낄 수 있었다. 그리고 이 10년 동안, 그는 계속 그들의 진기의 품이 상승 중임을 느끼고 있었다.

또한 한운석은 독을 저장하는 공간을 가지고 있었는데, 한운석이 계약한 독수는 항상 그녀의 공간에 들어갈 수 있었다.

그들은 이 두 가지 점으로 미루어 보아 용비야와 한운석이 아직 살아 있을 거라는 결론을 내렸다. 그들은 아마 한빙 속에서 기를 수련하고 있을 것이다. 마치 폐관 수련을 하듯이.

여기까지 들은 비연이 갑자기 한숨을 토해 냈다. 가슴을 억누르고 있던 슬픔을 모두 토해 내려는 것처럼. 그녀는 정말 놀랐던 것이다. 부황과 모후가 만약 세상을 떠났다면 대체 어떻게 해야 할지…… 그녀는 상상할 수조차 없었다.

비연이 중얼거렸다.

"빙해의 이변 이후, 무예를 익힌 모든 이들의 진기가 소실되었다던데…… 부황과 모후는 어떻게 계속 진기를 수련하실 수 있는 거지?"

비연은 아마도 빙핵과 관련이 있을 거라 생각했다. 그러나 승 회장이 대답했다.

"연 공주, 이것이 아마 빙해 최대의 비밀일 거요. 빙해의 중심 북쪽으로는, 빙해건 아니면 현공대륙이건, 무예를 수련하는 자들의 진기가 모두 소실되었소. 하지만 일단 빙해의 중심을 지나면, 빙해에서건 아니면 운공대륙에서건, 모든 이들의 진기가 회복됩니다."

비연이 경악했다.

"그…… 어찌 그럴 수 있는 거죠?"

무예를 익히는 자들이 수련하는 진기는 빙해 중심의 현기가 변화한 것이 아니었다는 걸까? 빙해의 이변 때문에 현기가 소실되면서 진기도 사라져 버린 것이 아니었던 걸까?

설마, 현공대륙에서 무예를 익힌 이들이 계속 잘못 인식하고 있었던 걸까! 진기는 원래 빙해의 현기에서 온 것이 아닌 걸까?

하지만 그렇다면 이 괴이한 현상을 설명할 방법이 없지 않은가!

승 회장이 설명했다.

"운한각은 이 10년 동안 공주와 고남신은 물론이고 계속 이 비밀을 찾고 있었습니다. 지금까지 얻은 정보를 종합해 보면 이 비밀은 상고 시대 3대 신력과 관계가 있습니다. 심지어 천 년 전 현공대륙에서 발생한 혼전과도 관계가 있고. 현기와 관련한 설명은 천 년 전에도 있었던 겁니다. 하지만 지금 보기에 이건 아마 천 년 전 사람들이 일부러 퍼뜨린 소문에 불과해요. 하지만 진기가 사라진 것은 확실히 빙해의 이변과 관계가 있긴 합니다. 이 안의 비밀은…… 우리도 아직 단서를 찾지 못한 상태고. 천 년 전, 현공대륙에서 상고 시대 3대 신력을 차지하기 위한 큰 전쟁이 있었죠. 봉황력이 빙핵을 부를 수 있는 것을 생각하면 분명 서정력과 건명력에도 신비한 비밀이 숨어 있을 겁니다. 현공대륙의 진기가 사라진 것과도 분명 관계가 있고."

비연은 당분간은 이렇게 많은 일을 신경 쓸 수 없을 것 같아, 일단 급한 문제부터 묻기로 했다.

"나는 어떻게 봉황력을 조종해야 하죠? 어떻게 하면 부황과 모후를 구출할 수 있을까요? 봉황력이 빙해의 얼음을 깰 수 있는 것, 맞지요?"

승 회장이 가볍게 탄식했다.

"연 공주, 빙해가 독에 감염된 것은 분명 공주의 모후가 한 일일 겁니다. 당시 빙핵은 이미 깨어졌고…… 고 태부의 추측에 따르면, 공주의 모후가 빙핵의 파편에 독을 쓴 다음 그 파편을 저장 공간에 넣은 것 같다고 했소. 빙핵이 독에 감염되었기에 빙해도 독에 감염된 것이죠. 빙핵 속의 힘은 저장 공간에 갇혀 있는 거나 마찬가지입니다. 그러니, 당시 이미 깨어진 빙해가 복원되었던 거고요. 하지만 지금 경솔하게 봉황력으로 얼음을 깬다면 빙해는 분명 다시 무너지고 말 겁니다. 그렇게 되면 대진국의 북강도 지킬 수 없게 되고, 또한 공주의 부황과 모후의 안위도 보장하기 어려워집니다. 그렇게 모험을 하느니, 진상을 철저히 조사하여 다시 계획을 세우는 게 좋을 것 같습니다!"

승 회장이 감개무량한 듯 덧붙였다.

"공주의 모후가 그리했던 것은 현공대륙 세력이 남하하는 것을 막기 위해서였을 겁니다. 동시에 진기의 비밀을 지키기 위해서기도 했겠지요. 결단코 쉽지 않은 일이었겠지요!"

비연은 본래 실망하고 있었지만 이 말을 듣자, 마치 어린 시절처럼 마음속에 자랑스러운 감정이 솟구쳤다. 모후는 그렇게 대단한 여자였다. 그래, 그녀는 계속 그 사실을 알고 있었다. 그런데 그녀가 어떻게 이리 쉽게 실망할 수 있겠는가?

비연은 저도 모르게 두 주먹을 쥐며 결심했다. 원한, 갚을 거다. 그리고 부황과 모후를 구해 낼 것이다. 모든 비밀을 끝까지 알아낼 것이다!

이때 소 부인이 끼어들었다.

"연 공주, 그런데 대체 어떻게 고씨 가문의 적녀가 된 거죠? 봉황 날개의 표식은, 한 번 사라졌었던 건가요?"

봉황허영이 고씨 저택 상공에 나타났다는 사실을 알게 된 후 그들은 계속 고씨 가문을 주시하고 있었다.

그들의 가장 중요한 목표는 바로 비연, 그녀였다. 그러나 당정이 두 번이나 살펴보았지만 비연의 몸에 봉황의 날개 표식은 없었다! 비연의 성격이 크게 변해 수많은 일을 벌이지 않았다면 당정도 두 번 조사하지 않았을 것이다.

이 일은 사실 비연도 잘 알지 못하는 일이었다. 그녀 스스로도 심지어, 자신의 지금 몸이 자신의 것인지 아니면 고씨 가문 적녀의 것인지 구분 못 하고 있었다.

비연이 대답하지 않고 먼저 물었다.

"소옥 언니, 봉황력은 가문 대대로 전승되는 힘이라면서요. 봉황력을 가진 사람이 죽으면 봉황력이 사라져 보이지 않게 되나요?"

고씨 가문과 빙해영경

비연의 의문은 소 부인의 의문이기도 했다.

고씨 저택과 몽족설역에 봉황허영이 나타났다는 사실을 알았을 때 그들 모두 의혹을 품었다. 봉황허영이 나타났다는 것은 바로 봉황력이 나타났다는 의미였고, 분명 큰 반향을 일으킬 수밖에 없는 일이었다. 그러나 그때 고씨 저택에서는 아무런 반응이 없었다. 심지어 그 당시 봉황허영이 나타났다는 것을 모르는 사람들도 수두룩했다.

승 회장이 백새빙천 부근에 잠복했을 때, 봉황허영을 여러 번 보면서 봉황력의 힘을 느낄 수 있었지만 봉황력을 지닌 사람은 찾을 수 없었다. 봉황력은 마치 주인 없는 힘처럼 빙천 주변을 맴돌며 때때로 나타날 뿐이었다.

군씨 대황숙은 봉황력이 머무는 곳을 찾으려 했지만 승 회장이 찾으려 했던 것은 봉황력을 지닌 자였다. 봉황력은 가문 대대로 전승되는 힘이니 주인을 떠날 수는 없을 것이다! 주인이 죽었다면 그 힘은 그대로 소멸되었을 테니까!

비연은 잠시 생각에 잠겼다가 마침내 여덟 살 되던 해에 구조되어 빙해영경으로 갔던 일이며, 열여덟 살에 고씨 가문에 다시 태어난 사정을 이야기했다.

이야기를 들은 승 회장 일행은 서로 얼굴을 바라보며 경악할 뿐이었다. 소 부인이 다급하게 말했다.

"연 공주, 그 지역이 빙해영경이라고 확신하나요?"

비연이 단호하게 말했다.

"거기서 10년이나 있었던걸요. 틀릴 리 없어요."

소 부인이 경악하여 어찌 말해야 할지 모르겠다는 표정이었다. 결국은 승 회장이 입을 열었다.

"공주, 고 태부 일행이 흑삼림에서 무엇을 발견했는지 아십니까?"

그들의 이상한 기색에 비연도 조금 불안해져 물었다.

"무엇인가요?"

"빙해영경."

승 회장의 말에 비연이 흥분했으나 이어지는 말을 듣고는 순식간에 멍해지고 말았다.

"작년, 소 부인이 빙해와 관련한 전설을 하나 수집했지요. 이 전설에 따르면 약 천 년 전 빙해 북안에 약곡이 하나 있었는데, 빙해영경이라 했다고 합니다. 고 태부의 기억에 따르면, 어린 시절 어른들이 빙해영경에 대해 얘기하는 걸 들은 적이 있다고도 했고요. 아무래도 빙해영경은 과거 고씨 선조들이 은거하던 곳 같다던가. 다만, 고 태부도 자세한 것은 기억하지 못하고 있더군요. 최근 우리는 빙해 북안에서 동쪽과 서쪽으로 각각 수만 리씩을 조사해 보았는데, 안타깝게도 아무것도 발견할수 없었습니다. 고 태부가 흑삼림에 들어간 것은 본래 고남신을 찾기 위해서였지만, 얼마 전 고묘 안에서 빙해영경을 그린 벽화를 찾았다고 합니다. 그 벽화에 기록된 바에 따르면, 빙해 영경은 천 년 전에 사라져 버렸다고 하고요."

비연은 도무지 이해할 수 없었다. 설마, 빙해의 이변이 일어나던 중 그녀가 천 년 전으로 옮겨 갔던 걸까? 그리고 사부가 그녀를 절벽 아래로 밀었던 건, 사실 그녀를 천 년 후인 지금으로 돌려보내기 위해서고? 사부는 설마…… 이미 세상을 떠난 걸까? 빙해영경이 예전에 사라졌다고? 그녀는…… 다시는 사부를 볼 수도 없고, 다시는 돌아갈 수도 없는 걸까?

비연은 무심결에 약왕정을 꽉 잡았다. 마음에 치밀어 오르는 슬픔을 도저히 억제할 수 없었다. 그녀는 생각하고 또 생각하다가 다급하게 말했다.

"군구신이 영생결계에 갇혔을 때, 그 안에서 몽족의 조상인 몽하를 만났다고 했어요. 몽하 선배의 말에 따르면, 영술은 고씨 선조인 고운원이 창시한 거라고 하더군요. 저는 고顧 태부의 원래 성씨가 고孤씨였는데 후에 고顧씨로 바꿨다는 걸 기억하고 있어요! 아마도…… 운공대륙의 고顧씨 가문은 분명 현공대륙의 고孤씨 가문의 후예일 거예요! 현공대륙 고씨의 방계가 남경에 은거한 적이 있고, 의술에 뛰어났다고 해요. 그들이 바로 고 태부의 선조임이 틀림없어요!"

이 말에 모두 경악했다. '영생결계' 때문만이 아니라 '영술' 때문에도 경악했다.

승 회장이 진지하게 물었다.

"그렇다면 빙해영경이 정말 고씨의 은거지고…… 연 공주의

194

사부 역시 고씨 가문 출신이라는 말인가요?"

비연은 진묵이 그렸던 그림을 생각하며 다급하게 외쳤다.

"고운원! 그는 분명 고운원인 거야!"

비연이 서둘러 다시 물었다.

"흑삼림의 고묘에 묻힌 사람은 누구였나요?"

"그 고묘에는 기관이 너무 많았다고 하더군요. 하지만 그 영술을 펼친 신비한 사람이 고묘 부근에 나타났다고 해서, 공주의 오라버니와 고 태부가 그곳으로 갔던 것이죠. 지금 그쪽이 어떤 상황인지는 모르겠습니다."

승 회장이 잠시 생각하다가 물었다.

"능 호법 역시 영술을 할 수 있었는데……. 능 호법이 아직 공주의 수중에 있습니까?"

비연도 이 일을 이야기할 생각이었다.

"축운궁이 흑삼림에 위치하고 있어요. 능 호법은 비록 축운궁주에게 충성을 다하는 것 같지만, 그가 영술을 할 수 있다는 사실은 축운궁주도 알지 못해요. 아마도 능 호법이 바로 고 태부가 찾던 사람일 거예요! 그 고묘에 빙해영경의 벽화가 있었다면 분명 고씨 가문과 연관이 있겠지요. 나와 군구신은 능 호법이 우리와 연맹을 맺도록 설득했고, 그는 여전히 고려 중이에요. 그의 영술은 고씨 가문 사람에게서 배운 것일지도 모르고……. 어쩌면 그는 능씨가 아니라 본래 고씨 가문 사람일지도 몰라요!"

비연은 분석을 마친 다음, 모두에게 생각을 정리할 시간을 주었다.

당정은 여전히 봉황 날개의 표식에 의문을 품고 있었다.

"연아, 네가 빙해영경에 있을 때 등 뒤에 봉황의 날개가 있었어?"

비연이 고개를 저었다.

"아니. 얼마 전 봉황력이 내게로 돌아왔을 때 그 표식이 나타난 거야."

당정이 말했다.

"그것도 참 이상한 일이야. 네가 천 년 전으로 돌아갔다 해도 봉황력은 당연히 너를 쫓아갔어야만 해! 게다가 지금 네 몸이 만약 고씨 가문 대소저의 것이라면…… 그 봉황력이 어떻게 네게로 돌아온 걸까?"

순식간에 방 안이 고요해졌다. 곧 비연이 질겁하는 듯한 표정을 지었다.

"나, 나…… 알았어요! 그게 내 옷, 내 어릴 때 옷이었어!"

모두 비연의 말을 이해할 수 없었다. 비연이 재빨리 설명했다.

"10년 전, 고씨 가문의 대소저가 물에 빠져 구조된 다음 전어멈의 방에서 옷을 갈아입혔어요. 그 옷은 고씨 가문 대소저의 옷이 아니라 내 옷이었어요! 빙해의 이변이 벌어지던 날에 내가 입고 있었던 옷!"

비연은 자신이 물에 빠진 순간의 그 공포스러운 기억을, 죽음에 직면했던 경험을 떠올렸다. 그녀는 계속 그 기억이 몸의 원주인의 것인지, 아니면 그녀 자신의 것인지 구분하지 못하고 있었다. 그런데 지금에야 알게 된 것이다! 그것은 그녀의 기억이었다!

10년 전 그녀는 용오름 속에서 신비한 힘의 영향을 받아 용오름 밖으로 날아간 후 고씨 저택에 떨어진 것이다. 그리고 고씨 가문의 대소저와 함께 물에 빠졌다. 그랬기에 빙해의 이변에 일어난 지 얼마 되지 않아 고씨 저택에 봉황허영이 나타났던 것이다.

구조되어 뭍으로 올라왔던 아이는 고씨 가문의 대소저가 아닌 그녀였다! 그래야만 전 어멈이 가져온 옷이 그녀의 것이 될 수 있었다.

전 어멈은 그때 옷이 달라졌다는 것을 눈치채지 못했을 것이다. 그러나 비연은 절대로 착각할 리 없었다! 모후는 보랏빛을 좋아했고, 그녀의 치마는 전부 보랏빛이었다. 빙해의 이변이 있던 날 입었던 옷도 모후가 그녀를 위해 특별히 골라 주었던 옷이었다!

그녀의 기억은 물에 빠진 순간 멈췄고, 그다음 빙해영경에서 깨어났다. 그리고 빙해영경에서 10년을 살았다. 그녀의 혼백은 빙해영경에 살아 있었고, 몸은 고씨 가문의 대소저가 사용했던 모양이었다.

그녀는 산 것도 죽은 것도 아니었다. 그랬기에 봉황력은 사라지지도, 주인에게 돌아가지도 않았던 것이다. 그랬기에 빙해영경의 그녀에게도, 고씨 가문의 대소저에게도 봉황의 날개가 없었던 것이다.

백의 사부가 그녀를 절벽 아래로 밀어 다시 고씨 가문 대소
저로 태어나게 한 것은, 사실 그녀를 원래의 몸으로 돌려보내
준 것이었다! 그녀가 돌아온 후 봉황력을 만났고, 봉황력이 다
시 그녀에게로 돌아오면서 봉황의 날개 표식이 나타났다!

이 추측 외에 비연은 다른 가능성을 생각할 수 없었다. 그녀
는 승 회장 일행을 보며 중얼거렸다.

"내 추측이 맞는다면…… 그렇다면 고씨 가문 적녀의 시신이
아직 고씨 저택 연못 속에 있다는 이야기잖아요!"

모두 도저히 믿을 수 없다는 표정이었다. 그러나 이것이 아
니라면 도저히 설명할 방법이 없었다.

상관 부인이 재빨리 물었다.

"연 공주, 그 옷이 아직 요화각에 있다고 했잖아요. 내, 내가
요화각을 뒤져 보았을 때는 보지 못했는데!"

비연은 아주 명확하게 기억하고 있었다.

"정 이모가 놓친 게 아니에요. 아마 전 어멈이 다른 곳에 두
었을 거예요."

비연은 당시 기억을 회복하지 못한 상태라 그 옷을 보면서도
별다른 느낌을 받지 못했다. 오히려 전 어멈이 아주 중요하게
여기며, 기념할 가치가 있다고 말했다.

당정이 여전히 미간을 찌푸리며 물었다.

"연아, 몸을 떠나 있었다면…… 이 10년 동안 어떻게 자란
거야? 내가 보기에는, 네가 꼭 천 년 전의 빙해영경에 있었던
것만은 아닐 거야! 네 그 사부라는 분, 분명 뭔가가 있어!"

계속 내 곁에 있어

백의 사부에게는 확실히 뭔가가 있었다. 비연은 심지어 그가 이 모든 것을 주도했던 것은 아닐까 의심한 적도 있었다.

그러나 그녀는 계속 이해할 수 없었다. 이 모든 것이 백의 사부 주도하에 벌어진 일이라면, 그는 무엇 때문에 약왕정을 그녀에게 주었을까? 약왕정은 그가 가장 소중히 여기던 보물이었다! 게다가 10년을 함께 보내면서 비연은 백의 사부가 너그럽고 자유로운 품성의 사람으로, 한가롭게 생활하는 걸 좋아한다는 것을 알게 되었다. 어떻게 보아도 그렇게 교활한 사람은 아니었다. 백의 사부는 그녀에게 진상을 말해 주지 않았을 뿐, 그녀를 속인 적은 없었다.

비연은 갑자기 고운원을 떠올렸다. 진묵은 그가 '사람이 아닌 것 같다'고 했었다. 비연은 고운원이 누구건, 그리고 그가 인정하건 인정하지 않건, 모든 것을 확실하게 알기 전에는 그를 떠나게 하지 않겠다고 마음속으로 결심했다.

비연이 고운원을 언급하자 승 회장 일행도 몹시 놀랐다. 특히 고운원을 본 적 있는 당정이 경악하며 물었다.

"그 녀석은 꼭 문약한 서생 같았는데…… 심지어 의원 같지도 않았단 말이야! 제대로 본 것 맞아?"

비연이 입을 열기 전에 소 부인이 말했다.

"사람을 외모로 판단하면 안 되는 법이지. 내일 본 부인이 가서 한번 만나 봐야겠다."

상관 부인이 바로 제지했다.

"좀 냉정해질 수는 없는 건가? 풀을 쳐서 뱀을 놀라게 하는 일은 없게 하라고!"

소 부인이 가볍게 코웃음을 쳤다.

"쓸데없는 말은 그만두지. 내가 알아서 할 테니까!"

상관 부인이 냉랭하게 말했다.

"네가 무슨……."

이 말이 끝나기 전에 승 회장이 미간을 찌푸리며 돌아보았고, 상관 부인뿐 아니라 소 부인까지 조용해졌다.

승 회장은 매우 냉담한 성격으로, 상관 부인과 소 부인이 말씨름을 해도 끼어들지 않았다. 그런 그가 미간을 찌푸린다는 것은 상당히 호된 경고로, 상관 부인과 소 부인이 한동안 서로 말씨름을 하지 않게 하는 효과가 있었다.

지금 승 회장은 다른 일에 관심이 있었는데, 역시 아주 중요한 일이었다.

"연 공주, 단목요는?"

단목요는 바로 축운궁의 요 이모로, 빙해의 이변을 일으킨 수괴였다!

비연이 상당히 평온한 표정으로 말했다.

"이미 북강에서 내보냈어요. 군구신이 깨어나면 우리 남쪽으로 가요. 나, 나는…… 가능한 한 빨리 부황과 모후를 만나고 싶고, 또 오라버니도 만나고 싶어요. 그때 단목요를 데려가요. 우리 부황과 모후에게 고개를 조아리고 잘못을 사죄하도록! 우리 부모님을 뵌 다음에 다시 흑삼림에 가서 고 태부와 만나요. 분명 고 태부와 민 이모도…… 영 오라버니를 무척 그리워하고 계실 테니까."

비연의 유일한 여한은, 단목요를 며칠밖에 괴롭히지 못했다는 것이었다. 그러나 아직 쇠털같이 많은 날이 남아 있었다.

그녀는 원한에 가득 찬 목소리로 외쳤다.

"분명 단목요는 지금도 내가 누구인지 모르고 있겠죠! 빙해에 도착하면 단목요가 했던 모든 행동을 후회하게 만들어 줄 거예요! 우리 모후께서 그녀를 놓아주셨지만…… 나는 절대로 놓아주지 않을 거야!"

비연은 다행이라고 생각했다. 단목요와 같은 사람을 계속 심문했다면 대체 얼마나 많은 일들을 오해하게 되었을지 모를 일이었다!

승 회장이 잠시 생각에 잠기더니 진지하게 말했다.

"연 공주, 대진국의 진북장군 아금은 본래 흑삼림 능씨와 혈육입니다. 그는 짐승과 소통할 수 있고, 흑삼림의 백수들을 소환할 수 있지요. 고 태부가 흑삼림에 들어갈 때 그도 동행했습니다. 하지만 근 1년 동안 그들 역시 어떤 흔적도 발견하지 못한 것으로 보아, 축운궁은 아주 깊이 잠복해 있는 게 분명합니다. 그러니 내가 보기에, 연 공주는 일단 며칠 긴장을 풀고 능 호법의 태도를 살피는 게 좋겠습니다."

비연은 비록 부모를 만나고 싶어 다급한 상태였지만 승 회장의 말을 들어 보니 이치에 맞았다. 10년 동안 축운궁주가 그리도 깊이 숨어 있었던 걸 보면 분명 강적일 것이다! 게다가 단목요가 축운궁주와 결탁한 걸 보면, 흔적도 없이 사라진 혁씨 가문도 축운궁주와 결탁하지 않은 상태라고 단언할 수 없었다. 경솔하게 흑삼림에 들어가느니 일단 능 호법의 입을 여는 편이 나았다. 거기다 소 숙부까지 찾아낼 수 있다면 그보다 더 좋을 수는 없을 것이다.

비연이 고개를 끄덕였다.

"숙부 말을 들을게요."

날이 밝아 오고 있었다. 비연은 승 회장 일행이 일단 쉴 수 있도록 안배했다. 그녀가 방으로 돌아가려는데 고운원과 마주쳤다. 그는 여전히 먼지 한 톨 묻지 않은 듯한 흰 옷에 외투를 걸치고 검은 모자를 쓰고 있었다. 희디흰 눈 속을 걸어오는 호리호리한 그의 모습을 멀리서 보면 몹시도 고요해 보여 정말로 백의 사부처럼 보였다. 그러나 그가 다가옴에 따라 비연은 모습만 같을 뿐 그 기질이 다르다는 것을 확연하게 느낄 수 있었다.

빙해영경에서 보냈던 10년 동안, 그녀는 백의 사부가 병이 든 것을 한 번도 본 적 없었다. 그는 언제나 그렇게 너그럽고 담담한 모습으로 한가로이 지냈다. 그런 그는 마치, 할 수 없는 것이 없으니 깊은 곳에 숨어 모습을 드러내지 않는 신선 같았다.

그러나 눈앞의 고운원은 어딘가 아파 보였다. 안색마저 종이처럼 창백한 것이, 며칠 전 보았을 때보다 훨씬 허약해진 것만 같았다. 비연은 근심과 의심이 섞인 복잡한 심정이 되었다.

그녀가 말을 걸기 전에 고운원이 꽤 다정하게 물었다.

"왕비마마, 왜 그러시는지요? 설마, 정왕 전하가 그리우셔서 그러십니까?"

비연은 자신의 눈이 붉어진 상태라는 걸 깨닫고, 고운원의 눈을 똑바로 보며 말했다.

"정왕 전하께서는 이미 결계에서 나오셨어요. 지금 내 부모님을 그리워하던 중이에요. 그리고 내 사부도!"

고운원이 그녀의 시선을 피하지 않고 오히려 위로의 말을 건넸다. 그걸 들을수록 어쩐지 더 난감한 기분이 들어, 비연은 그의 말을 잘라 버리고 말았다.

"고 의원, 대체 어찌 된 일이에요? 차라리 낙 태의에게 몸을 좀 보이는 것은 어때요?"

고운원이 가볍게 기침을 두어 번 하더니 재빨리 읍하며 예의 바르게 말했다.

"왕비마마께서 관심을 보여 주셔서 감사합니다만, 큰 문제는 없습니다. 왕비마마께 작별 인사를 드리러 일부러 온 참입니다. 북강의 이 날씨는…… 제가 병을 돌보기에 적합하지 않은 듯합니다. 그래서 제야가 되기 전에 연운간으로 돌아갈 생각입니다."

이 말을 듣자 비연의 마음속 근심이 전부 의심으로 변했다. 며칠 전에는 그 몸으로 긴 여행을 할 수 없어 새해가 된 다음에야 가겠다고 하더니, 이제는 또 급히 가겠다고?

그는 그녀를 따라 호란설지에 올 때 시위들도 모두 보명고성에 남겨 두고 왔다. 그녀가 지금 손을 쓰지 않는다면 또 언제 쓸 수 있겠는가?

비연이 마지막 금침을 꺼냈다.

"고 의원, 마지막으로 도와줄 일이 있어요."

고운원이 꽤 놀란 듯했지만 재빨리 두 손 모아 읍하며 진지한 표정으로 말했다.

"제가 왕비마마께 약속한 이상, 반드시 최선을 다할 것입니다. 왕비마마께서 바라시는 일이 무엇이건 분부만 내려 주십시오."

비연이 자못 순수하게 웃으며 말했다.

"당신이 계속 내 곁에 있기를 바라요. 내가 어떤 장소를 찾을 때까지."

고운원이 멈칫하더니 놀란 모습으로 물었다.

"뭐라고요?"

비연이 여전히 웃으며 반복했다.

"내가 어떤 장소를 찾을 때까지, 당신이 계속 내 곁에 있어 주면 좋겠어요."

고운원이 다급하게 몸을 굽혀 대례를 행하더니 단정한 자세로 말했다.

"왕비마마, 제가 침을 드리며 약속한 것은 생명을 구해야 할 때 쓰시라고 드린 것입니다. 왕비마마께서는 이런 장난은 그만두시기 바랍니다."

비연은 웃지 않았다.

"장난치고 있는 게 아니에요. 승낙할 건가요, 아니면 승낙하지 않을 건가요?"

고운원이 초조하게 말했다.

"왕비마마, 이, 이렇게 아이처럼 고집을 부리시는 이유가 무엇입니까?"

"난 어린 시절 부모님과 떨어졌어요. 아마 사부가 제대로 가르치지 못한 거겠죠."

비연이 뚫어져라 고운원을 바라보았다. 그는 초조해하는 것 외에 다른 반응은 보이지 않았다. 마치 비연의 말에 숨은 뜻은 정말로 들리지 않는 것처럼.

비연은 제멋대로 구는 아이처럼 캐묻기 시작했다.

"승낙할 거예요, 하지 않을 거예요? 당신, 약속을 지켜야만 신용 있는 사람이라고 할 수 있겠죠?"

고운원은 화가 난 듯했지만 연약한 서생 같은 모습이라 전혀 무섭지 않았고, 그저 다급해 보이기만 했다.

"왕비마마, 이것은 최후의 침입니다. 정말 제대로 생각하신 것 맞습니까? 이번에 이 침을 써 버리신다면…… 앞으로는 마마께서 위급하신 것을 보아도 제가 구해 드리지 않을지도 모릅니다!"

"그건 나중 이야기고요. 대답해요. 승낙할 건가요, 승낙하지 않을 건가요?"

고운원이 부아가 난 듯 소매를 뿌리치며 말했다.

"일단 말이나 해 보십시오. 대체 어디를 찾고 싶으신 건가요?"

비연이 진지하게 대답했다.

"빙해영경."

너 하나만을 사랑해

빙해영경?

고운원의 눈가에 의아한 기색이 스쳐 갔다. 아주 짧게 스쳐 가 다른 이는 쉽게 발견할 수 없을 정도였다. 그가 물었다.

"그, 그곳이 대체 어디입니까?"

비연이 반문했다.

"그곳이 어디인지 내가 알면 찾을 필요가 있을까요?"

"그, 그게……."

고운원이 어쩔 수 없다는 듯한 표정으로 가볍게 탄식했다.

"정말 이러실 줄이야. 왕비마마, 저는 그곳에 대해 이름조차 들어 본 적이 없습니다. 저를 남겨 두신다 해도 쓸모가 없다는 말입니다!"

"대답하기만 해요. 승낙할 건지, 하지 않을 건지."

그러자 고운원은 울고 싶지만 눈물도 나오지 않는다는 표정으로, 그야말로 가련함의 극을 달리는 목소리로 말했다.

"왕비마마, 금침을 내놓으셨는데 어찌 승낙하지 않을 수 있 겠습니까? 그러나 저의 이 병세가 대체 언제나 좋아질지 알 수 없으니, 그저 마마께 귀찮은 일이나 끼쳐 드리지 않으면 좋겠 습니다."

비연이 고운원에게 금침을 건네고 잠시 망설이다가 두 손 모아 읍하며 말했다.

"고마워요."

고운원은 도저히 그런 예를 받을 수 없다는 듯 손을 내저었다. 비연은 여전히 하고 싶은 말이 있었지만 그의 이런 모습을 보니 이유 없이 화가 나서 바로 몸을 돌렸다.

고운원은 그 자리에 서서 계속 한숨을 내쉬고 있었다. 비연이 꽤 멀리 갔을 때까지도 한숨 소리가 계속 들려왔지만, 그녀는 고개를 돌려 볼 마음조차 들지 않았다.

비연이 방에 돌아왔을 때는 이미 해가 높이 떠 있었다. 밤새도록 잠을 자지 못했지만 전혀 피곤하지 않았다. 어제 너무 많이 울었기 때문인지 눈시울이 여전히 붉게 달아오른 상태였다. 그래도 마음만은 평온함을 회복했다 할 수 있었다.

다만, 침상 위에서 정신을 잃고 있을 사람을 생각하니 마음이 다시 흔들리기 시작했다. 물론 이 흔들리는 마음은 기쁨이었지 슬픔이 아니었다.

비연이 문을 닫고 빠르게 방 안으로 걸어 들어갔다. 그의 곁에 있고 싶었다. 그가 깨어났을 때 가장 먼저 보는 사람이 자신이었으면 싶었던 것이다. 그녀는 그가 깨어나면 바로 모든 진상을 알게 해 줄 생각에 마음이 부풀어 있었다!

그러나 그녀가 방 안으로 들어갔을 때 군구신은 막 정신을 차리며 몸을 일으키고 있었다. 비연은 잠시 멍한 표정을 지었다가 바로 달려갔다. 군구신이 눈을 들었을 때 그녀는 이미 그의 앞에 있었다.

두 사람 모두 기억을 되찾은 상태였다. 서로의 눈이 마주치는 순간, 그 다정한 눈동자에 담긴 것은 온통 과거의 좋았던 시절이었다. 서로를 고요하게 응시하노라니 시간마저 멈춰 버린 것 같았다. 군구신이 부드럽게 비연을 품에 안았다. 그가 입을 열려는데 비연이 먼저 외쳤다.

"군구신!"

그가 대답하려 했을 때 비연이 갑자기 그의 입술을 막아 버리고 말았다. 그녀가 처음으로 스스로 입을 맞추는 건 아니었지만 이렇게 열정적으로, 자기 자신도 잃은 채 입을 맞추는 건 처음이었다.

한참 후에야 그녀는 그를 놓아주더니 다시 불렀다.

"망할 얼음!"

그가 다시 그녀에게 대답하려 했을 때 비연이 또다시 그의 입술을 탐했다. 그의 입술을 빨아들이고, 가볍게 깨물고……. 다시는 떨어지지 않겠다는 듯, 열정에 사로잡힌 상태였다.

그는 본래 그녀의 열정을 기쁘게 받아들이려 했으나 결국은 참을 수 없어 그녀에게 열정을 되돌려 주기 시작했다. 그가 주도권을 빼앗으려던 찰나, 비연이 갑자기 그를 놓아주었다. 그리고 다시 그를 불렀다.

"고남신!"

이번에는 그도 멍한 표정이 되었다. 그는 비연이 기억을 회복했다는 사실을 알지 못했다. 그랬기에 어떤 방식으로 그녀에게 진상을 말해 주며 기쁘게 해 줄지 고민하고 있었다. 그런데 그녀가 이미 알고 있을 줄이야!

비연은 여전히 군구신에게 입을 열 기회를 주지 않고 세 번째로 입을 맞췄다. 그녀는 힘차게 그의 입술 위에 제 입술 자국을 남긴 다음 그를 보며 눈가가 젖도록 웃었다. 그리고 그녀는 여전히 그에게 입을 열 기회를 주지 않고 네 번째로 불렀다.

"영 오라버니!"

그녀가 네 번째로 입을 맞췄다. 방금처럼 그렇게 격렬한 것은 아니었다. 그보다는 오히려 지극히도 다정한, 도저히 떨어질 수 없다는 듯한 입맞춤이었다. 입을 맞추고, 또 맞추고. 그녀의 눈에서 눈물이 흐르기 시작했다.

군구신의 혀에 비연의 짜디짠 눈물이 떨어졌다. 입맞춤을 멈춘 군구신이 그녀의 얼굴을 감싼 채 무어라 형용할 수 없이 다정한 눈빛으로 바라보았다. 그가 입을 열려 했지만 비연이 다시 한번 선수를 쳤다. 마치 어린 시절처럼 그녀는 수다쟁이가 되었다.

어린 시절 그녀는 상대방에게 말할 기회를 거의 주지 않고 끊임없이 이야기하곤 했다. 사람들 모두 그런 그녀를 견딜 수 없어 했지만 그는 그런 그녀를 좋아했다.

어린 시절처럼 그는 조용히 그녀를 바라보며 인내심 있게 그녀의 말을 들어 주었다.

"고남신, 지난 몇 년의 고생이 다 헛되었던 것만은 아니야. 당신은 나를 가장 처음으로 찾아 준 사람인걸! 영 오라버니, 우리는 함께 자랄 수는 없었지만 그래도 연아는 오라버니에게 시집왔지!"

비연은 웃고 있었지만 눈물이 자꾸만 흘러내렸다.

"군구신, 약수가 3천이어도 물 한 표주박만을 취하며, 세 번의 생을 윤회하더라도 한 사람만을 기다릴 것이다. 이번 생에 연아는 당신 한 사람만을 사랑했어."

비연이 계속 중얼거렸다.

"당신이 바로 고남신이었어! 당신이 내 영 오라버니였단 말이야. 당신 집 정원 가득 개나리와 공기봉리가 있었어⋯⋯. 그리고 당신의 영술은⋯⋯."

군구신도 모두 아는 이야기였지만 가만히 그녀의 이야기를 듣고 있었다. 그는 부드럽게 그녀의 눈물을 닦아 주고 어린 시절처럼, 그녀가 마침내 이야기를 멈출 때까지 들어 준 다음 기남침향 염주를 꺼냈다.

"바보, 나도 전부 생각났단 말이야."

비연은 잠시 넋이 나간 듯하다가 바로 활짝 웃었다.

다른 이의 입을 통해 자신의 과거를 알게 되는 것과 스스로가 모든 것을 기억해 내는 것은 완전히 달랐다. 다른 이의 입을 통해 자신이 한 사람을 좋아했다는 걸 알게 되는 것과 스스로 그 사람에 대한 애정을 떠올리는 것은 완벽하게 다른 느낌이었다.

다른 이의 입이 한 사람의 모든 것을, 일생을 말해 줄 수도 있다. 그러나 자신의 마음이 있어야만 진정으로 모든 희로애락을, 애정과 원한을 느낄 수 있는 것이다. 그것을 비연도 겪어 보았기에 지금 군구신의 심정을 너무나 잘 알 수 있었다. 그러니 어찌 희열을 느끼지 않을 수 있을까.

눈물로 범벅된 작은 얼굴로 활짝 웃었다. 눈물을 흘리며 웃는 것인지, 아니면 웃으며 눈물을 흘리는 것인지. 가장 깊은 감정을 느낄 때면 눈물과 웃음이 공존하는 것 같았다.

군구신이 갑자기 그녀를 불렀다.

"비연."

그녀가 잠시 멍해진 가운데 군구신이 갑자기 그녀를 밀어 제 몸 아래 가뒀다. 그는 그녀에게 쪼듯이 입을 맞추며 다시 한번 불렀다.

"연 공주."

비연은 그의 뜻을 이해하고, 웃으며 대답했다.

"나야."

그의 입술이 다시 한번 떨어지더니 그녀의 입술 가까운 곳, 금방이라도 닿을 것 같은 곳에 멈추었다. 그의 목소리도 비할 데 없이 다정하고 따뜻하게 변했다. 마치 이번 생에 숨겨 왔던 그녀에 대한 모든 애정을 드러내려는 듯이.

"연아……. 연아, 연아……."

그가 입을 맞췄다. 너무나 부드럽게, 너무나 조심스럽게. 그녀에게 상처를 입힐까 두렵다는 듯이. 그리고 그녀가 보여 주는 매 순간의 아름다움을 진정으로 느끼고 싶다는 듯이.

그녀의 입술에 입을 맞추고 코에 입을 맞췄다. 그녀의 눈에, 그녀의 이마에……. 그리고 다시 아래로 내려와 그녀의 턱에 입을 맞추고 쇄골에 입을 맞췄다. 그는 그녀의 모든 아름다움을 품고 싶어 하고 있었다.

그녀를 품고 싶어 하는 것은, 그녀를 갖고 싶어 하는 것도 아니고 남녀 간의 욕정에 휘말린 것도 아니었다. 그저 순수하게, 마음이 아련해 올 정도로 그녀를 사랑하며 아끼고 있었다. 그리고 그녀 역시 그저 그가 좋았다. 그가 좋고, 그와 함께 있어 만족스럽고 안심할 수 있었다.

그가 그녀의 손에 들려 있던 기남침향 염주를 벗기더니 자신의 염주와 함께 되는 대로 던져 버렸다. 이것은 다른 사람의 것이니, 그녀에게 갖고 있게 하고 싶지 않았다.

"원래 너를 아내로 맞이하고 나면 주지 않을 생각이었어. 하지만 앞으로 최소한 10년은 주어야 그간 주지 못한 걸 보상할 수 있겠지."

비연이 키득거렸다.

"그때부터 나를 아내로 맞고 싶었던 거, 맞지? 응?"

세작을 찾아내다

비연의 질문에 군구신이 뜻밖에도 시선을 피하며, 조금 민망한 듯 슬며시 미소 지었다. 그의 웃는 모습은 어린 시절 어색해하던 표정과 닮아 있었다. 그러나 어른이 된 후 이 잘생긴 얼굴에 떠오른 그 표정은…… 정말이지 뭐라 표현하기 어려울 정도로 멋있어 보였다. 그에게 익숙한 비연조차 그 얼굴을 보는 순간 그대로 정신을 잃고 멍하니 바라볼 정도였다.

비연이 중얼거렸다.

"군구신, 부끄러워하다니."

그는 이 말에 어떻게 대답해야 할지 알 수 없었다. 차마 그녀의 눈을 제대로 바라보지도 못하고, 차라리 그녀의 머리를 제품 안에 감춰 입을 막아 보기로 했다.

그러나 비연은 그의 품에 머리를 묻고서도 계속 키득거렸다. 아무 근심도 걱정도 없이 그저 행복하기만 한, 어떤 고통도 겪어 보지 않은 듯한 어린 소녀처럼.

군구신은 그녀가 웃게 내버려 두었다. 그의 입가에도 어느새 잔잔한 미소가 떠오르고 있었다.

비연은 즐거운 와중에도 중요한 일을 잊지 않았다. 그녀는 재빨리 승 회장에게서 들은 모든 것을 군구신에게 이야기해 주었다. 물론 건명력이 군구신을 주인으로 택했다는 이야기도 빼놓지 않았다.

군구신은 경악했다. 그는 달라진 점을 전혀 느끼지 못하고 있던 참이었다. 그저 한잠 자고 일어난 후 온몸에 기운이 가득한 느낌 정도였다. 비연에게 듣지 않았다면 그는 영원히 자신이 건명력을 지니게 되었다는 것도 알지 못할 것 같았다.

그가 말했다.

"이 건명력이라는 거, 대체 어떻게 소환하고, 어떻게 조종하는 거지?"

비연은 고개를 저었다. 그녀는 자신의 봉황력에 대해서도 알지 못하니 건명력은 더더욱 알 리 없었다.

"승 숙부의 말에 따르면, 당신 발바닥의 무늬와 관계가 있을 거라는데."

비연이 일부러 진지한 표정으로 말했다.

"말해 봐, 설마 우리에게 숨기고 있는 또 다른 비밀이 있는 건 아닌지."

군구신이 어쩔 수 없다는 듯 웃으며 반문했다.

"나에게 무슨 비밀이 또 있다 한들, 그걸 네가 모르겠어?"

그러나 비연은 농담을 한 게 아니었다.

"당신 부황이, 설족의 후예라고 모두 이런 무늬를 가지고 있는 건 아니라고 했잖아. 여기에는 분명 무슨 비밀이 숨겨져 있을 거야! 세 가지 힘이 다른 이의 손에 떨어지지 않았으니 우리에게는 천천히 조사해 볼 여유가 있어. 능 호법에게는 고려할 시간을 그렇게 많이 줄 생각 없어. 내일 그를 만나러 가자. 십중팔구 그는 우리와의 결맹을 선택할 거야. 그다음에 우리 빙해에 가고…… 또 흑삼림에 가자."

군구신도 찬성했다. 그도 십중팔구 능 호법이 투항하리라 생각했다. 그렇게 되면 흑삼림에 갈 때 능 호법에게 길 안내를 맡길 수도 있고…… 어쩌면 함께 축운궁주를 쫓아야 할 수도 있었다.

두 사람은 잠시 이야기를 나누다가, 비연이 군구신의 따뜻한 가슴에 기댄 채 저도 모르는 새에 잠들었다. 군구신은 비록 잠이 오지 않았지만 그녀 곁에 있어 주었다. 한 손으로는 제 머리를 받치고, 한 손으로는 그녀를 끌어안은 채.

그는 깨어난 후 무척이나 다급하게 비연이 보고 싶었다. 또한 근 몇 년 사이에 발생한 일들이며 새로 회복한 기억을 아직 제대로 정리하지 못한 상태였다.

군구신은 어린 시절의 기억 전부를 떠올릴 수 있었다. 연아와 소꿉친구가 되어 그림자처럼 붙어 다니던 기억, 양부와 양모로부터 넘치도록 사랑받았던 기억, 운공대륙의 그 어른들이 자신을 아껴 주던 기억……. 그리고 그는 천염의 군씨 가문과 친동생인 택을 떠올리고, 헌원예의 맹세도 떠올렸다.

"우리 헌원 황족은 언젠가 현공대륙을 평정할 것이다!"

군구신은 깊은 생각에 빠진 듯 중얼거렸다.

"현공대륙을 평정한다……."

무슨 생각에 잠긴 건지, 그의 잘생긴 얼굴이 점차 진지해지더니 심지어 엄숙해졌다.

오후가 되었다. 비연이 눈을 뜬 지 얼마 되지 않아 급하게 문 두드리는 소리가 들렸다. 망중이었다. 그는 비연과 군구신을 보자마자 다급하게 외쳤다.

"전하, 왕비마마! 설족 대장로가 바로 세작이었습니다! 그가 능 호법을 놓아주었습니다. 다시 계강란을 놓아주려다가 제 수하에게 체포되었습니다!"

비연과 군구신은 깜짝 놀랐다. 그들은 계속 설족 안에 세작이 있을 가능성이 높다고 생각하고 있었지만 그 세작이 설마 대장로일 줄이야! 정말이지 꿈에도 생각하지 못했던 바였다!

그들은 재빨리 감옥으로 달려갔다. 능 호법을 가두어 두었던 곳에는 시신들이 쓰러져 있었다. 시위들이 기습 공격을 받고 죽은 것으로 보였다. 군구신과 비연의 안색은 좋지 않았다. 그들에게 능 호법은 상당히 중요한 인물이었던 것이다.

그들은 바로 계강란이 갇혀 있는 감옥으로 향했다. 대장로도 임시로 그곳에 갇혀 있었다. 망중은 감히 설족의 다른 장로들을 불러오지 못하고 있었지만, 비연이 감옥으로 가기 전 오장로를 불러오라고 망중에게 명했다.

군구신과 비연이 감옥 문 앞에 나타나자 계강란은 놀란 나머지 고개도 들지 못했다. 대장로는 그들을 보고는 재빨리 용서를 구하기 시작했다.

군구신이 걸어가더니 바로 대장로의 턱을 잡아 입을 다물게 했다. 그의 얼굴은 얼음처럼 차가웠고 눈빛은 놀라울 정도로 날카로웠다. 비연을 대할 때와는 완전히 딴판으로, 마치 다른 사람 같았다. 대장로는 말할 것도 없고 곁에 있던 계강란마저 몸서리를 칠 정도였다.

계강란은 무서운 와중에도 참지 못하고 군구신을 흘깃 바라보았다. 그녀는 저도 모르게 제 얼굴이 치료받은 상태라 다행이라고 생각했다. 군구신에게 추한 모습을 보이지 않을 수 있으니까.

그러나 군구신은 계강란을 공기 취급하며 대장로에게 냉랭하게 질문했다.

"언제부터 매수된 거지? 누구에게 매수당했고?"

그가 손을 놓자 대장로는 겨우 입을 열 수 있었다. 대장로는 공포에 질린 얼굴로 외치기 시작했다.

"정왕 전하, 왕비마마, 살려 주십시오! 어쩔 수가 없었습니다! 지난달 말, 능 호법이 이 늙은이의 손자를 납치한 후 협박해 오기에 어쩔 수 없이……."

이 늙은이가 정말로 지난달에야 매수당한 거라면 그 전에는 아무 낌새도 없었던 것이 이상한 일이 아니었다.

대장로가 계속 용서를 구하자 군구신이 차갑게 말을 끊었다.

"설족의 양식 창고에 일어난 화재, 네 짓이냐?"

동포대회가 열리던 날, 설족에 두 가지 큰일이 발생했다. 하나는 누군가가 몰래 백우응을 죽인 것이고, 또 하나는 양식 창고에 화재가 일어난 것이었다. 첫 번째 일은 승 회장이 사람을 파견해 저지른 짓이었고, 두 번째 사건은, 지금 보면 의심할 바 없이 능 호법이 대장로에게 시킨 짓이었다.

대장로가 우물쭈물하며 대답하지 않았다. 그때 오장로가 도착했다.

오장로가 의문에 가득 찬 얼굴로 노성을 질렀다.

"대장로, 뜻밖에도 당신이라니! 당신…….."

그가 뛰쳐나오려다가 비연에게 가로막혔다. 엄숙하고 위엄 있는 그녀의 모습은 결코 어떤 남자에게도 지지 않았다. 오장로는 이미 비연 밑으로 들어온 다음이니 그녀의 뜻을 거스를 수 없었다.

군구신이 오장로를 차가운 눈빛으로 흘깃 바라본 후, 다시 대장로에게 질문했다.

"백우웅을 죽인 것도 모두 네 짓이겠지?"

이 말을 들은 대장로가 황망해하며 외쳤다.

"아닙니다! 제가 아닙니다! 저, 저는, 어찌 되었건 일족의 장로입니다! 절대로 설족의 금기를 어기지 않습니다, 절대로!"

군구신이 무표정하게 말했다.

"능 호법이 이미, 백우웅을 죽인 것은 자신이 시킨 자가 한 짓이라고 자백했다. 네가 아니라 한들 누가 믿겠느냐?"

대장로는 능 호법이 군구신과 비연에게 무슨 말을 했는지 알지 못했기에 더욱 황망하게 외쳤다.

"정왕 전하, 양식 창고에 불을 지른 것은 제가 시킨 일이 맞습니다! 바로 왕비마마께서 병력을 쓰시는 걸 견제하기 위해서 말입니다. 그러나 백우웅을 죽인 것은…… 결코 제가 한 일이 아닙니다. 제가 아예 모르는 일입니다! 제가 만약 알았다면 어떻게든 막았을 것입니다!"

군구신은 그 이상 말하지 않았다. 이 한두 마디면 오장로가 오해하기에도 충분했고, 모든 죄를 대장로에게 뒤집어씌우기에도 충분했다.

능 호법이 도망쳤으니 그들은 북강에 오래 머물 필요가 없었다. 대장로의 세력은 장로회에서 가장 강력했다. 이 기회를 빌려 대장로 배후의 세력을 뿌리 뽑고 오장로에게 족장의 지위를 주면, 북강은 진정으로 그들이 장악하게 되는 것이다.

외부의 적과 결탁하여 황족을 암살하려 하고, 양식 창고에 불을 질렀으며, 백우웅을 죽였다. 이 죄를 모두 더하면 대장로 배후의 인물들은 아마 스스로 대장로와의 관계를 청산하려 할 것이다.

군구신이 비연 곁으로 갔다. 그가 설명하지 않아도 비연은 그의 뜻을 이해할 수 있었다. 두 사람은 오장로에게 일 처리를 일임하고, 묵계라도 주고받은 듯 그대로 그 자리를 떠났다.

감옥 밖으로 나오자 비연이 한숨을 쉬며 말했다.

"내가 부주의했어."

군구신의 차가운 얼굴이 온화해지는가 싶더니 그가 그녀의 코를 살짝 쥐며 말했다.

"능 호법은 영술이 폭로된 이상 축운궁으로 돌아가지는 못했을 거야. 아마도 도망쳤겠지. 결국은 우리가 거래할 패가 늘어난 것에 불과해. 아니면, 우리 내기하는 건 어때?"

비연이 대답하기도 전에 승 회장 일행이 소식을 듣고 달려왔다…….

네 장인어른께서 승낙하셨느냐

승 회장 일행은 군구신이 기억을 회복했다는 걸 아직 모르고 있었다. 그들은 자못 무거운 표정으로 군구신을 보고 다시 비연을 바라보았다.

비연이 설명하려 할 때, 군구신이 앞으로 나섰다. 그리고 승 회장을 향해 두 손 모아 읍하며 말했다.

"승 숙부, 오랜만에 뵙습니다."

'승 숙부'라는 말 한마디로 모든 설명이 끝났다!

승 회장이 군구신을 한참 바라보더니 갑자기 큰 소리로 웃기 시작했다.

"너 이 녀석, 주량이 그렇게 좋은 걸 장인어른께서는 알고 계시느냐?"

군구신은 어른들에게 공손했지만 용비야에게만은 공손함을 넘어 약간의 두려움도 느끼고 있었다.

군구신이 웃으며 대답했다.

"아마 모르실 겁니다."

당정이 웃음을 터뜨리더니 놀리듯 물었다.

"고남신, 연아를 맞이할 때 장인어른의 허락을 얻었겠지?"

승 회장이 바로 당정을 노려보았다. 당정은 그제야 자신이 군구신을 '고남신'이라 불렀음을 깨달았다. 어쨌든 그들은 아직 현공대륙에 있었고, 그들을 노리는 적들이 상당수 있는 상태였다!

당정이 겁먹은 표정을 지으면서도 여전히 군구신을 흘깃거리며 답을 기다렸다.

군구신은 이런 질문을 받아 본 적이 없었다.

"연아가 동의했습니다."

당정이 살짝 멈칫하더니 곧 군구신에게 엄지손가락을 세워 보였다.

"졌다, 졌어! 그래, 혼인과 같은 큰일은 스스로 결정해야 하는 거니까!"

당정이 상관 부인에게도 동의를 구했다.

"그렇죠?"

상관 부인이 고개를 끄덕였다.

당정이 소 부인을 바라보자 소 부인도 고개를 끄덕였다.

당정이 마지막으로 승 회장을 바라보았다. 그도 잠시 생각하다가 고개를 끄덕였다.

당정이 무척 기뻐하며 재빨리 말했다.

"그럼, 나중에 백부가 뭐라 하거나 괴롭히면 함께 도와주어야 해요!"

이 말에 상관 부인과 소 부인이 서로를 바라본 다음 아무 말도 하지 않았다. 당정이 다시 승 회장을 바라보자 승 회장의 그 차갑고 엄숙한 얼굴이 조금 난처해지더니, 고개를 돌리고 못 본 척했다.

비연이 숨이 끊어질 듯 웃어 대더니 군구신의 손을 잡고 말했다.

"안심해도 좋아. 우리 부황은 내 말이면 다 되니까!"

군구신도 매우 난처한 표정이었다. 아무래도 이 화제를 계속 이어 나가고 싶지 않은 듯 재빨리 화제를 바꿔 능 호법 이야기를 시작했다.

승 회장이 그의 추측을 인정하고는, 미간을 찌푸리며 비연을 바라보았다.

"연 공주, 우리 내기를 하는 게 어떨까요? 능 호법이 직접 찾아와 조건을 이야기할지 안 할지에 말입니다."

감옥 안에서 연맹을 맺는 것과 자유의 몸으로 연맹을 맺는 것은 아주 다른 일이었다.

비연이 교활하게 웃었다.

"좋아요. 나는 그가 오는 쪽에 걸겠어요!"

당정이 바로 끼어들었다.

"나도 그가 오는 쪽에!"

상관 부인도 다급하게 말했다.

"나도 그쪽으로!"

소 부인은 언제나 상관 부인과 반대 의견을 말하곤 했지만 이번만은 같은 편에 섰다.

"나도!"

군구신과 승 회장이 서로를 바라보고는 고개를 저었다. 이렇게 되면 그들은 능 호법이 오지 않는 쪽에 걸 수밖에 없었다. 정말로 내기를 한다면 그들은 비참하게 패배할 것이다.

비연이 도전하듯 바라보았다.

"내기, 할 거예요, 안 할 거예요?"

군구신이 그녀의 코를 문질렀다. 분명 탓하는 것 같은 동작이었지만 애정이 밴 움직임이었다.

"이 장난꾸러기!"

비연이 더욱더 예쁘게 웃으며, 눈썹을 치켜세우고 도전하듯 말했다.

"자기가 먼저 내기하자고 하고선. 시치미 떼지 말라고! 어서 걸어!"

군구신은 어쩔 수 없이, 그러나 너무도 달가운 마음으로 말했다.

"알았어. 내가 능 호법이 오지 않는 것에 걸게. 내가 지면, 네 마음대로 해도 좋아."

비연이 무척 만족스러워했다.

"약속은 꼭 지키는 거야!"

두 사람이 이렇게 모두 앞에서 장난치는 것을 보고 당정과 상관 부인은 머리를 맞대고 소곤거렸다. 아무래도 두 사람 모두 무척 기쁜 모양이었다.

소 부인마저 평소 굳어 있던 얼굴 표정이 상당히 부드러워지고 있었다. 승 회장만이 고개를 돌리고 다른 곳을 볼 뿐이었다.

군구신은 비연이 마음껏 장난치게 내버려 둔 다음 일을 처리했다. 그는 망중에게 계강란을 북강에서 비밀리에 내보내라고 명령했다.

그도 비연과 똑같이 생각하고 있었다. 축운궁에는 남제자밖에 없고 계강란이 유일한 여제자라고 했다. 계강란에게 대단한 능력이 없는데도 축운궁주가 이리 아끼는 걸 보면 분명 이유가 있을 것이다. 그녀를 죽이지 않고 남겨 두면 앞으로 쓸모가 있을지도 모른다.

설족 양식 창고의 화재는 이미 진압이 끝났고, 백우웅을 잡은 사냥꾼들은 도망쳤다. 설족은 이제 잠시나마 평화로워질 수 있었다.

비연의 암시를 들은 오장로는 다른 세 장로를 소집하지 않고 대장로를 심판했다. 그리고 다른 세 장로에게 먼저 알리지도 않고 전 부족에게 대장로의 악행을 공포했다.

전 부족이 모인 그 자리에 비연과 군구신도 참석했다. 거기에 더해 보명고성에 있던 택도 건너왔다. 황족의 지지를 얻은 오장로는 순조롭게 새로운 설족 족장이 되었고, 택은 이 기회를 빌려 정식으로 대황숙이 적과 내통한 죄목을 선포했다.

군구신은 아무 말 없이 비연을 제 무릎 위에 앉히고 계속 안고 있었다. 그 모습을 보며 모두 깨달을 수 있었다. 군구신은 결코 압박에 못 이겨 비연을 맞이한 것이 아니었고, 비연 역시 세작이 되기 위해 그와 혼사를 치른 것이 아니었다. 그들 두 사람은 서로를 사랑하고 있었다!

그리고 사람들은 마침내 깨달을 수 있었다. 천염국의 어린 황제는 대황숙과 늙은 황제의 허수아비가 아니었고, 천염국의 정왕비 역시 대황숙과 옛 황제의 바둑알이 아니었다. 천염국의 어린 황제 뒤에 서 있는 사람은 처음부터 지금까지 계속 군구신과 비연이었던 것이다.

이날 이후로 설족은 정식으로 군구신과 비연의 세력 범위에 들어오게 되었다.

오장로가 족장이 된 후 군구신은 그에게 계속 환해빙원의 입구를 지키라는 명을 내렸다. 동시에 봉황력에 대한 소문을 계속 퍼뜨려 축운궁주에게 혼란을 줄 것도 명했다.

군구신은 보명고성의 상 장군에게도, 관문을 열고 오장로에게 협력하는 한편 보명고성의 양식 창고를 개방하여 설족을 구제하라고 명했다.

오장로는 상 장군을 고생시키지 않고 다시 한번 동포대회를 조직할 생각이었다. 물고기를 잡아 보명고성의 양식과 교환하는 데 그치지 않고, 추운 날씨의 이점을 살려 신선한 생선을 보명고성뿐 아니라 인근 성까지도 판매할 계획을 세웠다. 이 빙어 판매 사업이 점차 커지면 설족과 보명고성 간의 왕래도 잦아질 것이다. 설족 사람들에게나 보명고성의 백성들에게나 좋은 소식이 아닐 수 없었다.

오장로와 상 장군은 이렇게 좋은 벗이 되었다. 물론 나중의 이야기이긴 하지만.

비연과 군구신은 남쪽으로 내려갈 생각에 마음이 급했지만, 설족과 보명고성이 안정되기 전에는 쉽게 북강을 떠날 수 없었다.

그사이에 승 회장은 흑삼림에 밀서를 보내 상황을 설명했다. 흑삼림 쪽에서는 회신이 무려 열 통이나 왔는데, 그중 하나는 고북월이 승 회장에게 보낸 것이었고, 다른 하나는 고북월이 고남신과 연아에게 보낸 것이었다. 그리고 나머지 여덟 통은 모두 고칠소가 연아에게 보낸 것이었다.

고칠소는 소식을 듣자마자 바로 달려오고 싶어 했으나 고북월에게 제지당했고, 단숨에 서신을 여덟 통이나 썼던 것이다.

비연은 고북월의 서신을 본 다음에는 바로 내려놓았으나, 고칠소의 서신 여덟 통을 보고는 어린아이처럼 울기 시작했다. 군구신이 한참 위로한 다음에야 그녀는 겨우 평온함을 되찾을 수 있었다.

그들은 하루도 낭비하고 싶지 않아 설족과 관련한 일을 빠르게 처리했다. 마침내 그들이 남쪽으로 떠나려고 하자 소 부인이 무리한 요구를 했다.

"연 공주, 제가 무례를 범하는 걸 용서하시기 바랍니다. 함께 지하 궁전에 가서 피 한 방울만 내어 주실 수 있을지……."

소실, 피로써 들어가다

이 보름 동안 소 부인은 대부분의 시간을 몽족의 지하 궁전에서 보냈다.

그녀는 몽족 지하 궁전에 있는 결계를 모두 찾아냈고, 그중에 죽음의 결계가 많다는 것을 발견했다. 그녀는 그 결계들이 종주인 한진이 독자적으로 창안해 낸 게 아니라 예전부터 있어 왔다는 결론을 내렸다. 바꿔 말하자면, 영생결계 안에 갇혀 있는 그 몽하 선배라면 죽음의 결계를 파해하는 방법을 알 수도 있었다.

이 10년 동안 소 부인은 운한각과 관련한 일을 집행하는 외 대부분의 시간을 결계술을 연구하는 데 써 왔다. 그러나 안타깝게도 그녀는 지금까지 죽음의 결계를 파해할 수 없었다.

그녀는 이미 그 영생결계에 문제가 있지 않을까 의심하고 있었다. 다만 비연과 군구신을 방해할 수 없어 계속 망설이다가, 그들이 바쁜 일을 끝내고 떠날 준비를 하는 걸 보고 겨우 입을 연 것이었다.

비연은 결계술에 대해 잘 몰랐기에 되물을 수밖에 없었다.

"내 피로…… 가능하다고요?"

그녀는 똑똑히 기억하고 있었다. 군구신이 결계에서 나오던 날, 그녀는 피를 흘렸다. 그러나 군구신이 결계에 들어가던 날은 그녀의 몸에 어떤 상처도 없었다!

소 부인이 진지하게 말했다.

"연 공주, 결계에 들어가는 것과 나오는 것은 완전히 다른 일입니다. 결계에 들어가는 방법은 세 가지뿐인데, 하나는 결계사가 여는 것, 또 하나는 결계를 열 수 있는 인자를 사용하는 것, 그리고 마지막 하나는 결계가 특정한 시간에 스스로 열리는 거죠. 몽하 선배가 천 년 동안 갇힌 채 나오지 않았다면, 이 영생결계가 스스로 열리는 건 아니라는 의미일 겁니다. 그날 그 자리에 있던 사람들은 모두 결계사가 아니었으니…… 두 번째일 수밖에 없죠. 연 공주는 몽족의 후예니, 공주의 피가 영생결계를 여는 인자일 가능성이 매우 큽니다."

비연은 의아한 표정으로 생각에 잠겼다. 설마 그날 그녀가 피를 흘리면서도 몰랐던 걸까?

군구신의 눈가에 의혹이 어리는가 싶더니 그가 입을 열어 물었다.

"그렇다면 결계를 나올 때는?"

소 부인이 대답했다.

"결계를 나오는 방법도 세 가지뿐인데, 하나는 결계사가 열어 주는 것, 또 하나는 환상경을 빠져나오는 것, 그리고 마지막으로 결계를 열었던 인자를 사용하는 것입니다. 정왕이 결계를 나올 수 있었던 건 환상경을 빠져나왔기 때문이 아니라 연 공주의 피가 다시 결계를 열었기 때문이 아닐까 생각하고 있습니다."

군구신이 진지하게 물었다.

"무엇 때문에 그렇게 생각하게 되었습니까?"

"만약 환상경을 파해해야만 나올 수 있는 결계라면, 정왕이 결계에 들어갔을 때 환상경 속에 있었어야 하죠. 그리고 정왕이 보고 듣는 것 모든 것이 거짓이어야 하는데……. 환상은 마음에서 생겨나는 것이니까."

비연과 군구신은 이해했지만 곁에 있던 승 회장 일행은 의아한 표정이었다. 만약 소 부인의 추측이 옳다면, 그들도 몽족의 그 선배를 꼭 만나 보고 싶었다.

비연이 잠시 고민하다가 망중에게 말했다.

"고 대부를 어서 불러오너라. 가려면 모두 함께 가야겠지!"

고顧운원은 요즘 방 안에서 요양 중이었다. 비연이 그에게 남쪽으로 가야 한다고 했을 때, 그는 별다른 이견을 내지 않고 느릿느릿 짐을 챙기기 시작했다.

비연의 생각에, 몽하 선배가 고孤운원과 친우였다고 했으니, 만약 결계 안에 들어갈 수 있다면 몽하에게 고顧운원을 탐색해 보게 하는 것도 괜찮을 것 같았다.

한참 후에야 망중이 고운원을 재촉해 데려왔다. 고운원은 등에 무거운 책 상자가 아니라 가죽으로 된 작은 가방을 메고 있었다. 외투를 껴입고 온몸을 웅숭그리고 있는 데다 안색도 아주 나빠 보였다. 만약 비연이 그에 대해 언급하지 않았다면 승 회장 일행은 그가 그저 잘생긴 보통 사람이라 생각했을 것이다.

고운원은 오자마자 가련한 목소리로 애원했다.

"왕비마마, 제발 용서해 주십시오! 제 지금 상태로 다시 백새빙천에 가서 고생을 한다면, 아무래도 목숨을 부지하기 힘들 것 같습니다!"

비연은 즉시 망중에게 따뜻한 가죽옷을 가져오라 명했다.

그녀가 고운원에게 옷을 입혀 주려 하자 군구신이 빼앗더니 직접 입혀 주었다. 그리고 그에게 모자도 잘 씌워 준 후에 말했다.

"고 의원, 우리는 지하 궁전의 미로로 갈 생각이니 춥지 않을 겁니다. 안심하시지요."

고운원이 다시 한번 피하려 했지만, 군구신이 직접 승 회장 일행을 소개한 후 비연과 그의 비밀까지 말해 주었다.

"고 의원, 앞으로 우리와 함께 빙해영경을 찾으려면 당신도 알고 있는 편이 낫겠지요."

설명을 들은 고운원은 경악한 표정을 지었다. 초조하다 못해 아예 화가 난 것처럼 보이기도 했다.

"정왕 전하, 그……. 저에게 무엇 때문에 그리 많은 것을 알려 주시려는 겁니까? 저는 전하와 마마와 일가친척도 아니고, 오랜 벗도 아닌데……. 저는 그렇게 많은 것에 관여할 수도 없고, 그렇게 많은 것을 알고 싶지도 않습니다!"

비연이 물었다.

"왜 알고 싶지 않은 거죠? 마음에 켕기는 게 있어서?"

고운원은 미간을 찌푸리며 비연을 바라보더니, 매우 엄숙하게 말했다.

"많은 것을 알수록 위험해지기 때문입니다! 전하와 마마 같은 사람들은……. 그러니까, 왕비마마, 이 일은 모두 마마의 일 아닙니까! 저는 마마께 말씀드린 것으로 기억하는데요. 저는 마마의 사부가 아닙니다! 어째서 믿지 않으십니까? 사람과 사람 사이에는 인연이라는 것이 있습니다. 사부께서 마마를 원하지 않으셨다면, 그것은 아마도 사부와 마마의 인연이 다했기 때문일 겁니다. 무엇 때문에 고집을 부리며 깨닫지 못하시는 겁니까?"

비연은 진묵의 판단이 틀릴 리 없다고 생각했다. 고운원에게는 분명 뭔가 문제가 있다.

"사람과 사람 사이에 인연이 있듯, 빚도 있으니까요! 인연이 다했다 해도 빚은 남아 있어요. 나는 알고 싶은 거예요. 나와 사부 중 과연 누가 누구에게 빚이 있는지!"

비연의 말에 고운원이 화가 난 듯 말했다.

"그것은 사제 사이의 일일 뿐, 저와는 무관합니다!"

비연은 이 문제를 가지고 다퉈 봐야 결론이 나지 않을 걸 알고 있었기에 직접 물었다.

"나는 그저 함께 빙원에 갈 건지 아닌지 묻고 있는 거예요."

고운원은 비록 달갑지 않은 듯했지만 한 걸음 양보했다.

"좋습니다. 가서 그 몽족의 선배를 만나 보지요. 그분이 제가 결백한 걸 증명해 주셨으면 좋겠군요."

이렇게 비연 일행은 일정을 바꿔 비밀리에 백새빙천의 몽족 지하 궁전으로 향했다.

비연은 석실에 도착하자마자 핏자국을 찾기 시작했다. 분명 그때 피를 꽤 흘렸는데, 석실 안은 핏자국은커녕 무척 깨끗했다. 이곳은 폐쇄된 공간이라 빗물이나 눈이 들어올 수도 없었다. 피를 흘렸다면 분명 핏자국이 마른 채로 꽤 오래 남아 있을 수밖에 없었다.

비연이 답답해하고 있노라니 소 부인이 그녀를 석실 중앙으로 잡아끌었다.

"연 공주, 여기에서 한번 시험해 보죠."

비연은 비수를 꺼내 손가락을 그었다.

그녀의 선혈이 똑, 똑, 떨어지는 걸 모두 긴장한 채 지켜보고 있었다. 바닥에 떨어진 그녀의 피는 마치 흡수되는 것처럼 바로 사라져 보이지 않게 되었다. 비연이 무척 기뻐하며 말했다.

"소옥 언니, 언니의 추측이 맞나 봐요!"

소 부인의 기쁨도 비연에게 지지 않았다. 그녀는 평소의 엄격한 모습과는 완전히 딴판으로 연신 고개를 끄덕였다. 그녀가 재빨리 비연의 손을 잡아끌었다.

"공주, 됐습니다."

그러자 미리 손수건을 준비하고 있던 군구신이 조용히 비연의 손을 감싸 지혈해 주었다.

모두 긴장한 채 기다리고 있었지만 석실 안에는 여전히 아무 동정도 없었다. 마치 비연의 피가 아무 작용도 하지 않은 것처럼. 군구신이 물었다.

"이게 어찌 된 일입니까?"

비연도 물었다.

"피가 부족한 걸까요?"

소 부인이 고개를 저으며 의아한 듯 말했다.

"피로 들어갈 수 있는 거라면 한 방울이면 족해요. 게다가 피가 이렇게 완벽하게 소실되었는데, 어찌……."

승 회장이 물었다.

"그럼, 좀 더 기다려야 할까?"

함께 고집스럽게 기다리다

비연 일행이 한참을 기다렸지만 석실에는 아무 변화도 없었다. 소 부인의 안색이 점점 더 나빠져 갔다.

비연이 다시 자신의 손을 한 번 더 베어 석실 중앙을 피로 적셔 보았다. 그녀의 피는 마치 흡수되기라도 하는 것처럼 금방 사라졌지만 결계는 여전히 열리지 않았다.

비연이 계속하려 하자 군구신이 마음이 아파, 그녀를 제지하며 말했다.

"이 일에는 분명 다른 뭔가가 있을 거야. 어쩌면 다른 물건이 필요할지도 몰라."

소 부인이 여전히 머리를 흔들며 중얼거렸다.

"너무 이상해……. 설마 영생결계의 규칙이 다른 결계와 다른 걸까요?"

군구신이 비연의 손을 잡고 지혈을 도우며 말했다.

"어쩌면 그런지도 모르겠군요. 나는 몽하 선배에게 몽족의 원수를 찾아내고, 부족 사람들의 시신을 찾아 주기로 약속했습니다. 몽족이 멸망한 것은 서정력과 관계가 있고, 봉황력 또한 이곳에서 배회했으며, 건명력도 북해에 숨어 있었지요. 천 년 전 이곳에서 무슨 일이 있었는지 알아볼 가치가 있는 것 같습니다."

승 회장이 고개를 끄덕이며 말했다.

"이 일은 고 태부와 만난 다음 다시 의논하는 게 좋겠습니다. 이 일에 대해 계속 고 태부 쪽에서 살피고 있었으니, 어쩌면 새로운 정보가 있을지도 모릅니다."

군구신은 제일 끝에 서 있는 고운원을 바라보며 물었다.

"고 의원, 견식이 넓은 것으로 알고 있는데, 혹시 3대 상고 신력에 대해 들어 본 적이 있으신지?"

고운원은 가죽옷을 뒤집어써서 상당히 낭패한 몰골이었지만 그래도 두 손 모아 읍하며 진지하게 대답했다.

"들어 본 적 없습니다."

군구신이 다시 말했다.

"몽족의 결계술에 대해 들어 본 적이 있다면, 혹시 몽족 역사상 몽동이라 불리던 족장에 대해서는 들어 본 적 있소?"

고운원은 여전히 고개를 저었다.

"들어 본 적 없습니다."

군구신이 다시 물었다.

"그렇다면 고孤씨 가문의 선조 중 약사가 있었다는 사실은 알고 있소? 이름은 고孤운원이라 하오만. 몽족과 관계가 아주 깊었다는데?"

고운원이 안색 하나 변하지 않고 여전히 진지하게 고개를 저었다.

"들어 본 적 없습니다."

군구신은 물론 탐색 중이었다. 고顧운원이 정말로 고孤운원이라면 그들에게는 그를 속일 이유가 없었다. 그는 아마 모든 것을 이미 다 알고 있을 테니까.

고顧운원이 고孤운원이 아니라 해도 그를 경계할 이유가 없었다. 그는 은거 의원이었고, 분수를 아는 사람이었으며, 세상 일에 많이 관여하지 않으니까.

물론, 군구신은 전자의 가설에 좀 더 중심을 두고 있었다. 그도 비연처럼 진묵의 안목이 틀렸을 리 없다고 믿고 있었다.

군구신이 더 묻지 않고 담담하게 말했다.

"돌아가지요."

이번에 비록 결계를 열지는 못했지만 수확이 있긴 했다. 어쨌든 비연의 피를 시험해 보고, 그 안에 이상한 뭔가가 숨어 있다는 것을 알았으니.

비연과 군구신이 앞에서 걸어가고 승 회장 부부와 당정, 고운원이 그 뒤를 따랐다. 그들은 일부러 소 부인을 가장 마지막까지 남겨 두었다. 소 부인의 기분이 아주 좋지 않은 걸 눈치챘기 때문이었다. 모두 그녀의 성격을 알기에 그녀 혼자 조용히 있게 내버려 둘 생각이었다.

당시 한진이 펼쳤던 죽음의 결계는, 그가 자살했다는 의미였다. 그렇지 않다면 소씨, 혁씨, 두 가주를 가둘 수 없었을 것이다. 그러나 소 부인은 계속 고집스럽게 그가 죽지 않았다고 믿으며, 그 죽음의 결계를 열고 싶어 했다.

소 부인은 평소 아무 일도 없을 때에도 그다지 좋은 표정을 짓지 않았다. 그러나 지금 그녀의 얼굴은 뭐라 말해야 할지 모를 정도로 어두웠다. 그러나 그녀는 다른 이들의 시간을 낭비하지 않고 한 걸음 한 걸음 따라오고 있었다.

한참을 걸었을 때 상관 부인의 발걸음이 점차 느려졌다. 그녀는 소 부인을 기다렸다가 나란히 걷기 시작했다. 소 부인은 상관 부인을 쳐다보지도 않았지만 그렇다고 해서 밀어내지도 않았다.

두 사람이 다시 한참을 걸은 후, 상관 부인이 목소리를 낮춰 말했다.

"그때 한운석이 고칠소 일행을 시켜 전하라고 한 말 말이야. 네 사부가 너에게 기다리지 말라고 했다고 하지 않았어?"

랑종 종주 한진은 죽음의 결계를 펼쳐 혁씨, 소씨, 두 가문의 가주를 가두기 직전에 소 부인에게 전할 말을 한운석에게 부탁했다. 바로 더 이상 그를 기다릴 필요 없다는 말이었다. 이 '기다린다'는 말의 진정한 뜻이 무엇인지는 소 부인 자신만이 알고 있을 터였다.

소 부인은 고개를 숙인 채 한마디 말도 없이 여전히 한 걸음 한 걸음 걷고 있었다. 상관 부인은 그런 그녀를 흘깃 보고는 코웃음을 쳤다. 그리고 얼마 지나지 않아 갑자기 소 부인의 손을 잡아끌고는 퉁명스럽게 말했다.

"됐어, 울상은 해서 뭐 할 거야? 그저 몽하를 만나지 못한 것뿐이잖아? 내가 보기엔 무소식이 희소식이랬다고, 못 만난 게 차라리 나은 거라고! 못 만난 이상 희망이 조금은 있는 거잖아. 만약 만났는데, 그 늙은 선배란 사람도 방법이 없다면 얼마나 실망스러웠겠어?"

상관 부인은 평생 누군가를 진정으로 위로한 적이 별로 없었다. 그렇기 때문에 그녀는 누군가를 위로한다는 게 무엇인지 잘 알지 못했다.

화가 난 소 부인이 갑자기 상관 부인을 밀어내고는 차갑게 외쳤다.

"그 더러운 입 닫지 못해! 저 멀리로 꺼져!"

"호의를 악의로 받아들이다니!"

상관 부인도 기분이 나빠 외쳤다.

"그렇게 죽음의 결계를 파해하겠다고 계속 희망을 걸고 있는 모양인데, 만약 정말 파해한다면 한 종주는……."

소 부인이 날카로운 목소리로 말을 잘랐다.

"상관정아, 당장 그 불길한 말을 멈추지 못해!"

마침내 승 회장도 참을 수가 없었다. 그는 고개조차 돌리지 않고 냉랭하게 말했다.

"정아, 이리 와!"

상관 부인은 딱히 억울하지는 않았지만 달갑지도 않았다. 그녀는 소 부인을 흘깃 노려보고는 승 회장 곁으로 돌아갔다.

지하 궁전에서 나온 후에 비연은 소 부인 곁으로 다가가 말을 걸고 싶었다. 한진이 그녀의 외조부이니만큼 비연 역시 그가 살아 있기를 바랄 뿐 아니라, 소 부인의 이런 고집스러운 감정을 그녀 역시 겪어 보았기에 진정으로 이해하고 있었기 때문이다.

그녀는 외조부가 말했다는 '기다리지 마라'의 '기다린다'의 의미를 알지 못했다. 그러나 그녀도 기다리고 싶었다.

비연이 말했다.

"소옥 언니, 우리 함께 기다려요. 모두가 함께 기다리면…… 외조부의 결계술이 언니보다 고명하니 기적이 일어날 수도 있잖아요. 어쩌면 언젠가 외조부 스스로 결계를 파해하고 돌아오실 수도 있어요. 언니, 괴로워 말아요."

고집스러운 사람은 가장 외로운 법이다. 모든 것을 돌아보지 않고 홀로 고집을 부릴 때, 끝까지 곁에 함께 있어 주는 누군가만큼 삶에서 얻기 어려운 게 또 있을까.

소 부인은 입술을 꽉 깨물었다. 하고 싶은 말이 많아 보였지만 결국은 아무 말도 하지 않고 그저 공손하게 읍하며 말했다.

"예! 명을 받들겠습니다!"

상관 부인이 고개를 돌리더니 투덜거렸다.

"정말이지 못 참겠어. 기다리면 기다리는 거지, 뭐. 나도 기다리고 있다고! 나도……."

그녀가 무슨 이야기를 하려 했는지는 알 수 없게 되었다. 그녀가 말을 끝내기도 전에 승 회장이 그녀의 머리를 제 품에 안아 더 말을 할 수 없게 했으니까.

승 회장이 나지막하게 속삭였다.

"좋은 말을 하지 않을 거라면, 입을 다물도록 해."

모두 조용한 가운데 계속 앞으로 걸어갔다. 이런 답답한 분위기를 가장 견딜 수 없어 하는 사람은 바로 당정이었다. 그녀가 비연에게 웃으며 말했다.

"연아, 그 설랑을 꺼내서 언니에게 보여 줘! 그날 북해안에서 제대로 보지 못했거든."

비연이 습관적으로 소매를 더듬었으나 대설이 잡히지 않았다. 그녀는 그제야 대설이 군구신에게 있다는 걸 깨닫고 그의 너른 소매 속으로 손을 넣었다.

이 모습을 본 당정이 감개무량한 듯 말했다.

"어린 시절에도 늘 그러더니! 꼬맹이는 연아를 무척이나 무서워했지. 영의 소매 속에 숨었다가 늘 연아에게 발각당하곤 했지."

암기, 당정의 마음

당정이 이야기한 '꼬맹이'는 바로 비연의 모후가 계약한 백독불침의 독수의 이름이었다.

그 독수 역시 몽족 설랑의 일종이었다. 눈처럼 새하얗고 위풍당당한 체형이었지만 작디작은 동물로 변할 수 있었다. 다만다른 것은, 대설이 빙려서로 변하는 대신 꼬맹이는 작은 다람쥐로 변한다는 것이었다.

대설은 독을 무서워하지만 꼬맹이는 어릴 때부터 기화요초를 먹어 백독불침의 몸이 되었다. 그리고 대설은 수컷이고, 꼬맹이는 암컷이었다!

빙해의 이변 이후 꼬맹이는 계속 빙해에 잠복하며 소환을 기다리고 있었다. 운한각의 누구건 빙해를 건너고자 하면 꼬맹이의 도움을 받아야 했고, 운공대륙과 현공대륙 사이에서 정보가오갈 때도 꼬맹이를 통했다. 그렇기에 꼬맹이는 빙해에서 10년째 대기하면서 남북안 왕래를 순조롭게 하고 있었다.

꼬맹이는 비록 한운석이 계약한 독수였지만 고북월과도 친밀해, 수시로 그의 저택으로 달려가곤 했다. 그래서 군구신과도친했고, 함께한 시간도 길었다. 군구신에게 익숙한 느낌이 드는것도 무리는 아니었다.

어린 시절 장난기가 심하던 비연은 꼬맹이가 피할 때면 항상 꼬맹이의 꼬리를 잡고 밖으로 끌어내려 했다.

비연이 대설을 군구신의 소매에서 꺼내며 미소 지었다.

"좋네. 꼬맹이에게 이제 짝이 생긴 셈이니까. 이 아이가 대설이니, 앞으로 꼬맹이는 소설이라 부르면 되겠다."

꼬맹이라는 이름은 비록 듣기에는 별로였지만 비연의 모후가 직접 지어 준 이름이었다. 그런 것을 비연이 제멋대로 바꾸자 모두가 침묵했다. 그러나 모두가 아무 말도 하지 않는 걸 보고 비연은 다들 승낙한 것으로 생각했다.

"좋아, 그럼 그러기로 하고. 대설이랑 소설, 남자아이랑 여자아이, 딱 좋아."

대설은 비연이 무슨 말을 하는지 이해할 수 없었지만, 그동안 군구신의 위엄에 눌려 움직이지 못하고 있다가 비연의 손에 올라오게 되니 기쁜 듯 그녀의 팔을 타고 온몸 여기저기로 뛰어다녔다.

군구신이 좋아하는 동물은 소설뿐인 듯했다. 그는 대설이 비연의 몸을 타고 오르는 것을 보고 바로 대설의 목을 잡아 던져 버렸다. 그 모습을 보고 당정이 즐거운 듯 팔꿈치로 소 부인을 쿡 찔렀다.

"비슷하지 않아요? 백부도 예전에 저렇게 소설을 던져 버렸는데!"

소 부인은 여전히 침울한 얼굴이었지만 그래도 고개를 돌려 바라보았다. 그녀는 예전에 한운석과 용비야 곁에서 시중을 들던 시절에, 거의 매일 소설이 용비야에 의해 침실 창밖으로 던

져지는 것을 보았다.

그녀가 무표정하게 대답했다.

"아주 비슷하네. 똑같이 질투가 심해. 심지어 쥐한테까지 질투하다니."

이 말에 군구신이 난감한지 재빨리 고개를 돌렸다. 비연이 큰 소리로 웃기 시작하자 당정과 상관 부인도 모두 즐거워했다.

당정이 재빨리 물었다.

"소옥 언니, 우리 백부 앞에서도 그렇게 말할 수 있어요?"

소 부인이 사납게 그녀를 노려보았지만 그래도 솔직하게 대답했다.

"설마."

이 대답에 모두 참지 못하고 웃음을 터뜨렸다. 군구신과 승회장조차 웃음을 참을 수 없을 정도였다.

소 부인이 가라앉은 얼굴로 사람들을 하나하나 살피다가 마지막에는 그녀도 참지 못하고 피식 웃음을 터뜨렸다.

대설은 모두가 왜 웃는지 이유를 알지 못했지만 사람들이 저를 보고 웃는다 생각했다. 그래서 바로 설랑의 원래 모습으로 돌아가 한 걸음 한 걸음 위풍당당하게 걸어갔다. 그 표정은 그야말로 오만함 그 자체였다!

당정이 대설을 열심히 살펴보더니 말했다.

"대설이 소설보다 머리 하나는 큰 것 같은데. 설마 나중에 소설을 괴롭히지는 않겠지?"

비연이 즐거운 목소리로 말했다.

"안심해도 좋아. 대설이 분명 소설의 비위를 맞추게 될 테니까. 소설이…… 새끼 늑대를 잔뜩 낳아 주겠지? 나에게 시위대를 만들어 주는 거야. 그 애들 이름은 전부 24절기에서 뽑아야지!"

이 말에 다시 폭소가 터져 나왔다. 군구신의 입가도 실룩이고 있었다. 평생 처음으로 그는 수하들 때문에 압박감을 받고 있었다. 이 수하들은 물론 소만과 망종이었다.

대설은 여전히 이유를 알지 못한 채 모두를 둘러보다가 계속 고개를 들고 가슴을 편 채 앞으로 걸어갔다. 그 오만한 모습에는 자못 제왕의 품격이 담겨 있었다.

모두 이렇게 설랑 두 마리에 대해 이야기하며 웃다 보니 우울하던 기분도 상당히 나아졌다.

그들은 그 이상 설족 땅에 머물 이유가 없어 바로 보명고성으로 향했다. 택이 계속 그곳에서 기다리고 있었고, 진묵 역시 그곳에서 요양 중이었다.

이날 밤, 그들이 보명고성에 도착하자마자 당정은 바로 비연과 함께 진묵을 만나러 갔다. 진묵은 상처가 심해 아직도 자리에서 일어나지 못하고 있었다. 고요하고 허약해 보이는 그의 모습은 마치 세속에서 온전히 떨어져 있는 것처럼, 평소보다도 더 순수한 느낌을 주었다.

그는 이미 소만에게서 얘기를 들어 당정의 신분을 알고 있었다. 비연 일행이 들어가자 그는 억지로 몸을 일으키려 했다. 비연이 재빨리 달려가 그를 제지했다.

"움직이지 마! 그대로 누워 있어!"

그는 대답하지 않았지만 정말로 온순하게 다시 누웠다. 얼굴은 여전히 무표정했고 심지어 눈동자조차 움직이지 않았다.

승 회장과 소 부인 입장에서는 시위에게 사과할 필요까지는 없었다. 이것도 결국은 오해였을 뿐이고, 그 상황을 설명할 수 있는 이유가 아주 많았다. 그러나 당정은 굳이 찾아왔다. 그녀는 아무것도 설명하지 않고 그저 침상 곁에 선 채 진묵에게 두 손 모아 읍하며 말했다.

"진 시위, 사죄하러 왔습니다!"

남자 옷을 입고 검은 머리를 높이 묶어 올리고 있는 그녀는 호방해 보이는 모습으로, 성실하고도 소탈하게 사과했다. 그러자 진묵이 물처럼 평온한 모습으로 말했다.

"그럴 필요 없어."

당정이 진지하게 말했다.

"당연한 일입니다. 진 시위가 죽었다면 평생 부끄러웠을 거예요."

진묵이 고개를 돌리고 그 이상 말을 하지 않았다. 당정은 비연에게 도와 달라는 눈빛을 보냈다.

비연은 원래 당정이 너무나 미워 반드시 복수하겠다는 생각에 사로잡혀 있었으나, 진상이 밝혀지고 나니 그런 당정이 안타까워 어쩔 줄 모르고 있었다.

진묵을 잘 모르는 사람이라면 그의 이런 모습을 보고 그가 아직도 화가 난 상태라 생각했을 것이다.

그러나 비연은 그가 정말로 당정의 사과를 필요로 하지 않는다는 사실을 알 수 있었다.

비연은 잠시 생각하다가 당정에게 말했다.

"진묵이 좀 더 나으면 와서 다시 이야기하도록 해, 언니."

당정도 잠시 생각에 잠기는가 싶더니, 암기 하나를 꺼내 진묵의 베개 옆에 놓았다. 한 치 남짓, 순금으로 만들어진 그 암기는 매우 정교한 데다 손잡이에 당唐이라는 낙인이 있었다.

당정이 진지하게 말했다.

"이 암기를 받아 주시지요. 우리 당씨 가문의 도움이 필요한 일이 있다면 이 암기를 가지고, 저를 포함해 당씨 가문 그 누구라도 찾아오시면 됩니다."

진묵이 흥미 없다는 듯 말했다.

"필요 없어."

당정은 그 이상 쓸데없는 말은 하지 않고 몸을 돌려 나갔다. 비연은 한눈에 그 암기가 당씨 가문의 신물임을 알아보고는, 암기를 진묵의 품에 넣어 주며 놀리듯 말했다.

"이건 목숨이랑 바꾼 거니까 잘 갖고 있도록 해. 아무 도움이 필요 없다 해도, 나중에 당씨 가문에게 부인을 얻어 달라고 할 수도 있잖아!"

진묵은 비연에게도 같은 말을 했다.

"필요 없어."

밖으로 나가려던 비연이 그 말에 발걸음을 멈췄다. 그리고 그를 돌아보며 진지하게 말했다.

"진묵, 살아 있어 줘서 고마워. 네가 아니었다면 우리가 얼마나 많은 곡절을 겪고 나서야 진상을 알게 되었을지……. 이 건 당정의 마음이니까 받아 둬. 그리고 안심해. 나는 결코 네가 이 암기를 쓰게 만들지 않을 거야. 무슨 일이건, 도움이 필요할 때는 나와 군구신을 찾아오면 되니까. 일단 이곳에서 요양한 후 몸이 회복되면…… 더는 나와 함께하지 않아도 좋아. 이젠 나에게 빚진 거 없어. 넌 자유의 몸이야!"

평온하던 진묵의 눈동자에 마침내 파란이 일었다. 그가 비연 을 한참 바라보다가 마침내 물었다.

"내, 내가 필요 없다는 거야?"

그건 여자였어

　진묵의 맑은 눈동자를 보며 비연은 이유 모를 죄책감을 느꼈다. 마치 자신이 그를 버리는 것 같았다. 분명 그에게 자유를 돌려주려 하고 있을 뿐인데!

　원래 진묵은 그녀가 수갑을 풀어 준다면 자신의 자유를 그녀에게 주겠다고 했다. 지금 그는 그녀에게 큰 도움을 주었고, 하마터면 목숨마저 잃을 뻔했다. 더는 그녀에게 빚이 없으니 자유롭게 떠날 수 있었다.

　비연이 진지하게 말했다.

　"네가 가장 원했던 게 자유잖아? 너는 이제 나에게 빚이 없어. 그러니 너에게 자유를 돌려줄 거야."

　진묵이 그녀를 한참 바라보더니 말했다.

　"돌려주지 않아도 괜찮아."

　비연이 마침내 진묵의 뜻을 알아차렸다. 그는 은혜 때문에 그녀 곁에 남고자 하는 게 아니라 진심으로 그녀 곁에 남고 싶어 하고 있었다!

　진묵의 눈동자에는 이제 파란이 보이지 않았다. 그가 평소처럼 평온한 모습으로 말했다.

　"그림 한 장을 빚지고 있지. 고씨 가문의 그 초상화에 숨겨진 비밀, 아직 찾지 못했어."

비연이 즐거워하며 말했다.

"더 고민할 필요 없어. 내 사부가 바로 고孤운원이야. 그 그림은 분명 내 사부를 그린 걸 거야. 그리고 동시에 고顧운원의 모습이기도 할 거고. 하지만 만약 네가……."

진묵이 갑자기 비연의 말을 끊었다. 그가 이리 다급하게 구는 것도, 비연의 말을 끊는 것도 처음이었다.

"아니야. 그 그림 속 인물은 분명 여자야. 남자가 아니야."

비연이 경악했다.

"그게 무슨 말이야?"

그녀는 그동안 그림에 신경 쓸 여유가 없어 진묵이 이렇게 커다란 비밀을 발견했다는 것도 모르고 있었다.

진묵은 계속 그 그림을 가지고 다녔고, 지금도 침상 옆에 두고 있었다. 그가 그림을 건네자 비연이 그것을 펼쳐 보았다.

이 그림을 그린 먹은 몹시 기이하게 사라진 상태였다. 진묵은 계속 이 그림이 '장묵지'를 이용해 그린 건 아닐까 의심하고 있었다.

장묵지는 달빛을 받으면, 사라졌던 먹의 흔적이 점차 떠오르며 그림이 복원되는 종이였다. 그래서 그는 시간이 날 때면 그림을 가지고 나가 달빛을 쐬게 했다. 그리고 지난달, 과연 그림 속 먹의 흔적이 조금이나마 회복되었다.

그러나 지난달은 비연의 인생에서 가장 암담한 시기였다. 진묵은 비연의 신경을 분산시킬까 두려워, 그림이 완벽하게 복원된 다음 그녀에게 이야기할 작정이었다. 현재는 초상화 속 인물의 얼굴 중 눈만이 회복된 상태였다.

비연도 그림을 펼치는 순간 그 눈매가 여인의 것임을 알아차릴 수 있었다. 마치 실제 사람의 눈매처럼 섬세하게 그려진 그 눈은…… 물처럼 부드러운 가운데 옅은 애수를 드러내고 있었다.

"금은 어느 밤에야 돌아올까, 마음은 외로운 구름과 멀어지고……. 아니지, 마음은 고운원에게 있고."

비연이 그림 위 시를 읊다가 홀연히 깨달았다.

"이 그림 속 인물이 고운원의 아내인 걸까? 고운원이 돌아오기를 기다리고 있었던 거야?"

진묵이 말했다.

"분명 그런 것 같아. 그림을 그릴 때 이 여자는 남자 옷을 입고 있었겠지."

그러나 비연은 곧 자신의 추측을 부인했다.

"아니야, 그럴 리 없어. 몽하 선배는 고운원이 약방문 때문에 고씨 가문에서 쫓겨났다고 했거든. 그리고 자식이 없어 영술을 조카들에게 전해 주었다고 했어."

이 그림 속 여인이 고운원의 연인이라면 이 그림이 고씨 저택 장경루에 모셔져 있을 리도 없었다. 이 여인이 고운원의 아내라면……. 그렇다 해도 자식이 없는 여인의 초상이 고씨 저택 장경루에 모셔질 자격은 없었다!

시구를 보면 여인과 고운원의 관계는 분명 보통이 아니었다. 그녀는 대체 누구일까? 무엇 때문에 이런 초상을 남겼을까? 또 이 초상은 어떻게 고씨 저택에 모셔져 있었던 걸까?

비연이 재빨리 초상화를 챙긴 다음 진묵에게 말했다.

"이 일, 절대로 고운원이 알게 해서는 안 돼. 아니, 이 그림을 그가 보는 일이 있어서도 안 돼."

진묵이 고개를 끄덕였다.

"응."

그는 비연이 여전히 그를 내쫓을까 두려운 듯 한마디 덧붙였다.

"나, 계속 주인님 곁에 있어도 돼?"

그가 바란다면, 비연 역시 그가 곁에 남아 주기를 간절히 바라고 있었다!

그녀는 진묵의 이런 시선을 본 적 없었다. 그 깨끗하고 맑은 눈동자는 진지함과 초조함, 그리고 부끄러움으로 자못 복잡했다. 이 순간의 그는 피와 살을 지닌 사람으로 보였다. 더는 어눌하지도 냉담하지도 않았다. 그리고 이젠 그렇게 외로워 보이지도 않았다.

세상에는 자신을 내보이기 싫어 외로움을 선택하는 사람이 있고, 자신을 내보이는 법을 몰라 외로운 사람이 있다. 능 호법이 전자라면 진묵은 의심할 바 없이 후자였다.

비연이 진묵을 바라보았다. 마음에 점점 환희가 차오르고 있었다.

진묵은 그녀가 무슨 생각을 하는지 알지 못해 잠시 망설이다가 다시 한마디 덧붙였다.

"이 그림을 달빛에 쏘이는 것은 어렵지 않아. 주인님도 할 수 있어. 하지만 계속 내가 해 왔으니까, 끝까지 내가 하는 게 좋지 않을까?"

비연이 웃으며 말했다.

"진묵, 오늘부터 네가 남고 싶으면 내 곁에 남겨 둘 거야. 네가 떠나고 싶다면 붙잡지 않을 거고. 어때?"

진묵이 그녀를 바라보더니 천천히 고개를 돌렸다. 그는 자신도 모르게 웃고 있었다.

"응, 주인님 말을 들을게."

비연도 기분이 무척 좋아져 직접 진묵의 이불을 덮어 준 다음 떠났다.

방에 돌아와 보니 군구신은 아직 돌아오지 않았다. 그녀는 그를 찾으러 가는 대신 약왕정을 꺼내 들고는 고민하기 시작했다. 약왕정은 아무 이유 없이 지금까지도 파업 중이었다.

비록 군구신 체내의 한기가 건명력 덕분에 사라져 약왕정 신화를 시급하게 필요로 하는 상황은 아니었지만, 그래도 약왕정이 빨리 파업을 풀었으면 했다. 약왕정은 어디건 가지고 다닐 수 있는 약재 창고인 동시에, 백의 사부가 그녀에게 남긴 유일한 물건이었으니까.

그녀도 군구신과 마찬가지로, 백의 사부가 아무 이유 없이 약왕정을 그녀에게 주었을 리 없다고 생각하고 있었다.

이때 군구신은 택의 방에 있었다.

비연이 빙어연에서 택이 어떠했는지 이야기하자 그는 무척 놀랐다. 그리고 설족이 전부 모인 그날, 택이 일국의 군주로서 말하고 행동하는 것을 본 후에는 더욱 놀랐다. 물론, 놀라는 가운데 기껍고 안타까운 마음도 함께 느끼고 있었다.

방 안, 노란 잠옷을 입은 택이 침상 위에 무릎을 구부려 세우고 앉아 있었다. 그리고 군구신은 그의 곁에 앉아 있었다. 그들 형제가 둘이서만 있은 지도 매우 오랜만이었다.

지난 3년 동안, 택이 아직 태자였을 때 군구신은 항상 이렇게 그의 침상 옆에 앉아 이것저것 가르쳐 주곤 했다. 택은 온순하게, 또 열심히 군구신이 하는 말 한 마디 한 마디를 모두 마음 깊이 새겼다.

그는 언제나 황형이 좀 더 오래 함께 있어 주기를 바랐다. 황형이 말을 마칠 때면 재빨리 이런저런, 이상하고 야릇한 질문을 이어서 하곤 했다. 그러나 지금 이 순간 군구신은 침묵 중이었고 택 역시 고개를 숙인 채 말이 없었다. 바로 군구신이 빙해와 관련한 진상을 모두 택에게 말해 주었기 때문이다.

택이 여전히 태자라면 군구신은 분명 빙해에 관해서는 이야기하지 않았을 것이다. 택이 등극한 후로 좋은 황제가 되기 위해 노력하는 기미가 없었다면 역시 이야기하지 않았을 것이다. 어쨌든 택은 아직 아이였으니까.

하지만 택은 이미 등극했고, 이를 악물고 제 몸에 덮인 용포를 버텨 내고 있었다. 군씨 가문의 체면을 수호하고 있었다. 택은 이미 아이가 아니었다!

바로 군구신이 직접 택을 그 위치로 보냈다. 그의 입으로 직접 택에게 군씨 가문의 아들로서 좋은 황제가 되도록 노력하라고 말했다.

"황형, 좋은 황제가 되기 위해 노력할 테니까, 황형은 좋은 가주가 되어야 해. 응?"

이 말이 여전히 귀에 쟁쟁했다.

적막 속에서 택이 마침내 고개를 들었다. 그는 군구신의 고요하고 깊은 눈을 한참 동안 바라보다가 물었다.

"형, 우리 군씨 가문이…… 대진국의 신하가 되기를 바라?"

이 말을 들은 군구신은 큰 소리로 웃고 말았다. 택은 확실히 어른이 되었다. 아니라면 이렇게 예리하게 묻지 못했을 테니까.

군구신이 웃는 걸 보고 택이 더욱 다급하게, 심지어 조금 분노한 듯 외쳤다.

"형, 대답해 줘!"

형제, 약속하다

군씨가 대진국의 신하가 된다고?

택의 어린 얼굴이 분노로 가득 차 있었다. 그는 자신이 천염국의 황제인 것과는 상관없이 군씨 가문이 다른 세력에게 굴복하기를 바라지 않았다. 그리고 자신이 가장 존경하는 황형이 그 누구의 신하가 되는 것을 바라지 않는 동시에, 형수의 신분이 황형보다 높아지는 것도 바라지 않았다.

그가 굳게 의지하고 있던 황형이 갑자기 다른 집의 아이가 되다니! 심지어 자신이 버림받은 듯한 기분도 들었다.

군구신이 대답하지 않자 택의 목소리에 분노가 실렸다.

"형, 대답해 줘!"

사실 군구신은 택을 찾아오기 전에 이미 답을 정해 놓고 있었다. 그리고 택의 분노가 그의 결심을 더더욱 굳혀 주었다. 그는 웃음기를 거두고 택의 여린 어깨에 손을 얹은 채 진지하게 말했다.

"택아, 우리 함께 현공대륙을 차지해 볼까?"

택이 깜짝 놀랐다. 황형에게 이런 뜻이 있을 줄 상상조차 하지 못했던 것이다. 그러나 놀라움이 가시자 바로 기쁜 표정이 되어, 이불을 박차고 침상에서 내려와 꼿꼿하게 섰다.

"응!"

그는 작은 손가락을 내밀며 진지하게 말했다.

"황형, 우리 약속하는 거야. 우리 형제 둘이서 현공대륙을 차지한다고. 우리 중 그 누구도 다른 마음을 먹어서도 안 되고, 후회해도 안 돼! 나는 군주고, 형은 가주가 되는 거야!"

이 순간의 군자택은 그저 아이 같기도 하고 어른 같기도 했다. 그 어린 표정이며 어린 목소리에 강력한 야심이 충만해 있었다.

군구신도 고개를 끄덕이며 택과 손가락을 걸었다. 아마도 이것이 가장 좋은 선택일 것이다!

군구신이 방문 앞까지 돌아왔을 때 하소만과 망중이 기다리고 있는 게 보였다. 하소만은 막 북해에서 돌아온 참이었다. 그가 나지막한 목소리로 말했다.

"전하, 제가 주변 해역을 모두 찾아보았지만 백리명천의 시신은 찾지 못했습니다. 제가 보기에 백리명천은 도망쳤거나, 아니면 바다 깊은 곳에서 물고기 밥이 된 것 같습니다!"

북해는 너무 깊고 하소만은 아직 너무 어려 바다 깊이까지 잠수할 수는 없었다. 그는 이미 최선을 다한 상태였다.

군구신이 대답했다.

"경계를 소홀히 하지 말도록. 어디건 물길은 모두 너에게 맡길 테니, 잘 지키도록 해라."

건명력이 백리명천 때문에 촉발된 걸까? 그렇다면 백리명천은 어떻게 건명력을 불러낸 걸까? 이 모든 것은 여전히 수수께끼였고, 명확한 답을 얻기 전에는 경계를 소홀히 할 수 없었다.

하소만은 기쁘기도 하고 자랑스럽기도 한 얼굴로 바로 소리쳤다.

"예! 명을 받들겠습니다!"

군구신이 바로 노한 눈으로 노려보았다. 망중이 재빨리 하소만의 입을 막은 채 끌고 갔다. 의심할 바 없었다. 하소만의 목소리가 너무 커서, 비연을 깨울까 봐 군구신이 노한 것이다.

군구신이 방 안으로 들어가 보니 비연이 얇은 잠옷만 입은 채 책상에 엎드려 자고 있었다. 책상 위에는 약왕정이 있었는데, 대설이 호기심 어린 눈으로 그 주변을 뱅글뱅글 돌고 있었다.

군구신이 가까이 다가가자 대설이 다급하게 책상 아래로 내려가더니 금세 어디론가 사라져 버렸다. 군구신은 그에게는 눈길조차 던지지 않고 빠르게 비연에게 다가갔다. 그리고 가볍게 그녀의 손을 건드려 봤다가 바로 눈살을 찌푸렸다.

"차갑잖아?"

대체 얼마나 엎드려 있었는지 비연의 손이 얼음장처럼 차가웠다! 군구신은 조심스럽게 그녀를 안아 침상으로 옮기고 이불을 덮어 주었다. 그때였다. 비연이 갑자기 두 팔로 그의 목을 끌어안더니 꿈을 꾸듯 중얼거렸다.

"가지 마. 나 조금만, 응?"

최근 두 사람은 같은 침상을 쓰고 있었다. 군구신은 일찍 일어나는 습관이 있었지만 비연은 침상에서 오래 머무는 걸 좋아했다. 그가 아침에 일어나려 할 때면 그녀는 그를 안은 채 한참 버틴 다음에야 놓아주었다.

군구신은 저도 모르게 미소 지었다. 그는 조심스럽게 그녀의 작은 손을 이불 속에서 꺼내 제 따뜻한 손으로 감싸 주었다.

그녀의 머리카락에 그의 입맞춤이 떨어졌다. 그의 턱이 그녀의 머리 위를 가볍게 문질렀다. 그가 무슨 생각을 하는지는 알 수 없었지만, 그의 입가에는 잔잔한 미소가 떠올라 있었다.

깊은 밤이었다. 상관 부인과 승 회장은 침상에서의 격전을 마친 상태였다. 상관 부인이 땀이 흠뻑 밴 승 회장 몸 위에 엎드린 채 중얼거렸다.

"영승, 우리에게 딸이 있다면 말이야, 그 애를 시집보낼 수 있겠어?"

승 회장은 눈을 감은 채 여전히 숨만 헐떡일 뿐 대답하지 않았다. 상관 부인이 두 손으로 그의 가슴을 짚은 채 명령했다.

"대답해!"

승 회장은 역시 상관 부인에게 대답하지 않고 자는 척하기 시작했다. 상관 부인이 힘을 주어 그를 밀었다.

"자는 척하지 말고, 우리 이야기를 좀 해 보자고. 내 생각에는⋯⋯."

말이 끝나기도 전에 승 회장이 사납게 그녀를 침상 위에 쓰러뜨리더니, 재빨리 몸을 일으켜 그녀의 몸을 누르기 시작했다. 그리고 곧 상관 부인은 그 이상 추궁할 여유를 잃고 말았다.

이 순간 소 부인은 아직 잠들지 못한 상태였다. 그녀는 화장대 앞에 홀로 앉아 긴 백발을 빗고 있었다. 그녀의 손에는 쇠뿔로 만든 매끄러운 빗이 들려 있었다. 예전에, 그녀는 이 빗으로 한진의 머리카락을 빗겨 주었다. 모두 그녀를 한진의 폐문제자로 알고 있었던…… 그녀가 그를 사부로 부르지 않던 시절의 기억이었다. 그녀는 심지어 그의 이름에 성까지 붙여 그를 한진이라고 불렀다.

소 부인은 기억 속에 빠져 시간마저 잊고 있었다.

이날 밤, 비연을 제외하고 깊이 잠든 사람은 당정과 고운원뿐이었다.

다음 날 아침, 비연 일행은 상 장군과 진묵에게 작별하고 남쪽으로 출발했다. 그들이 보명고성 남문을 나선 지 얼마 되지 않아 능 호법이 나타났다. 그는 가면을 쓰지 않고 소박한 회색 옷을 입고 있었다. 그럼에도 불구하고 군중 속에서도 여전히 눈에 띄었다.

죽은 듯 가라앉은 그의 두 눈은 계속 비연 일행을 바라보고 있었다. 마침내 비연 일행이 보이지 않게 되자 그는 겨우 몸을 돌려 성안으로 들어갔다.

설족의 대장로가 드러났기 때문에 그의 눈과 귀가 전부 사라진 것이나 마찬가지였다. 그는 현재 백리명천의 행방은 물론이고, 북해안에서 무슨 일이 벌어졌는지조차 알 수 없었다. 때문에 그는 백리명천을 기다리는 한편 비연 일행의 동정을 살피고 있었다. 영술을 드러낸 이상 그는 축운궁으로 돌아갈 수 없었다.

비연 일행과 연맹을 맺을 생각도 있었다. 그러나 그는 담판을 지을 때 내놓을 패를 스스로 쟁취할 생각이었다. 그의 자유로운 몸 외에 소 숙부와 대황숙, 심지어 백리명천도 아주 좋은 패가 되어 줄 것이다.

지금 비연 일행이 북강을 떠났으니, 그는 백새빙천으로 들어가 대체 일이 어떻게 풀린 것인지 살펴볼 생각이었다.

능 호법은 그날로 보명고성을 통해 호란설지로 들어갔다. 그러나 그의 이 움직임은 헛수고일 수밖에 없었다.

백리명천은 지금도 북해 깊은 곳에 잠들어 있었다. 건명력에 관통당했기 때문에 그의 상처는 매우 위중한 상태였고, 고운원의 구현침을 맞았다 해도 바로 회복할 수는 없었다.

소 숙부와 대황숙은 열흘 전에 이미 북강을 떠났다. 그들을 데리고 떠나라고 명령한 사람은 바로 백리명천의 부하인 수희였다. 옥인어 일족 중 가장 아름답고 요염한 동시에 전투에 임하면 가장 악랄해지는 그녀였다.

그녀는 백리명천을 찾지 못하자, 비연 일행에게 들킬 가능성을 우려해 인질들을 만진국 황도로 데려갔던 것이다.

수희는 백리명천만큼 영리하지 않았고 수단도 백리명천만 못했다. 그러나 야심만큼은 백리명천보다 더 컸다. 그녀는 대황숙의 입에서 군구신의 비밀을 듣고, 군구신이 예전에 현한이라는 보검을 한 자루 지니고 있었다는 사실을 알게 되었다. 이 보검의 비밀은 천무제와 백 족장도 알지 못했다.

그리고 이 순간, 그녀는 현한검을 손에 쥔 채 날카로운 검 끝으로 형틀에 묶인 대황숙을 겨누고 있었다…….

소 숙부는 대체 누구일까

　수희는 잠시 현한검을 손에 쥐고 있다가 곧 내려놓았다. 그녀의 무공으로는 이 검을 오래 쥐고 있을 수 없었다.

　수희가 미소 지었다.

　"보통 사람이 다룰 수 있는 검이 아니군. 보아하니 군구신을 키웠던 인물도 보통은 아니었던 모양이야. 정말로 그들이 누구인지 몰라?"

　본래 부상을 입은 데다 여러 번 고문을 당한 대황숙은 이미 피골이 상접해 생기라고는 전혀 없어 보였다. 그가 말했다.

　"내가 말할 수 있는 것은 모두 말했다. 누가 그 애를 데려다 키웠는지는 이미 중요하지 않아. 중요한 건, 내가 나가서 그 애가 군씨 가문의 적자가 아니라고 한마디만 하면, 하하! 천염국에는 난리가 나고, 정씨 가문도 분명 그 기회를 틈타 반란을 일으키겠지! 아가씨, 아가씨는 아무리 봐도 백리명천보다 영리한데 무엇 때문에 그에게 충성하는 건가? 나와 협력해 보자고. 내 결코 아가씨에게 섭섭하지 않게 할 테니! 현공대륙, 이 거대한 강산은 물론이고 빙해 영생의 비밀까지 모두 아가씨와 나눌 거야!"

　수희가 의미심장한 눈빛으로 대황숙을 바라본 후 큰 소리로 웃기 시작했다. 어찌나 즐겁게 웃는지 곧 눈물이라도 떨어질 지경이었다.

수희가 말했다.

"군탁정, 늙었군! 일단 쉬고 있어! 안심해도 좋아. 먹고 마시는 건 부족함이 없게 해 줄 테니까. 언젠가 우리 삼황자 전하께서 너를 필요로 하는 날이 오면 다시 만나자고!"

대황숙이 계속 소리를 질렀지만 수희는 상대하지 않았다. 그리고 수하에게 대황숙을 물감옥인 수옥에 가두라고 명한 후, 고개 한 번 돌리지 않고 그 자리를 떠났다.

천염국의 형세는 지금 아주 안정돼 있었다. 정가군은 군구신과 비연에게 충성하고 있었던 것이다. 그런데 군탁정, 군씨 가문의 대황숙이라는 자가 저런 말을 하다니. 그야말로 꿈을 꾸고 있거나, 아니면 그녀를 바보로 보고 속이려 하는 게 분명했다!

그러나 수희는 그리 쉽게 속을 인물이 아니었다. 얻을 수 있는 이익이 없다는 것은 둘째 치고, 설령 군탁정과의 협력이 그녀에게 큰 이익을 가져다준다 해도 그녀는 절대로 백리명천을 배신하지 않을 터였다!

그녀는 백리명천을 사랑했다. 어린 시절부터 미친 듯이 사랑해 왔다. 그러나 그녀는 그 미친 듯한 마음을 가슴속 깊이 숨겨 두었다. 그녀는 그에게 농담처럼 이야기하거나 혹은 대담하게 희롱한 적은 있었지만 진지하게 말해 본 적은 없었다.

백리명천은 자신이 진정으로 원하는 것이라면 절대로 타인에게 내주지 않을 거라고 했다. 그런 그가 그녀를 자신의 부친에게 보냈다. 수희는 그의 마음속에 그녀가 있을 수 없다는 것을 잘 알고 있었다.

그러나 여전히 온 마음으로 바라고 있었다. 그가 백리 가문의 가주가 되기를, 만진국의 황제가 되기를, 그리하여 현공대륙 전체의 주인이 되기를. 만백성의 존경과 숭배를 받기를. 그녀가 사랑하는 남자라면 마땅히 그래야만 했다!

수희가 생각에 잠기자, 그 요염하게 아름다운 얼굴이 점차 흉악하게 일그러졌다. 그녀는 지금 백리명천에 대해 생각하고 있었다. 그는 반드시 무사하게 돌아와야 했다. 그렇지 않다면…… 그녀는 반드시 모두를 함께 순장시켜 줄 생각이었다!

대황숙이 끌려갈 예정인 수옥에 소 숙부는 예전부터 갇혀 있었다. 수희가 지하 감옥에서 나오자마자 부하가 달려와 보고했다.

"수 장군님, 소 숙부가 장군님을 뵙겠다고 합니다. 생각을 끝냈다고요."

"그래!"

수희가 무척 기뻐하며 말했다.

"하하, 참 잘된 일이네! 착하게 기다리고 있으라고 해."

수희는 백리명천이 능 호법과 협력 관계를 맺었다는 걸 안 이후에 축운궁에 상당한 관심을 갖게 되었다. 그러나 그녀가 가장 흥미를 느낀 부분은 역시 옥인어 일족이 바다에 들어가서는 안 되는 비밀이었다.

백리명천과 능 호법이 환해빙원에 들어간 후 지금까지 소식이 없었다. 이치대로라면 소 숙부는 예전에 이미 비밀을 털어놓았어야 했다. 그러나 계속 입을 열지 않고 어떻게든 능 호법과 백리명천을 만나야겠다고 고집을 부렸다.

　수희는 조급하기는 했지만 일부러 소 숙부를 사흘 더 기다리게 내버려 두었다. 소 숙부가 자신을 중요하다고 여기게 하고 싶지 않았다.

　사흘 후, 수희는 항상 입던 흰 갑옷을 벗고 물빛 긴 치마를 입고 궁에 들어갔다. 그녀가 누구인지 모르는 사람이라면 그녀가 인어족 병사들의 대장이라는 사실도, 그녀가 선제에게 총애받던 무희라는 사실도 알지 못할 것이다.

　그녀와 해 장군은 모두 백리명천의 심복이었지만, 해 장군은 밝은 곳에서 만진국의 모든 것을 주관하고 있는 데 반해 그녀는 어두운 곳에서 신분을 다채롭게 변화시키고 있었다.

　소 숙부를 가둔 수옥은 바로 만진국 황도 광안성의 황궁에 위치하고 있었다.

　만진국의 내전은 지난달에 끝난 상태였다. 태자 백리경이 등극했지만 허수아비 황제일 뿐이었다. 만진국 황궁은 백리명천의 세력 범위였고, 백리명천이 없다 해도 그의 수하인 해 장군과 수희가 모든 것을 결정하고 있었다.

　황궁 안 수옥은 만진국 최대의 기밀로, 가장 삼엄하게 지키고 있는 곳이었다. 수희는 한 걸음 한 걸음 지하 감옥 깊은 곳으로 내려갔다. 그리고 열 계단 남짓 내려가 천천히 물속으로 걸어 들어갔다.

　이 수옥은 물로 포위되어 있는 동시에 물이 들어가지 않는 곳이었다. 그렇기 때문에 이 수옥 주변은 인어족 병사들이 물을 제어하고 있었다.

수희는 물속에서도 평지를 걷듯 걸었다. 그녀는 요염한 자태에 아리따운 표정으로 물의 장벽을 지나 천천히 수옥으로 들어갔다.

소 숙부는 형틀에 묶여 있지 않았지만, 두 손과 두 발 모두 쇠사슬에 속박당한 상태였다. 그의 검은 가면은 예전에 부서졌고, 입고 있는 검은 옷도 남루하기 짝이 없었다. 그러나 대황숙처럼 낭패한 몰골 같지는 않았다. 비록 백발이 마구 뒤엉켜 있었지만 두 눈이 형형한 것이 무척 정신이 맑아 보였다.

그는 자리에 앉아 있다가 수희가 들어오자 바로 일어났다. 예전에는 그녀를 제대로 쳐다보려 하지도 않았지만 지금은 몹시 흥미롭다는 듯 그녀를 훑어보고는 웃으며 말했다.

"백리명천 수중의 물건들은 모두 좋은 것뿐이라더니, 정말 그런 모양이군!"

이 말은 분명 수희를 물건 취급하는 것이었다. 그러나 수희는 아무렇지 않은 듯한 표정이었다. 아니, 심지어 조금 기쁜 듯도 했다. 그녀는 백리명천 수중의 보물이 되고 싶어 안달인 상태였으니까.

그녀가 말했다.

"당연하지. 삼전하의 안목은 현공대륙 전체에서 최고니까!"

소 숙부가 다시 말했다.

"보아하니 아가씨는 일을 할 줄 아는 사람일 뿐 아니라 충성심도 강한 모양이군!"

수희는 당연히 소 숙부가 자신을 시험하고 있다는 사실을 알아차렸다. 그녀가 눈썹을 치켜세우고 물었다.

"설마 그렇게 오래 생각해서 내린 결론이 고작 나에게 반란을 일으키게 한다든지 하는 시시한 계책은 아니겠지? 나를 너무 실망시키지 않았으면 좋겠는데?"

소 숙부가 큰 소리로 웃기 시작했다.

"아니, 내가 고민하고 있는 것은 내가 주인을 배반할까 말까 하는 것이었지!"

축운궁을 배반하겠다고? 수희는 속으로 무척 놀랐지만 겉으로 드러내지는 않았다.

그녀는 비록 소 숙부를 두어 번 보았을 뿐이었지만, 그가 구금되어 있는 동안 수하들에게서 백리명천, 대황숙과 어떤 대화를 나누었는지 들었다. 수희는 눈앞의 이 늙은이가 군씨 대황숙보다 훨씬 만만치 않은 상대라는 걸 알고 있었다.

그녀는 소 숙부가 축운궁을 시험하려는 심사인지, 아니면 정말로 축운궁을 떠나 그녀와 협력하고자 하는 것인지 확신할 수 없었다. 그래서 상황을 이해하지 못한 듯 웃으며 물었다.

"그래, 네가 주인을 배반한다 치고, 나와는 무엇을 하려고?"

소 숙부가 물었다.

"일단 이 늙은이에게 말해 주게나. 기씨와 소씨, 두 가문이 지금 어떤 상태인지."

이 말을 들은 수희는 조금 당혹스러운 느낌이 들었다. 축운궁은 흑삼림에 숨어 있는 신비한 세력으로, 어떤 세속의 전투에도 참여하지 않았다. 그런데 소 숙부가 무엇 때문에 갑자기 기씨와 소씨, 두 가문에 관해 묻는 걸까?

"무엇 때문에 알고 싶은 거지?"

소 숙부가 흐트러진 백발과 수염을 정리하며 말했다.

"기씨와 소씨, 두 가문은 본래 맹우였지. 지금 천염국과 만진국 사이에 끼인 채 그 어느 쪽과도 좋은 관계일 수 없으니…… 두 가문은 다시 연맹을 맺었겠지?"

수희가 고개를 끄덕였다.

"설마, 축운궁이 우리 만진국을 주시하고 있었나?"

소 숙부가 큰 소리로 웃었다.

"그럴 리가. 축운궁주는 황권에는 아무 관심도 없어. 그녀가 주목한 것은 기씨, 소씨, 혁씨, 세 가문뿐이었지. 과거 현공대륙의 패자 중 하나였던 혁씨 가문이 무엇 때문에 갑자기 사라져 버렸는지 알고 있나?"

수희는 점점 더 의심스러운 기분이 들었다.

"대체 무슨 이야기를 하고 싶은 거지?"

소 숙부가 다시 말했다.

"한번 맞혀 보겠어? 내 이름이 무엇인지?"

네가 바라는 것은 무엇인지

수희는 소 숙부의 이름을 짐작조차 할 수 없었다. 그녀는 조금 불안한 기분마저 들었다.

소 숙부가 갑자기 수희에게 다가오더니, 간사하게 미소 지으며 그녀의 귀에 대고 속삭였다.

"내 성은 혁, 이름은 소해다."

혁소해!

수희가 경악했다. 당연히 이 이름을 들어 본 적 있었다. 바로 혁씨 가문 대장로의 이름이었으니까!

10년 전, 빙해에 이변이 있었고 진기가 소실되었다. 현공대륙의 은거 가문들이 잇달아 세상에 나왔고, 권력을 좇는 혼전이 벌어졌다. 그 와중에 혁씨 가문 가주의 행방이 묘연해지자 대장로인 혁소해가 가문을 책임졌다.

혼전 후, 혁소해가 사망하자 혁씨 가문은 1년이 채 되지 않아 뿔뿔이 흩어져 사라지게 되었다. 그런데 혁소해가 그때 죽지 않고 축운궁에 들어갔다는 걸까? 설마 혁씨 가문의 그 많은 고수들도 모두 혁소해를 따라 축운궁에 의탁한 걸까?

하지만 혁씨 가문이 무엇을 위해서? 빙해의 수수께끼 때문일까? 3대 상고 신력을 위해? 아니면 영생을 위해?

소 숙부는 수희의 반응을 보고 그녀가 자신의 이름을 들어 보앞음을 알아챘다. 그가 다시 한번 그녀의 귀에 대고 속삭였다.

"인어족이 바다에 들어가지 않아야 하는 비밀도 기씨, 소씨, 두 가문과 관련이 있지. 옥인어의 피는 바닷속 건명력을 끌어낼 수 있거든. 건명력을 굴복시키려면 기씨, 소씨, 두 가문의 협조가 없으면 불가능하지!"

수희가 더욱 경악하여 다급하게 물었다.

"그걸 어떻게 믿으라고?"

그녀의 의심스러운 표정을 보면서도 소 숙부는 여전히 태연자약했다. 그가 흰 수염을 쓰다듬으며 말했다.

"상고 3대 신력 중 봉황력은 가문 대대로 전승되고, 서정력은 수련으로 얻어야 하지. 오로지 건명력만이 진정한 의미에서의 신력이야. 천 년 전, 현공대륙 각 세력이 3대 신력을 얻기 위해 혼전을 벌였는데, 그중에서도 건명력을 두고 벌인 싸움이 가장 격렬했지. 후에 건명력은 바다로 들어갔고, 인어족은 거의 멸족될 뻔했어. 몽족의 결계사가 옥인어의 피를 인자로 삼아 건명력을 바다에 봉인했거든. 당시 몽족의 결계사는 옥인어가 전부 몰살되었다고 생각하고, 앞으로는 그 누구도 봉인을 풀 수 없으리라 생각했지. 하지만 옥인어 중 수십 명이 요행히 그 재난을 피했어. 피로 맺은 결계는 피로 파해할 수 있는 법이지. 그러나 옥인어는 그 힘을 굴복시킬 능력이 없었고, 다른 세력들에게 이용당하는 재앙을 막기 위해 인어의 신분을 숨기기 시작했지. 그래서 세상 사람들은 현공대륙의 인어족이 천 년 전에 이미 멸족되었다 믿는 것이고."

여기까지 들은 수희가 얼굴에 경악한 표정을 떠올리고 말았다.

옥인어 일족은 천 년 동안 계속 신분을 숨겨 왔다. 만약 삼황자가 사람을 구하기 위해 인어로서의 신분을 드러내지 않았다면 지금도 현공대륙에서 그들의 비밀을 아는 사람들은 없었을 것이다.

옥인어 가문의 규칙은 단 두 가지였는데, 첫째는 해안선을 밟고 바다로 들어가지 말라는 것과 둘째는 신분을 드러내지 말라는 것이었다.

첫 번째 규칙이 두 번째 규칙보다 훨씬 엄하게 지켜야 할 것이었다. 그 이유는 바로 첫 번째 규칙이 옥인어 일족 중 누구라도 바다에 들어가면 편안한 죽음을 맞을 수 없으리라는 저주와 관련이 있었기 때문이다.

그들은 대대로 조상의 규칙을 지키며 위반하지 않았다. 아마 처음에는 가주가 이 두 규칙을 지켜야 하는 이유를 알았을 테지만 시간이 흐르면서 가주조차 그 진상을 알지 못하게 되었다. 그러나 일족들은 계속 현공대륙의 인어족이 바다에서 멸족되었고, 옥인어는 요행히 그 재난을 피했으니 바다에 들어가지 말고 신분을 감춰야 한다는 전설을 이어 오고 있었다.

지금 소 숙부의 설명은 옥인어 내부의 전설과 부합했다! 이 전설은 일족 안에서만 내려오는 것으로, 외부인은 결코 알 수 없는 것이었다. 설마, 소 숙부가 말한 것이 모두 진실이란 말인가?

수희는 점점 더 의아한 느낌이 들었다. 항상 자신감에 넘치는 그녀도 지금은 어찌할 바를 모르고 있었다. 문득 이렇게 큰 일이라면 그녀가 결정할 수 없다는 것을 깨달았다.

이 순간 그녀는 모순을 겪고 있었다. 백리명천이 이 자리에 있었으면 하면서도 동시에 그가 이곳에 없기를 바라고 있었다.

그녀는 알고 있었다. 백리명천에게는 공명심도 야심도 없다. 그에게 상고 신력을 얻게 한다 해도 그는 그것을 그저 장난감으로만 여길 것이다. 그녀의 유일한 바람은 그가 3대 상고 신력에 흥미를 느끼는 것이었다.

소 숙부는 수희의 표정은 안중에도 두지 않고 다시 말했다.

"이 비밀은 축운궁주가 나에게 말해 준 것이지. 나는 축운궁에 꽤 오래 있으면서 상고 신력을 쫓는 임무 외에 기씨와 소씨, 두 가문을 감시하는 임무와 옥인어 일족을 쫓는 임무를 맡았어. 백리명천이 나를 데리고 수로를 통해 호란설지로 도망치지 않았다면, 나도 감히 믿을 수 없었을 거야. 만진국 백리씨가 옥인어의 후예라니!"

수희가 재빨리 물었다.

"이 일이 소씨, 기씨, 두 가문과 어떤 관계가 있는 거지? 무엇 때문에 그들의 협조가 필요한 거야?"

소 숙부가 변죽을 울렸다.

"나와 연맹을 맺으면 알려 주지."

수희가 경계하기 시작했다.

"설마, 너도 축운궁주와 건명력을 다투려는 생각인가?"

소 숙부가 큰 소리로 웃기 시작했다. 그는 바로 기씨, 소씨, 혁씨, 세 가문이 단목요, 한향과 함께 운공대륙 대진국의 황제와 황후를 유인해 빙해에서 일전을 벌일 때 빙핵의 힘을 폭발시키게 만든 일을 모두 이야기했다.

수희가 눈을 휘둥그렇게 떴다. 그녀도 빙해의 이변에 큰 비밀이 있으리라는 사실은 알고 있었지만 빙해 남안의 대진국과 관련이 있으리라고는 생각지 못했던 것이다! 게다가 소씨, 기씨, 혁씨, 세 가문과도 관계가 있었다니!

소 숙부가 계속 말했다.

"그날 백새빙천에서 대진국의 당씨 가문 사람이 모습을 드러냈다. 군구신과 비연이 봉황력을 주시하고 있고, 축운궁주도 어두운 곳에 몸을 숨기고 있지. 인어족이 천 년 전에 그렇게 큰 대가를 치렀는데 지금 와서 국물도 없다면 애석한 일 아닌가? 게다가 기씨, 소씨, 두 가문도 계속 빙해를 노리고 있었고. 지금은 그 두 가문이 천염국과 만진국 사이에 끼인 채 생존해야 하는 처지니 분명 다시 연맹을 맺고 빙해를 노릴 거야. 믿지 못하겠다면 이 늙은이와 내기를 해도 좋아! 하하! 축운궁, 대진국, 군씨, 기씨와 소씨 중 누구라도 빙해를, 상고 신력을 얻는다면 백리 일족의 처지가 어찌 될지는 생각해 볼 수 있겠지?"

이런 역학 관계라면 수희도 꽤 잘 아는 편이었다. 그녀가 알고 싶은 것은 소 숙부가 그들과 연맹을 맺고 싶어 하는 이유였다. 그녀에게는 비록 백리명천에게 현공대륙 패자의 자리를 안겨 준다는 야심이 있었지만, 그렇다고 옥인어 일족이 다른 가문이 패업을 이루는 디딤돌로 전락하기를 바라지는 않았다.

"쓸데없는 말은 그만두고. 원하는 게 뭐지?"

소 숙부가 말했다.

"축운궁주의 생명! 나에게는 소씨와 기씨, 두 가문을 설득해 너희와 연맹을 맺고, 백리명천이 건명력을 얻는 데 협조하게 할 능력이 있다. 일이 이루어진 다음에 백리명천이 나를 대신해 축운궁주를 죽여 주면 그만이다!"

수희가 신중하게 다시 물었다.

"축운궁주의 수하로 지냈으면서 무엇 때문에 그녀를 죽이려는 거지?"

소 숙부의 눈 아래 교활한 빛이 스쳐 가는가 싶더니 곧 사라졌다.

"그녀가 내 친손자를 죽였으니까! 이 원한은…… 그녀와 같은 하늘 아래 살 수가 없다! 내가 그동안 인내하며 참아 온 것은 바로 옥인어 일족을 찾는 오늘을 기다리기 위함이었지!"

수희가 다시 물었다.

"어째서 당신…… 선배의 무공이 그리 높은데 축운궁주를 죽이지 않은 거죠? 축운궁주는 대체 어떤 인물인 거예요? 어느 가문의 사람이죠?"

소 숙부가 말했다.

"그야 나도 모른다. 그저 그녀가 그해 빙해의 이변을 직접 목격하고 단목요를 구했다는 것을 알 뿐. 10년 전 그녀는 직접 나를 찾아와 혁씨 가문의 충성을 요구했지. 그러나 내가 승낙하지 않자 내 손자를 죽였다! 나는 그녀의 성이 무엇인지, 이름이 무엇인지도 모른다. 축운궁에서 그녀에 대해 가장 잘 아는 사람은 바로 능 호법이지. 그녀의 무공은 나보다 훨씬 뛰어나고, 그녀에게 3대 신력이 없다 해도 그녀에게 대항할 수 있는 사람은 없을 거야. 아가씨, 나는 아가씨가 결정을 내릴 수 없을 거라고 생각하는데. 백리명천을 찾으면 능 호법을 조심하라고 꼭 전해 주게나. 하하! 축운궁주에게는 동맹이라는 개념이 없어. 그저 자신에게 귀순하는 자들만이 있을 뿐이지!"

수희가 잠시 머뭇거리다가 말했다.

"선배 말이 맞아요. 저에게는 당장 결정을 내릴 자격이 없어요. 그러니 삼전하께서 돌아오실 때까지 기다리셔야겠어요. 때가 되면 제가 안배해 드릴게요."

수희는 수옥을 떠나며 수하에게 소 숙부를 잘 돌보라고 명령했다. 소 숙부와 연맹을 맺고 싶었지만 그녀 마음대로 결정을 내릴 수는 없었다.

그녀는 일단 해 장군을 찾아 이 일을 의논했다. 해 장군은 마흔 가까운 사내로, 신중하고 보수적이라 감히 제 주장을 펴지 못했다. 다음 날, 수희가 백리명천을 찾으러 가기로 마음먹었을 때 하인이 서신을 하나 가져왔다. 바로 고 영감이 보내온 일곱 번째 서신이었다.

해 장군과 수희는 원래 함부로 백리명천의 서신을 열어 보지 못했다. 그러나 이 순간, 그들은 어쩔 수 없이 선을 넘어야 했다.

해 장군은 여전히 손을 움직이지 못하고 있었다. 그러나 수희는 아주 명쾌하게, 빠른 동작으로 서신을 열어 보았다…….

그는 바둑알에 불과했던 거야

수희가 고 영감의 서신을 뜯자 해 장군도 옆에서 머리를 들이밀었다.

서신 내용은 간단했다.

군구신과 비연이 너에게 진 빚은 전부 사부가 책임지겠다. 이 서신을 본 날부터 너와 그들 간의 은원은 끝나는 것이다. 어서 회신을 보내라. 아니라면 우리 사이의 은의도 끝날 것이다!

수희와 해 장군이 서로의 얼굴을 바라보았다.

해 장군이 조급하게 말했다.

"수희, 내가 보기에 우리가 이 서신에 답을 보내는 게 나을 것 같아. 비연 일행은 이미 북강을 떠났고, 삼전하께서는 아직 소식이 없으시니……. 삼전하께 무슨 일이라도 생긴 건 아닌지 걱정 돼 죽겠어!"

수희가 바로 거절했다.

"안 돼요! 우리가 답장을 보내면 고 영감은 우리가 몰래 서신을 열어 본 걸 알게 될 거예요. 그분 성격이 삼전하보다 더 상대하기 어렵다는 걸 알잖아요."

해 장군이 서둘러 말했다.

"나에게 계책이 있어. 우리 이 서신을 보지 못한 것으로 하고, 고 영감에게 삼전하가 실종된 지 오래라고 이야기하자고. 그동안 받은 모든 서신을 감히 열어 보지 못했다고도 말하고. 일단 이렇게 하면, 당씨 가문의 사람이 고 영감에게 이야기한다 해도 삼전하께서 변명하실 말이 있으실 테니. 둘째로는 고 영감도 삼전하를 같이 찾게 했으면 해서. 고 영감이 당씨 가문과 내왕이 있으면 분명 환해빙원에도 익숙할 거야."

백리명천은 마지막으로 몽족 지하 궁전에 들어갔을 때에야 승 회장의 신분을 발견했다. 수희와 해 장군은 아직 고 영감이 백리명천에게 구하게 한 사람이 현공상회의 주인이라는 사실을 알지 못하고 있었다. 다만 소 숙부의 입을 통해 그 흑의인이 대진국 당씨 가문 사람이라고만 알게 되었다.

해 장군은 자신의 방법이 제법 괜찮다고 여기는 듯했지만, 수희는 바로 승낙하지 않고 한참을 망설였다.

"좋은 방법이 아닌 듯해요."

해 장군이 다급하게 말했다.

"이 방법 외에 더 좋은 방법은 없다고! 고 영감이 삼전하를 오해하고 은의를 끊는다면 그 결과를 우리가 어떻게 책임질 수 있겠어!"

수희가 반문했다.

"오해라니, 대체 무슨 오해인가요? 그 전에 받은 서신 여섯 통을 삼전하께서는 전부 읽으셨고, 일부러 회신을 보내지 않으셨어요. 고 영감이 그 서신에 무슨 내용을 적었는지 아나요? 고 영감이 전에도 삼전하를 위협하지 않았다고는 확신할 수 없잖아요! 삼전하께 다른 계획이 있으시거나 하면……. 우리 마음대로 하다가 전하의 일을 망쳐 놓으면 어떻게 해요?"

해 장군이 난감해하기 시작했다.

"그건……."

수희가 다시 말했다.

"삼전하께서는 당씨 가문 사람에게 협조하지 않고, 오히려 축운궁 능 호법과 연맹을 맺으려 하셨어요. 전하께는 본래 고 영감의 명령을 어길 마음이 있으셨던 거라고요. 고 영감이 당씨 가문 사람과 무슨 관계인지 누가 알겠어요? 당씨 가문 사람들, 야심이 그리 큰데 고 영감도 한통속일 거예요. 내가 보기에, 삼전하도 예전에 이미 고 영감과 은의를 끊을 생각이셨을걸요!"

해 장군이 깜짝 놀라 소리쳤다.

"수희! 먹을 것은 아무거나 먹어도 되지만 말은 그렇게 함부로 내뱉는 거 아니다. 삼전하께서는 사부를 친아버지보다도 중요하게 여기셨어. 그건 네가 나보다 더 잘 알 것 아니냐!"

수희의 눈가에 원망하는 빛이 어렸다. 그녀가 다시 진지한 어조로 말하기 시작했다.

"그럼 말해 줘요. 삼전하께서는 무엇 때문에 고 영감의 명령을 어기시려 한 것인지? 삼전하께서는 분명 고 영감에게 불만이 있으셨어요! 삼전하께서 만약 순순히 명령을 들으셨다면, 눈뜬 채 봉황력이 당씨 가문의 손에 떨어지는 걸 보기만 하셨어야 했어요. 그 고생을 하고도 국물 한 방울 얻지 못하고……."

여기까지 이야기한 수희가 목소리를 낮추더니 계속 말했다.

"어쩌면 아직 봉황력을 홀로 차지할 기회가 있을지도 몰라요. 대체 삼전하께서 무엇 때문에 고 영감의 한마디 때문에 목숨까지 걸고 다른 사람 좋은 일만 해야 하나요?"

해 장군은 비록 그 말에 찬성하고 싶지 않았지만 반박할 말도 없었다.

수희는 평소 고 노인에게 품고 있던 불만을 이 기회를 빌려전부 털어놓았다.

"만진국 내전은 이제 막 끝났을 뿐이에요. 지금 삼전하께서는 대국을 주재하셔야 하는 시기잖아요. 고 영감이 만진국의이런 상황을 모를 리 없을 테고요. 그런데 말 한마디로 삼전하께서 모든 것을 버리고 멀리 북강까지 가서 모험을 하시게 만들다니……. 고 영감이 정말로 우리 삼전하를 아꼈다면 그리할수는 없는 거였어요! 하하, 삼전하께서는 고 영감을 친부보다도 소중히 여겼건만, 고 영감의 눈에 삼전하는 그저…… 바둑알에 불과했던 거예요!"

수희의 이 말은 화가 나서 내뱉은 것에 불과했다. 그러나 그녀가 '바둑알'이라는 단어를 말하는 순간 해 장군은 경악했고, 수희역시 갑자기 뭔가 깨달은 듯한 표정을 지었다.

소 숙부는 운공대륙의 대진국이 빙해와 현공대륙을 엿보고있다고 말했다. 그러니 고 영감이 당씨 가문과 한집안 사람이아니라 해도, 한통속일 가능성이 높았다! 고 영감이 설마 정말로 삼전하를 바둑알로 삼아…… 만진국을, 옥인어 일족에 욕심을 내고 있는 건 아닐까?

해 장군과 수희는 다시 한번 서로의 얼굴을 바라보았다. 해 장군이 바로 결단을 내렸다.

"이 서신은 절대로 돌려보낼 수 없다. 그들에게 삼전하가 실종되었다는 사실도 알려서는 안 되겠어!"

수희도 고개를 끄덕였다.

"해 장군, 소 숙부의 제안, 우리 고려해 봐도 좋을 거 같아요! 봉황력이 가문에 전승되는 힘이라면 아무 이유 없이 백새 빙천에 나타나지 않았겠지요. 건명력을 얻는 것은 봉황력보다 쉬울 것 같고요. 축운궁주가 우리 삼전하를 떠올리기 전에 우리가 먼저 손을 쓰는 편이 나을 것 같아요!"

해 장군도 그렇게 생각하고 있었다.

"그럼 일단 삼전하를 찾아 다시 상의드려야겠군."

수희는 마음속으로 계속 운공대륙 대진국이 걱정돼, 가능한 한 빨리 동맹을 찾고 싶어 안달 중이었다. 그녀가 다시 말했다.

"소 숙부 말로는, 건명력을 얻기 위해서는 소씨와 기씨 가문의 도움이 필요하다고 하더군요. 우리가 삼전하를 찾기 전에 축운궁주가 먼저 기씨와 소씨 가문을 칠까 봐 두려워요. 그때가 되면 후회해도 소용없을 테니까요!"

해 장군은 아직 망설이고 있었다. 수희가 다시 달래듯 말했다.

"해 장군, 잊지 말아요. 기씨 가문의 두 늙은이가 군구신 손에 있으니, 축운궁주가 먼저 손을 쓰지 않더라도 군구신이 기씨 가문을 놓아주지 않을 거예요. 군구신 일행은 이미 진양성으로 돌아가는 중이잖아요. 그들이 진양성에 도착하고 나면 무슨 일이 벌어질지…… 지금으로써는 예측하기도 힘든 일이에요!"

해 장군이 계속 고민하더니 마침내 고개를 끄덕였다.

"안심해도 좋다. 이 일은 내가 바로 안배해 볼 테니."

수희가 무척 기뻐하며 마침내 안심했다. 그녀는 더 이상 시간을 낭비하지 않고 정예병 열 명 남짓과 함께 북강으로 향했다.

수희가 떠난 후, 해 장군은 바로 소 숙부를 만나 협력 조건에 대한 자세한 이야기를 나눴다.

두 사람이 장장 사흘 밤낮을 이야기한 끝에 해 장군이 마침내 소 숙부를 수옥에서 내보내 주었다.

시간은 빛처럼 빠르게 흘러가 이미 섣달 중순이었다. 비연 일행은 진양성에 가까워질수록 밤낮으로 발길을 재촉했다. 모두 섣달그믐이 되기 전에 진양성으로 돌아가고 싶었던 것이다.

사실, 택을 제외하면 모두 섣달그믐에 빙해에 도착하고 싶었지만 길이 너무 멀어 현실성이 없었다.

마차 안, 비연이 서신을 읽고 있었다. 이 서신의 낙관은 '고 영감'으로 되어 있었지만, 실제로는 그녀의 의부인 고顧칠소에게서 온 것이었다.

그들이 북강을 떠난 후로 승 회장 일행은 그들과 동행하지 않고 상인으로 변장하여 일부러 그들과 일정한 거리를 유지하며 뒤에서 따라오고 있었다. 승 회장은 그 누구도 진짜 이름을 쓰거나 신분을 폭로해서는 안 된다고 특별히 당부했다. 승 회장 자신도 비연을 더 이상 '연 공주'라 부르지 않고 '왕비마마'라 불렀다.

그날 몽족 지하 궁전에서 능 호법과 백리명천이 승 회장 일행의 진짜 얼굴을 보았다. 그러나 능 호법이 축운궁에게 그 소식을 알려 준 것 같지는 않았다. 또한 백리명천과 능 호법이 그날 지하 궁전에서 갈등을 벌이던 걸 보면 백리명천은 더더욱 축운궁에게 비밀을 털어놓았을 것 같지 않았다.

백리명천이 만약 북해 깊은 곳에 잠들었다면 그보다 좋을 수는 없었다. 도망쳤다면……. 고 영감이 그를 속박할 수 있기를 희망하는 수밖에 없었다.

비연이 서신을 다 읽은 후 군구신에게 건네며 말했다.

"백리명천은 아직도 회답을 보내고 있지 않다는데. 설마 그 녀석, 정말 죽은 걸까?"

나를 용서할 수 있을까

백리명천의 생사에 상관없이 군구신은 인어족을 경계하지 않을 수 없었다. 지금 만진국의 황제는 백리경이었지만 권력을 장악하고 있는 이들은 모두 백리명천의 수하였다.

군구신은 보름 전 다급하게 설족을 안정시키는 동시에 만진국을 주시하기 시작했다. 덕분에 그는 만진국의 현재 상황과 소씨, 기씨 가문의 상황을 모두 파악하고 있었다.

예전에 그가 천염 대군에게 명해 고문관을 지키게 했을 때, 기씨 가문과 소씨 가문의 세력을 궁지로 몰지 않았다. 바로 소씨와 기씨, 두 가문이 백리 황족과 계속 싸워 내전을 일으키게 하기 위함이었다.

백리명천이 그의 예상과 달리 모반을 일으켰으나, 그가 원한 결과에는 별다른 영향을 끼치지 않았다. 지금 소씨와 기씨 가문의 병력이 천염과 만진 사이에 끼어 있고, 백리 황족의 병력도 상당히 소모된 다음이었다. 바로 군구신이 앉아서 어부지리를 취할 때였다. 그는 그들에게 숨을 돌릴 기회조차 줄 생각이 없었고, 그들 셋이 연합할 기회를 줄 생각은 더더욱 없었다.

비연 일행은 섣달그믐을 이레 남기고 진양성에 도착했다. 공교롭게도 그들이 성에 돌아온 지 사흘째 되는 날에 천무제가 세상을 떠났다. 군구신과 택은 천무제에게 불만이 많았지만, 어쨌든 두 형제는 천무제를 위해 융숭한 장례를 거행했다.

군구신은 이 기회를 틈타 아침 조회에 나가, 택의 우측에 앉아 정식으로 섭정을 시작하며 천염국의 섭정왕이 되었다.

그가 섭정을 시작한 첫날, 정역비로 하여금 천웅군을 셋으로 나누도록 한 후 하나는 자신이 장악한 무졸군에, 하나는 정가군에, 그리고 하나는 택이 직접 지휘하게 하였다.

동시에 군구신은 정역비가 지난 반년 동안 세운 전공을 표창하고, 그를 천염호국대장군으로 삼아 만진국을 계속 공격하도록 하였다. 그리고 그 자신은 대진국을 대신해 소씨와 기씨, 두 가문에게 복수하면서 만진국을 얻을 생각을 하고 있었다.

모든 일을 타당하게 안배한 후 군구신과 비연은 기세명을 만나러 갔다. 기씨 가문은 전부 저택에 연금당한 상태였고, 기세명은 여전히 천불동에 갇혀 있었다.

예전에는 기세명과 그들이 적이라 해도 기껏해야 이익을 다투는 관계였을 뿐이었다. 그러나 지금은 피맺힌 원한이 있는 원수였다!

10년 전 빙해의 일전, 비록 3대 가문에서 가주들만이 참석했다 하나 그렇게 큰일을 가주만이 알았을 리 없다. 기세명은 당시 기씨 가문 가주의 계승자로서 분명 그 일에 대해 알고 있었을 것이다. 그리고 기욱과 소옥승이 빙해안에서 나눈 대화를 생각해 보면, 두 가문은 최근까지도 빙해를 주시하고 있었음이 분명했다.

군구신과 비연이 어깨를 나란히 하고 들어갔을 때, 기세명은 두 사람의 신분을 눈치채지 못하고 그저 또 기욱에게 서신을 쓰라고 핍박하러 온 사람들이겠거니 생각했다. 그는 제멋대로 앉아 밥을 먹으며 그들을 쳐다보려 하지도 않았다.

비연은 자신이 냉정할 수 있으리라 생각했지만 기세명의 이런 모습을 보자 저도 모르게 달려가 그의 탁자 위에 놓인 음식을 걷어차 버리고 말았다. 기세명이 겨우 눈을 들더니 차갑게 코웃음을 쳤다.

"정왕비, 대단하시군, 정말! 하하, 능력이 있으면 당장 이 늙은이를 죽여 보시지!"

"너를 죽이라고?"

비연이 차갑게 웃기 시작했다.

"기연결은 죽었지만, 저지른 죄는 죽는다고 속죄되는 게 아니야! 네가 기씨 가문의 가주고 기욱이 적자니, 너희 두 사람 모두 기연결을 대신해 천천히 그 죄를 갚아야겠다!"

기연결은 바로 기씨 가문의 선대 가주로, 빙해 이변의 주모자 중 하나였다.

이 말을 들은 기세명이 경악하며 물었다.

"그, 그게 무슨 뜻이지?"

비연이 말했다.

"빙해의 전투가 겨우 10년 지났는데, 설마 모두 잊은 건 아니겠지?"

기세명은 더욱 경악했다. 그는 물론 당시의 사정을 알고 있었다. 다만 그가 아는 것은 부친이 빙핵을 찾으러 갔다는 것

뿐, 빙해가 무엇 때문에 독에 감염되었는지, 부친의 행방이 어찌 되었는지는 알지 못했다. 수년 동안 그가 계속 빙해를 지켜보았던 것도 결국은 부친의 행방을 찾기 위함이었다.

기세명이 의아한 눈으로 비연을 바라보며 물었다.

"그게 대체 무슨 뜻이지? 우리 기씨 가문이 너에게 무슨 빚을 졌다고?"

비연이 냉랭하게 말했다.

"너도 곧 알게 되겠지!"

말을 마친 그녀가 바로 기세명을 천불동에서 끌어내게 했다. 승 회장과 소 부인은 검은 옷을 입고 얼굴을 가린 채 동굴 입구에서 기다리고 있었다.

비연은 이미 단목요도 그들에게 넘긴 상태였다. 그녀는 승 회장과 소 부인으로 하여금 두 사람을 먼저 빙해로 데려가게 할 작정이었다. 그 두 사람이 그녀의 부황과 모후 앞에서 죄를 인정하고 용서를 빌게 하기 위해!

그녀는 단 한 사람의 적도 죽일 생각이 없었다. 모든 적을 하나하나 빙해의 그 차가운 동굴 속으로 보내 속죄하게 할 생각이었다!

군구신과 비연은 승 회장 일행을 비밀리에 전송한 다음 대자사 입구로 갔다. 망중이 이미 마차를 준비하고 기다리고 있었다.

비연이 마차에 올랐지만 군구신은 움직이지 않았다. 비연이 재촉했다.

"어서 올라와. 날이 어두워지기 전에 진양성으로 돌아가야지. 아직 할 일이 많잖아."

군구신이 대답했다.

"망중이 먼저 너를 남쪽으로 데려갈 거야. 나는 천염국 쪽을 안정시키고 며칠 늦게 따라갈 생각이야. 반드시 원소절[4] 전에는 갈 테니까, 그때 우리 함께 흑삼림으로 가자."

비연이 미간을 찌푸리며 물었다.

"그게 무슨 뜻이야?"

군구신이 흘러내린 그녀의 머리카락을 쓸어 올리며 진지하게 말했다.

"나도 너와 함께 가고 싶지만 지금으로써는 그럴 수 없으니까 먼저 가 있도록 해. 하루라도 빨리……. 네 부모님도 너를 빨리 보고 싶으실 거야."

비연도 집으로 돌아가고 싶은 마음이 굴뚝같았다. 그러나 그녀는 마차에서 뛰어내려 군구신의 손을 잡고 단 한마디만을 외쳤다.

"싫어!"

그리고 그녀가 군구신의 말에 올라탄 뒤에 물었다.

"성에 돌아가지 않을 거야? 가지 않을 거면 내가 먼저 가 버린다?"

군구신은 어쩔 수 없이 말에 올라타, 그녀를 품 안으로 가볍게 끌어당겼다.

---

4 정월대보름.

두 사람은 잠시 침묵을 지켰다. 비연은 복수와 관련한 안배가 타당하게 이루어지고 있다는 사실을, 그리고 만진국의 전쟁도 이미 준비되어 있다는 사실을 알고 있었다. 그러나 군구신은 이 며칠 내내 매우 바빴고, 밤늦도록 서재에 있곤 했다.

침묵 속에서 비연이 먼저 입을 열었다.

"정역비에게서 들었어. 좋은 장수를 찾고 있다고……. 백초국 때문이야?"

군구신이 대답했다.

"조만간 백초국과도 일전을 벌이게 될 거야. 내가 떠나기 전에 택아에게 좋은 장수를 찾아 주고 싶어. 엽십삼이라는 인질은 점점 더 가치가 없어지고 있어. 어쩌면 우리가 먼저 움직이는 편이 좋을 수도 있고!"

비연이 다시 말했다.

"하소만에게 병법을 공부하라고 했다며? 나중에 수군을 조직할 계획인 거야?"

군구신이 호쾌하게 인정했다.

"응. 보통 수군으로는 인어족 병사들을 감당하기 어렵긴 하지만, 그래도 수군이 없는 것보다는 있는 것이 낫겠지. 그 일은 최소한 3년은 있어야 이루어질 일이긴 해."

비연이 계속 물었다.

"며칠 동안 대신들과 세제 개혁에 관해서도 이야기하고 있다 들었어."

군구신이 고개를 끄덕였다.

"부황께서 세금을 가혹하게 거두셨지. 특히 상업세를. 천염국의 국고는 사실 아주 풍족한 상태야. 만진국, 백초국과 2, 3년 전쟁을 벌인다 해도 별문제가 되지 않을 정도지. 전쟁이 벌어지면 그것만으로도 어지러운 법이니, 더는 백성들을 힘들게 해서 민심을 동요시키는 일은 없어야겠지. 나는 천염국뿐 아니라 현공대륙 전체의 민심을 원하니까!"

비연이 그를 바라보며 진지하게 물었다.

"그래, 군구신, 당신 야심이 정말 대단해! 당신은…… 뭘 하고 싶은 거야?"

군구신이 웃으며 대답했다.

"네 오라버니와 현공대륙을 두고 다툴 생각이야."

비연이 순간적으로 멈칫했다.

군구신이 계속 말했다.

"나는 너를 대신해 복수할 거고, 네 오라버니보다 먼저 현공대륙 전체를 차지할 거야. 말해 줘. 적들의 머리, 현공대륙 강산이면 당신 부황과 모후께서 만족하실까? 내가 함부로 당신을 아내로 맞은 걸 용서해 주실까?"

비연은 여전히 멍한 표정을 짓고 있었다. 놀라서가 아니었다. 감동했기 때문이었다.

그녀는 정말로 생각지 못했던 것이다. 당정의 그 농담을, 그가 진심으로 고민하고 있을 줄은!

바빠서 체면을 생각해 줄 수 없다

군구신이 농담을 진심으로 받아들인 것은 이번이 처음이 아니었다. 그는 어린 시절부터 늘 이러했다.

그가 농담을 할 줄 모르는 사람은 아니었다. 다만 비연과 관계된 모든 일은 장난이라 해도 언제나 진지하게 생각하곤 했다.

감동한 비연이 자세를 바꾸어 군구신을 안았다. 이제 그녀는 군구신에게 폭 안겨 있었다.

비연이 중얼거렸다.

"당신이 강산을 얻어 온다 해도 우리 부황과 오라버니는 원하지 않을 거야. 나는 당신이 지치는 게 싫어. 그러니까 너무 힘들게 하지 마. 응?"

군구신이 진지하게 대답했다.

"연아. 줄 수 있고, 없고와 바라고, 바라지 않고는 다른 문제야."

비연은 이유는 알 수 없었지만 군구신의 집착을 느낄 수 있었다.

"군구신, 그건 그냥 농담이었잖아! 마지막으로 한 번만 더 말해 주겠는데, 내가 원해서 당신과 혼사를 치른 거야. 우리 부황이라 해도 이 문제는 내 말을 들어야만 해."

군구신은 여전히 진지했다.

"네가 나에게 오고 오지 않고는 너와 나 사이의 일이지. 네 부황이 기뻐하고 기뻐하지 않고는 나와 그분 사이의 일이니 너와는 무관해."

비연은 여전히 이해할 수 없어 다시 그의 품에 기대며 중얼거렸다.

"아, 모르겠다. 어쨌든 난 이미 당신과 혼사를 치렀는걸. 엎질러진 물이잖아!"

군구신은 제법 진지한 표정을 짓고 있었으나 이 말을 듣는 순간 참지 못하고 웃음이 새어 나왔다. 그는 가볍게 비연의 머리카락에 입을 맞추고는 말을 빠르게 몰았다.

그는 그의 장인이 그가 얻은 강산을 원하지 않으리라는 사실을 알고 있었다. 그러나 그는 이렇게 해야만 택을 저버리지 않는 동시에 비연과 어깨를 나란히 할 자격을 얻을 수 있었다. 이 강산은 예물이라기보다는, 그 자신에게 남편으로서의 존엄함을 주는 동시에 그녀에게 아내로서의 영예를 안겨 주는 그 무엇이라고 하는 편이 옳았다.

성에 도착했을 때는 날이 이미 어두워진 다음이었다. 비연과 군구신은 성에 돌아오자마자 당정이 성문 밖에서 제지당해 안으로 들어가지 못하는 광경을 보게 되었다.

두 사람은 몹시 의아했다. 당정은 신농곡에서 꽤 입지를 다지고 있었기 때문에 그 신분을 쉽게 버릴 수 없었다. 그렇기에 그녀는 일단 신농곡에 돌아갔다가 다시 남하해 빙해로 갈 예정이었다.

비연이 물었다.

"언니, 가지 않은 거야?"

당정이 나지막하게 웃으며 말했다.

"노집사 어르신이 술을 챙겨 오라고 한 걸 잊었지 뭐야. 그분은 복만루의 화조주를 제일 좋아하시거든. 지난번에 내가 임무 없이 외부로 나가는 걸 허락해 주시면서, 특별히 화조주 두 항아리를 가져오라고 분부하셨는데."

비연은 문득 한 가지 일을 떠올리고 물었다.

"맞아! 언니, 지난번에 내가 신농곡에서 발견한 육단상륙은 운공대륙에서 온 것이었어. 설마 고 영감이 가져온 건 아니겠지?"

고 영감은 운공대륙의 대부호로 약귀곡의 주인이었는데, 천하 기이한 약의 9할은 그의 약귀곡에서 나왔다. 20년 전, 그는 현공대륙과 운공대륙을 자주 왕래하며 약재 거래를 했다.

당정이 웃으며 말했다.

"십중팔구 그렇겠지. 예전에 신농곡을 어떻게 해 볼 마음도 먹은 적이 있는데, 안타깝게도 계속 곡주 대인을 만나지 못했지."

비연이 의심스러운 마음이 들어 다시 물었다.

"이 곡주 대인은…… 너무 신비롭지 않아?"

"그러게 말이야!"

당정이 속삭였다.

"고 영감이 몇 번이나 곡주 대인에게 도전하려 했지만 고 태부께서 저지하셨지. 무슨 사건이라도 벌어질까 우려해서 말이야."

군구신이 곁에서 고개를 끄덕였고, 비연은 그만 웃고 말았다. 그녀의 그 의부는 아무래도 예전 그대로인 모양이었다!

군구신이 얼굴을 드러냈다. 영패를 내보일 필요도 없이 시위들은 바로 성문을 열어 주었다. 성에 들어온 후 비연과 군구신은 서둘러 입궁하러 가고 당정은 홀로 복만루로 향했다.

막 날이 어두워진 참이라 식사 시간이었고, 복만루는 이미 만석이었다. 문가에는 제 차례를 기다리는 사람들이 길게 늘어서 있었다. 당정은 곧바로 복만루 안으로 들어갔다. 그러나 그 순간, 직원이 그녀를 제지했다.

"손님, 밖에 줄이 긴 것을 못 보셨습니까? 나가시지요!"

"나는 술을 사러 온 거지, 밥을 먹으러 온 게 아니에요."

"우리 집은 술만 팔지 않습니다."

당정이 바로 금화를 꺼냈다.

"두 항아리 주세요."

직원은 눈이 번쩍 뜨이는 듯했으나 그래도 양보하지 않았다.

"아가씨, 소인이 도와 드리고 싶지 않은 게 아니라 복만루의 규칙이 그렇습니다. 아니면…… 우리 주인을 만나 이야기하시지요."

당정은 대답하지 않고 바로 몸을 돌렸다. 그리고 바로 그 순간에야 자신의 뒤에 누군가가 서 있는 것을 발견했다.

푸른 옷을 입은 그 사람은 풍채가 비범하여 서 있는 모습조차 유달리 영웅적으로 보였다. 미간에 굳센 기운이 어려 있는 그는 바로 현공대륙의 가장 젊은 대장군으로, 전쟁터에서 용맹무쌍하기로 적이 없다고 소문이 난 사람이었다. 사적인 곳에서는 건

달 같은 기질을 내보이기도 하고, 세상 모든 것을 하찮게 대하기도 하는……. 그리고 유난히도 잘 웃는 사람. 웃기 시작하면 두 눈이 유달리 보기 좋은 사람이었다.

하지만 그는 비연과 군구신의 혼인 때 대취한 후로 사람이 변해 버렸다. 그는 최근 전혀 웃지 않고 있었다.

그렇다. 그는 바로 정역비였다. 당정이 오랫동안 만나지 못했던 정역비!

당정이 몹시 놀라 멈칫했다.

군구신은 정역비에게 동쪽을 정벌할 것을 명했고, 정역비는 이미 선봉대를 미리 출발시킨 참이었다. 그 자신도 며칠 후, 새해를 보내고 출발할 예정이었다.

그가 군대에서 돌아와 호국대장군에 봉해진 후, 저택에 드나드는 매파들이 더욱더 많아졌다. 정역비는 그들을 피해 이곳으로 도망친 것이었는데, 생각지도 못한 당정의 뒷모습을 보게 되었던 것이다. 그는 한참 동안 그 자리에 서 있었다.

직원이 단골인 정역비를 한눈에 알아보고는 열정적으로 맞이했다.

"정 대장군, 오셨군요. 어서 안으로 드시지요. 늘 앉으시던 자리로 드릴까요? 그리고 술은 필요 없으시겠지요?"

정역비는 직원에게 대답하지 않고 당정에게 다가가 말했다.

"오랜만입니다."

당정은 그제야 정신을 차린 듯 웃으며 말했다.

"정말 오랜만이네요."

"함께 식사하시는 것은 어떻습니까? 제 체면을 좀 살려 주시지요."

정역비의 제안에 당정이 대답했다.

"바빠서 체면을 생각해 드릴 시간이 없군요."

정역비는 여전한 표정으로 직원에게 말했다.

"당 소저께 술 두 항아리를 내어 드리도록 해라."

직원은 그제야 당정이 보통 사람이 아니라는 걸 깨닫고, 재빨리 예의 바르게 사과하며 말했다.

"손님, 잠시만, 잠시만 기다려 주십시오!"

"규칙을 깰 필요는 없습니다."

당정은 냉랭하게 말하고는 정역비의 그 거대한 몸집을 지나쳐 성큼성큼 문밖으로 나갔다. 그리고 금화 주머니를 높이 든 다음 큰 소리로 외쳤다.

"줄을 서는 것을 포기한다면 누구든 본 소저에게서 금화 한 닢을 받아 갈 수 있다! 선착순으로!"

이 말이 끝나자 문 앞에 줄을 서 있던 사람들이 물밀듯이 다가왔다. 금화 한 닢이면 복만루에서 식사를 몇 끼나 할 수 있었다!

아주 잠깐 사이에, 복만루 문 앞에 줄을 서 있던 사람들이 전부 사라졌다. 당정은 문 앞에 선 채 팔짱을 끼고 벽에 등을 기댔다. 그녀는 여자의 몸으로 남자 옷을 입고 있었는데, 남자보다도 훨씬 대범해 보이는 구석이 있었다. 그녀가 직원에게 말했다.

"빈자리가 생기면 부르도록!"

직원은 말할 것도 없고 복만루 주인조차 당정을 보러 달려 나왔다.

정역비는 원래 미간을 찌푸리고 있었으나 당정의 이런 모습을 보자 웃음이 새어 나왔다. 그는 웃으며 당정 뒤에 줄을 섰다.

복만루에는 당연히 정역비와 같은 귀한 손님을 위해 남겨 두는 개인실이 있었다. 복만루 주인은 재빨리 당정과 정역비를 직접 맞아들여 위층의 개인실로 안내했다.

당정은 방에 들어가자마자 바로 문을 닫아 버렸다. 정역비는 억지로 따라 들어가려 하지 않고 그 옆방으로 들어갔다. 두 사람은 이렇게 벽 하나를 사이에 두고 각자 식사를 시작했다.

얼마 지나지 않아 정역비의 모친인 임 노부인이 도착했다. 임 노부인은 아들과 당정 사이에 벌어진 일을 이미 알고 있었지만, 지금 이 순간 당정이 벽 너머에 있다는 사실을 알지 못한 채 정역비의 방으로 들어갔다.

당정은 배부르게 먹은 후 화조주 두 항아리를 들고 떠나려던 참이었다. 그때 갑자기 벽을 타고 말다툼하는 소리가 들려왔다…….

노부인을 핍박하다

당정은 벽 건너편에서 들려오는 말다툼 소리에 문 앞에서 발걸음을 멈췄다. 목소리가 크지 않아 제대로 들리지는 않는 상태였다. 그녀는 잠시 망설이다가 주변을 둘러보고, 아무도 없는 것을 확인하고는 몰래 정역비의 방문 앞으로 가서 엿듣기 시작했다.

"아들아, 어미가 마지막으로 묻겠다. 설마 마음에서 아직도 정왕비를 내려놓지 못하고 있는 것이냐?"

당정은 깜짝 놀랐다. 그녀는 임 노부인을 만난 적 없지만 이 말을 하는 사람이 임 노부인이라는 것은 바로 깨달을 수 있었다. 그리고 지금 노부인은 몹시 화가 난 상태였다.

저도 모르게 마음속에 쓰라린 느낌이 피어올랐지만 당정은 곧 그 감정을 무시하고 속으로 욕설을 퍼부었다.

'정말이지 짐승 같은 놈! 아직도 연아에게 마음을 두고 있다니.'

"그만하십시오!"

갑자기 정역비의 분노한 목소리가 들렸다. 그는 노부인보다 더 화가 난 것 같았다. 당정은 다시 한번 깜짝 놀랐다. 그녀는 하마터면 정역비가 그녀가 속으로 욕한 걸 알고 그녀에게 소리 지른다고 오해할 뻔했다.

당정이 살짝 겁을 먹고 있는 가운데 정역비의 진지한 목소리가 계속 들려왔다.

"어머니, 저도 마지막으로 말씀드리겠습니다. 저는 이미 내려놓았습니다! 정왕 전하의 말을 제가 직접 끌지 않았습니까! 비연이 정왕 전하께 시집간 이상 저는 이미 감복했고, 결코 망상은 하지 않을 것입니다. 저도 그 혼사에 마음 깊이 만족했다는 말입니다! 그리고 어머니, 앞으로는 그런 황당한 말씀 하지 마십시오. 체통을 잃을 뿐 아니라, 소문이 나면 웃음거리가 될 테니까요!"

당정의 눈가에 일말의 복잡한 빛이 스쳐 갔다. 그녀는 다시 속으로 투덜거렸다.

'점잖은 척하기는! 입으로 옳은 말을 하면 뭐 해. 다 거짓말!'

당정은 정역비의 이런 엄숙한 말투에 익숙하지 않았다. 그녀는 계속 이런 말은 그의 입에서 나오는 말이 아닌 것 같다고 생각하고 있었다.

방 안이 한참 동안 고요하더니 다시 임 노부인의 질문이 들려왔다.

"그래, 그럼 말해 봐라. 어째서 아내를 맞아들이려 하지 않는 것이냐? 어미가 지금까지 너에게 열도 넘는 여자들과 선을 보라 하지 않았니? 우리 저택에 드나드는 매파만 해도 최소한 서른은 넘는다. 그때마다 피하기만 하고 한 사람도 제대로 상대하지 않으니……. 마음을 거두지 못한 게 아니라면 대체 무엇이란 말이냐?"

이 말 이후 방 안이 다시 침묵에 **빠졌다**.

당정은 경멸 섞인 표정으로, 임 노부인이 정역비의 거짓말을 낱낱이 파헤쳐 주기를 기다리고 있었다. 그러나 이게 웬일일까. 얼마 지나지 않아 그녀는 정역비의 목소리를 다시 듣게 되었다.

"당정을 기다리고 있습니다."

당정은 그대로 굳어 버렸다.

임 노부인은 더더욱 다급하게 말했다.

"그런 여자는 기다려 무엇 하려고? 정절을 잃고도 너에게 책임지라 하지 않았다며? 그런 여자는 분명 지조가 없을 거야! 꿀을 품고 나비를 유혹하는 그런 여자인 거지! 얘야, 일이 벌어졌을 때 그 여자는 이 어미를 찾아오지 않았다. 나중에 그 여자가 다시 온다 해도 어미는 그 여자를 보고 싶지 않아! 어미에게…… 그런 관계를 인정하게 할 생각은 꿈에도 하지 마라!"

이 말을 들은 당정은 몹시 화가 났다. 그녀가 눈을 가늘게 뜨고 문을 두드리려 했을 때, 갑자기 방 안에서 굉음이 들려왔다.

탕!

정역비가 탁자를 내려치더니 외쳤다.

"내가 당정의 첫 남자입니다! 제가 대체 얼마나 말해야 믿으실 겁니까? 어머니께서 믿지 않으시겠다면, 좋습니다. 아들이 오늘 여기서 확실하게 말씀드리지요. 저, 정역비는 이 생에 단한 여자만을 맞이할 겁니다. 당정을 만난 이상, 두 번째 여자는 결코 없을 겁니다! 당정이 저에게 시집오고 싶지 않다면야, 그건 그녀의 자유지요. 하지만 저는 장군 부인의 자리를 당정을 위해 계속 남겨 둘 겁니다. 이건 제 자유입니다!"

임 노부인은 화가 나서 넘어갈 지경이었다.

"너, 너……. 정씨 가문의 대를 끊어 놓을 참이냐? 이 불효자식, 이……."

정역비가 몸을 일으키더니 성큼성큼 밖으로 걸어 나왔다. 멍하니 있던 당정은 그의 발걸음 소리를 듣자마자 깜짝 놀라 줄행랑을 쳤다. 그리고 멀지 않은 곳 모퉁이 뒤에 숨은 채 두방망이질해 대는 심장을 가라앉히고 있었다.

똑똑!

정역비가 당정이 있던 방문을 두드렸다. 당정은 점점 더 긴장한 표정으로 살짝 고개를 내밀고 살펴보았다.

정역비는 다시 문을 두드렸지만 답이 돌아오지 않자 문을 열었다. 방 안에 아무도 없는 것을 확인한 그는 서둘러 직원을 찾았다.

"이 방에 계시던 소저는 언제 떠나셨지?"

"방금 저에게 술을 가져오라 하시더니 바로 계산하셨습니다. 가신 지 얼마 안 되신 것 같습니다만."

직원의 말에 정역비는 바로 몸을 돌려 달려 나갔고, 당정은 그가 대문 밖으로 나가는 걸 본 다음에야 겨우 안도의 한숨을 내쉬었다.

"하마터면……. 아니, 잠깐. 그가 뭐라고 무서워하는 거야? 빚을 진 것도 아닌데! 무뢰한, 말만 번지르르해서는! 귀신이나 그 말을 믿겠지!"

그녀는 잠시 중얼거리다가 임 노부인이 문가에 서 있는 걸 보고 재빨리 다른 쪽으로 도망쳤다. 그리고 당정이 도망친 지 얼마 되지 않아 임 노부인이 중얼거리기 시작했다.

"아이고, 정말이지! 하지만 우리 정씨 가문의 향불을 위해서라도 이 늙은 얼굴을 내밀고 다녀야겠네! 하, 당정이라……. 당정, 내 아들이 장군 부인의 자리를 너를 위해 남겨 놓겠단다. 새해가 되면 아무래도 신농곡에 가서 직접 혼사를 청해야겠어. 그리고 네 부모를 붙들고, 네가 우리 정씨 가문에 시집오는 게 맞는지 아닌지 물어봐야겠다!"

당정이 이 말을 들었다면 분명 그 자리에서 미쳐 버렸을 거다. 당정의 아버지가 그녀와 정역비 사이에 벌어진 일을 안다면…… 정역비를 죽여 버리려 할 것이 분명했으니까!

당정은 진양성에서 하룻밤도 머물지 않고 그대로 성을 나왔다. 군구신의 명이 있었기에, 성을 지키던 시위들은 그녀가 성을 나가게 해 주었다.

다음 날 정역비가 이 일을 알았을 때는 이미 늦어 있었다. 그는 어머니를 피해 아침 일찍 성을 나가 군영으로 갔다.

연말에는 시간이 유달리 빨리 지나가는 것 같았다.

군구신과 비연은 남쪽으로 내려가면 아마 한참 동안 진양성에 돌아오지 못할 터였다. 군구신은 며칠 내내 발이 땅에 붙어 있지 못할 정도로 바빴다. 각종 일이며 인선을 안배하고, 타당하게 배치해야 했던 것이다. 그는 설사 진양성에 있지 않더라도 여전히 천염국의 모든 것을 장악할 수 있었다.

그렇게 바쁜 와중에도 그는 비연에게 몸을 돌보라고 독촉하는 걸 잊지 않았다. 그는 전 어멈에게 매일 비연에게 식단을 짜줄 것을 명했는데, 아침, 점심, 저녁, 세끼에 오후의 간식이며 밤에 야식까지 더해 하루에 다섯 끼를 요구했다.

비연은 설족의 땅에서 한동안 편하게 지냈고, 진양성에 돌아온 후로도 계속 편하게 몸을 보양할 수 있었다. 그녀는 아직도 매우 말랐지만, 최소한 턱이 조금 둥글어진 것 같았고 사람도 전체적으로 좀 더 좋아 보였다.

물론 비연이 몸을 보양한다 해서 한가롭게만 지내는 건 아니었다. 그녀는 사람을 시켜 몰래 고씨 가문의 연못을 조사하게 했고, 과연 어린아이의 해골을 하나 발견했다. 비연이 여덟 살 되던 그해, 고씨 가문의 대소저가 연못에 빠질 때 그녀도 연못에 빠졌다는 사실이 확실해진 것이다.

고씨 가문 대소저가 그녀의 몸으로 들어와 살기 시작했고, 비연의 영혼은 빙해영경에 갇혔다. 그렇기에 그때 구조된 아이의 몸은 그녀의 것이었지만 영혼은 고씨 가문 대소저의 것이었던 거다. 하지만 대소저의 외모가 그녀와 똑같았기 때문에, 구조된 후 1년이 지나 깨어난 후 여덟 살 전의 일을 기억하지 못해도 아무도 이상하다고 여기지 않았다. 그리고 비연은 붙일 곳 없이 외로운 넋이 되어 빙해영경에서 살고 있었던 것이다.

다시 태어난 후 겨우 자신의 몸으로 돌아왔고, 고씨 가문 대소저의 영혼도 그때 사라졌을 것이다. 그리고 이 모든 것은 분명 백의 사부와 관련이 있을 것이다!

비연은 고씨 가문의 대소저를 안장하게 한 후 정왕부로 돌아왔다. 그녀는 전 어멈을 불러 어린 시절의 그 옷을 가져다 달라고 했다. 과연, 그 옷은 전 어멈이 가지고 있었다.

그녀는 옷을 꺼내 놓으며 호기심에 가득 차 물었다.

"왕비마마, 갑자기 이 옷이 왜 생각나신 거예요?"

"그냥 갑자기 생각이 나서. 여기 놔두고 가. 나중에 내가 정리해 둘 테니까. 기념으로 남겨 둘 거야."

전 어멈은 웃으며 고개를 끄덕였고, 그 이상 묻지 않았다. 비연이 말했다.

"가서 고 의원에게 숯을 좀 더 보내 주고, 옷도 좀 더 챙겨 줘. 내일은 그믐이니, 나는 전하와 함께 입궁해서 새해를 보낼 거야."

고운원은 비연 일행을 따라 진양성으로 돌아온 후 계속 정왕부에 머물고 있었다. 그는 은거에 익숙한 듯 종일 방 안에서 요양하며 서책을 읽었는데, 그 모습이 자못 만족스러워 보였다.

다음 날 오후, 비연이 입궁 준비를 하고 있는데 군구신이 돌아왔다. 비연이 그를 맞이하며 놀리듯 말했다.

"오늘은 그믐인데, 우리 집안에서 제일 바쁜 분은 바쁜 일을 끝내고 오셨나?"

"거의 끝냈어. 택아와 새해를 맞이하고, 내일 아침 일찍 출발하자."

군구신은 대답하면서 서신을 두 통 꺼냈다.

"네 의부의 서신도 있고, 또 네 오라버니의 서신도 있어."

비연은 먼저 오라버니의 서신을 열었다. 이것은 오라버니가 그녀에게 보내는 첫 번째 서신이었다. 그리고 의부의 서신은…… 그동안 몇 통이나 받았는지 셀 수 없을 지경이었다.

우리 역시 서로의 집인 거야

예전에 받은 서신은, 고북월의 서신이건 고칠소의 서신이건 모두 헌원예가 전하는 말이 몇 마디씩 적혀 있었다. 그러나 헌원예가 여동생에게 직접 보내는 서신은 이것이 처음이었다.

비연은 기대에 가득 차 서신을 열었다. 그러나 그 안에는 봉투가 또 들어 있을 뿐이었다. 그 위에는 그믐밤의 연회가 끝난 후 열어 보라고 적혀 있었다.

"뭐 이리 비밀스럽담. 절대 오라버니의 성격 같지 않은데!"

비연이 계속 봉투를 열어 보려 하자 군구신이 제지했다.

"오라버니에게 다른 안배가 있을지도 모르잖아. 오라버니의 뜻을 저버리지 마."

비연은 입술을 비죽거렸다.

"좋아!"

비연은 그제야 고칠소의 서신을 열었다. 그러나 그 안에도 역시 봉투가 들어 있었다. 그믐밤의 연회가 끝난 후 열어 보라는 글과 함께.

비연이 기쁘게 말했다.

"분명 뭔가가 있을 거야!"

이날 밤, 비연과 군구신은 고운원과 함께 입궁했다.

택은 경녕궁에서 연회를 베풀었다. 평소 냉랭하던 경녕궁도 오늘 밤은 화려하게 띠를 장식하고 음악 소리가 울려 퍼지고 있었다. 거기에 산해진미며 좋은 술까지 더하니 상당히 시끌벅적한 분위기였다.

택은 이미 탁자 앞에 앉아 있었다. 그리고 그 곁에 앉아 있는 사람은 바로 대자사의 어린 사미승 염진이었다.

최근 몇 달 동안, 택은 갑자기 훌쩍 자란 것 같았다. 그러나 염진은 여전히 순수하고 맑아 보였다. 염진은 평소에는 부드럽고 조용해 보였지만, 웃기 시작하면 사월의 봄바람이 불어오는 것처럼 편안한 기분을 주었다. 아무리 심한 번뇌를 품고 있다 해도 그가 웃는 것을 보면 내려놓을 수밖에 없었다.

비연과 군구신은 택과 사적인 일로 만날 때는 궁중 예법에 구애받지 않았다. 그러나 고운원은 도착하자마자 바로 손을 모아 읍하며 예를 행했다. 그 진지한 태도는 여전히 융통성이 없어 보였다. 그는 그믐밤인 오늘도 흰 옷을 입고 있었는데, 안색이 예전보다 많이 좋아 보였다.

연회가 시작되자 모두 웃으며 대화를 나누기 시작했다. 고운원은 말수가 몹시 적었다. 비연이 때때로 그에게 시험하듯 건네는 몇 마디에 대답하는 것 외에는 먼저 입을 열지 않았다.

택은 이 식사가 그믐밤의 연회일 뿐 아니라 황형과 형수가 떠나기 전의 식사라는 것을 알고 있었다. 그는 마치 끝내지 못한 말이 있는 것처럼 그들을 잡고 계속 이야기를 늘어놓았다.

염진은 무척 조용했다. 그는 단정하게 앉아 한 손으로 그릇을 들고 다른 한 손으로는 젓가락을 쥐고 있었다. 그리고 고개를 숙이고 밥을 입에 넣은 다음 다시 고개를 들고 천천히 씹었다. 그는 그런 동작을 몇 번이나 반복하며 고운원을 바라보았다.

고운원도 단정하게 앉아 무척 우아한 자세로 식사하고 있었다. 그는 염진이 자신을 보고 있다는 사실을 진작부터 알아차린 상태였다. 처음에는 태연자약했지만 시선을 계속 받다 보니 저도 모르게 염진을 바라보게 되었다.

고운원이 예의 바르게 염진을 향해 미소 지었다. 염진도 예의 바르게 그릇과 젓가락을 놓더니 입을 깨끗하게 닦고 미소 지으며 합장을 했다. 고운원에게 화답한 셈이었다.

고운원도 재빨리 그릇을 내려놓고 합장하여 출가한 이에 대한 존경을 표시했다. 염진은 다시 그릇을 들고 음식을 천천히 씹어 삼키며 고운원을 바라보았다. 그 시선 때문일까, 고운원의 입가에 경련이 일고 있었다. 한참 후에야, 그는 계속 자신을 보고 있는 염진에게 미소를 지었다.

염진이 다시 그릇을 내려놓고 합장했다. 고운원도 그릇을 내려놓고 합장할 수밖에 없었다. 이렇게 몇 번 주고받는 사이에도 염진의 시선은 고운원에게서 떨어지지 않았고, 고운원은 자유를 잃은 듯한 기분이 들었다.

이렇게 택은 군구신과 비연에게 계속 이야기를 늘어놓고, 염진은 고운원을 바라보는 사이에 한 시진이 넘게 흘렀고 식사가 마침내 끝났다. 군구신이 하소만에게 명해, 그가 미리 준비한 세뱃돈을 가져오게 하여 그 자리의 모두에게 나누어 주었다. 심지어 고운원마저 세뱃돈을 받게 되었다.

염진은 무척 기쁜 듯 재빨리 몸을 일으켜 군구신에게 읍하며 인사했다.

"감사합니다."

군구신이 그의 머리를 쓰다듬으며 물었다.

"환속하고 싶지 않으냐?"

염진은 처음에는 고개를 끄덕이다가 곧 다시 고개를 저었다. 모두 웃음을 터뜨렸다.

비연 일행은 좀 더 머물다가 궁을 나왔다. 정왕부에 도착했을 때는 이미 늦은 밤이었다.

비연은 방에 들어가자마자 오라버니와 의부의 서신을 꺼내 열었다. 그런데 이게 웬일일까. 서신 속에 들어 있던 것은 세뱃돈이었다. 의부는 그녀에게 큰 금액의 세뱃돈 봉투를 하나 보냈지만, 오라버니는 세 개를 보냈다. 하나는 오라버니 자신이 주는 것이었고, 다른 두 개는 부황과 모후의 몫이었다.

비연의 눈가가 젖어 들었다. 그녀는 군구신을 바라보기만 할 뿐 아무 말도 하지 못했다. 입을 여는 순간 그대로 울어 버릴 것 같았던 것이다.

군구신은 사실 미리 알고 있었다. 그도 부친에게서 서신을 받았고, 그 안에 세뱃돈 봉투가 네 개 들어 있었던 것이다. 그는 그중 세뱃돈 봉투 두 개를 꺼내어 비연에게 건넸다.

"이건 아버지와 어머니께서 주시는 거야. 어머니 것은 아버지가 대신 주신 거고. 받아 줘. 아버지께서 말씀하시길, 예전에는 네가 공주였고 아버지가 신하여서 세뱃돈을 줄 수 없었지만…… 올해부터는 매년 주겠다고 하셨어."

결국 비연의 눈에서 눈물이 터져 버리고 말았다. 그녀는 슬프기도 하고 행복하기도 한 마음으로 세뱃돈 봉투를 바라보았다. 마치 어린 시절로 돌아간 것 같았다.

비연이 물었다.

"민 이모는 우리가 혼사를 치른 걸 알고 계셔?"

비연이 이야기하는 민 이모는 바로 군구신의 양모인 진민이었다.

군구신은 가볍게 한숨을 쉬며 서신을 하나 건네주었다. 바로 세뱃돈과 함께 왔던 서신이었다.

비연은 서신 속 내용을 보고 괴로운 나머지 무슨 말을 해야 할지 알 수 없었다. 군구신이 실종된 후 1년 만에 진민은 아들을 낳았다. 고북월은 군구신이 실종되었다는 이야기를 계속 그녀에게 숨겼다.

후에 밀정 하나가 실수로 진민에게 이야기해, 진민은 큰아들이 실종되었다는 사실을 알게 되었다. 그녀는 종일 아들을 생각하다 병이 되어 마침내 작은아들을 데리고 황도를 떠났다. 그녀는 고북월에게 몇 년 동안만 떠나 있겠다고 했지만 지금까지 돌아오지 않고 있었다.

군구신은 가볍게 한숨을 쉬었을 뿐이지만 비연은 그의 마음 속 괴로움을 알 수 있었다. 진민은 그를 직접 낳은 아이처럼 대했다. 군구신은 어린 시절부터 자신이 양자라는 걸 알고 있었지만 진민을 친어머니와 똑같다고 여겼다.

비연은 군구신의 손을 잡았지만 어떻게 위로해야 할지 알 수 없었다. 그녀는 차라리 자리에서 일어나기로 했다.

"군구신, 우리 지금 당장 가자! 빙해로! 어서 우리 집을 보러 가는 거야. 응?"

그러나 군구신은 위로가 필요하지 않았다. 그는 이미 그때의 그 어린아이가 아니었다.

그는 비연을 다시 침상에 앉히면서 말했다.

"연아, 오늘 밤은 내가 너를 맞이하고 처음으로 맞는 제야의 밤이야. 오늘 밤은 길이 아니라 우리 집에서 보내자. 내일 아침 일찍 떠나면 되니까."

그들의 집은 빙해의 남쪽에 있었다. 하지만 그들 역시도 서로의 집이었다!

비연은 무어라 표현할 수 없는 안정감을 느끼며 군구신에게 입을 맞췄다. 그러나 곧 군구신에게 주도권을 빼앗기고 말았다.

깊은 밤, 황궁 안에서는 택과 염진이 아직 깨어 있었다. 택은 직접 염진이 궁을 나서는 길을 배웅하고 있었다.

"염진, 꼭 돌아가야 해?"

"응, 그게, 그게…… 새해 첫날은 모두 함께 절에서 경을 외워야 하거든. 안심해. 금방 돌아올 테니까."

"그래, 알았어. 참, 그 고운원에게서 뭔가 이상한 점을 발견했어?"

"아니. 대체 왜 그러는 거야?"

"나도 모르겠어. 그냥…… 하소만에게서 들었는데, 진 시위가 고운원은 사람이 아닌 것 같다고 했대!"

"으악, 택아! 밤중인데 나를 놀라게 하지 말라고!"

"그럼 돌아가지 않으면 되잖아. 내일 아침에 사람을 시켜 데려다주라고 할게."

"안 돼. 가서 밤을 새워야 한단 말이야! 부, 부처님을 모시고!"

"알았어……."

고칠소를 다시 만나다

　비연과 군구신은 새해 첫날 아침 일찍 비밀리에 출발했다. 시위 몇 명 외에 고운원도 함께하는 여정이었다.

　이미 설날이건만, 꽃샘추위가 살을 에는 듯했다. 비연 일행이 출발한 지 얼마 되지 않아 눈보라에 길이 막힐 정도였다. 다행히도 일찍 출발한 덕분에 원소절 오후에 빙해 북안에 도착할 수 있었다.

　망망대해, 끝이 보이지 않았다. 본래 순백이어야 할 빙해는 독에 감염되어 검은빛으로 변해 있었다. 해면 위로 아스라이 피어오르는 안개조차 검은빛이었다.

　햇빛 아래, 빙해 전체가 한없이 넓은 검은 동굴처럼 보였다. 일단 저 안에 떨어지면 영원히 나오지 못할 것 같았다. 그러나 비연과 군구신이 발길을 멈춘 것은 빙해의 신비스러운 공포 때문이 아니라 그들 마음속 고향에 대한 근심 때문이었다.

　두 사람은 서로를 끌어안은 채 산 정상에 서서 빙해를 바라보았다. 두 사람 모두 아무 말도 하지 않았다.

　고운원 역시 그들 곁에 서서 빙해를 바라보고 있었다. 그의 맑은 두 눈동자에 보일 듯 말 듯 슬픈 빛이 떠올랐다.

　비연과 군구신은 근심은 근심이고, 어서 고향으로 돌아가고 싶어 안달 중이었다. 그들은 시간을 낭비하지 않고 재빨리 산에서 내려갔다.

빙해의 북안은 동서 양쪽으로 수천 리에 걸쳐 펼쳐져 있었다. 해안가에는 빙설초 덤불이 가득해, 마치 갈대숲처럼 몸을 숨길 수 있을 것 같았다.

운한각은 빙해 북안의 서쪽 일곱 곳에 비밀 부두를 만들고 시위들을 매복시켜 놓았다. 그들은 외부인에게 들키지 않도록, 부두 일곱 곳을 정해진 순서 없이 돌아가며 사용했다.

군구신은 시위들에게 근처에서 기다리라 명한 후, 비연, 고운원과 함께 빙설초 덤불 속으로 들어갔다. 그리고 승 회장이 알려 준 길을 따라 한참 걸어가자 저 멀리 부두가 보였다.

이미 일몰 무렵이었다. 석양의 남은 빛이 빙해를 비추니, 신비스럽고 음산하던 빙해에 장엄한 느낌이 더해졌다.

그들은 승 회장과 시간을 약속해 두었다. 이제 그를 기다리기만 하면 된다.

빙해안은 본래 추운 데다, 찬바람이 드는 계절이니 공기가 더욱 으슬으슬했다. 그러나 비연 일행은 다른 이들의 의심을 살까 두려워 불도 피울 수 없었다.

군구신이 바위를 하나 찾아냈다. 만져 보니 돌이 아주 차갑기 그지없었다. 그래도 그는 그 자리에 앉은 다음 비연을 불렀다.

"승 회장은 그렇게 금방 오지 않을 거야. 한참 걸었으니 좀 쉬는 게 좋겠어."

비연이 다가와 곁에 앉으려 하자 군구신이 그녀를 끌어당기더니 제 무릎 위에 앉혔다. 그리고 바람막이를 목까지 꼭꼭 여며 준 다음 다시 그녀를 품에 따뜻하게 안았다.

비연은 어느새 이리 앉는 것에 익숙해져 있었다. 설족에서 일부러 애정을 과시하기 위해 이렇게 앉았던 후로 그는 계속 그녀를 자신의 무릎 위에 앉혔다. 다른 이들의 시선은 전혀 신경 쓰지 않았다.

군구신이 나지막하게 물었다.

"추워?"

비연은 마음마저 따뜻한 기분이었다. 바로 이 따뜻한 포옹 속에서 그녀의 긴장한 마음도 평온을 되찾고 있었다. 그녀는 약왕정을 어루만지며 중얼거렸다.

"약왕정이 파업하는 게 아니라면 좋을 텐데. 이미 약왕정의 신화를 6품까지 수련했단 말이야. 그런데 이 녀석은 언제 원상태로 돌아올지 모르겠어."

고독한 모습으로 바위 옆에 서 있던 고운원이 이 말을 듣자 천천히 고개를 돌렸다. 공교롭게도 비연과 군구신도 그 순간 그를 바라보고 있었다.

시선이 뒤엉키는 순간, 고운원이 바로 눈길을 돌렸다.

일단 한 사람을 의심하게 되면 그의 어떤 모습이건 의심스러운 법이다. 비연이 약왕정을 세게 내려치며 물었다.

"보긴 뭘 보는 거람. 설마 켕기는 게 있어서 그런가?"

고운원이 코를 문지르더니, 다시 비연을 바라보며 읍하고는 진지하게 대답했다.

"왕비마마, 마마께서는 정왕 전하와 서로 따뜻하게 해 주시니 충분하실 듯합니다. 약왕정이 원래 상태로 되돌아오면 부디 제가 쓰게 해 주십시오. 저는 계속 이렇게 얼어붙어 있다가는 목숨도 부지하지 못할 것 같습니다!"

말을 마친 그는 몸서리를 치며 다급하게 몸을 웅크렸다. 비연은 당연히 그의 야유를 알아들었지만 오히려 보란 듯이 군구신의 품에 기대며 고운원을 상대하지 않았다.

군구신은 턱으로 비연의 머리를 누르며 고운원을 바라보았다. 비연이 지난 10년 동안 백의 사부 한 사람과만 지냈다는 생각을 하니 그는 뜻밖에도 이유 모를 씁쓸함을 느꼈다.

고운원은 군구신이 자신을 보고 있다는 사실을 눈치챘다. 그러나 그는 군구신을 내버려 둔 채 몸을 더욱 웅크렸다. 군구신이 다른 쪽으로 시선을 돌렸을 때야 고운원은 다시 고개를 돌려 군구신을 바라보며 속으로 탄식했다. 그의 눈가에는 희미하게나마 낙담한 기색이 어려 있었다.

저녁 해가 지고 날이 점차 어두워졌다. 빙설초 덤불 속은 적막에 잠겨 있었다. 비연과 군구신의 시선은 점차 빙해 쪽으로 옮겨 갔다. 두 사람은 각자의 생각에 빠져 있었다.

약속한 시간이 가까워졌다. 조금만 있으면 승 회장이 올 것이다. 그것은 곧 비연이 부황과 모후를 만나러 갈 수 있다는 것을 의미했다! 그녀는 긴장한 나머지 무의식중에 군구신의 손을 꽉 잡았다.

군구신은 그녀의 마음을 느낄 수 있었다. 그가 다른 손으로 그녀의 작은 손을 따뜻하게 잡아 주며 말했다.

"즐거운 일이야. 그렇지?"

그래! 마침내 부황과 모후를 만날 수 있으니 즐거운 일이 맞았다. 절대 울어서는 안 된다! 부모님께 걱정을 더해 드리면 안 되니까.

어린 시절 부황은 그녀가 울면 몹시도 힘들어하셨다. 부황은 운공대륙을 주재하고, 이루지 못할 일이 없었지만, 그녀가 울기 시작하면 어쩔 줄 몰라 하셨다.

비연이 진지하게 고개를 끄덕였다.

"응!"

이때, 곁에 외롭게 서 있던 고운원이 다시 그들을 바라보았다. 마치 비연의 심정을 안다는 듯이. 그의 눈에 비친 낙담이 더더욱 짙어지고 있었다.

그때였다. 갑자기 이상야릇한 웃음소리가 들려왔다.

"연아……."

이 목소리는!

비연은 순식간에 굳어 버렸다. 군구신이 바로 몸을 일으키더니 한 손으로 비연을 지키며 다른 손으로 검을 뽑고 외쳤다.

"누구냐! 나와라!"

그러나 이게 웬일일까? 비연이 갑자기 군구신의 손을 뿌리치더니 소리가 들려온 방향을 향해 달려갔다.

"의부!"

그녀는 울고 있었다! 방금까지 울어서는 안 된다고 되새겼건만! 부황과 모후를 만나기도 전에 의부의 목소리를 듣는 것만으로도 그녀는 이미 눈물을 참을 수가 없었다.

이 목소리, 그녀에게 깊은 인상으로 남아 있는 목소리였다. 어린 시절, 의부는 그녀 앞에 나타날 때면 매번 일부러 목소리를 바꾸어 그녀를 놀라게 하곤 했다. 그러나 그녀는 매번 그의 목소리를 알아맞혔다.

그였다. 틀릴 리 없었다!

비연이 곧 발걸음을 멈췄다. 군구신과 고운원도 쫓아왔다. 무성한 빙설초 속에서 검은 옷으로 온몸을 감싼 키 큰 사람이 걸어 나왔다. 머리와 얼굴도 장포에 달린 검은 모자며 천으로 빈틈없이 감싸고 있었다. 어둠 속에서 고개를 숙인 그를 보면 마치 커다란 검은 옷이 매달려 있는 것처럼 보였다.

누구라도 이런 모습을 보면 겁에 질려 발걸음을 멈출 것이다. 그러나 비연은 여전히 그쪽으로 성큼성큼 걸어갔다. 그녀는 한 손으로 입을 가린 채 끊임없이 눈물을 흘리고 있었다. 검은 옷은 움직이지 않았다. 그 앞에 도착한 비연이 어린 시절처럼 손을 내밀었다.

"사탕! 사탕…… 주지 않으면, 내가, 내가 부황에게 이를 거예요! 또 나를 놀라게 했다고!"

검은 옷이 두 손을 내밀었다. 뼈마디가 뚜렷하고 길쭉한 것이 몹시 보기 좋은 그 손은 가볍게 주먹을 쥔 채 살며시 떨리고 있었다.

"연아, 맞혀 봐라. 사탕이 왼손에 있을까, 오른손에 있을까?"

이 목소리는 더 이상 괴상야릇하지 않았다. 웃음기 서린 나른한 목소리는 몹시도 따뜻했다. 비연뿐 아니라 군구신에게도 익숙한 목소리였다.

비연은 울먹이느라 한참 동안 말을 잇지 못하다가 겨우 대답했다.

"둘 다! 왼손, 오른손, 둘 다!"

검은 옷의 두 손이 연아의 작은 손 위에 사탕을 올려놓더니 마침내 얼굴을 가리고 있던 두건이며 모자가 달린 장포를 모두 벗었다.

붉은 옷을 입은 그는 요사스럽게 아름다워 보였다. 도화를 닮은 두 눈에는 웃음기와 애정이 흘러넘치고 있었다. 10년이 흘렀는데도 그는 거의 변하지 않은 것 같았다. 그는 여전히 온 세상의 빛을 모조리 사라지게 할 만큼 아름다웠고, 사람들의 혼을 앗을 만큼 요사스러웠다.

그였다. 틀림없었다.

운공대륙 약귀곡의 곡주 고칠찰, 운공대륙 의성소주醫城少主 고칠소!

이런 계획이 있다

10년이란 세월도 고칠소의 얼굴에 별다른 흔적을 남기지 않았다. 그러나 이 세월이 그의 마음속에 어떤 흔적을 남겼는지는 그 자신만이 알 것이다.

웃는 모습조차 변하지 않은 것 같아 보였다. 그 이유는 그의 앞에 있는 이가 바로 한운석의 딸이기 때문이었다.

눈을 가늘게 뜨고 웃는 그의 얼굴에는 10년 동안의 모든 그리움과 부끄러움, 자책과 근심이 숨어 있었다. 그는 활짝 피어난 도화처럼 찬란하게 웃었다.

그의 이런 모습에 비연은 순식간에 어린 시절로 돌아간 것만 같았다. 그녀는 힘차게 눈물을 닦았다. 그러나 눈물은 도무지 멈추지 않고 계속 흘러내렸다.

"의부, 연아는……."

그녀는 울먹이느라 말을 이을 수 없었다. 정말 작은 아이가 되어 버린 것처럼 울고 또 웃었다. 슬픔과 기쁨은 이렇게 공존할 수도 있는 것이었다.

비연은 열여덟 살이었다. 그녀에게는 이 세상에 부모를 제외하고 어른이라 부를 사람이 한 명 있는데, 아무런 혈연관계가 없음에도 불구하고 그의 앞에만 서면 순식간에 아이가 되어 아무 생각 없이 훌쩍이며 울게 된다. 이 생에서 가장 예외적인 행복이었다.

곧 비연은 어린 시절처럼 사탕을 한 알 먹고 한 알은 숨겼다. 그리고 고칠소에게 약속했다.

"의부, 안심해요. 다 먹어 치우지 않을 테니까. 이건 우리 모후에게 줄 거야! 이따가…… 이따가 내가 모후에게 가져다줄게요."

고칠소는 계속 찬란하게 미소 짓고 있었으나 이 말을 듣는 순간 그 아름다운 눈에 마침내 눈물이 어리기 시작했다. 그 역시 울먹이며 말했다.

"그래, 그래야지!"

그가 습관처럼 쪼그리고 앉았다. 그리고 그런 다음에야 비연이 이미 자라서 성숙한 아가씨가 되었음을 인식했다. 그녀는 이제 그가 쪼그리고 앉아야만 두 손으로 안아 줄 수 있는 어린 소녀가 아니었다.

10년 동안 보지 못했건만 그 작디작은 습관들은 여전히 남아 있었다. 이 10년 동안, 삼천육백여 일이라는 시간을 그는 대체 어떤 마음으로 보냈던 걸까?

비연은 의부가 쪼그려 앉을 걸 생각지 못했기에 살짝 멍한 표정을 지었다. 그리고 곧 상황을 이해하고는 다시 울음을 터뜨렸다. 이 순간 그녀는 지난 10년이 지나가지 않았기를, 자신이 아직 작은 연아이기를 너무나 바라고 있었다.

고칠소가 몸을 일으키려 할 때 비연이 그에게 달려들어 강하게 끌어안으며 말했다.

"의부, 보고 싶었어요! 부황이, 모후가, 그리고 의부가 너무나 그리웠어요!"

고칠소는 입가에 여전히 웃음을 머금고 있었지만 목소리는 쉬어 있었다.

"연아, 의부도 네가 보고 싶었다. 그리고 네 모후가 보고 싶구나. 하하, 그래, 의부는 심지어 네 부황도 보고 싶다! 믿을 수 있겠니?"

비연은 연신 고개를 끄덕였다.

"믿어요, 믿어!"

고칠소는 비연을 한참 동안 안아 준 다음에야 놓아주고, 다시 그녀의 손을 잡고 그녀를 두루 살펴보았다. 그때 군구신이 앞으로 걸어 나와 공손하게 읍하며 말했다.

"남신이 칠 숙부를 뵙습니다."

고칠소는 눈썹을 치켜세운 채 군구신을 바라보더니 말했다.

"연아는 확 달라졌는데, 이 녀석은 완전히 그때 그대로네! 9년이나 지났는데, 찾기 쉬웠겠어!"

군구신이 진지하게 말했다.

"남신이 사명을 욕되게 했습니다. 부끄럽습니다."

고칠소가 갑자기 엄숙한 표정으로 물었다.

"아내로 맞이해 놓고 사명을 욕되게 했다? 하하, 말해 보거라. 어떻게 해야 사명을 욕되게 하지 않을 수 있는지? 나에게 조그만 연아라도 안겨 줄 생각인가?"

군구신이 비연을 바라보자 고칠소는 그 모습을 즐겁게 바라보았다. 그는 군구신이 어렸을 때처럼 비연에게 구원을 청하고 있다 생각했다. 그러나 이게 웬일일까, 군구신이 비연을 응시하더니 대답했다.

"칠 숙부를 속이지 않겠습니다. 남신에게는 그럴 계획이 있습니다."

고칠소는 순간 멍한 표정을 지었다가 곧 큰 소리로 웃기 시작했다. 그는 군구신의 어깨를 잡고 웃으며 말했다.

"확실히 고북월의 친자식은 아니야. 하하, 고북월보다 전도유망하다니까! 애야, 연아가 너를 인정한다면 이 칠 숙부는 아무 조건 없이 너를 인정할 거다!"

비연은 눈물을 흘리면서도 바보처럼 웃기 시작했다. 군구신의 입매도 자신도 모르게 잔잔한 미소를 짓고 있었다.

고칠소는 군구신의 귀에 대고 속삭였다.

"애야, 감히 용비야의 귀한 딸을 훔쳐 갔으니, 기개가 있구나! 후에 용비야가 너를 괴롭히면 칠 숙부가 도와주마!"

훔쳐 갔다고?

군구신은 아무리 생각해도 이 표현이 이상한 것 같았다. 그는 따져 보고 싶었으나 곧 그만두고 물었다.

"칠 숙부, 어떻게 여기까지 오셨습니까? 흑삼림 쪽은 모두 괜찮은가요?"

원래 계획은 승 회장이 그들을 빙해의 중심으로 데려간 후 다시 함께 흑삼림으로 가는 것이었다. 그런데 고칠소가 나타났으니 그들은 놀랄 수밖에 없었다.

"예아와 네 부친이 있으니 안심해도 좋다."

고칠소가 자조하듯 미소 지으며 말했다.

"나야, 그들처럼 참아 낼 수 없으니 말이다!"

그들이 대화하는 동안 빙설초 틈에서 갑자기 흰 그림자가 나타나더니 비연을 향해 달려왔다.

이 흰 그림자는 바로 비연이 '소설'로 이름을 바꾼 독수 '꼬맹이'였다!

꼬맹이는 고칠소의 부름을 받고 오다가 비연의 냄새를 맡았다. 바로 랑종 후손 특유의 냄새였다!

꼬맹이는 진짜 모습을 드러내지 않고 손바닥 크기만 한 흰 다람쥐로 변했다. 꼬맹이는 즉시 비연의 몸으로 뛰어오르더니 몹시 흥분한 듯 그녀의 어깨며 팔, 등을 멈추지 않고 돌아다녔다.

이 10년 동안 꼬맹이는 하루도 빼놓지 않고 빙해안에 머물면서, 두 대륙 사이를 오가는 사람이나 물건, 서신을 날랐다. 꼬맹이는 언젠가 이 빙해안에서 어린 주인을 다시 만나게 되리라 기대하고 있었다.

꼬맹이는 무슨 일이 벌어졌는지는 이해할 수 없었다. 그러나 자신의 후각이 틀릴 리 없다는 것을 믿고 있었다. 이 여자는 분명 예전의 그 어린 주인이었다.

비연이 곧 꼬맹이를 잡아 손 위에 올려놓았다. 꼬맹이가 몸을 일으켜 비연을 바라보았다. 그 보석처럼 새까만 눈동자가 촉촉하게 젖어 들고 있었다.

비연은 살며시 꼬맹이를 어루만져 주다가 갑자기 어린 시절처럼, 꼬맹이의 긴 꼬리를 잡아 군구신에게 던졌다. 군구신이 두 손으로 받으며 비연을 한번 노려보았다.

꼬맹이는 이런 장면에 너무나 익숙했다. 꼬맹이는 둥근 눈을 휘둥그렇게 뜨고 군구신을 바라보았다.

군구신은 꼬맹이가 긴장하며 의아해하는 것을 보고 어쩔 수 없다는 듯이 웃으며 가볍게 휘파람을 불었다. 익숙한 그 소리에 꼬맹이는 바로 몸을 일으키더니 흥분하여 털을 세웠다. 이 남자, 북월 공자의 아이다! 어린 시절부터 철이 들어 있던 영! 절대로 틀릴 리 없어! 영도 돌아온 걸까? 영도 자란 모양이다. 어릴 때보다 더 잘생겨졌어. 그가 돌아왔다! 공자는 이제 더 이상 혼자 외로워하지 않아도 된다. 공자는 이제 민 부인을 찾아 데려와도 된다.

꼬맹이는 군구신의 손 위에서 빙그르르 몇 바퀴 돈 다음, 군구신의 어깨로 뛰어올라 미친 듯이 여기저기로 돌아다녔다. 너무도 기뻐 무어라 표현할 길이 없는 것 같았다!

이때, 계속 군구신의 소매 속에서 자고 있던 대설이 희미하게나마 동류의 냄새를 맡고 눈을 떴다. 그리고 몽롱한 상태로 군구신의 소매에서 미끄러져 나와 바닥에 착지했다. 주변의 냄새를 맡던 대설이 마지막으로 군구신의 몸을 바라보았다.

이때, 꼬맹이도 군구신의 어깨에 멈춰 서서 고개를 갸우뚱하니 밑을 내려다보았다. 찰나의 순간, 두 쥐의 눈빛이 서로 마주쳤다. 곧이어 날카로운 비명이 쏟아졌다.

찍!

꼬맹이는 재빨리 군구신의 등 뒤로 숨었고 대설은 비연의 몸 위로 뛰어올랐다.

꼬맹이는 계속 자신이 이 세상에 마지막으로 남은 설랑이라 생각했고, 대설 역시 그렇게 생각하고 있었다. 그런데 이렇게 동류와 만나게 되었으니, 서로에게 놀라지 않을 수 없었다…….

그럴 배짱이 있으면 와 보라고

동류와 만나니 서로 놀랄 수밖에 없었다. 그리고 그 모습을 지켜보던 모두는 즐거워져, 원래 상당히 무겁게 가라앉아 있던 마음이 얼마간 편해졌다.

모두가 웃는 것을 보고 꼬맹이는 조심스럽게 군구신의 등을 타고 어깨 위로 올라갔다. 대설도 조심스럽게 비연의 등을 타고 어깨 위로 올라갔다.

꼬맹이는 한눈에 대설이 비연과 계약을 맺었다는 사실을 알아보았다. 꼬맹이는 속으로 생각했다. 나는 어린 주인의 어머니와 계약을 맺었는데 저 녀석은 어린 주인과 계약을 맺었으니, 저 녀석에게 어떤 내력이 있건, 항렬로 따지나 선착순으로 따지나 저 녀석은 나보다 한 등급 아래다.

꼬맹이는 대설이 자신을 최소한 선배라 불러야 한다 생각했다. 누님이나 마님이라 불러도 내키지는 않지만, 받아들일 생각은 있었다.

대설은 꼬맹이가 암컷이라는 것을 알아보고는 속으로 생각했다. 저 녀석의 선조는 분명 빙원 설랑족의 방계겠지. 정통이 아닌 셈이다. 게다가 설랑족의 규칙에 따르면 수컷만이 랑왕, 즉 늑대들의 왕이 될 자격이 있었다. 저 녀석에게 어떤 내력이 있건, 혈통으로 따지나 규칙으로 따지나 나에게 굴복하고 시중을 들어야 한다. 대설은 꼬맹이가 자신을 대접해야 한다 생각하면서, 만약 오라버니나 어르신 같은 말로 부른다면, 내키지는 않지만 받아들이겠다고 마음먹었다.

이렇게 두 쥐는 각자 다른 생각을 하며 눈을 마주쳤다. 이제 그들은 더 이상 경악하지도 공포에 질려 있지도 않았다. 그저 서로 노려보며 힘을 겨루고 있을 뿐이었다.

꼬맹이는 다람쥐였고, 빙려서보다 키도 크고 꼬리도 길었다. 꼬맹이는 군구신의 어깨 위에서 가슴을 펴고 꼬리를 세운 다음 고귀한 표정으로 우아하게 꼬리를 흔들었다. 그 모습을 본 대설은 코웃음을 치며 바로 비연의 어깨에서 뛰어내려 진정한 모습을 드러냈다.

대설은 이상할 정도로 몸집이 컸고, 전체적으로 눈보다 하얀 모피에 두 눈은 물처럼 푸른빛이었다. 그런 그가 고개를 들고 가슴을 편 채 위풍당당한 모습을 보이니 마치 왕처럼 고귀해 보였다. 대설이 모두를 무시한다 해도 그 누구도 그를 범하려 하지 못할 것이다.

물론, 그는 감히 이 자리에 있는 사람들을 무시할 생각은 없었다. 그가 무시하고자 하는 것은 오로지 꼬맹이뿐이었다. 수컷 늑대는 암컷 늑대보다 크기 마련이니, 꼬맹이의 진짜 모습을 보지 않은 상태에서도 대설은 자신이 이겼다는 걸 알고 있었다. 대설의 무시하는 듯한 눈빛 속에는 도전도 섞여 있었다.

꼬맹이는 대설을 위아래로 훑어보고는 바로 무시하는 표정으로 고개를 돌렸다! 꼬맹이가 낮게 으르렁거렸는데, 늑대들의 말로는 이런 뜻이었다.

"바보!"

이 말을 들은 대설이 분노하여 역시 으르렁거렸다.

"방자하다!"

꼬맹이가 반박하기도 전에 비연이 대설의 뒤통수를 내려치더니 나지막한 목소리로 야단쳤다.

"누가 그렇게 큰 소리를 내랬어. 어서 쥐로 돌아오지 못해! 우리 행적이 폭로되기라도 하면, 내가 너를 구워 먹을 테다!"

다람쥐 한 마리와 늑대 한 마리는 모두 멍한 표정이 되고 말았다. 곧 꼬맹이가 정신을 차리더니 즐거운 표정으로 군구신의 어깨에서 공중제비를 돌았다.

대설은 비록 비연의 말을 알아듣지는 못했지만 그녀의 뜻을 이해할 수는 있었다. 그의 표정은 그야말로 곤혹 그 자체였다.

대설은 달갑지 않은 동시에 억울해하면서도 바로 빙려서의 모습으로 돌아왔다. 그리고 꼬맹이를 향해 몇 번 울음소리를 냈다.

"본 늑대가 암컷과 똑같이 굴 수는 없지! 오늘은 한번 봐주겠다!"

꼬맹이도 으르렁거렸다.

"하하, 그럴 배짱이 있으면 와 보라고!"

대설이 으르렁거렸다.

"입 다물지 못해? 계속 시시비비를 가리지 못하고 있으면 본 늑대가 너를 손봐 줄 테니."

꼬맹이도 으르렁거렸다.

"와 보라고! 이 마님이 기다리고 계실 테니!"

대설이 으르렁거렸다.

"좋아, 본 늑대가 지금 가지…… 됐다. 수컷은 암컷과 싸우지 않는 법, 이번 한 번은 용서해 주마!"

그러나 속으로는 이렇게 생각했다. 지금 자신이 작은 크기로 변했으니 가까이 갔다가 밟혀 죽을지도 모른다. 그러니 가지 않는 것이 낫다.

대설은 으르렁거리는 것을 멈추고 비연의 품속으로 뛰어들었다. 그런데 이게 웬일인가. 군구신의 손이 다가오더니 대설의 목을 잡아 바로 자신의 소매 속으로 던져 넣었다. 대설은 당황했다. 반면에 꼬맹이는 무척 기뻐하며 군구신의 팔을 타고 내려와 소매 속으로 들어갔다.

대설은 깜짝 놀라 털을 세웠다. 그러나 군구신의 소매 속에 있으니 감히 난동을 부릴 수는 없고, 그저 꼬맹이가 다가오는 걸 지켜볼 수밖에 없었다.

꼬맹이는 대설에게 다가오더니 바로 사납게 발길질을 날렸다!

군구신은 꼬맹이와 대설의 입씨름을 알아들을 수 없었고, 그들 중 하나를 도울 시간도 없었다. 그는 대설이 비연의 몸 위에서 날뛰는 게 싫었을 뿐이었다.

모두 두 짐승이 조용해졌다고만 생각했다. 고칠소가 하늘을 바라보며 말했다.

"달이 곧 떠오르겠군. 가자."

대보름의 달은 무척 아름다웠다. 달이 높이 뜬 다음에 간다면 다른 이들에게 들키기 쉬울 것이다.

　꼬맹이는 대설을 대충 손봐 준 후에 군구신의 소매에서 뛰어내려 먼저 빙해로 들어갔다. 그리고 눈 깜빡할 사이에 보이지 않게 되었다.

　고칠소의 말을 들은 비연의 심장이 쿵, 소리를 내며 떨어지는 것 같았다. 그녀는 다시 긴장했고, 군구신이 손을 잡아 주었을 때에야 겨우 발걸음을 옮길 수 있었다. 한 걸음 한 걸음, 무성한 빙설초를 나가 빙해를 향해 걸어가는 것은…… 그녀의 부황과 모후에게로 걸어가는 것과 같았다!

　비연은 부모가 빙해 속에 있다는 것만 알 뿐 대체 어떠한 상황인지는 전혀 알지 못했다. 그녀는 조금이라도 빨리 부모를 보고 싶은 동시에 덜컥 겁도 났다.

　군구신은 비연의 손을 잡은 채 조금 앞에서 걸었고, 고칠소가 그들 뒤를 따랐다.

　고칠소가 고개를 돌려 고운원을 보더니 빙그레 웃으며 말했다.

　"바로 고 의원이시겠군? 함께 가시지요?"

　고운원은 지금까지 아무 말도 하지 않고 곁에 서 있던 참이었다. 그는 고칠소의 미소 띤 얼굴을 보고 재빨리 예의 바르고 우아하게 미소 지으며 말했다.

　"먼저 가시지요. 어서 먼저."

　고칠소가 말했다.

　"앞으로는 나를 고 영감이라 부르면 됩니다."

고운원은 잠시 망설이다가, 어쩔 수 없다는 표정으로 말했다.

"좋습니다. 그렇게 하지요."

고운원의 느릿한 모습을 본 고칠소가 성큼성큼 그에게 다가가더니 한 손으로 그의 두 어깨를 감싸고 다른 손으로 그의 손을 잡았다. 매우 친밀해 보이는 모습인지라, 상황을 모르는 사람이 본다면 분명 그들이 형제처럼 친한 관계라 생각할 것이다.

고운원은 다급한 표정으로 조심스럽게 벗어나려 하며 말했다.

"고, 고 영감님, 이건⋯⋯."

그가 말을 끝내기도 전에 고칠소가 한 발 내딛는가 싶더니 공중으로 날아올라 빙해를 향했다. 고운원은 경악한 표정으로 다급하게 고칠소를 끌어안았다. 고칠소의 입가에 차가운 기운이 어리더니 그 틈을 타서 고운원의 맥을 짚었다.

고칠소가 고운원을 데리고 빙해로 들어가는 걸 보고 군구신도 비연의 허리를 끌어안고 날아올라 빙해로 들어갔다.

빙해의 해면은 독에 감염되어 만물을 부식시키니, 해면에는 발 디딜 곳이 단 한 곳도 없었다. 때문에 무공이 아무리 뛰어나다 해도 오래 버틸 수 없고, 깊은 곳으로 들어갈수록 죽게 될 뿐이었다. 그러나 비연 일행에게는 꼬맹이가 있으니 그렇게 꺼릴 것이 없었다.

꼬맹이는 이미 빙해 깊은 곳에서 위풍당당한 설랑의 모습을 드러내고 그들을 기다리고 있었다. 부두 근처에 시위들이 잠복하고 있다 해도, 꼬맹이는 눈처럼 하얗고 몸집도 커 다른 이들에게 들키기 쉬웠다. 하지만 이런 방식이라면 위험을 어느 정도 줄일 수 있었다.

꼬맹이는 몸집이 무척 커 등에 여러 사람을 태울 수 있었다. 비연이 꼬맹이의 목 부근에 앉고 군구신이 그녀 뒤에 앉았다. 그들은 눈앞에 펼쳐진 끝없는 어둠을 바라보며 침묵했다.

고칠소는 군구신과 등진 채 꼬맹이의 등 뒷부분에 앉았다. 고운원은 꼬맹이의 엉덩이에 앉을 수밖에 없었다. 꼬맹이가 달리기 시작하자 고운원은 흔들리다가 몇 번이나 떨어질 뻔했다. 그는 공포에 질린 표정으로, 있는 힘을 다해 꼬맹이의 모피를 쥐고 있었다.

이곳은 빙해의 중심에서 멀리 떨어져 있었다. 꼬맹이가 아무리 빠르게 뛴다 해도 한 시진은 필요했다.

고칠소는 고운원의 맥에서 이상한 점을 발견하지 못했으나, 자못 흥미가 돈다는 듯 그를 살펴보았다.

준비되었어?

고운원은 비연의 시선을 받은 적이 있었고, 얼마 전에는 염진의 시선도 받았다. 그리고 지금은 고칠소의 요사하면서도 장난스러운 눈빛을 받고 있었다.

물론 이 눈빛은 예전의 두 번과는 달랐다. 이 순간 고운원은 피할 여유도 없었고 '예의를 갖출' 여유도 없었다. 그는 공포에 사로잡혀 고칠소에게 구원을 청하는 눈빛을 보냈다. 그러나 고칠소는 미소를 띤 채 보지 못한 척했다.

"고 의원, 당신과 나, 그리고 고북월이 성이 같군요. 나무에 피어난 꽃들은 모두 같은 뿌리에서 나온 것이니, 500년 전에는 우리가 한 가문이었는지 모르겠습니다!"

고칠소가 다리 하나를 펴서 편하게 제 무릎 위에 얹었다. 나른하니 풍류를 즐기는 듯한 자세였다. 그런 그를 보면 도무지 진짜 나이를 짐작할 수 없었다.

"고 영감님, 그…… 한 번만 잡아당겨 주시겠습니까. 저를 조금만 끌어 주시면……. 제가 곧 떨어질 것 같습니다."

고운원은 목소리마저 떨리고 있었다.

고칠소가 고개를 끄덕였다.

"먼저 제 질문에 답하시지요. 우리, 500년 전에는 한 가문이었을까요?"

고운원이 재빨리 말했다.

"이치대로라면 그렇겠지요."

고칠소가 다시 물었다.

"그렇다면 천 년 전에는?"

"저는 감히 함부로 결론을 내릴 수 없습니다."

그 말에 고칠소도 더 묻지 않고, 큰 소리로 웃으며 손을 뻗었다. 고운원이 기뻐하며 재빨리 손을 내밀었다.

그러나 그가 고칠소의 손을 잡았을 때 고칠소의 눈에 사나운 빛이 어리더니, 뜻밖에도 그를 설랑의 등에서 밀어 버렸다!

"악……! 살려 주세요!"

고운원이 비명을 지르며 빙해로 떨어졌다.

군구신과 비연이 바로 돌아보고는 경악했다. 그러나 고운원이 빙면에 떨어지려는 순간, 고칠소가 갑자기 몸을 굽혔다. 그리고 고운원의 요대를 잡아 그를 들어 올리고는 다시 그를 설랑의 등에 눕혔다.

고운원은 엎드린 채 숨을 헐떡이고 있었다. 마치 영원히 정신이 돌아오지 않을 것 같았다.

고칠소가 비연과 군구신을 한번 보더니 흥이 식은 듯한 표정을 지었다. 의심할 바 없이 그는 고운원을 시험했고, 결과가 아주 불만족스러웠던 것이다.

비연과 군구신도 고칠소의 뜻을 파악하고 묵계라도 한 듯, 아무것도 보지 못했다는 듯 고개를 돌렸다.

고운원은 한참 동안 엎드려 있다가 마침내 정상적인 호흡을 회복하고는, 조심스럽게 일어나 앉아 고칠소를 바라보았다. 그는 화가 났다! 하지만 겉보기에는 그다지 화를 내는 것처럼 보이지 않았다. 그저 평소의 진지한 모습보다 좀 더 진지해 보일 뿐이었다.

"고, 고…… 고 영감님!"

그는 이 칭호조차 무척이나 어색한 듯했다.

"어째서 이러십니까? 대체 무슨 뜻이시냐고요!"

"미안합니다. 미안해요. 실수였습니다. 앞으로는 조심하도록 하지요."

고칠소가 웃으며 제법 의미심장하게 말했다. 고운원은 깜짝 놀랐다는 모습으로 더 말하지 않고, 서둘러 고칠소의 시선을 피했다.

이 작은 일은 곧 지나갔고 모두 조용해졌다. 주변도 점점 더 고요해졌다. 빙해 깊은 곳으로 가면 갈수록 공기도 더욱 차가워졌다. 빙해를 건너려면 내공으로 한기를 몰아내거나 진기로 몸을 보호해야 할 것 같았다.

군구신과 고칠소는 버티고 있었지만 비연과 고운원은 곧 추위를 이길 수 없는 지경이 되었다. 군구신이 내공으로 비연에게서 한기를 몰아내 주려 했을 때, 고칠소가 단약을 한 알 건넸다. 이 단약의 이름은 염단으로, 그가 수년에 걸쳐 연구한 결과물이었고, 빙해를 건너는 데 쓰였다.

비연은 비록 약왕정을 사용할 수 없었지만 천천히 단약을 먹으며, 단약의 약방을 약재 하나 틀리지 않고 말했다. 고칠소가 경악하며 몰래 고운원을 바라보았다. 10년 동안 비연을 저 정도 수준까지 가르쳤다면 감탄하는 동시에 감사할 가치가 있었다. 이 녀석은 적이 아닌 모양이었다. 다만, 대체 무슨 마음을 먹고 있는 것인지는 여전히 알 수 없었다.

고운원은 고칠소의 시선을 느끼며 천천히 단약을 먹고, 몸을 돌려 시선을 피했다. 마치 괴롭힘당하는 젊은 여자 같은 모습이었다.

이 모습을 보고 고칠소가 빙그레 웃으며 염단을 건넸다.

"반 시진 정도 남아 있습니다. 고 의원은 몸이 약하시니 단약을 하나 더 드시지요."

고운원은 겁에 질린 듯, 고칠소의 손에 닿지 않도록 주의하며 단약을 받았다.

"감사합니다."

고칠소가 미소 지으며 속으로 맹세했다. 반드시 방법을 찾아 이 여우의 꼬리를 드러나게 하고야 말겠다! 반 시진은 얼마 안 된다면 얼마 안 되고, 길다고 하면 긴 시간이다.

비연은 계속 전방을 주시 중이었다. 그녀는 곧 빙해 중심의 동굴에 도착할 걸 기대하고 있었다. 또한 영원히 그 동굴에 도착하지 못하기를, 그래서 그 동굴을 볼 수 없기를 바라고도 있었다.

이 길을 따라 그대로 달려서 빙해 남안에 도착한다면, 대진국에 돌아간다면……. 부황과 모후가 대진국에서 그녀를 기다리고 있으면 얼마나 좋을까.

그녀의 심정이 어떠하건 동굴이 곧 눈에 들어왔다. 앞쪽 멀지 않은 곳, 검은 빙면 위에 거대한 지하 동굴이 보였고 어두운 노란 불빛이 그 동굴에서 새어 나오고 있었다. 왠지는 알 수 없었지만 그 빛을 보니 비연의 심정이 이상할 정도로 평온해졌다. 이 어두운 천지, 끝없이 펼쳐진 빙해에서 그 빛은 마치 집에 켜 둔 등불 같았다. 가족의 귀가를 기다리는 등불처럼.

군구신이 속삭였다.

"연아, 마침내 도착했다."

이 순간 비연은 입술을 깨문 채 붉어진 눈을 크게 뜨고 있었다. 그러나 눈물은 흐르지 않았다. 그녀는 이 길을 제대로 볼 생각이었다. 이곳을 제대로 보아야지. 진짜 집이 아니라 해도! 눈물이 그녀의 시선을 가리게 내버려 두지 않을 것이다!

꼬맹이가 발걸음을 늦추고 한 걸음 한 걸음 다가갔다. 그에 따라 비연은 동굴 안의 모든 것을 똑똑히 볼 수 있었다.

동굴 안은 아주 깊고 깊어 바닥이 보이지 않았다. 보이는 것은 그저 빛뿐이었다.

모두 침묵하고 있었다. 군구신이 비연을 등 뒤에서 안아 주고 있었지만, 그리고 그녀도 그의 온기를 여전히 느낄 수 있었지만…… 이 순간 그녀는 고독했다.

비연이 갑자기 고개를 돌려 군구신을 바라보고, 다시 고칠소와 고운원을 바라보았다.

"내 부황과 모후께서 이 아래에 계신 거죠? 두 분 모두 내가 온 걸 아신다면 분명 기뻐하실 거예요. 그렇죠?"

고칠소가 웃으며 대답했다.

"당연하지. 너를 오랫동안 기다려 왔으니까. 가자!"

말을 마친 그가 먼저 공중으로 날아오르더니 동굴 안으로 들어갔다.

군구신은 경솔하게 서두르지 않고 나지막하게 속삭였다.

"연아, 준비되었어?"

비연이 웃으며 반문했다.

"부모님을 뵈러 온 건데 무슨 준비가 필요하겠어? 오히려 당신이야말로…… 장인 장모를 뵐 준비는 된 거야?"

군구신은 진지하게 그녀의 손을 잡았다.

"물론이지."

"그럼 들어가자."

비연의 말에 군구신은 그녀를 잡고 하늘로 날아올라 바닥이 보이지 않는 동굴로 들어갔다. 그 뒤를 따라 꼬맹이가 고운원을 태운 채 아래로 뛰어내렸다.

한참 후에야 비연과 군구신은 바닥에 착지할 수 있었다. 비연은 부황과 모후가 이곳에 봉인되어 있다는 것만 알 뿐, 이 동굴에 대해서는 아무것도 알지 못했다. 심지어 부황과 모후가 어떻게 얼음에 봉인되었는지도 알지 못했다.

그녀는 상상한 적도 없었고, 감히 상상할 수도 없었다. 그녀가 아는 것은 그저 동굴 속은 분명 어둡고 차가울 거라는 것뿐이었다. 그러나 모든 것이 그녀의 생각을 비껴갔다.

거대한 얼음 동굴은 단순한 동굴이 아니라 거대한 궁전 같았다. 얼음으로 벽을 두르고, 돌로 내벽을 쌓고, 나무로 기둥을 삼고, 옥으로 장식하고……. 몹시도 사치스럽고 귀한 느낌이었다.

그들은 이 궁전의 정원에 착지한 셈이었다. 궁전에는 등불이 가득 걸려 있었는데, 이 등불들 모두 신경을 많이 쓴 것들로 몹시도 아름다웠다. 다만 등불 속의 불은 진짜 불이 아니라 야명주였다.

이 정원에는 해바라기가 가득했는데 어두운 밤에도 찬란하게 피어 있었다. 비록 모두 조화였지만 진짜처럼 보이기에 충분했고, 마치 햇볕을 쬐는 듯한 따뜻한 기분을 느끼게 해 주었다.

비연은 이 모든 것을 둘러보다가 마지막으로 시선을 궁전의 대문 쪽으로 돌렸다. 문득 기묘한 착각이 들었다. 이곳이 얼음 동굴이 아니라 부황과 모후의 별장인 것만 같은 착각, 부황과 모후가 언제라도 대문에서 나와 맞아 줄 것 같은 착각.

군구신이 나지막하게 말했다.

"연아, 들어가자."

그리고 이 순간, 비연은 마침내 겁을 먹고 말았다…….

딸이 불효했습니다

비연이 궁전 대문 앞에서 발걸음을 멈췄다.

잠시 후, 그녀가 매서운 기세로 몸을 돌려 군구신을 끌어안 았다. 아무 말도 하지 않았지만 군구신은 그녀가 무서워하고 있다는 걸 알 수 있었다. 그도 아무 말 없이 그녀를 꼭 끌어안 아 주었다. 이 순간은 아마 안아 주는 것만이 위로가 될 터였다.

곁에서 지켜보던 고칠소의 가늘고 긴 눈에 안타까움이 가득 찼지만 비연을 재촉하지는 않았다. 고운원 역시 비연을 바라보 며 어쩔 수 없는 슬픔에 젖어 들었다.

비연은 오래 망설이지 않았다. 그녀는 곧 군구신에게서 떨어 져 의연하게 걸어 들어갔다. 이 궁전은 외정과 내당으로 나뉘 어 있었고, 좌우 양쪽으로 전각이 하나씩 있었다. 비연은 외정 으로 들어간 후 바로 내당으로 향했다. 그리고 한 걸음 걸을 때 마다 스스로에게 중얼거렸다.

"울지 마. 부황과 모후께서 걱정하시게 하면 안 돼."

비연이 외정을 지나 마침내 내정 문 앞에서 발을 멈췄다. 처 음 오는 곳이었지만 알고 있었다.

이 문 뒤에 부황과 모후가 계실 거다.

비연의 두 눈이 토끼보다도 붉게 물들어 있었지만 여전히 눈물은 흘리지 않고 있었다.

그녀는 다시 한번 자신에게 경고했다.

"헌원연, 울어서는 안 돼. 부황과 모후께서 상심하도록 하면 안 돼!"

그녀는 심호흡한 후에 가볍게 문을 밀었다. 문틈이 살짝 벌어진 것만으로도 칼로 베이듯 차가운 공기가 그녀의 얼굴로 쏟아졌다. 염단을 복용하긴 했지만 비연은 참지 못하고 몸서리쳤다. 온몸의 뼈가 에이듯 추웠다.

고칠소가 바로 염단을 내밀며 말했다.

"연아, 한 알 더 먹어라. 이 안이 바로 빙해의 중심이니, 빙해에서 가장 추운 곳이다."

비연이 그를 바라보며 억지로 미소 지었다.

"의부, 괜찮아요. 춥지 않아요."

추웠다. 그러나 그녀는 좀 더 추웠으면 했다. 그래야만 이성을 유지하며 울지 않을 수 있을 테니까.

비연이 의연하게 힘주어 문을 밀었다. 찰나의 순간, 한기가 용솟음치더니 순식간에 그녀의 연약한 몸으로 쏟아졌다. 비연이 다시 몸을 떨었다.

군구신은 그녀 곁에 서 있었다. 그는 내공을 사용해 한기를 몰아내지 않고 그녀와 똑같이 추위를 감수하고 있었다. 그러나 그녀의 느낌을 그대로 느낄 수는 없었다. 그는 결국 그녀가 아니었다. 이 순간 그가 할 수 있는 것은 조용히 그녀 곁에 있어주는 것뿐이었다.

10년 동안 문 뒤의 모든 것은 변하지 않은 상태라 군구신에게는 익숙했다. 그러나 비연에게는 모든 것이 처음이었다.

그녀가 그대로 멈춰 섰다. 문안의 세상은 얼음으로 이루어진 방이라기보다는 얼음 동굴이라고 하는 편이 옳았다. 텅 빈 방 안은 사방이 얼음으로 둘러싸여 있어 몹시도 차갑고 고요했다. 그리고 그 중앙에 거대한 현빙이 있었다. 무덤과도 같아 보이는 그 거대한 현빙은 조용히, 오래도록 잊힌 채 그 자리에 서 있는 것처럼 보였다.

비연은 말을 하고 싶었지만 입술이 떨려 한참 후에야 겨우 마음속에 담아 둔 말을 토해 낼 수 있었다.

"부, 부황! 모후, 연아가…… 연아가 왔어요. 연아가 부모님을 뵈러 왔어요. 연아, 연아가 불효녀라서, 이제야 왔어요. 10년이나 늦었어요……. 부황, 모후, 매일 연아가 보고 싶으셨죠? 하지만 연아는…… 연아는 부모님을 10년이나 잊고 살았어요! 연아는, 너무나 불효녀라!"

말을 하며 한 걸음씩 다가갔다. 그녀의 목소리에 울먹임이 점점 더 짙어지고 있었다. 그러나 여전히 눈물은 흘리지 않고 있었다.

한 걸음, 한 걸음, 가까이 다가갈수록 또렷하게 볼 수 있었다. 현빙 속에 부황과 모후가 서로의 손을 깍지 낀 채 서로를 응시하고 있었다. 그러나 현빙이 너무 두꺼워 얼굴이 제대로 보이지 않았다. 비연은 부모의 윤곽만을 볼 수 있었다!

그러나 그저 윤곽일 뿐이라도 모두가 너무나 익숙하고 친근했다! 마치 부모가 그녀 앞에 서서 예전처럼 자상하게 미소 지어 주는 것 같았다. 그녀는 여전히 어린 소녀인 것만 같았고…… 팔을 벌리기만 하면 부황이 먼저 뛰어나와 그녀를 안아 줄 것 같았다.

비연은 도저히 참을 수 없어 천천히 팔을 벌렸다. 울지 않기로 스스로와 약속했건만 팔을 벌리는 그 순간 그녀는 이성을 잃었고, 눈물이 흘러넘치기 시작했다.

"부황, 모후!"

그녀는 억제하지 못하고 어린아이처럼 통곡하기 시작했다.

"연아가 돌아왔어요, 연아가 돌아왔단 말이에요……. 엄마, 아빠…… 안아 주세요, 네? 응?"

그녀는 팔을 벌린 채 울면서 애타게 외쳤다. 부황과 모후가 자신을 안아 주기를 바라면서, 한 걸음 한 걸음 현빙을 끌어안기 위해 다가가고 있었다. 마치…… 현빙을 끌어안으면 그들을 끌어안을 수 있을 것처럼.

비연은 작은 얼굴을 부황과 모후의 깍지 낀 손가락 위에 붙이고 울먹이기 시작했다.

"흑……. 흐흑……."

그녀는 더 이상 말을 할 수 없었다. 애끊는 울음이 계속 흘러나왔다. 마치 이 10년 동안 흘리지 못했던 눈물을 모두 흘려 버리려는 듯이.

부황, 모후! 연아가 불효녀예요! 연아가 어떻게 부모님을 잊을 수 있었을까요. 그 원한을 어찌 잊었던 걸까요? 어찌…… 빙해영경에서 그리도 즐겁게, 유유자적한 나날을 보냈던 걸까요.

어떻게 10년 동안 자리를 비우고 부모님을 보러 오지 않을 수 있었던 걸까요?

곁에 있던 고칠소가 눈물을 흘리고 있었고, 군구신의 눈가도 젖어 들고 있었다. 고운원은 견디기 어려운 듯 고개를 돌리고 있었는데, 눈을 감고 있어 다른 이들이 그의 심사를 알기는 어려웠다.

갑자기 비연이 무릎을 꿇더니 힘차게 머리를 조아리기 시작했다.

"딸이 불효하였습니다! 딸이…… 불효하였어요!"

이곳 바닥은 세상에서 가장 단단한 현빙이었다. 진기로도 부술 수 없는 것이었다. 비연이 바닥에 이마를 부딪치는 순간, 이마가 찢어졌다. 군구신이 재빨리 그녀를 잡아 일으켰다.

"연아!"

고칠소도 그녀를 제지했다.

"연아, 부모님 마음을 아프게 하지 마라. 어서 일어나거라."

비연은 이미 무너져 내린 것 같았다. 그녀는 거대한 슬픔에 매몰되어 이성을 잃은 상태로 계속 중얼거렸다.

"내가 불효했어……. 내가……."

그때 꼬맹이가 갑자기 들어오더니 머리를 비연의 이마에 비비며 나지막하게 울었다. 아마 꼬맹이도 슬퍼하며 비연을 위로하려는 것 같았다.

한참 후에야 꼬맹이가 비연에게서 떨어지는가 싶더니 얼굴에 가득한 눈물 자국을 핥아 주었다. 꼬맹이가 다시 울면서 비연의 품에 머리를 비볐는데, 마치 하고 싶은 말이 있는 것 같았다. 그 모습을 보고 고칠소가 대오 각성 한 듯 세차게 제 이마를 치며 말했다.

"연아, 네 부황과 모후는 우리들 말을 들을 수 있단다. 꼬맹이는 네 모후와 마음이 통하잖니. 네 모후가 꼬맹이에게 자신들을 대신해 너를 안아 주라 한 것이 분명해! 다시는 머리를 바닥에 부딪치지 마라! 네 모후는 네가 그리하는 것을 절대로 허락하지 않을 테니까!"

그렇다. 부황과 모후는 비록 얼음 속에 갇혀 있지만…… 외부의 모든 것을 감지할 수 있다. 그녀는 울지 않겠다고, 그들을 마음 아프게 하지 않겠다고 스스로에게 약속했는데 어찌……!

비연은 겨우 정신을 차리고 약간이나마 이성을 회복했다. 그녀는 부모를 바라보았다. 놀라움, 기쁨, 황망함, 슬픔, 그리고 부끄러움……. 멈췄던 눈물이 다시 흐르기 시작했다.

그녀는 재빨리 눈물을 닦아 냈다. 그리고 꼬맹이를 안으려 했을 때, 이게 웬일일까? 꼬맹이가 갑자기 그대로 사라져 버려 그녀는 허공을 안게 되었다. 이게 어찌 된 일일까? 꼬맹이가 이렇게 사라진 것은 모후의 독 저장 공간으로 불려 들어간 게 분명했다. 모후는 설마…… 그녀가 안지 못하게 하려는 걸까?

비연은 멍하니 현빙 속 그림자를 바라보며 어쩔 줄 몰라 했다. 그녀가 할 수 있는 유일한 일은 더 이상 울지 않는 것뿐이었다.

비연은 입술을 꾹 다물었지만, 눈물이 걷잡을 수 없이 흘러내렸다.

"모후, 제가 잘못했어요……. 제가 불효를……!"

비연은 힘차게 눈물을 닦았지만 끝없이 흐르는 눈물을 다 닦을 수는 없었다.

"제가 불효를……. 흑……."

금세 꼬맹이가 공중에서 다시 나타났다. 이번에는 혼자가 아니라 산더미만큼의 독초와 함께였다. 이건 어찌 된 일일까?

고칠소가 눈물 어린 눈으로 어쩔 수 없다는 듯 웃으며 말했다.

"독누이, 애를 놀라게 하다니!"

고칠소가 직접 다가오더니 비연의 눈물을 닦아 주었다.

"연아, 이 독초는 모두 네 모후의 보물이란다. 정제해서 독기를 제거하면 기력을 보충하는 좋은 약이 되지! 모후가 아마 네 몸을 걱정해서, 네 몸을 보하라고 보낸 것 같구나. 꼬맹이에게 이런 걸 들려 보낸 걸 보면, 의부가 방금 했던 말이 사실이라는 걸 알겠지? 쓸데없는 생각은 하지 마라. 네 모후와 부황이 어찌 너를 탓하겠니? 탓한다면…… 그토록 오랫동안 너를 찾아내지 못한 우리를 탓해야지."

꼬맹이는 확실히 명령을 수행한 터였다. 그러나 고칠소가 무슨 말을 하는지 이해할 수 없기에, 오해받을까 두려워 낮게 울면서 다시 비연에게 친근하게 머리를 비볐다.

"모후……."

비연은 현빙을 바라보았다. 이 순간 그녀는 정말로 작은 아이가 되어 웃으며 울고 있었다. 비연이 꼬맹이를 강하게 끌어안았다…….

약속, 3년의 기한

꼬맹이의 몸은 크고 비연의 손은 작으니 그저 꼬맹이의 머리만을 안을 수 있었다. 그럼에도 불구하고 비연이 어찌나 강하게 끌어안았는지, 꼬맹이는 하마터면 질식할 뻔했다. 고칠소가 비연을 떼어 놓았을 때에야 겨우 꼬맹이는 제대로 숨을 쉴 수 있었다.

비연은 물론 자신이 너무 힘을 주었다는 걸 알고 있었다. 그녀는 울고 또 웃으며, 꼬맹이가 정신을 차리는 것을 보고 다시 손짓했다. 비연은 한참을 울먹이다가 말했다.

"다시 안을 거야. 부황을 안을래."

꼬맹이가 여전히 이해하지 못하는 사이에 비연이 다시 그를 끌어안았다. 비연은 꼬맹이의 목을 끌어안은 채 그 부드러운 모피에 얼굴을 묻고 눈을 감았다. 마치 어린 시절에 부황의 목을 안고 그의 품에서 애교를 부리던 때와 같이.

부녀간의 이런 친밀함은 그 누구도 대신할 수 없는 것이다. 부녀간의 정이 아니라면 군구신은 아마 그녀의 이런 행동에 상당히 신경 썼을 것이다.

고칠소는 현빙에 기댄 채 용비야의 어깨 부분을 가볍게 두드리며 야유했다.

"이것 봐, 네 딸이 꼬맹이를 너로 생각하고 있다고. 나중에 나오면 다시는 꼬맹이를 쥐라고 무시하거나 하지 말도록 해.”

꼬맹이는 다람쥐였지만, 용비야는 계속 쥐로 취급했다. 그리고 꼬맹이가 한운석의 몸 위로 뛰어오르려 하면 꼬맹이를 잡아 바로 던져 버렸다. 그에 비교하면 군구신이 대설에게 하는 행동은 상당히 예의 바르다 할 수 있었다.

고칠소는 옛일이 떠올랐는지, 점차 웃음기를 거두더니 결국은 탄식했다.

“용비야, 조그맣던 우리 연아가 저렇게 컸어!”

비연은 꼬맹이를 한참 동안 안고 있다가 꼬맹이 얼굴에 입을 맞춘 다음 놓아주었다. 방금에 비한다면 그녀는 상당히 냉정해진 상태였다. 비연은 여전히 꿇어앉은 채 코를 훌쩍이고 눈물을 닦았다. 어찌 되었건 10년이 늦었으니 그간의 밀린 절을 해야 했다! 그녀는 가볍게 머리를 세 번 조아린 후, 바로 일어나지 않고 10년 동안의 이야기를 시작했다.

그 모습을 본 고칠소는 더 이상 방해하지 않기로 마음먹었다. 그가 고운원 곁으로 가 보니 고운원의 눈도 붉게 물들어 있었다. 고칠소가 한마디 하기도 전에 고운원이 먼저 입을 열었다.

“분명 대진국 황제 폐하와 황후마마께서는 왕비마마를 지극히 총애하셨을 테니, 본래 천륜의 즐거움을 누리셔야 하는데, 오호라, 어찌……”

고칠소는 평소의 요사스러울 정도로 찬란한 웃음기를 거두고, 낮게 깔린 음산한 목소리로 말했다.

“이 일에 연루된 자는 단 하나라도 도망치지 못할 것이다. 밝은 곳에 있는 자건, 어두운 곳에 있는 자건! 사람이건, 귀신이건!"

고운원은 그의 시선을 피하지 않고 감개무량한 얼굴로 탄식했다.

"아아……."

고칠소가 다시 미소 지으며 말했다.

"고 의원, 우리 다시 만난 일가족을 방해하지 않기로 하지요. 따라오십시오. 원소절이니 술 한잔 대접하도록 하지요."

고운원은 고개를 끄덕이며 고칠소와 함께 몸을 돌렸다. 그리고 그제야 문 앞에 다른 사람들이 서 있는 걸 발견했다. 바로 승 회장 일행이었다. 그들 역시 모두 무거운 표정을 짓고 있었다. 그러나 그들을 발견한 고칠소는 웃으며, 모두에게 밖으로 나가라고 손을 내저었다.

모두 나가자 방 안에는 군구신과 비연만 남았다. 비연이 무릎을 꿇은 채 계속 이야기했다.

여덟 살에서 열여덟 살이 되기까지 10년 동안 겪은 일을 어찌 한순간에 모두 말할 수 있을까. 비연은 평소처럼 매끄럽게 수다를 떨지 못하고, 때때로 울먹이며 아주 느릿느릿 말했다. 지금의 그녀는 자신만의 세계에 빠져 있는 것 같았다. 동시에 그들 가족만의 세계에 빠져 있는 것 같기도 했다.

군구신은 승 회장 일행이 일찍 도착했고, 또 의부도 미리 와 있었으니 분명 장인과 장모에게 많은 이야기를 했으리라 생각했다. 그러나 그는 또한 믿고 있었다. 연아가 아무리 오랫동안 이야기해도, 또 수많은 일을 반복해서 말해도 장인과 장모는 모두 기꺼이 듣고 싶어 할 거라고. 그 자신도 그러지 않은 적이 없지 않은가.

그는 소리 없이 비연 곁에 꿇어앉아 조용히 기다렸다. 그리고 계속 비연의 이야기를 들었다. '망할 얼음'에 대한 이야기를 듣고, 또 '군구신'이라는 이름을 들었다. 마지막으로 '고남신'이라는 이름이 들렸다. 그녀는 부모에게 그들이 어떻게 만나 서로를 알게 되고, 서로를 사랑하게 되었는지 이야기하고 있었다!

비연은 이야기를 마친 다음에야 고개를 돌렸고, 그가 자신 곁에서 무릎을 꿇고 있다는 것을 발견했다. 비연은 살짝 놀랐으나, 그는 그녀에게 담담하게 미소 짓고는 몸을 굽혀 힘차게 머리를 조아렸다.

"황상, 황후마마, 남신이 부끄럽게도 사명을 욕되게 하였습니다. 남신이 이제야 공주마마를 찾아왔습니다."

그는 다시 한번 머리를 바닥에 부딪친 다음 계속 말했다.

"남신이 죄를 지었습니다. 두 분의 허락도 받지 않고 함부로 연아를 아내로 맞이하였습니다."

군구신이 다시 또 고개를 부딪쳐 절한 다음 말했다.

"남신이 대담하게도 이 자리에서 약속드리겠습니다. 3년 안에 원수를 사로잡고, 현빙을 깨트리는 동시에 현공대륙을 장악하여, 그 공으로써 과를 보충할 것입니다! 남신이 연아를 취할 적에 예를 갖추었으나, 당시 연아의 부모가 누구인지 알지 못한 까닭에 부모님께 절을 올리는 예는 생략하였습니다. 남신이 어린 시절부터 지금까지 연아에게 진심이었던 것은 해와 달이 비춰 줄 것입니다. 남신이 바라는 바는 오로지 두 분이 현빙을 깨고 나오시는 날, 남신이 연아와 함께 다하지 못한 예를 갖춰 절을 올리는 것입니다!"

군구신이 천천히 고개를 들었다. 이마에 선혈이 흐르고 있었으나 그는 전혀 아무렇지 않은 듯 진지한 표정으로 현빙 속 보랏빛 그림자를 바라보고 있었다.

비연은 그런 그를 바라보며 감동이 차오르는 것을 느꼈다. 동시에 마음이 아파 왔다. 그는 그녀를 맞이할 때 갖추어야 할 것은 모두 갖추어야 한다고 말했다. 그러나 오늘 그가 부모님께 절을 올리는 의식을 이야기하지 않았다면, 그녀는 그가 천무제에게 절을 올리고 싶지 않아 그 의식을 생략한 것으로 계속 알고 있었을 것이다. 그가 이런 마음을 품고 있었는지는 추호도 모른 채.

그때 꼬맹이가 달려오더니 군구신에게 가볍게 입을 맞췄다. 마치 한운석을 대신해 군구신의 이 약속을 허락한다는 듯이.

비연이 몹시 기뻐하며 군구신을 끌어안고 울먹이기 시작했다. 오늘 밤은 지금 느끼는 이 슬픔에서 도저히 벗어날 수 없을 듯했지만, 동시에 그녀는 자신이 이 세상에서 가장 행복한 사람이라고 생각하고 있었다.

비연이 눈물을 흘리며 미소 지었다.

"모후께서 허락하셨어! 부황은 언제나 모후의 말을 들으시니까, 모후께서 허락하신 건 부황이 허락하신 거나 마찬가지야! 군구신, 오늘부터 우리 함께 적들을 잡고, 현빙을 깨고, 또 현공대륙을 장악하는 거야! 3년 안에!"

군구신이 가볍게 꼬맹이의 머리를 쓰다듬었다. 그 역시 환희에 가득 찬 표정으로 다시 한번 현빙에 머리를 부딪쳤다.

"감사합니다, 황후마마! 감사합니다, 황상!"

비연은 재빨리 그를 일으킨 다음 피를 닦아 주었다.

군구신이 문밖을 향해 외쳤다.

"칠 숙부, 단목요와 기세명은 어디 있습니까? 데려오지 않으셨나요?"

적이라 부를 자는 아주 많았지만, 단목요라는 원흉과 기세명이라는 이 기씨 가문의 가주가 이미 그들 손에 떨어진 이상 일단 끌고 와서 징계를 해야 마음속 원한을 풀 수 있었다!

고칠소가 단목요와 기세명을 끌고 왔다. 승 회장 일행도 그 뒤를 따랐다. 단목요와 기세명은 눈이 가려진 채 온몸이 꽁꽁 묶여 있었다.

단목요는 원래 운공대륙에서 중상을 입어 다시 무술을 익힐 수 없는 몸이 되었다. 그러나 현공대륙으로 건너가 혁씨 가문 가주와 서로 돕는 과정에서 무술을 익혔을 뿐 아니라 진기도 수행하게 되었다. 기세명 역시 본래 기를 수련하던 고수였고, 무공도 결코 평범하지 않았다.

그런 그들이 지금 진기를 잃었다 하나, 일단 빙해를 건너면 회복될 가능성이 있었다. 그렇기에 승 회장 일행은 그들을 빙해에 데려올 때 단약을 복용시켰다. 그들이 내공을 운용하려 하거나 진기를 움직이려 하면 반작용이 일어나 살아도 죽느니만 못한 상황이 될 것이다!

그들이 단목요와 기세명을 빙해의 중심으로 데려온 지 이미 열흘이 넘었다. 그러나 그들은 단목요와 기세명에게 단 한마디도 해 주지 않았다. 두 사람은 심지어 자신들이 어디에 있는지도 모르고 있었다.

고칠소가 그들 두 사람을 비연 앞으로 끌고 왔다. 비연은 어느 적에게도 눈물 흘리는 모습을 보이지 않을 작정이었다.

눈물을 닦은 비연은 더 이상 아이 같아 보이지 않았다. 그녀의 미간에 어린 날카롭고 냉정한 기운은 사람으로 하여금 감히 가까이 갈 엄두도 내지 못하게 했다.

비연이 냉랭하게 물었다.

"단목요, 이제 생각이 끝났나? 내가 누구인지 알겠어?"

좀 더 생각해 봐도 괜찮아

단목요는 목소리를 듣자마자 비연임을 알아차렸다.

최근 그녀는 괴로운 나날을 보내고 있었다. 북강에서 다른 곳으로 이송당한 후에도 여전히 이레에 한 번 쥐와 벌레에게 피부를 뜯기는 고문을 받아야 했고, 그것은 그녀가 빙해에 도착한 다음에야 끝났다.

그녀는 내공을 떨어뜨리는 단약뿐 아니라 염단도 상당히 많이 먹었다. 때문에 어느 정도의 추위만을 느낄 뿐이라, 자신이 이미 빙해의 중심에 와 있다는 사실도 알지 못했다. 그녀는 계속 비연이 자신을 북강으로 되돌려 보내고 있다고 오해하고 있었다.

그녀는 비연을 뼈에 사무치게 증오하면서, 거의 매일 비연이 남긴 말을 고민했다. 그러나 아무리 고민해도 비연이 대체 누구인지 알 수 없었다. 당씨 가문 사람과 적이면서, 용비야와 한 운석을 위해 복수하겠다니. 그러면서 빙해의 이변에 얽힌 진상을 모른다고? 대체 누구란 말인가? 단목요는 비연의 정체를 추측하다 거의 미쳐 버릴 지경이었다!

그녀는 마침내 비연이 다시 자신을 심문하러 왔다고 생각했다. 그렇다면 자신이 아직 가치가 있다는 이야기다! 그녀의 목숨은, 그래, 아직 가치가 있었다. 아주 많이.

단목요는 큰 소리로 조소하며 말했다.

"고비연, 숨어서 뭘 하는 거지? 능력이 있으면 말해 보라고! 나에게 신분을 추측해 보라 하는 것은…… 설마, 신분을 드러내고 사람을 볼 면목이 없어서는 아니겠지? 네가 나를 구금하고 죽이지 않는 것은 그저 내 입에서 빙해의 진상을 알아내고 싶어서잖아? 경고하겠는데, 정말 능력이 있으면 나를 죽여 보라고. 그럴 능력이 없으면 순순하게 내 시중을 들고 나에게 간청하는 게 좋을 거야. 그러지 않으면 빙해에 관련한 것이건 축운궁에 관련한 것이건 더는 아무것도 말해 주지 않을 테니까!"

본래 고요하던 공간은 단목요가 말을 마친 후 더욱 적막해졌다. 멀리 서 있던 고운원을 제외하고 모든 이의 안색이 차가워졌다.

그중에서도 가장 차가운 것은 비연이었다. 그녀는 불시에 단목요의 두 무릎을 걷어차, 단목요가 바닥에 무릎을 꿇도록 만들었다!

"비연! 내 말이 맞았다고 이러는 거야?"

단목요는 일어나려 했지만 비연이 다시 한번 걷어찼다. 얼마나 사납게 걷어찼는지, 단목요는 몸 전체가 앞으로 쏠리며 그대로 쓰러지고 말았다.

비연이 그녀의 어깨를 누르며 말했다.

"잘못을 인정했으면 잘못을 인정하는 자세를 보여야지. 제대로 꿇어앉아!"

잘못을 인정한다고?

단목요는 마침내 뭔가 이상함을 깨닫고 소스라치게 놀라 물었다.

"너, 너는……."

"나?"

비연은 현빙 앞을 막아선 채 단목요의 눈을 가리던 천을 사납게 벗겨 내고 외쳤다.

"잘 보라고, 여기가 어디인지! 그리고 제대로 봐, 내가 누구인지!"

단목요는 주변을 둘러보고 방 안 전체가 얼음으로 가득 찼다는 것을 깨달았다. 그녀는 비연 등 뒤의 현빙은 제대로 볼 수 없었지만, 구면인 고칠소와 영승은 볼 수 있었다.

그녀는 점점 더 공포에 질렸다. 비연이 그녀의 목을 조르며 날카로운 눈으로 그녀의 눈을 응시했다.

"빙해 이변의 진상? 내가 말해 주는 게 차라리 나을 것 같은데? 기연결을 제외하고, 당시 용오름에 말려들었던 사람들은 모두 죽지 않았어! 대진의 황제와 황후도 죽지 않았고, 고칠소도 죽지 않았고, 태자도 죽지 않았지. 그리고……."

비연은 단목요에게 점점 더 가까이 다가가 한 글자 한 글자 차가운 목소리로 외쳤다.

"그리고 나, 헌원연도 죽지 않았지!"

헌원연? 그 애였구나! 용비야와 한운석의 딸, 그때 봉황력을 폭발시킨 그 어린 계집애! 하지만 이게 어떻게 가능한 거지?

단목요의 눈에 마침내 공포가 어렸다. 그녀는 사실 용오름

이후 빙해에 무슨 일이 벌어졌는지 알지 못했다. 다만 한운석 일행이 모두 죽었을 거라 십중팔구 확신했던 것이다!

수년에 걸쳐 그녀는 빙해가 독에 감염된 수수께끼를 찾으면서도 용비야와 한운석의 수하들만을 경계해 왔다. 그러나 지금 눈앞에 있는 이 모든 것은……. 어떻게 이럴 수 있지?

"네, 네가 헌원연이라고? 네가……."

이 계집이 헌원연이라면, 어째서 당씨 가문 사람들과 적이 된 거지? 무엇 때문에 그녀를 그렇게 여러 번 심문한 걸까? 이 두 가지는 결코 숨길 필요가 없는 것 아닌가!

단목요는 비연의 시선을 받으며 공포에 질렸다. 그와 동시에 그녀는 아무 말도 할 수 없었고, 호흡마저 거칠어졌다. 아무래도 비연이 그녀의 목을 졸라 죽이려는 모양이었다!

그러나 비연이 어찌 이리 쉽게 단목요를 죽일 수 있겠는가? 단목요의 명이 넘어가려던 그 순간, 비연이 그녀의 목을 놓았다. 단목요가 창백한 안색으로 숨을 헐떡거렸다. 추워서일까, 아니면 무서워서일까. 그녀의 몸이 저도 모르는 사이 떨리고 있었다.

단목요는 한참 후에야 겨우 입을 열었다.

"네, 네가 어떻게……. 그때, 대체 무슨 일이 벌어진 거지? 여기는 대체 어디인 거야?"

그녀는 도저히 믿을 수 없었다. 도무지 이해가 가지 않았다!

"뭐든지 다 아는 거 아니었나? 그런데 이걸 어쩌지? 네가 온순하게 내 시중을 들고 애걸한다 해도, 나도 너에게는 아무것도 말해 주지 않을 작정이거든! 오늘부터 너는 매일 내 부황과 모후에게 백 번씩 머리를 조아리며 사과해야 해! 내 부황과 모후가 현빙을 깨고 나와 너를 직접 처리하실 때까지!"

비연은 말을 마치자마자 단목요를 앞으로 끌어당겨 현빙 속의 사람들을 보게 했다.

단목요가 그대로 굳어 버렸다! 그녀의 시선은 마치 현빙에 못 박힌 듯 더 이상 움직이지 않았다. 단목요는 그렇게 보고 또 보다가 갑자기 큰 소리로 웃기 시작했다.

"알았다! 하하, 알았다고! 하하하!"

그녀는 마음껏 웃어 댔다.

"저들이 죽지 않았단 말이지? 하하! 하지만 살아도 죽느니만 못한 것 같은데! 아주 잘됐어! 잘됐다고!"

그녀의 얼굴이 갑자기 흉악하게 일그러졌다.

"한운석, 용비야, 너희가 아무리 능력이 있은들 결국 여기 얼음 속에 갇혀 있구나! 분명 빙해의 독도 너희들이 한 짓이겠지. 빙핵도 너희들 수중에 있고 말이야? 하하! 하지만 빙해의 현빙은 봉황력이 아니면 깰 수 없지. 하지만 봉황력이 일단 폭발하면 빙해 전체가 무너질 테니, 하하! 그때가 오면 정말 구경해 봐야겠어. 너희들이 어떻게 그 재난을 피할지 말이야. 대진의 북강은 대체 어떻게 지킬 건지, 하하하……."

퍽!

비연이 단목요의 턱을 잡자 미친 듯한 웃음소리가 멈췄다. 비연은 경멸을 담아 미소 지으며 물었다.

"재미있나 보지? 계속 추측해 봐도 괜찮아. 내 부황과 모후께서 폐관 수련 중이신지, 아니면 갇혀 있는 건지?"

이 말을 들은 단목요는 멍한 표정을 지었다.

비연은 그녀를 놓아주고 냉랭하게 말했다.

"빙핵의 힘, 3대 상고 신력의 힘은…… 축운궁주도 너에게는 알려 주지 않았던 모양이군! 하하, 너는 내 부황과 모후의 적수조차 될 수 없는 존재야. 너는 기껏해야 적수를 따라다니는 개 한 마리에 불과하지!"

단목요는 아픈 구석을 찔린 것 같아 분노했다!

그러나 비연은 독약을 한 알 꺼내 직접 단목요에게 먹였다. 단목요는 반항할 방법이 없어 독약을 삼킨 후 물었다.

"나에게 뭘 먹인 거지?"

"네 이름 중 두 글자를 따서 이 약의 이름을 지어 보았어. 목요단이라고 하는데, 어때? 듣기 좋아?"

비연은 무척이나 순수한 표정으로 웃기 시작했다. 그리고 이 순간, 단목요는 비연의 웃는 모습이 한운석과 무척 닮았다는 것을 깨달았다. 한운석이 이렇게 웃을 때면 단목요는 항상 겁에 질릴 수밖에 없었다…….

"대, 대체 뭘 하려는 거야? 능력이 있다면 당장 날 죽이라고!"

비연은 인내심을 발휘해 설명했다.

"이 목요단은 내가 너를 위해 특별히 연구를 거듭해 만든 약이야. 바로 머리를 조아리며 잘못을 인정하게 하는 약이지. 이 약을 복용하면 차 한 잔 마실 시간 이내에 네 척추에 찌르는 듯한 고통이 올 텐데, 무릎을 꿇고 머리를 조아리며 절을 백 번 이상 해야 통증을 완화시킬 수 있지."

"너!"

단목요는 경악하다 못해 분노했고, 또 분노하다 못해 공포에 질려 미친 듯이 외쳤다.

"망할 계집! 차, 차라리 능력이 있으면 나를 죽이란 말이다! 내가…… 내가 머리를 조아린들 그저 핍박받은 결과일 뿐이지! 내가 진짜로 잘못을 인정할 거라고는 꿈도 꾸지 마라! 평생, 평생 꿈도 꾸지 말라고!"

비연이 큰 소리로 웃기 시작했다. 그녀는 단목요를 부황과 모후 앞으로 데려갔다. 어찌 단목요에게 화를 낼 기회를 주어 부황과 모후의 기분을 상하게 할 수 있단 말인가?

이 목요단에는 다른 비밀이 숨어 있었다!

후회의 맛을 보도록 해

"꿈도 꾸지 말라고?"

비연이 큰 소리로 웃기 시작했다. 그녀는 단목요의 이런 자신감이 우스워 견딜 수가 없었다.

단목요는 비연이 웃는 것을 보자 점점 더 분노하여 다시 한 번 강조했다.

"그런 생각은 당장에 버리는 게 좋을걸!"

비연이 천천히 단목요에게 다가갔다.

"단목요, 네가 진심으로 죄를 인정한다 해서 누가 너를 용서한대? 그럴 일은 절대로 없어! 네가 굴복하건 하지 않건, 네가 얼마나 많은 대가를 치르건, 그 누구도 너를 용서하지 않을 거라고! 네가 진심으로 죄를 인정한다 해서 내가 그걸로 뭘 하지? 네가 진심으로 죄를 인정하면 이 모든 일이 발생하기 전으로 되돌아가기나 해? 하하! 내가 바라는 건 말이야, 네가 살아도 죽느니만 못한 삶을 사는 거야. 매일 후회의 맛을 곱씹으면서!"

세상에서 '후회'의 맛만큼 견디기 어려운 맛이 또 있을까! 그녀가 원하는 것은 단목요가 남은 여생 내내 후회하는 것이었다. 모후가 직접 처리하러 오실 때까지!

단목요는 여전히 비연의 말을 대수롭지 않게 여기고 코웃음 쳤다.

"후회? 내가 했던 모든 일들, 특히나 네 부모에게 한 일이라면 나는 영원히 후회하지 않을 거다! 네가 능력이 있다면 나를 죽여 보렴!"

　비연은 여전히 웃고 있었다.

　"너를 죽이라고? 네가 자살하는 편이 낫겠지!"

　단목요가 멈칫했다. 점점 더 비연이 대체 무슨 꿍꿍이인지 알 수 없게 되어 버렸다.

　비연이 말했다.

　"목요단을 복용한 이상, 무릎을 꿇고 절을 하지 않으면 뼈를 찌르는 듯한 고통이 만 이레 동안 계속될 거고, 그 후에 고통 속에서 죽게 될 거야! 네가 살고 싶은지 죽고 싶은지는, 하하, 네 마음대로 결정하도록 해!"

　이 말을 들은 단목요는 경악해 눈을 휘둥그렇게 떴다. 그러나 잠시 후, 분노하여 외쳤다.

　"악독한 것! 정말이지 악독한 계집이구나! 너도 좋은 결말은 맞지 못할 것이다! 기다려라!"

　비연은 화를 내지 않고 담담하게 말했다.

　"맞아, 한 가지 더 말해 주는 걸 잊었군. 나는 이 목요단을 약재 시장에서 판매해 볼 작정이야. 물론 이 단약을 제조하게 된 원인도 공표할 예정이고. 후에 이 약은 너와 같이 재난을 일으키는 인간에게 쓰이게 되겠지. 내 생각엔…… 이 세상에 이 단약을 원하는 이들이 적지 않을 거야. 너의 그 대단한 이름은 이 단약과 함께 천 년은 악취를 풍길 수 있겠지!"

단목요는 마침내 비연이 무엇 때문에 자신의 이름을 따서 단약의 이름을 지었는지 깨달았다. 이 단약이 일단 세상에 나가면 후세 사람들은 그녀의 치욕을 알게 되고, 그녀를 비웃을 것이다!

그녀는 분노하여 발버둥 치려 했지만, 발버둥을 칠 수가 없었다. 게다가 목요단의 독성이 발작하기 시작했다. 그녀는 입을 열려다가 저도 모르게 이를 악물고 말았다. 너무 아팠다! 목을 포함해 척추 전체 뼈 마디마디를 가느다란 침으로 쿡쿡 찌르는 것 같기도 하고, 또 무수한 개미들이 그녀의 뼈를 갉아 먹는 것 같기도 했다. 너무나, 지독하게 아팠다.

단목요도 처음에는 노한 눈으로 비연을 바라보았으나, 점차 견딜 수 없어져 결국 무릎을 꿇고 무의식중에 고개를 숙였다. 그리고 바로 그 순간, 갑자기 목이 조금 편해지는 느낌을 받았다.

비연은 그녀를 속이지 않았다. 이 단약은 정말로 그녀가 머리를 조아리게 만드는 약이었다. 단목요는 버티려 했지만 점점 더 견디기 힘겨워졌다. 이제 심장마저 찔리는 듯한 통증이 느껴졌다. 그녀는 눈을 들어 비연을 바라보았지만, 비연은 높은 곳에서 그녀를 응시하고 있을 뿐이었다.

버틴다면…… 이레를 버텨야만 죽을 수 있다! 단목요는 비연에게 자신을 죽이라고 몇 번이나 말했지만 실제로는 죽고 싶은 마음이 전혀 없었다!

만약 버티지 않는다면…… 그녀는 잘못을 인정하며 백 번 머리를 조아려야만 했다.

진퇴양난이었다. 생과 사, 모두 어렵기만 했다!

비록 인정하고 싶지 않았지만 비연, 이 망할 계집은 한운석보다 훨씬 더 냉정하고 잔인했다!

어떻게 해야 할까?

그녀는 고개를 조아리고 싶지 않았다. 절대로! 그러나 죽고 싶지도 않았고, 이레 동안 이런 고통을 받고 싶지도 않았다!

점차 단목요는 통증을 견디지 못하고 허리를 굽혔다. 그녀의 몸이 점점 더 웅크려지고 있었다. 그러나 이러한 동작은 고통을 약간 완화시켜 줄 뿐이었다.

얼음 동굴 속에 있는데도 그녀는 격통으로 인해 온몸에서 식은땀이 흘렀다. 이 고통은 쥐나 벌레에게 물어뜯길 때보다 배는 아팠다. 도무지 견딜 수 없었다. 단목요는 무의식적으로 비연을 바라보았고, 본능적으로 용서를 구하고 싶어졌다.

비연은 스스로 조제한 단약이니만큼 그 효과를 잘 알고 있었고, 단목요가 지금 어떤 고통을 겪고 있는지 명확하게 알고 있었다. 그녀는 차가운 눈으로 단목요를 응시하며 아무 말도 하지 않았다.

단목요는 몇 번이고 비연을 바라보며 숨을 헐떡거렸다. 식은땀이 흐르고, 두 눈마저 혼탁해졌다. 결국 단목요가 입을 열었다.

"나, 내가 머리를 조아려 잘못을 인정할게. 내가……. 나, 나를 놓아줘, 나를! 내가 잘못했어……."

그녀는 고통 때문에 지각마저 흐트러진 상태였다.

비연은 점점 더 무시하는 듯한 표정을 지었다. 그녀는 단목요가 좀 더 버티리라 생각했던 것이다.

"말해 봐, 후회하고 있어?"

단목요에게 이제 기개 따위는 없었다. 그녀가 재빨리 대답했다.

"후회해, 후회해요, 살려 줘요……. 도와줘……."

비연이 그제야 일깨워 주었다.

"나에게 살려 달라고 할 것 없어. 방금 말해 줬잖아? 백 번 머리를 조아리고, 백 번 잘못했다고 인정해. 아니면 이레 동안 괴로워하다 죽든가. 스스로 선택하면 그만이야."

단목요는 확실히 고통으로 인해 이성을 상실한 상태였다. 그녀는 이 말을 듣고 나서야 선택권이 자신에게 있다는 것을 인지하고 맹렬하게 머리를 조아렸다.

쿵!

큰 소리가 나도록 머리를 바닥에 부딪치니 척추의 통증이 완화되었다. 그러나 그것도 아주 잠시뿐이었다. 통증이 다시 엄습해 왔고, 소리조차 지를 수 없는 그 아픔에 그녀는 이제 아무것도 신경 쓰지 않고 계속해서 머리를 조아렸다. 한 번, 또 한 번, 멈추지 않고!

모두 조용히 단목요를 보고 있었다. 머리를 부딪치는 소리가 한 번 또 한 번 이어지며 적막한 얼음 동굴 안에 메아리쳤다. 그 메아리는 마치 심판의 소리 같았다. 단목요의 죄악을 심판하는 소리.

비연의 시선이 거대한 현빙으로 향했다. 그녀가 속으로 중얼거렸다.

'부황, 모후, 듣고 계세요? 이건 제가 부모님께 보내는 첫 번째 신년 예물이에요. 원수들 모두 반드시 심판을 받게 될 거예요. 단 한 명도 도망치게 놔두지 않을 거예요!'

단목요는 한 번 또 한 번 머리를 부딪쳤다.

비연은 직접 기세명의 눈을 가리고 있던 천을 벗겨 냈다. 기세명은 그들의 대화를 들었기에 이미 꿍꿍이를 세워 놓은 다음이었다. 그가 황망한 표정으로 다급하게 말했다.

"비연! 이 모든 건 다 전임 가주가 한 일이지. 나, 나는 아무것도 하지 않았다! 아무것도 모른다고! 원한에는 상대가 있고, 빚에는 빚쟁이가 있는 법 아니냐. 선임 가주가 그때 빙해에서 이미 목숨을 잃었으니, 네, 네가…… 어른의 도량으로 나를 풀어 다오!"

이 말을 듣고 비연뿐 아니라 군구신과 고칠소까지 웃음을 터뜨리고 말았다. 모두 기세명이 이런 말을 하리라고는 생각지 못했던 것이다.

어째서 항상 누군가는 하늘까지 차고 넘칠 만한 배짱으로 죄를 저지르고는, 기개라고는 전혀 없이 자신의 모든 행동을 인정해 버리는 걸까?

비연은 기세명을 단목요에 비해 훨씬 더 무시하게 되었다.

"기욱이 소옥승과 결탁하여 함께 천염국과 만진국을 친 다음 빙해에 대한 이야기를 나누고자 했었지. 내 귀로 직접 들은 일이다. 그런데 지금 아무것도 모른다고 해 봤자……."

비연은 생각에 빠진 듯이 기세명을 바라보다가 이어 말했다.

"설마, 그 일 전부 기욱 혼자 저지른 일이었던 걸까? 보아하니, 나와 기씨 가문의 원한은 기욱을 찾아 풀어야 하는 모양이군!"

기세명이 다급하게 외쳤다.

"욱아에게는 손대지 마라! 그 애는 무고하니까!"

비연이 반문했다.

"기욱이 어떻게 무고할 수 있지? 신의를 배반하고, 권세 있는 자에게 아부하기 위해 혼약까지 저버린 자가 무고하다고? 적과 내통하여 주군과 나라를 배반한 자가 무고하다고? 동강에서 장정을 징발하고 양식을 빼앗으면서, 수하 병사들이 민간의 여자들을 강제로 희롱하게 한 자가 무고하다 할 수 있나?"

기세명은 순간적으로 대답할 말을 찾지 못했다. 비연이 냉랭하게 물었다.

"기욱은 빙해 북안에서 비밀리에 소옥승을 만나 병사를 일으키기로 약속한 후, 소옥승에게 기밀 정보를 주겠다고 했지. 그 정보는 분명 빙해와 관련된 것이겠지? 그리고 그 정보는 분명 네 손에 있고 말이야?"

기세명의 눈 아래로 일말의 복잡한 빛이 스쳐 가는가 싶더니, 고개를 돌려 비연의 시선을 피했다……

기씨 가문에는 아직 비밀이 있다

비연과 군구신이 빙해 북안에서 기욱과 소옥승의 거래를 엿들었을 때, 그들은 십중팔구 확신했다. 기씨 가문의 정보는 분명 빙해의 이변과 관계있을 것이다.

당시 군구신은 기욱의 말을 듣고, 기욱이 정말로 진상을 알지 못할지도 모른다고 생각했다. 이 정보는 분명 기세명이 직접 다루고 있을 거라고. 바꿔 말하자면, 기세명은 선임 가주의 음모를 알고 있었다! 심지어 그 음모에 참여도 했을 것이다. 빙해의 전투에 나타나지 않았을 뿐.

기세명이 시선을 피하자, 비연의 마음속에서는 예전의 추측이 사실로 굳어지기 시작했다!

그녀가 냉랭하게 말했다.

"보아하니 기 대장군의 손에는 아직도 패가 많은 모양이야! 여기까지 와서도 아직 꺼내 놓을 생각이 없으신가?"

기세명의 눈이 음험하게 빛나더니 곧 정의로운 표정을 꾸며내어 말하기 시작했다.

"그, 그건 욱아가 소옥승을 속인 것에 불과하다. 그래도 그 말을 믿는다면 이 늙은이는 더 할 말이 없다! 선친께서 하셨던 일들, 그래, 내가 분명 알고 있지. 하지만 나는 참여하지는 않았어! 내가 아는 것은 너희들도 모두 알고 있을 테고. 부친의 빚을 아들이 갚는다면……. 부친께서는 이미 돌아가셨는데, 거기에 이 늙은이의 목숨을 더해도 부족하단 말이냐? 욱아는 무고하다! 기씨 가문 다른 사람들은 모두 무고해! 너희가 만약 원수를 갚기 위해 우리 가문을 멸하고자 한다면, 너희는 무고한 자들을 학살하게 될 것이다! 그리되면 서로 원한을 갚는 것이 되풀이될 뿐 아닌가? 오늘 이 늙은이가 여기 왔으니, 너희들 마음대로 처리하면 족하지 않으냐!"

"무고?"

비연은 본래 말을 많이 할 생각이 없었으나 기세명의 이 번지르르한 말을 듣자 참을 수 없어져 날카롭게 반박했다.

"너는 기연결의 그 개 같은 목숨이 대체 얼마나 가치가 있다고 생각하는 거지? 기연결이 백번을 죽어도, 또 너희 기씨 가문 전원이 죽는다고 해도 빙해에 이변을 일으킨 죄는 갚을 수 없다!"

비연의 일가족 네 사람이 10년 동안 떨어져 있어야 했다. 그녀의 오라버니는 겨우 열 살의 나이에 어른이 되어 황제의 자리에 등극했다. 그녀는 여덟 살의 나이로 몸과 영혼이 분리되는 일을 겪고, 기억을 잃었으며, 지금까지도 자신이 어떻게 다시 태어났는지 알지 못하고 있었다.

이런 것들은 모두 제쳐 두더라도, 빙해의 이변이 대진국에 일으킨 재난만 하더라도 기씨 가문에게는 책임이 있었다. 부황과 모후가 얼음으로 이곳을 봉쇄하지 않았다면 대진국의 북강 전체가 하룻밤 사이에 빙해의 해수에 수몰되었을 테고, 수십만의 유목민들이 재난을 피할 수 없었을 것이다!

고 태부가 과감하게 결단을 내리지 않았다면, 오라버니가 그리도 군세지 않았다면…… 부황과 모후가 갑자기 실종된 후에 본래 안정적이던 대진국에는 분명 내란이 일어났을 것이다. 전쟁이 일어났다면 또 얼마나 많은 가정이 파괴되고 사람들은 도탄에 빠졌을까?

이 10년 동안 만약 부황께서 계셨다면 대진국은 분명 지금보다 훨씬 번성하고 부강해졌을 것이다. 이러한 것들을…… 기연결의 목숨 하나로 어떻게 보상할 수 있을까? 기세명의 목숨을 더한다 해도 부족했다!

기욱이 무고하다고? 그렇다면 그녀는 무고하지 않다는 건가? 그녀의 오라버니는? 대진국은 무고하지 않은가?

오늘, 만약 그들이 기세명의 손에 떨어졌다면 기세명이 과연 서로 원한을 갚는 것이 되풀이되고 어쩌고 하는 말을 했을까?

비연은 사납게 기연결의 턱을 쥐고 단약을 하나 먹였다. 그리고 한 글자 한 글자 또렷하게 말했다.

"기세명, 나는 너희 부자가 함께 빚을 갚기를 바란다! 아비가 빚을 지고 아들이 갚고……. 그런 것은 네가 말한다고 되는 일이 아니고, 내가 말하는 대로 이루어질 일이지!"

기세명은 아무 말 없이, 재빨리 절을 하며 머리를 조아리기 시작했다. 그는 목숨을 지키고 싶으니 어찌 되었건 절을 해야 했다. 그러느니 아예 처음부터 무릎을 꿇어 고통을 면하고 싶었던 것이다.

그러나 그가 머리를 조아리는 순간 비연이 그를 제지했다.

"너에게 먹인 약은 목요단이 아니니, 너는 내 부황과 모후께 절을 할 필요가 없다. 기씨 가문에 분명 너 대신 무릎을 꿇을 사람이 있을 테니까! 그러니 잘 생각해 보는 게 좋을 거야. 개미 만 마리에게 심장을 물어뜯기는 고통을 겪을 건지, 아니면 네 부친이 빙해로 남하하기 전 너에게 어떤 비밀을 털어놓았는지 생각해 낼 것인지!"

이 말을 들은 기세명이 경악했다. 그러나 비연이 자신을 응시하는 것을 보자 다시 한번 그녀의 시선을 피했다.

그해, 부친이 빙해로 남하하며 확실히 그에게 비밀을 하나 알려 주었다.

빙해의 이변은 비록 혁씨 가문의 가주가 시작했지만, 혁씨 가문의 가주가 그들을 찾아오기 전부터 부친은 이미 빙해를 주목하고 있었다. 덕분에 부친은 빙해의 또 다른 비밀을 알고 있었고, 그 비밀을 혁씨와 소씨 가문에게는 알리지 않고 그에게만 알려 주었던 것이다.

그는 그 비밀을 지금까지도 기욱에게 알려 주지 않았다. 다만 기욱이 출정할 때, 이 비밀을 기욱의 갑옷 속에 숨겨 두었다. 지금 그는 기욱이 그 비밀을 발견하기를 애타게 바라고 있었다.

당시 그의 거동은 천무제를 대비하기 위해서가 아니라, 소씨 가문과 연합해 천염국과 만진국의 강토를 얻기 위함이었다. 그렇게 가문을 일으킨 후 기욱에게 모든 것을 말해 줄 생각이었다.

그러나 안타깝게도 그의 완벽한 계획은 비연과 군구신에 의해 엉망이 되었다! 그는 정말로 비연이 대진국의 공주일 줄은 상상조차 하지 못했던 것이다.

대진국의 공주가 어떻게 고씨 가문의 적녀가 되었는지, 대진국의 황제와 황후는 얼음 속에 봉쇄되어 있는 건지 아니면 여기서 폐관 중인 것인지……. 이곳에는 너무도 많은 비밀이 있었다. 그는 더더욱 기씨 가문의 기밀을 폭로할 수 없었다.

기세명은 여전히 결백한 척 말했다.

"무슨 말을 하는지 모르겠군. 내가 할 말은 끝났다!"

비연은 그 이상 쓸데없는 말을 하지 않고 사람을 불렀다.

"이자를 끌어내, 매일 서심단을 한 알씩 먹여라! 이자가 생각을 제대로 하게 될 때까지!"

서심단으로 인한 고통은 목요단보다 훨씬 강했다. 비연은 기세명이 얼마나 버틸지 지켜볼 작정이었다!

이때, 단목요가 백 번 머리를 조아리는 것을 끝냈다. 비틀거리며 몸을 일으키는 그녀의 이마는 피로 낭자했다. 그녀가 비연을 보며 중얼거렸다.

"후회해, 나는 이미……."

비연은 이런 말을 듣고 싶지 않았다. 그녀는 직접 단목요를 궁전 밖으로 끌어낸 다음 시위에게 명령했다.

"내일부터 이 여자를 매일 이곳으로 데려와서 절을 하게 하여라. 절대로 우리 부황과 모후의…… 폐관을 방해하지는 못하게 하고!"

단목요는 이미 후회막급이었는데, '폐관'이라는 단어를 듣자 그야말로 파랗게 질렸다. 그녀는 한운석이 얼음에서 나온 다음 자신을 어떻게 처리할지 도저히 상상조차 할 수 없었다.

모든 것이 평온해졌다. 비연이 몹시도 고요한 모습으로 현빙 앞으로 돌아왔다. 그러나 꽉 쥐고 있는 두 주먹을 보면 그녀가 속으로는 평온하지 못한 상태라는 걸 알 수 있었다.

고칠소는 비연을 보며 점점 더 미간을 찌푸렸다. 비록 자신이 '작은 연아가 자랐다'고 말하기는 했지만, 비연이 단목요와 기세명을 처리하는 것을 보고 나서야 진정으로 그녀가 자랐다는 것을 의식하게 되었던 것이다.

고운원 역시 비연을 바라보고 있었다. 그의 눈에는 낙담 외에도 근심이 어려 있었다.

군구신의 시선은 단 한 번도 비연에게서 떨어진 적이 없었다. 그는 망설임 없이, 사람들이 곁에 있는 것도 신경 쓰지 않고 비연에게로 빠르게 걸어가 그녀를 품에 안았다.

그는 그녀의 마음이 지금 평온하지 않다는 것을 알고 있었다. 이 순간, 그가 얼마나 그녀를 대신해 이 원한을 느끼고 싶다고 생각하는지 아무도 모를 것이다. 그녀가 어린 시절의 그 선량한 연아라면, 아무 걱정도 모르는 연아라면 얼마나 좋을까.

원한이 너무 크면, 자기 자신을 잃기 쉽다. 그리되면 스스로도 그 원한에 갉아먹히는 법이다. 그러니 마음에 원한을 품더라도, 마음 전체를 원한으로만 채워서는 아니 되는 것이다.

군구신은 비연을 끌어안고 그녀의 귓가에 속삭였다.

"연아, 오늘 밤은 대보름이야. 우리, 네 부황과 모후와 함께 술을 마시자. 그리고 내일 흑삼림으로 가는 거야. 어때?"

그 말에 비연은 정신을 차렸다. 그녀는 지금까지 자신이 넋이 나가 있었다는 사실도 채 의식하지 못하던 상태였다.

비연의 눈이 둥글게 휘어졌다. 그녀가 해맑게 웃으며 대답했다.

"좋아! 우리 술을 겨뤄 보자. 그리고 축하도 해야 하니까…….
다들 꼭 취해야만 해!"

군구신이 현빙을 흘깃거리며 잠시 어떻게 대답해야 할지 고민하고 있노라니 승 회장이 나섰다.

"술이라면 내가 준비해 왔지. 고남신, 네 장인어른 앞에서 우리 다시 한번 술 내기를 해 보는 게 어떠냐?"

고칠소는 군구신이 비연의 허리를 끌어안고 있는 걸 보며 의미심장하게 웃었다.

"그래, 그렇게 열심히 표현해야지!"

군구신이 비연을 놓아준 후, 두 손 모아 읍하며 말했다.

"염치 불고하고 사양하지 않겠습니다!"

당정과 소소옥도 꽤 구미가 당기는 모양이었다. 상관 부인은 승 회장의 상처가 아직 완전히 치유되지 않아 걱정하고 있었지만, 그렇게까지 반대하는 기색은 아니었다. 다만 고운원은 코를 문지르며 살며시 뒤로 물러났다.

오늘 밤, 과연 누가 술에 취하게 될까?

나중에, 너에게 하나 줄게

술 이야기가 나오자 모두 흥이 돋는 듯했다. 비연도 열심히 물었다.

"승 숙부, 이곳에서 술을 데울 수 있어요?"

이렇게 추운 곳에서 차가운 술을 마신다면 그건 고문일 것이다.

승 회장이 대답하기 전에 고칠소가 웃으며 말했다.

"네 의부가 있잖니. 여기서 하고 싶은 건 뭐든 다 할 수 있지! 기다려라!"

용비야와 한운석이 봉쇄된 후, 이곳은 거대한 얼음 구덩이로 변했다. 지금 이 궁전이며 누각은 10년에 걸쳐 고칠소가 벽돌하나, 기와 하나 운반해 와 직접 지은 것이었다.

비연과 군구신은 직접 내당으로 들어왔기에 이 얼음 궁전을 제대로 살펴보지 못한 상태였다. 그들은 문밖으로 나갔다가, 이 궁전 정문 위에 '운한각'이라 적힌 편액이 하나 있는 것을 발견했다.

비연이 감개무량하여 말했다.

"운한각, 모후가 부황께 시집가셨을 때 사셨던 각루의 이름이야. 그때 부황은 아직 왕이셨지만. 나중에 대진국 황궁에도 부황이 모후를 위해 완벽하게 똑같은 각루를 지어 주셨지."

군구신도 알고 있는 일이었다. 어린 시절 그는 비연을 찾으러 운한각에 자주 갔었다.

군구신이 말했다.

"칠 숙부가 정말 세심하시지."

당정이 웃으며 말했다.

"연아, 이 운한각은 그 운한각이 아니야. 이 운한각의 각주는 네 오라버니란다. 우리는 모두 네 오라버니의 안배에 따라 움직이고 있지. 하지만 네 오라버니도 어떤 일은 고 태부의 말을 듣곤 하지. 아, 오늘 밤이 바로 대보름인데……. 네 오라버니와 고 태부가 함께 있지 않다는 것이 안타까워."

비연은 오라버니와 고 태부가 그리운 마음에 물었다.

"그동안 오라버니와 고 태부는 잘 지내셨어?"

"네 오라버니는 아주 잘 지냈지. 그저……."

당정은 잠시 망설이다가 말했다.

"다만 자랄수록 네 부황을 닮아 가더라. 말수도 적고, 조용한 것을 좋아하고……. 화를 내면 네 부황과 정말 똑같아 보여."

"오라버니는 어릴 때부터 그랬잖아? 항상 나한테 말이 많다고 하면서, 내가 몇 마디만 하면 나를 노려보거나 아니면 나를 피해 사라졌어."

"지금은 네 오라버니도 네가 하루 종일 귀에 대고 떠들어 주기를 바라고 있을걸."

당정의 말에 비연이 웃으며 대답했다.

"그럼 오라버니를 만나면…… 오라버니 귀에 대고 하루 낮과

밤을 꼬박 떠들어 줘야지. 오라버니가 괴로워하는지 보게!"

당정도 기대된다는 표정이었다. 비연이 재빨리 다시 물었다.

"고 태부는 어떠셔? 민 이모와 명신은? 응?"

'명신'은 바로 고북월의 작은아들 이름이었다. 고북월은 군구신에게 보낸 서신에서, 진민이 어린 아들을 데리고 몇 년 떠나 있겠다고 했을 뿐 상세한 이야기는 하지 않았다. 비연은 군구신이 계속 이 일을 마음에 두고 있다는 것을 알고 있었다.

당정이 말했다.

"우리 모두 민 이모가 떠난 지 몇 달 지나고 나서야 그 사실을 알게 됐어. 지금은 그들이 어디 있는지 몰라. 고 태부는 분명 아시겠지. 너도 고 태부의 성격을 알잖아. 말이 없는 걸로 치면 네 부황에게 절대 지지 않을걸. 이 일은…… 모두 감히 묻지 못했어. 어쨌든 너희 모두 돌아왔으니, 민 이모도 소식을 들으면 곧 돌아오시겠지."

비연이 무척 기뻐하며 다시 물었다.

"그럼 내 어린 시동생은 몇 살이야?"

"시동생?"

당정은 순간적으로 어찌 반응해야 할지 몰라 멍한 표정을 지었다. 군구신은 이미 새어 나오는 웃음을 참지 못하고 있었다.

비연이 가볍게 헛기침을 한 후 다시 말했다.

"그…… 남동생, 고명신 말이야."

당정은 그제야 깨닫고 답했다.

"올해가 지나면 아홉 살이 될 거야."

비연은 고개를 끄덕이며 군구신을 바라보다가, 갑자기 손을 뻗어 그의 매끄러운 턱을 어루만지며 말했다.

"명신도 그…… 어릴 때랑 같아? 순진하고 귀엽고, 사람들에게 사랑받고?"

당정은 비연이 이렇게 군구신을 희롱하는 모습이며, 맑고 차가운 군구신의 얼굴에 웃음기 하나 떠오르지 않는 걸 보고 갑자기 뭐라 대답해야 할지 몰라 그만 몸을 돌려 피해 버리고 말았다.

군구신은 이제 10여 년 전의 그 순진하고 온화한 아이가 아니었다. 그러나 비연은 예전처럼 그를 괴롭히거나 희롱할 수 있었다.

군구신은 그녀가 자신의 턱을 만질 수 있도록 살짝 고개를 낮춰 주며 대답했다.

"외모야 같지 않을지라도 성격은 분명 비슷하겠지. 같은 어머니 밑에서 자랐으니까. 너는 외모가 좋아, 아니면 성격이 좋아?"

비연이 완벽하게 잘생긴 군구신의 얼굴을 슬며시 바라보다가 말했다.

"모두 다 좋아."

군구신이 그녀의 손을 잡고 천천히 다가오더니 귀에 대고 속삭였다.

"나는 과거로 돌아갈 수는 없어. 하지만 만약 네가 그런 아이를 좋아한다면, 나중에 너에게 하나 주도록 할게."

"나에게 준다고?"

비연은 잠시 생각하다가 곧 그게 무슨 의미인지 깨닫고 작은 얼굴을 붉게 물들였다. 그러나 얼굴이 물든 것은 물든 것이고, 그녀는 바로 군구신의 가슴을 때리며 말했다.

"자기가 직접 내 부황이랑 모후 앞에서 우리 혼례 의식이 아직 끝나지 않았다고 말해 놓고선. 흥, 지금부터 나는 당신 왕비가 아니라고. 그러니까 말을 그렇게 함부로 하지 말라고!"

비연은 아무래도 방금 자신이 군구신의 동생을 시동생이라 불렀다는 사실을 잊고 있는 것 같았다. 게다가 '이미 엎질러진 물'이라고 말했다는 사실도 함께 잊은 모양이었다. 군구신은 그런 그녀를 보며 그저 웃기만 할 뿐 아무 말도 하지 않았다.

그들은 대전 밖 정원을 한 바퀴 돌아본 후 북쪽의 측전으로 향했다. 북측전은 몇 칸의 작은 얼음 방으로 이루어져 있었다. 본래 물건을 저장하는 곳이었으나 지금은 감옥으로 개조된 상태였다. 단목요와 기세명이 이곳에 갇혀 있었고, 시위들이 파수를 보고 있었다.

단목요는 이미 혼미한 상태였다. 기세명은 체내의 극독이 발작하여 개미 만 마리가 심장을 뜯는 고통을 맛보는 중이었다. 비연과 군구신은 그들을 흘깃 보고는 바로 몸을 돌렸다. 좋은 기분을 그들 때문에 망치고 싶지 않았다.

비연과 군구신은 남측천으로 향했다. 그리고 전각 안으로 발을 들여놓는 순간, 무척이나 기쁜 모습을 보게 되었다.

남측전은 북측전보다 상당히 컸다. 전각 내에는 따뜻한 방이 몇 칸 있었고, 커다란 주방도 있었다. 비연과 군구신이 기뻐했던 이유는 전각 안에서 불을 피울 수 있었기 때문이었다.

고칠소가 주방에서 직접 요리를 하고 있었다. 승 회장이 술을 데우며 시위에게 불씨를 어떻게 보아야 하는지 설명하고 있었다.

군구신은 곧 어찌 된 일인지 깨닫고 운기조식을 해 보았다. 과연 얼마 지나지 않아 그는 진기가 회복되는 느낌을 받았다. 아주 오랜만에 느껴 보는 감각이었다. 온몸이 몹시도 가벼워지는 것이 마치 환골탈태하는 것 같았다.

이렇게 추운 곳에서라면 보통의 불은 피울 수 없고 오로지 진기로만 불을 피울 수 있었다. 남측전은 빙해 중심의 남쪽에 위치하고 있었기에, 진기를 수련한 자들은 진기가 회복되었다.

군구신은 어린 시절 진기를 수행했는데, 겨우 1년 정도 수련했기 때문에 아직 품이 많이 낮았다. 비연은 무공을 배운 적 없기에 진기는 더더욱 수련한 적 없었다.

군구신이 운기조식을 하는 것을 보고 소 부인이 말했다.

"정왕께서 건명력을 얻게 되셨으니, 어떻게 운용하는지 탐구하시기만 하면 됩니다. 아마 진기를 수련하실 필요는 크게 없으실 겁니다. 우리가 일신에 수련을 쌓아 봤자, 기껏해야 여기서 밥이나 짓고 술이나 데우는 데 쓰는걸요. 하하! 현공대륙에 가면 그나마도 힘을 쓰지 못하고 말입니다."

상관 부인이 말했다.

"그 건명력이라는 게 진기로 다뤄야만 하는 거라면 귀찮을 수도 있겠는데요."

그러자 소 부인이 상관 부인을 노려보았다.

"말을 안 한다고, 네가 말을 못 한다고는 아무도 생각하지 않아!"

두 사람이 다투기 시작하는 걸 보고 비연과 군구신은 서둘러 승 회장을 도우러 갔다.

봉황력과 건명력의 운용에 대해 군구신은 부친 쪽의 정보를 기다리고 있을 뿐 아니라, 전형 전매를 포함하여 자신도 적지 않은 밀정을 파견해 조사 중이었다.

얼마 지나지 않아 맛있는 요리와 술이 준비되었다. 고칠소가 남측전과 빙실 사이의 대문을 열더니, 일단 한운석과 용비야를 위해 술을 석 잔 마셨다. 비연과 군구신이 그 뒤를 이었고, 다른 이들도 모두 따라 했다.

슬픔이건 원한이건, 모든 것을 잠시 마음속에 감춰 둬야 했다. 오늘 밤은 취할 때까지 양껏 마시면 그만이었다!

군구신과 승 회장이 곧 술을 겨루기 시작했다. 당정은 술을 몇 잔 마시더니 내기에서 선을 잡겠다며, 모두에게 군구신과 승 회장 중 누가 이길지 걸어 보라고 재촉했다.

모두 돈이 부족한 이들이 아니다 보니, 판돈은 당연히 돈이 될 수 없었다. 당정이 말했다.

"내기에서 진 사람은 모두 앞에서 큰 소리로 자기가 누구를 좋아하는지 말하고! 내기에서 이긴 사람은……. 음…….."

당정이 여기까지 말하더니, 갑자기 자신이 선이라는 걸 의식하고는 우물쭈물하기 시작했다. 비연이 재빨리 끼어들었다.

"이긴 사람은 이긴 사람이 누구를 좋아하는지 말하면 되죠! 하지만 몰래, 조그맣게 말해도 되는 걸로!"

이 말을 들은 상관 부인이 제일 먼저 찬성했다.

"그렇게 하지요. 만약 본심에 어긋나는 말을 하면 평생 사랑을 얻지 못하고, 혼인도 못 하는 것으로!"

따뜻함, 열화분신

상관 부인의 말에 당정은 마침내 자신이 판 함정에 빠졌다는 사실을 깨달았다. 그녀는 마음속으로는 거부하면서도 여전히 상쾌하게 고개를 끄덕였다.

"약속하는 거예요! 모두 결과에 승복하기로!"

비연이 먼저 내기에 응했는데, 뜻밖에도 승 회장에게 걸었다. 물론 그녀는 군구신이 이기리라 생각했지만 일부러 당정에게 질 생각이었다.

군구신이 애정이 가득 담긴 눈으로 그녀를 바라보았다. 그리고 아무 말도 하지 않고 탁자 위로 그녀의 손을 끌어당겨 꽉 잡아 주었다.

상관 부인은 비연의 방법을 보고 바로 흉내를 냈다. 군구신이 이긴다는 쪽에 건 것이다.

당정이 소 부인을 보며 물었다.

"옥 언니는요?"

평소라면 소 부인은 당정에게 '재미없다'라고만 말했을 것이다. 그러나 지금은 어린 주인도 계시니 모두의 좋은 기분을 망치지 않는 게 낫겠다 싶었다. 그녀는 군구신을 보고 다시 승 회장은 본 다음, 결국은 군구신 곁에 앉았다.

당정이 다시 고운원을 바라보며 예의 바르게 물었다.

"고 의원, 정하시지요."

고운원이 재빨리 몸을 일으켜 읍하더니 말했다.

"당 소저, 솔직히 말하면 저에게는 마음에 둔 사람이 없습니다. 곁에서 술이나 마시며 모두의 흥을 돋우면 그것만으로도 영광입니다."

당정이 재빨리 말했다.

"괜찮아요. 마음에 둔 사람이 없다면……. 진다면 모두에게 어떤 유형의 여자를 좋아하는지 말하는 것만으로도 충분해요."

그러자 고운원이 미안한 표정으로 말했다.

"그게…… 저는 한 번도 생각해 본 적이 없어서……. 마음에 어떤 기준 같은 것이 없습니다."

당정이 다시 말했다.

"괜찮아요. 지금부터 생각하면 되니까."

고운원이 난감해하며 말했다.

"저는 의학 공부에 빠져 있어 단 한 번도 남녀 간의 일을 고민해 본 적이 없고, 지금도 고려할 생각이 없습니다. 당 소저께서 양해하시기 바랍니다."

당정이 다시 한마디 하려는데 고칠소가 끼어들었다.

"됐다, 됐어. 놀라게 하지 마라. 술을 마시며 흥을 돋우고 싶다 하니 내가 같이 마셔 주면 되겠지. 너는 가서 놀아라!"

고칠소도 내기에 낄 생각이 없어 보였다. 그는 술을 석 잔 따라 단숨에 마시더니 빈 잔을 들고 고운원에게 말했다.

"일단 비우시지요!"

고운원이 자못 난감한 듯 웃더니 서둘러 석 잔을 따라 한 잔 한 잔 마시기 시작했다. 하지만 마시면 마실수록 표정이 괴로워지더니 마지막에는 하마터면 토할 뻔했다.

모두가 답답한 표정으로 돌아보았다. 저 고운원은 정말 술을 못 마시는 걸까, 아니면 그러는 척하는 걸까?

고칠소가 다시 석 잔 따르더니 차례대로 비우고, 직접 고운원에게 석 잔을 따라 주었다.

"자, 어서."

고운원이 이번에도 예의 바르게 미소 지으며 술잔을 하나하나 이어 마시기 시작했다. 한 잔 한 잔 마실 때마다 점점 더 힘들어하더니 마지막에는 결국 참지 못하고 토해 버리고 말았다.

모두 서로를 바라보는 가운데 고칠소가 서둘러 물었다.

"고 의원, 괜찮으십니까?"

고운원이 입가에 술을 묻힌 채 취기 완연한 얼굴로 미소 지었다.

"괜찮습니다."

그러나 이 말을 끝으로 바로 뒤로 쓰러지더니, 그대로 기절하고 말았다.

모두 고칠소에게 혹시 약이라도 탄 건 아닌지 묻는 듯한 시선을 보냈다. 고칠소는 고개를 저었다.

고칠소는 확실히 약을 탈 생각이었지만 이렇게 빨리는 아니었다! 그가 직접 고운원을 잡아끌어 살펴보았다. 고운원은 정말로 취해 쓰러진 게 맞았다. 고칠소가 머뭇거리다가 말했다.

"내가 데려가 쉬게 하지. 다들 천천히 마시도록 해."

고칠소는 고운원을 데리고 방으로 들어가 다시 한번 살펴보았다. 그러나 고운원의 몸에서 약들과 금침 외에 별다른 물건은 찾지 못했다. 고칠소는 진지하게 고운원의 맥도 짚어 보았지만 별다른 이상을 느낄 수 없었다.

만약 비연이 진묵의 말을 믿지 않았다면, 그리고 고顧운원과 고孤운원의 이름이 비슷한 것이 아니었다면, 고칠소는 자신들이 고운원을 오해한 건 아닌지 의심했을 것이다.

고칠소는 흥이 다했다는 듯 방을 떠났다. 한참 후에야 고운원이 눈을 떴다. 그는 탁한 숨을 토하더니, 다시 한참을 기다린 다음 몸을 일으켜 문에 빗장을 걸었다. 그리고 침상 위로 돌아와 가부좌를 틀고 앉았다. 두 손은 손바닥이 위로 오게 하여 양 다리 위에 올린 채였다.

고운원이 눈을 감았다. 얼굴은 원래의 얼굴이었지만 기질은 완전히 달라져 있었다. 마치 사람이 변해 버린 것 같기도 했다. 평소의 융통성 없는 표정은 그의 이 잘생긴 얼굴에 단 한 번도 나타난 적 없다는 듯. 이 순간 그의 얼굴은 고요하고 온화했으며 담담한 것이 마치 세속을 초월한 듯한 느낌이었다.

점차 그의 미간에 붉은 화염 표식이 나타났다. 그 붉은 빛을 불과 같다 해야 할까, 아니면 피와 같다 해야 할까.

곧 그의 두 손바닥에서도 각자 불꽃이 하나씩 피어올랐다. 이것은 이제 더 이상 화염 표식이 아니라, 진짜 불꽃이었다. 흔들리며 뜨겁게 타오르는 불꽃.

점차 거대한 화염이 그의 몸 안에서 나타나더니 그를 감싸고 활활 타오르기 시작했다. 이 불은 피처럼 요사스럽게 붉었고, 그 무엇과도 비할 수 없이 뜨거웠다. 그러나 그 불꽃은 다른 물건에는 닿지 않고 그저 그만을 태우고 있었다. 그리고 그의 표정은 여전히 고요하고 담담했다.

점차 화염이 성대해지면서 그의 몸이 흐릿해지더니 심지어 투명해졌다. 마침내 그가 미간을 찌푸리며 고통스러운 표정을 지었다.

그러나 아주 잠시일 뿐이었다. 그의 몸은 곧 그 화염에 타 버린 것처럼 사라져 버리고 말았다.

그가 사라지자 화염도 점차 사라져 보이지 않게 되었다. 방 안은 고요하고 침상 위는 텅 비어 있었다. 아무 흔적도 남아 있지 않아, 심지어 그가 오지도 않았던 것 같았다.

대전 안에서는 군구신과 승 회장이 술을 겨루고 있었다. 비연은 군구신 곁에 앉아 상관 부인과 눈싸움을 벌이며 군구신을 응원하고 있었다.

그녀의 손이 무심결에 약왕정을 스쳤다. 약왕정이 예전처럼 차갑지 않고 따뜻한 것 같았다.

그러나 비연은 그저 방 안에 화로가 많아 약왕정이 따뜻해진 것이리라 생각하고 말았다.

이 운한각은 10년 동안 이렇게 떠들썩했던 적이 없었다. 대 보름의 밝은 달이 하늘에 걸려 있어 본래도 밝은 궁전을 더욱 밝게 비춰 주고 있었다.

이때 꼬맹이는 동굴 밖으로 나가 있었다. 꼬맹이는 설랑으로 변신한 채 동굴 입구에 서서, 몰래 자신을 따라온 대설을 내려다보았다.

빙해의 빙면은 3척이나 독에 감염되어 있었지만, 3척 아래로는 독이 없었다. 대설은 여전히 빙려서의 모습으로, 빙면 3척 이하의 빙벽에 붙은 채 감히 한 걸음도 앞으로 내딛지 못하고 있었다. 그는 빙해에 무슨 일이 발생했는지 몰랐지만 이 독을 건드려서는 안 된다는 것은 알고 있었다.

대설이 꼬맹이를 향해 울었다.

"어디 가는 거야?"

꼬맹이는 여왕처럼 고아한 태도로 말했다.

"너랑은 상관없지!"

대설이 다시 물었다.

"어째서 독을 무서워하지 않는 거야?"

"너랑은 상관없지!"

대설이 계속 물었다.

"동료가 더 있어?"

꼬맹이도 계속 대답했다.

"너랑은 상관없지!"

대설이 말했다.

"만약 세상에 남은 설랑이 너랑 나 둘뿐이라면, 나를 발로 찬 것을 용서하는 걸 고려해 보려고 해."

꼬맹이가 말했다.

"만약 세상에 남은 설랑이 너랑 나 둘뿐이라면, 다음번에는 너를 발로 차서 죽여 버리는 것을 고려해 볼까 해!"

"방자하다! 나는 몽족의 설랑이야! 순수 혈통이라고! 나는 천 년을 살았고, 너는 기껏해야 몇백 년을 산 모양인데, 시시비비를 가리지 못하다니!"

꼬맹이가 경악한 표정으로 외쳤다.

"앗, 그러니까 네가 늙은이라는 거지?"

"너!"

대설은 바로 진짜 모습을 드러내고 크게 울부짖더니 몸을 꿈틀거렸다. 언제라도 꼬맹이를 덮칠 기세였다. 그러나 꼬맹이는 무서워하기는커녕 오히려 도전하듯 말했다.

"늙었는데 멍청하기까지. 나 같은 암컷 하나 이기지 못하고. 너 같은 게 어떻게 우리 어린 주인이랑 계약을 맺었지? 내가 너라면, 우리 설랑족의 체면을 떨어뜨리지 않도록 밖에 나오지 않았을 거야!"

"망할 것, 오늘 본 늑대가 너에게 가르침을 내려 주겠다!"

수치가 분노가 변해 버린 대설은 바로 동굴 밖으로 튀어 나가 꼬맹이를 덮쳤다. 꼬맹이는 경악했다.

"악! 이 늙은 놈, 정말 목숨이 아깝지 않은 거야?"

참으로 놀 줄 아는군

꼬맹이는 대설이 감히 자기를 덮치리라 생각지 못하던 차였다. 그리고 대설도 덮친 다음에야 빙면이 온통 독이라는 사실을 깨달았다.

경악한 꼬맹이는 꼼짝도 못 하고 대설이 자기 등 위에 타고 있도록 내버려 두었다. 대설도 깜짝 놀라 꼬맹이의 등에서 사지를 뻗은 채 엎드려 미동도 하지 못하고 있었다.

꼬맹이는 자신보다 큰 대설의 무게를 감당할 수 없었다. 얼마 지나지 않아 꼬맹이의 다리에서 힘이 풀렸고, 점차 아래로 내려앉기 시작했다.

꼬맹이 등에 올라탄 대설은 사지가 공중에서 떠 있었다. 꼬맹이의 몸이 점차 내려앉음에 따라 그의 사지도 빙면에 점점 더 가까워졌다. 대설이 소리쳤다.

"이봐! 멈춰!"

꼬맹이는 결코 고의가 아니었다. 정말로 힘이 없을 뿐이었다.

대설은 다급한 나머지 앞발로는 꼬맹이의 목을, 뒷발로는 꼬맹이의 엉덩이를 잡았다. 꼬맹이가 완전히 바닥에 엎드리게 된 다음에도 대설은 그렇게 꼬맹이를 끌어안다시피 해 위험을 피할 수 있었다.

이때 비연과 군구신 일행이 동굴 입구에 나타났다. 그들은 꼬맹이가 방금 지른 소리를 듣고 무슨 큰일이라도 난 것 아닌가 싶어 달려 나온 참이었다. 그리고 그들 모두 대설이 꼬맹이를 누르고 있는 것을 보았다.

고칠소가 큰 소리로 웃으며 즐거워했다.

"하하하! 저 두 마리가 제법 운치가 있어! 빙해의 독 위에서도 즐길 줄 알다니, 참으로 놀 줄 아는군!"

비연이 고개를 갸우뚱하며 제대로 보려 하자, 군구신이 그녀의 눈을 가리며 안으로 끌고 들어갔다.

"처음 보는 건데, 제대로⋯⋯."

상관 부인도 말을 끝내기도 전에 승 회장에게 잡혀 다시 들어갔다. 물론 승 회장은 당정도 잊지 않았다.

소 부인은 무표정하게 돌아갔고, 고칠소는 마지막까지 감개무량한 듯 웃으며 말했다.

"독누이가 나올 즈음엔 꼬맹이도 어미가 되어 있을지 모르겠는걸!"

꼬맹이와 대설은 고칠소가 무슨 말을 하는지 이해할 수 없었다. 두 짐승은 비연 일행이 갑자기 나오자 깜짝 놀라 굳어버렸다. 사람들이 간 후 꼬맹이가 겨우 정신을 차리고 노성을 질렀다.

"불량배, 어서 내려가지 못해!"

대설도 정신을 다잡았다. 그는 꼬맹이의 몸 위에서 힘을 주어 멀리 얼음 동굴을 향해 뛰기로 마음먹었다. 그러나 정작 힘을 쓸 때가 되니 망설여졌다.

대설이 다시 물었다.

"정말 괜찮겠어?"

꼬맹이가 소리쳤다.

"꺼져!"

대설은 난감했다. 꼬맹이의 몸 위에서 힘을 주자니 꼬맹이에게 상처를 입힐 것 같았기 때문이다.

이때, 대설은 자신이 빙려서로 변할 수 있다는 것을 생각해 냈다. 그는 자신이 방금 얼마나 바보 같았는지 자책했다.

대설이 빙려서로 변하자 꼬맹이도 이 사실을 알아차리고, 극도로 화가 나서 물었다.

"어째서 미리 변하지 않은 거야? 설마 나를 괴롭히려 했던 건가?"

대설은 변명하지 않고 인정했다.

"너를 좀 괴롭혔으면 어때서?"

꼬맹이가 분노하여 외쳤다.

"어서 내려가지 못해? 당장!"

대설은 동굴로 돌아가려다가 생각을 바꿔 꼬맹이의 머리 위로 올라간 다음, 꼬맹이의 귀를 끌어안았다.

"싫어! 어디를 가건 나도 데려가!"

화가 난 꼬맹이가 힘차게 머리를 흔들었다.

그러나 안타깝게도, 아무리 힘을 써도 대설을 떨어뜨릴 수 없었다.

"내려가지 않을 거야?"

"내려가지 않아!"

"꼭 이렇게 무례하게 굴어야겠어?"

"본 늑대가 함께 가 주려고 하는 것만으로도 영광인 줄 알아야지."

"아주 위험한 곳에 갈 거야. 죽고 싶지 않으면 착하게 꺼져 주시지."

"어디 갈 건데? 네 주인의 명을 받은 거야?"

"무서운 모양이지? 무서우면 지금도 늦지 않았어!"

"흥, 쓸데없는 소리 말고 가자고! 이 천하에 본 늑대가 감히 가지 못할 곳은 없으니까."

사실 꼬맹이는 위험한 곳에 가는 게 아니었다. 남안과 북안에 한 번씩 달려가 급한 전달이나 밀서가 없는지 살펴볼 예정이었다.

꼬맹이는 하늘을 한번 본 다음, 더는 시간을 지체하지 못하고 대설을 머리 위에 얹은 채 달리기 시작했다.

꼬맹이가 남쪽으로 달리기 시작하자 대설이 관심을 보이며 물었다.

"대체 어디를 가려는 거야? 무슨 위험이 있지?"

꼬맹이는 상대하지 않고 계속 앞으로 달리며 속으로 중얼거렸다.

'대체 뭐야! 수컷이 되어서는……. 겁쟁이!'

대설은 계속 이야기를 하다가 마지막에는 뜻밖에도 진지해졌다.

"빙해 밖이라면 내가 꼭 너를 지켜 줄 거야. 빙해 위라면……. 일단 잠복해 있다가 기회를 봐서 움직이자고. 너무 걱정할 필요 없어."

꼬맹이가 갑자기 멈췄지만 다시 앞으로 달리기 시작하며 말했다.

"바보 같기는. 네 보호 같은 건 필요 없다고!"

이렇게, 피곤에 지쳐 있던 대설은 정신을 차리고 경계를 곤두세우며 꼬맹이와 함께 빙해를 달리기 시작했다.

밤이 깊었다. 군구신과 승 회장의 술 내기는 지난번과 마찬가지로 무승부로 끝났다. 두 사람은 마지막 한 잔을 마신 후 쓰러져 인사불성이 되었다.

비연도 신나게 마신지라 취한 상태였다. 그녀는 침상에 눕자마자 몰래 군구신에게 입을 맞추고는 온갖 방식으로 희롱하기 시작했다. 취해서 정신을 잃은 게 아니었다면 군구신은 절대 참지 못했을 것이 분명했다.

상관 부인과 소 부인도 모두 실컷 취해 있었다. 상관 부인은 계속 승 회장에게 좋아한다고 말하고 있었다.

소 부인은 성격은 좀 그래도 술버릇은 꽤 좋은 편으로, 취하자마자 잠들었다. 그리고 내기의 선을 잡았던 당정은 제일 먼저 취해 쓰러졌다!

고칠소는 계속 깨어 있었다.

그는 모든 사람을 편하게 눕혀 준 다음, 다시 한번 고운원의 방으로 향했다.

고운원은 이미 원래의 모습으로 돌아와 있었다. 그는 침상에 누워 살짝 눈을 감고 쉬고 있다가, 고칠소가 들어오는 것을 알고는 일부러 깊이 잠든 척했다.

고칠소는 그의 눈꺼풀을 들어 보고 맥을 짚어 보고는 별다른 이상을 발견하지 못하고 방을 나갔다.

고칠소는 잠을 자고 싶지 않았다. 그는 입고 있던 붉은 옷을 단정하게 정리하고는, 술을 한 병 들고 얼음 방으로 향했다. 그리고 현빙 앞에서 가부좌를 틀고 앉아 술잔을 기울이며 중얼거리기 시작했다.

"연아가 다 컸어. 보라고, 주량이 얼마나 좋은지! 용비야, 물론 자네야 기분이 별로겠지. 뭐, 능력이 되면 나와서 연아를 혼내 주든가! 하지만 자네 사위는 꽤 괜찮던데. 어디 내놔도 창피하지 않을 사위야! 하하, 딸이 시집을 갔으니, 이제 다른 이의 사람이지. 다른 이에게 맡겨 둬야 하는 거야. 그렇지, 독누이?"

사실 한운석, 용비야를 벗하며 마시는 것이나 마찬가지였다.

"10년⋯⋯. 그 고운원이라는 자는 어떤 자인지 모르겠어. 하지만 연아는 10년 동안 꽤 자유롭게 지낸 것 같아. 예아처럼은 아니게 말이지⋯⋯."

이렇게 고칠소는 한참 동안 이야기를 늘어놓다가 겨우 잠에 빠져들었다.

10년의 세월이 흐르는 동안 나이를 이렇게 먹었건만, 그는 여전히 한운석을 '독누이'라 부르고 있었다. 그리고 한밤중이 되도록 잠들지 않고 그들에게 이런저런 이야기를 늘어놓는 습관도 10년째 그대로였다.

다음 날, 대낮이 되어서야 모두 술에서 깨어났다.

전날 밤 충분히 즐겼으니 오늘부터는 바빠져야만 했다. 비연은 원래 군구신과 대진국에 한번 다녀올 생각이었으나, 지금은 그녀나 군구신이나 당장이라도 흑삼림에 가고 싶어 안달하고 있었다. 돌아갈 때는 모두 함께 돌아가야 하니까!

비연과 군구신이 부황과 모후에게 작별 인사를 하고 얼음 방에서 나왔을 때 꼬맹이가 누군가를 태우고 달려오는 게 보였다. 대략 30대 중반의 나이로, 키가 크고 우람한 체격에 눈썹이 짙고 눈도 컸다.

그 준수하고도 듬직한 남자는 바로 용비야의 시위인 서동림이었다. 비연은 한눈에 그를 알아보았지만, 그는 비연을 알아보지 못했다.

소개가 끝나자마자 서동림이 바로 무릎을 꿇고, 두 눈 가득 눈물을 흘리며 말했다.

"서동림이 연 공주마마를 뵙습니다!"

비연이 재빨리 그를 부축해 일으켰다.

"서 시위, 그동안 잘 지냈나요?"

서동림이 고개를 끄덕이다가 다시 고개를 저었다.

그는 결국 눈물을 훔치며, 마음을 가라앉히려는 듯 시선을 돌리더니 말했다.

"저는 태자 전하의 명을 받아 감옥을 지키러 왔습니다."

헌원예는 10년 전 황제의 자리에 등극했다. 그러나 사적으로는 모두에게 태자라 불리기를 고집했다. 현공대륙에서는 각주라고 자칭하곤 했다.

서동림이 다시 상소문을 하나 꺼내더니 말했다.

"지난달 남방에 홍수가 있어 돌림병이 유행하고 있습니다. 태자 전하께서는 아마 현공대륙에 오래 머물지 못하시고 곧 돌아가셔야 할 것 같습니다."

설마, 기씨 가문 비장의 패

가문에 하루도 가주가 없을 수 없듯, 국가 역시 하루라도 군주가 없을 수는 없다.

설사 대진국에 충성스러운 신하가 아무리 많다 해도, 이렇게 큰일 앞에서는 역시 아무도 주도적으로 나설 수 없는 법이다.

헌원예가 현공대륙에 온 지 이미 두 달이 지나 있었다.

모든 상소문은 서신으로 전달되고 있었는데, 두 대륙이 멀리 떨어져 있는 데다 빙해로 가로막혀 있으니 서신이 제때 오갈 수 없어 불편한 점이 많았다.

비연이 서동림의 손에서 상소문을 받아 들고 진지하게 말했다.

"안심해요. 오라버니는 곧 돌아갈 테니까."

꼬맹이는 서동림을 데려왔을 뿐 아니라 당씨 가문의 암기와 밀서 두 통까지 가져왔다.

하나는 고칠소에게 온 것이었고, 하나는 군구신에게 온 것이었다.

고칠소는 밀서를 보자 좋지 않은 안색으로 말했다.

"백리명천 그 녀석이 아직 만진국으로 돌아오지 않았다는군. 내가 직접 살펴보러 가야겠어."

이 말을 들은 승 회장이 자못 엄숙하게 말했다.

"칠소, 백리명천 그 녀석이 끼어들게 되면……. 우리 편에 서지 않을 인물이라면 가능한 한 빨리 제거해야 후환이 없을 거야."

고칠소가 대답했다.

"그 녀석이 죽는다면 바로 내 손에 죽게 될 거야. 다른 사람의 손을 쓸 필요는 없어. 다만, 그 녀석과 건명력의 관계를 명확하게 밝히기 전에는 목숨을 붙여 놓아도 무방하겠지."

비연이 참지 못하고 물었다.

"의부, 그때 무엇 때문에 백리명천 그 녀석을 제자로 삼으셨던 건가요? 의부의 이름이 더러워지는 것도 두려워하시지 않고!"

고칠소가 어쩔 수 없다는 듯 웃었다.

"그때라……. 10년도 더 전이구나."

10여 년 전. 백리 일족이 아직 은거 가문이던 시절이었고, 빙해의 이변이 일어나기 전이었다. 고칠소는 현공대륙에서 유유자적 소요하고 있었다.

비연은 고칠소가 옥인어 일족을 이용할 마음이 없는 상황에서 백리명천을 제자로 받아들였다는 걸 알고 있었다. 그녀는 그저 백리명천의 천성이 불만스러울 따름이었다.

"듣기로는, 어른이 된 후에 그런 식의 품행을 보인 게 아니라 어릴 때부터 방탕아였다고 하던데요!"

고칠소는 코를 문지르며 잠시 망설였지만 결국은 백리명천의 어린 시절에 관해 이야기하지 않고 그저 웃기만 했다.

"연아, 의부가 눈이 먼 것 같으냐! 안심하거라. 의부가 그 녀석을 잡으면 일단 네 앞으로 데려와 사죄하게 테니! 하하!"

이때 군구신도 밀서를 다 읽은 다음 말했다.

"기씨, 소씨, 두 가문이 손잡아 고문관을 다시 공격하고, 우리 천염국을 침범할 준비를 하고 있다고 하는군요. 꽤 수상합니다."

고칠소가 서둘러 물었다.

"무슨 의미지?"

군구신이 대답했다.

"기씨와 소씨, 두 가문은 지금 천염국과 만진국 사이에 끼어 있는 상황입니다. 그들에게 가장 훌륭한 선택은 바로 연합입니다. 연합하지 못하면 스스로 일을 벌여야 하지만 연합하면 만진국과 천염국 중 어느 한쪽은 걱정하지 않아도 될 테니까요!"

비연이 의아해하며 물었다.

"당신 말은, 기씨와 소씨 가문이 백리 황족과 암중에서 연합을 맺었다는 거야?"

군구신이 고개를 끄덕였다.

"지금 상황으로 보면 분명 그럴 거야. 그러나 백리명천은 원한은 꼭 갚는 성격이지. 기씨와 소씨가 투항한다고 받아 줄 성격이 아니야. 게다가 기씨와 소씨 가문이 백리명천에게 투항할 생각이 있었다면 지금까지 기다릴 이유가 없어! 작년만 해도 소씨는 백리명천과 최소한 다섯 번은 전투를 치렀고, 양쪽 모두 상당히 많은 병사를 잃었지."

"그렇다면 기씨, 소씨 가문과 연맹을 맺은 것은 옥인어 일족 중 다른 누군가인 걸까? 백리명천은 이 일을 알지 못하고?"

비연이 잠시 생각하다가 서둘러 덧붙였다.

"옥인어 일족이 정말로 백리명천을 찾지 못한 건지도 몰라. 의부에게 괜히 시간을 끌고 있는 게 아니라!"

고칠소가 상당히 놀라워하며 말했다.

"옥인어 일족은 지금 분명 해 장군과 수희가 권력을 차지하고 있을 텐데, 그 두 사람은 백리명천에 대한 충성심이 아주 깊어. 게다가 백리명천의 성격도 잘 알고 있으니 이렇게 큰일을 함부로 결정하지는 않을 거다. 설마⋯⋯."

군구신의 입가에 냉소가 떠올랐다.

"이 일이 빙해와 관련 있는지도 모르겠습니다. 기씨 가문이 비장의 패를 꺼냈는지도요!"

사람들은 서로를 바라보았다. 비연이 곧 중요한 점을 지적했다.

"대황숙, 그리고 축운궁의 소 숙부가 이미 만진국으로 끌려 갔을 가능성이 높아요. 그렇다면 그들은 지금 수희와 해 장군의 수중에 있겠죠! 백리명천 그 녀석은⋯⋯ 어쩌면 예전에 바닷속에서 물고기 밥이 되었을지도 몰라요!"

고칠소의 그 웃음기 가득하던 눈이 순식간에 어두워졌다. 그러나 그는 곧 다시 미소 지으며 말했다.

"물고기를 먹여도 좋지, 좋고말고!"

군구신이 서둘러 고칠소에게 읍하며 말했다.

"추측일 뿐입니다. 칠 숙부께서 옥인어에 대해 가장 잘 아시니, 이 일은 아무래도 칠 숙부께서 직접 가셔서 알아보셔야 할 것 같습니다."

고칠소가 말했다.

"그래야지. 설사 백리명천이 죽었다 해도……. 옥인어족이 바다에 들어가지 못하는 규칙에 대해서라도 제대로 알아봐야겠다!"

군구신은 만진국에 끄나풀을 심어 두고 있었다. 그는 고칠소에게 그것을 밝히고, 고칠소로 하여금 그들에게 명을 내리게 할 작정이었다.

그러나 곧 생각을 바꿔 그만두었다. 운한각도 그들만의 매복이 있을 테고, 양쪽의 사람들을 합치느니 각자 원래의 계획대로 행동하는 편이 나을 것 같았다.

첫째로는 그래야 더 많은 정보를 얻을 수 있을 듯했고, 둘째로는 착오를 줄이고 위험을 분산시킬 수 있을 듯했다.

군구신이 소 부인에게만 이야기했다.

"한우아는 소옥승과 관계가 아주 좋으니, 옥 누님께서 경계하시기 바랍니다. 연아가 한우아에게 공기봉리의 내력을 찾으라고 핍박해 놓았으니, 지금 한우아는 암암리에 그것을 찾고 있을 겁니다."

소 부인이 가볍게 코웃음을 쳤다.

"그 계집애가 공주마마께 빚도 졌다면서요?"

군구신이 대답했다.

"과연 누님께서는 다 알고 계셨군요. 옥 누님은 예전에 한우아를 제 부황께 시집보내려 하셨던 것 아닙니까?"

"저도 군이 속이려 하지 않겠지만, 어차피 정왕 전하 때문에 모두 엉망이 되었잖아요?"

소 부인의 말에 군구신이 웃기 시작했다.

비연이 눈알을 몇 번 굴리더니 생긋 웃으며 소 부인의 팔을 잡아당겼다.

"옥 언니, 한우아를 내게 좀 빌려줘요, 응?"

비연이 다시 덧붙였다.

"때가 되면 내가 옥 언니에게 서신을 보낼게요. 옥 언니는 내 서신에 적힌 내용을 읽고 나와 함께 연극을 한 편 공연해 주기만 하면 돼요."

소 부인이 진지하게 말했다.

"공주마마께서는 한가보 사람 모두를 마음대로 부리실 수 있습니다! 물론 저를 포함하여!"

비연이 더욱 비밀스럽게 웃었다.

"한우아 한 사람이면 돼요. 아주 크게 쓸 곳이 있는걸."

소 부인은 이해할 수 없었고, 다른 이들 역시 서로 눈빛을 교환하며 답답해했다.

군구신 혼자 담담한 표정이었다. 보아하니 그는 비연이 무슨 생각을 하는지 아는 모양이었다.

그러나 비연이 이리도 비밀스럽게 구니 모두 더 이상 묻지 못했다.

시간도 이르지 않아, 서로 작별을 고할 때였다.

고칠소는 만진국으로 갈 예정이었고, 승 회장과 상관 부인은 현공상회로 돌아가야 했으며 소부인은 한가보로 가야 했다. 사람을 찾는다는 그들의 임무는 완성되었지만, 어쨌든 남경을 계속 장악하고 있어야 했다. 특히 적들이 어두운 곳에 숨어 있는 상황이라 그들은 더더욱 부주의할 수 없었다. 자칫 잘못하다가는 누군가가 틈새를 파고들 수 있을 테니까.

꼬맹이는 한 번에 그렇게 많은 사람을 나를 수 없었다. 그래서 고칠소와 승 회장 부부, 소 부인이 먼저 떠나기로 했다. 그러나 한바탕 작별 인사를 하고도 모두 아쉬워하며 쉽게 떠나지 못했다.

고칠소가 떠나려다가 다시 돌아오더니, 비할 데 없이 진지한 눈으로 군구신을 바라보며 말했다.

"연아를 잘 보살펴 줘라. 연아를 괴롭힌다면 너를 도륙할 테니까! 네 아비가 와서 애걸해도 소용없을 거다!"

군구신이 어찌 연아를 괴롭힐 수 있겠는가. 그가 담담하게 웃으며 답했다.

"남신은 기억하겠습니다."

비연은 웃으며 아무 말도 하지 않았다.

고칠소가 다시 비연을 끌어안으려다가 생각을 바꿔, 그저 가볍게 그녀의 작은 얼굴을 쓰다듬고는 몸을 돌렸다. 고칠소는 속으로 탄식하고 있었다.

'이제 연아가 다 컸으니 함부로 안아 줄 수도 없게 되었군!'

고운원이 곁에 서서 이 모습을 지켜보고 있었다.

그의 입가에는 잔잔한 미소가 떠올라 있었다. 그러나 비연 일행이 고개를 돌려 그를 보자, 그는 웃음기를 거두고 평소와 같은 모습으로 되돌아와 있었다⋯⋯.

〈제왕연〉 11권에서 계속